Der Elfengarten

ECON Unterhaltung

Zum Buch:

Im Gefängnis läßt Charles Castle vor seinem geistigen Auge die Umstände Revue passieren, die ihn in diese mißliche Lage gebracht haben: Alles begann an dem Tag, an dem ihm der Dorfpolizist Walsmear aus Burkinwell einige außergewöhnliche Photographien zeigte – Photographien, auf denen Elfen zu erkennen waren. Castle ließ sich von der Echtheit der Bilder überzeugen und reiste nach Burkinwell, um dieses Rätsel zu lösen. Nachdem er der geheimnisumwitterten Dorfgemeinschaft nähergekommen war, gelang es ihm tatsächlich, die märchenhaften Wesen zu Gesicht zu bekommen. Diese überwältigende Erfahrung hatte allerdings katastrophale Folgen ...
Szilagyi verbindet hier auf faszinierende Weise das Märchenhafte mit einer spannenden Krimi-Handlung. Ein bemerkenswerter Erstlingsroman, dessen Bann man sich nicht entziehen kann.

Zum Autor:

Steve Szilagyi (Sil-ah-dschi ausgesprochen) wurde in Ohio geboren, machte seinen Abschluß an der Columbia University und gewann mit einer unveröffentlichten Kurzgeschichtensammlung den *Columbia Bennett Cerf Award for Fiction*. Er ist erfolgreicher Maler und Illustrator. *Der Elfengarten* ist sein erster Roman.

Steve Szilagyi

DER ELFENGARTEN

Roman

Aus dem Amerikanischen von
Angelika Naujokat

ECON Taschenbuch Verlag

Deutsche Erstausgabe

First published by Ballantine Books in the Unites States of America
Titel des amerikanischen Originals: Photographing Fairies
Aus dem Amerikanischen übersetzt von Angelika Naujokat
Umschlaggestaltung: Theodor Bayer-Eynck, Coesfeld
Titelabbildung: Fine Art Photographic Library Limited
(Edward Robert Hughes, "Midsummer Eve")
Lektorat: Gisela Klemt
Gesetzt aus der Sabon
Satz: Heinrich Fanslau GmbH, Düsseldorf
Druck und Bindearbeiten: Ebner Ulm
Printed in Germany
ISBN 3-612-27202-0

Für Jodi

Inhalt

Erstes Buch

ZWEITES BUCH

Eine Frage beschäftigt mich. Sie wütet in meinem einsamen Bewußtsein. Der eine Teil meines Verstandes antwortet darauf mit »Ja«. Der andere sagt »Nein«. Ein irritierender Disput. Aber einer, von dem man glauben sollte, daß er problemlos für immer zu klären ist. Und dann könnte ich an die Öffentlichkeit treten, um für mich selbst als Augenzeuge vor Gericht auszusagen. Aber während sich so vieles von dem, was geschehen ist, mit vollkommener Klarheit in mein Gedächtnis eingebrannt hat, widersetzt sich da ein Detail hartnäckig der Standphotokamera in meinem Gehirn. Und daher wird das Echo dieser umstrittenen, wunderlichen Frage nie verhallen, kann ihre Antwort höchstens vermutet werden, muß aber letztendlich im ungewissen bleiben.

Es handelt sich um folgende Frage: Besitzen Elfen Flügel?

Wieviel einfacher ist es doch zu fragen: Haben sie Augen?

Die Antwort lautet: Ja.

Haben sie Lippen?

Ja.

Haben sie Arme, Beine, kecke Hinterteile und winzige

Füße? Besitzen sie Knie, ein Kinn, eine entblößte Vulva, fließendes Haar und leuchtende Brustwarzen, rot wie Rubine?
Ja, ja, ja, ja, ja, ja und noch einmal nachdrücklich ja.
Aber haben Elfen Flügel?
Schweigen.
Ich schließe die Augen und stelle mir die Stelle vor, wo sie vermutlich hervorsprießen würden. Im oberen Teil des Rückens, direkt unterhalb der Halswirbel, wo das Schulterblatt und der Trapezmuskel geschmeidig aneinander vorbeigleiten. Und was sehe ich dort? Nichts. Nicht einmal die zu erwartenden anatomischen Orientierungspunkte. Alles nur verschwommen.
Dieser Eindruck von Verschwommenheit könnte nun natürlich durch Flügel entstehen, die sich so schnell bewegen, daß sie für das menschliche Auge nicht mehr erkennbar sind – wie etwa ein Flugzeugpropeller oder die Flügel eines Kolibris. Er könnte aber auch auf etwas anderes hindeuten. Auf einen Berührungspunkt, eine Art spiritueller Nabel, der die Elfen mit einer anderen Sphäre verbindet. Es könnte der vibrierende Nexus zwischen zwei Welten – der naturgemäßen und einer anderen, entrückten, Welt – sein. Wenn dies so wäre, läge die Verbindung an einer logischen Stelle. Machen sich nicht unsere am intensivsten empfundenen, ästhetischen Erfahrungen dadurch bemerkbar, daß es uns kalt den Rücken hinunterläuft? Sitzt die Schönheit nicht wie ein kühler, straffer Hauch zwischen den Schulterblättern?
Ich denke, daß es so ist, obwohl ich es nicht beweisen kann. Und deshalb will diese ganze Geschichte mit den Flügeln nicht deutlich vor meinem inneren Auge erscheinen. Ich kann die Angelegenheit nicht klären. Aber immerhin widerlegt sie eine in der ganzen Welt verbreite-

te Redensart. Wie lautet doch gleich jener weise, alte Spruch? »Wem am nächsten Morgen der Galgen droht, dessen Verstand erfährt eine wunderbare Konzentration auf das Wesentliche.«

Nun, wir werden sehen …

Erstes Buch

Kapitel 1

Wie ich dem Polizisten begegnete

Ja, morgen soll ich sterben. Und während ich über dieses bevorstehende Ereignis nachdenke, bereitet mir der Gedanke, daß ich nichts hinterlassen werde, großen Kummer. Oh, natürlich gibt es da Hunderte von durchschnittlichen Photographien, die ich angefertigt habe, und einige Zeichnungen und Studien, aus denen etwas hätte werden können, wenn ich sie sorgfältiger ausgearbeitet hätte. Aber im Grunde hinterlasse ich nach zweiunddreißig Lebensjahren ein mehr als dürftiges Vermächtnis. Keine Kinder, die mich betrauern werden. Keine Witwe in Schwarz. Und als einziges Kind bereits verstorbener Eltern keine Familie oder Verwandte, die sich über die Art und Weise meines Todes schämen würden.

Man hat mich wegen Mordes zum Tode durch den Strang verurteilt. Ich hocke in einer kleinen, dunklen Zelle mit einer Metalliege und einem kleinen, stinkenden Loch in einer Ecke. Hoch über mir, zu meiner Rechten, dringt durch ein winziges, vergittertes Fenster ein Schimmer trüben Sternenlichts. Zu meiner Linken befindet sich eine Eisentür mit stabilen Schnappschlössern und einem Guckloch, dessen Abdeckung meine Wärter bei Bedarf beiseite schieben können. Die Wand hinter meiner Liege ist übersät mit eingeritzten Namen, Flüchen, einem Psalm und einem simplen Kalender. Einer meiner Vorgänger hat sogar eine Kohlezeichnung des bekannten Strichmännchens aus dem Spiel »Das Galgenmännchen« angefertigt, die ein anderer dann offensichtlich mit Speichel bearbeitet und fast bis zur Unkenntlichkeit verschmiert hat. Es ist mir bekannt (auch wenn ich es selbst nicht sehen kann), daß sich hinter den Wänden meiner Zelle die grimmigen Wachtürme, der staubige Hof und der Gefängnisgarten befinden, dessen wenige Pflanzen von einigen der älteren Gefangenen liebevoll gepflegt werden. Wenn ich meine Augen schließe, kann ich mir leicht vorstellen, daß ich nicht hier bin... Daß die Zeit vier Monate zurückgedreht ist, und ich mich in einem anderen kleinen, dunklen Raum befinde...

Wir befinden uns in London. In diesem verrückten dritten Jahrzehnt des Zwanzigsten Jahrhunderts. In diesen wilden Jahren nach dem großen Krieg. Ich steckte bis zu meinen Ellenbogen in Chemikalien und war gerade dabei, einige Gruppenphotos des *Kennel Hill Cricket Clubs* zu entwickeln. Es handelte sich um einen Routineauftrag: ein Haufen ganz in Weiß gekleideter Dummköpfe, die sich in Reihen aufgestellt hatten. Sie starrten sich gegenseitig über die Schultern, die Schläger gekreuzt. Ein Spaßvogel schwenkte eine Whiskeyflasche... Aber einen Augenblick, bitte. An dieser Stelle möchte ich einen guten Rat für alle jungen Photographen einschieben: Lassen Sie sich niemals die Chance entgehen, diese Art von Gruppenphotos zu machen. Mannschaftsaufnahmen können für den kommerziellen Photographen der direkte Weg zum großen Geschäft sein. Jeder einzelne in diesen dichtgedrängten Reihen wird eines Tages heiraten oder Kinder bekommen oder kennt jemanden, der das eine oder das andere vorhat. Und dieses Hochzeits-, Tauf- und Geburtstagsgeschäft kann Ihnen gehören, wenn sie sich nicht scheuen, sich darum zu bemühen. Sie müssen lediglich einen großzügigen Vorrat an Visitenkarten mitbringen und sie an die versammelte Menschenmenge verteilen. Und sicherstellen, daß sich jedes Mitglied der Mannschaft, des Geschwaders oder der erlauchten Gesellschaft erst dann entfernt, wenn es eine Karte mit Ihrem Namen in seiner Jackentasche, den Knickerbockern oder dem Mantel untergebracht hat.

Ich für meinen Teil hatte vergessen, auch nur eine einzige meiner teuren, geprägten Geschäftskarten zu den Kennel-Hill-Aufnahmen mitzunehmen, und ich verfluchte erneut meine Vergeßlichkeit, während ich eins der von Menschen wimmelnden Negative aus seinem chemischen Bad zog.

Plötzlich wurde ich durch einen Knall und einen darauf folgenden Aufprall aufgeschreckt. Jemand hatte die Tür zu meinem Studio aufgestoßen und anschließend gegen die Wand geschlagen.

Ich konnte die Dunkelkammer nicht verlassen, um nachzusehen, was vor sich ging, und so rief ich: »Hallo?«

Ich erhielt keine Antwort. Der Boden des Studios zitterte, als Fußtritte über die Dielen polterten. Über diesen Lärm erhoben sich zwei Stimmen, die laut miteinander stritten. Ich erkannte den eifrigen Tenor meines Assistenten Roy. Die andere Stimme hatte ich noch nie zuvor vernommen. Sie war tief, kräftig und rauh. Der Akzent klang ländlich und entsprach in dem Maße Englands Farmen und Feldern wie Roys Zwitschern der sich immer weiter ausdehnenden Hauptstadt. Die kräftige, rauhe Stimme verlangte danach, mich zu sehen. Roy setzte ihren Besitzer davon in Kenntnis, daß ich nicht gestört werden dürfe.

»Und warum zum Teufel nicht?« fragte der Fremde barsch.
»Weil sich Mr. Castle in der Dunkelkammer befindet«, erwiderte Roy.
»Wo ist die Dunkelkammer?«
»Direkt dort drüben.«
Ich hörte erneut, wie Fußtritte den Raum durchquerten. Sie stoppten genau vor der Dunkelkammer.
»Hinter dieser Wand?«
»Ja.«
Ein schrammendes Geräusch, nicht weit von meinem Kopf entfernt, erschreckte mich. Es mußte die Hand des Fremden sein, die forschend über die Wand strich. Ich fühlte mich seltsam, verletzlich, von allem entfernt, als würde ich blind in einem dunklen Becken treiben.
»Was tut er dort drin?« erkundigte sich der Fremde.
»Er entwickelt Bilder.«
»In einem dunklen Raum?«
»Genau«, antwortete Roy.
Während der Fremde nachzudenken schien, blieb es einen Moment lang ruhig. Schließlich bemerkte er: »Nun, vielleicht könnte Mr. Castle etwas Licht gebrauchen...«
Krach-bumm! Die Wand der Dunkelkammer schien zu explodieren. Ein Strahl Tageslicht schoß an mir vorüber, gefolgt von einer Wolke Gipsstaub, Lattenstücken, Tapetenschnipseln und einer großen Faust. Die Faust kämpfte sich frei und hinterließ ein ausgefranstes Loch, durch das die Helligkeit hineinströmte.
Mein erster Gedanke galt den Negativen. Ein leises ›Ping‹! ertönte von der Eieruhr, und ich stieß einen erleichterten Seufzer aus. Der kritische Zeitraum der Empfindlichkeit war vorüber: Das Licht konnte keinen

Schaden mehr anrichten. Ich wischte meine Hände ab, streckte eine Hand nach der Tür aus und riß sie auf.
Das Tageslicht blendete mich. Rastlose Wolken zogen über das helle Blau des Oberlichts hinweg. Ein silbrig glänzendes Flugzeug schnitt eine saubere Diagonale durch das vergitterte Glas. Darunter, in den umherirrenden Schatten, stand Roy in der Pose eines Boxers vor dem Fremden, der eine aufdringlich karierte Jacke in braunen und senfgelben Farben trug.
Roy war wesentlich schmächtiger als sein Gegenüber, und der Kampf war so schnell vorüber, wie er begonnen hatte. Mit überraschender Sanftheit parierte der Fremde Roys Faustattacken und warf ihn zu Boden. Nachdem er ihn überwältigt hatte, setzte sich der Fremde auf Roys Kopf. Von diesem niedrigen Sitz aus blickte er finster zu mir herauf.
»Ich suche einen Mr. Charles P. Castle«, sagte er.
»Der bin ich«, erwiderte ich.
»Der Experte in Sachen Photographie?«
»Ich schätze, in gewisser Weise bin ich ein Experte, ja.«
Roy zappelte unter dem Hinterteil des Fremden.
»Bekommt er auch genug Luft?« erkundigte ich mich beunruhigt.
»Was?« fragte der Fremde, als hätte er vollkommen vergessen, wo er Platz genommen hatte. »Oh«, sagte er dann, blickte nach unten und hob sein Hinterteil so weit in die Höhe, daß Roy unter ihm wegschlüpfen konnte.
Roy schnappte nach Luft und rollte über den Boden. »Ich werde einen Polizisten rufen«, sagte er empört, während er sich aufrappelte.
»Das wird nicht nötig sein«, sagte der Fremde und klopfte sich seine Hose ab.
»Und warum nicht?« erkundigte sich Roy.

»Ich bin Polizist«, antwortete der Fremde.
Er war ein großer, sonnengebräunter Mann mit buschigen Augenbrauen und einem durchdringenden, irritierenden, finsteren Blick. Zu der karierten Jacke trug er eine eng anliegende Melone, eine schlecht sitzende, grüne Hose und klobige Schuhe. Als er bemerkte, daß ich ihn einer eingehenden Betrachtung unterzog, nahm er seinen Hut ab und entblößte eine niedrige Stirn, auf der das Schweißband eine rosafarbene Linie hinterlassen hatte.
»Wenn Sie wirklich Polizist sind«, sagte Roy herausfordernd, »wo ist dann Ihre Uniform?«
»Ich trage sie im Urlaub nicht«, entgegnete er.
»Handelt es sich hier um irgendeine offizielle Angelegenheit?« fragte ich.
»Nein, Sir«, erwiderte er. »Es ist rein persönlich.«
»Dann haben Sie kein Recht, einfach so hereinzuspazieren und unsere Wände zu demolieren«, sagte Roy. »Das ist ungeheuerlich. Wir sind doch hier nicht in Rußland. Wie lautet Ihr Name?«
»Roy, bitte, bitte, bitte«, sagte ich. »Überlassen Sie diese Angelegenheit mir.«
Ich wandte mich dem Fremden zu.
»Ich glaube, wir sind uns noch nicht vorgestellt worden«, sagte ich und versuchte so, die Unterhaltung auf irgendeine höfliche Basis zu stellen.
Der Besucher warf einen grinsenden Blick in Roys Richtung. »Walsmear«, sagte er. »Constable Michael Walsmear.«
Er klemmte sich seinen Hut unter den Arm und hielt mir die ausgestreckte Hand hin. Der Weg durch die Wand hatte seinen Knöcheln ein Aussehen verpaßt, als wären sie an einer Käsereibe entlanggezogen worden. Nachdem ich

diese Hand geschüttelt hatte, wollte Roy mir sein Taschentuch reichen. Ich vollführte eine abwehrende Geste.

»Was kann ich für Sie tun?« erkundigte ich mich bei unserem Besucher.

»Ich möchte Ihre Meinung über einige Aufnahmen hören«, sagte er.

»Welche Aufnahmen?«

»Einige Aufnahmen, die ich in meiner Tasche habe.«

»Was möchten Sie darüber erfahren?«

Constable Walsmear blickte zu Roy hinüber. Dann schaute er mich an. »Das ist eine Privatsache«, sagte er.

Ich erkannte, daß er wegen Roy besorgt war.

»Sie können Roy vollkommen vertrauen«, versicherte ich ihm deshalb. »Er ist mein Dr. Watson. Alles, was Sie mir anvertrauen, können Sie auch ihm anvertrauen.«

»Sieht gar nicht wie ein Doktor aus.«

»Ich habe nicht gesagt, daß er ein Doktor ist. Ich wollte damit deutlich machen, daß er wie ein Doktor – das heißt wie Watson – ist.«

»Schaffen Sie ihn hier raus.«

Roy lachte und zog seine Krawatte gerade. »Ich glaube kaum«, sagte er kalt, »daß Mr. Castle es riskieren würde, mit Ihnen alleingelassen zu werden – was auch immer Sie zu sein behaupten.«

Ich blickte nachdenklich von Roy zu dem Besucher hinüber. Roy lag insofern richtig, als ich keine Eile hatte, es zu einem Tête-à-tête mit diesem riesigen, gewalttätigen Individuum kommen zu lassen. Andererseits war Walsmear erfrischend anders als meine gewöhnliche Klientel, und seine mysteriöse, ›private‹ Mission schien der Beginn eines Abenteuers zu sein – etwas, das ich in meinem auserlesenen Wahnsinn glaubte zu benötigen.

Es mag leichtsinnig gewesen sein, aber ich bat Roy, nicht vorschnell zu urteilen. »Ich denke, daß ich gerne sehen möchte, was der Constable mir zu zeigen hat«, sagte ich.
»Soll das heißen, daß ich vor die Tür gehen soll?« fragte Roy.
»Nicht vor die Tür gehen. Natürlich nicht so. Ich habe eine Idee. Sie können zum Mittagessen gehen. Es ist schon fast zwölf. Ich werde mich hier mit Constable Walsmear unterhalten, und wenn Sie zurückkommen, wird alles vorüber sein.«
Roy starrte uns ungläubig an. »Er könnte Sie töten«, sagte er.
Ich erwiderte ihm, daß ich Zweifel hätte, daß dies geschehen würde. Und nachdem ich dem loyalen und talentierten Roy mehrmals versichert hatte, daß ich alle Vorkehrungen für meine Sicherheit treffen würde, gelang es mir, ihn dazu zu bringen, mich mit unserem Besucher allein zu lassen.
»Ich werde zurückkommen«, sagte er, pflückte seinen Hut vom Ständer und warf Walsmear einen warnenden Blick zu. »Eventuell komme ich ein bißchen früher als geplant zurück.«
»Ja, ja, ja«, sagte ich und tätschelte seine Schulter. »Ich bin Ihnen sehr dankbar, daß Sie sich um mich sorgen, Roy.«
Er trat aus der Tür, drehte sich aber noch einmal um. »Vergessen Sie nicht, daß Sie um halb zwei einen Termin haben«, sagte er. »Mrs. Skorking.«
»Ich werde daran denken«, entgegnete ich. »Jetzt gehen Sie aber und genießen Ihr Mittagessen. Und machen Sie sich um mich keine Gedanken.«
Roy machte sich auf den Weg, die fünf Stockwerke von

meinem Studio bis zur Straße hinunter. Der Fremde bewegte sich nicht, bis das Geräusch von Roys Fußtritten verklungen war.
Dann entspannte er sich sichtlich und lächelte.

Kapitel 2

Wie ich durch einige Photographien verunsichert wurde

Das Studio war noch in dem Zustand, wie ich es für die Kunden des vorherigen Tages – ein Violinenduo – ausstaffiert hatte. An dieser Stelle möchte ich betonen, daß der ambitionierte, junge Photograph gut daran tut, wenn er seine Kontakte besonders innerhalb der Professionen des Theaters und der Musik pflegt, und auch unter solchen Leuten, die nach eben diesen Professionen trachten. Schauspieler und Musiker benötigen ständig Aufnahmen, um für ihre Vorstellungen und Aufführungen zu werben, und schon vielen professionellen Photographen ist es gelungen, ihre gesamte Karriere ausschließlich auf diesen Berufsständen zu begründen.

In meinem Fall hatten die Musiker für den Hintergrund ihrer Bilder nach einem »Salon-Look« verlangt. Um sie zufriedenzustellen, hatte ich zwei gut gepolsterte Stühle aus meinem Requisitenzimmer geholt. Hinter den Stühlen kreuzte ich ein Paar Straußenfedernfächer über einer orientalischen Vase, die groß genug war, um eine Leiche darin zu verstecken. Dann entstaubte ich einen Strauß künstlicher Rosen und verstreute die falschen Blumen über das ganze Set, als seien sie gerade von einem ekstatischen Publikum dort hingeschleudert worden.

Die Fiedler fanden es großartig.
Nun bedeutete ich Walsmear, sich auf einen der gutgepolsterten Stühle zu setzen. Er testete beide Stühle zunächst mit seinen Fingern. Nachdem er die kurzen Schwänze seines Mantels hochgeschleudert hatte, wirbelte er herum und ließ sich schwer auf den weicheren der beiden Stühle fallen. Dann griff er nach unten und hob eine der künstlichen Rosen auf, die noch immer auf dem Boden lagen. Er roch an ihr.
»Eine Imitation«, verkündete er.
Ich nickte, fragte ihn, ob er bequem sitze und sprach mit merklichem Sarkasmus in der Stimme mein Bedauern darüber aus, daß ich ihm keine Zigarre anbieten könne.
Walsmear entgegnete, daß er selbst eine Zigarre dabeihabe.
Als er sie aus der Brusttasche zog, sah ich, daß sie bereits halb geraucht und wie ein Zeltpflock zerdrückt war. Nachdem er sie angesteckt hatte, machte er einige tiefe Züge. Der Stuhl wurde in eine gelbe Wolke gehüllt. Aus dem Inneren des wogenden Qualms hörte ich, wie er mit den Lippen schmatzte.
»Bequem so?« erkundigte ich mich.
»In der Tat.«
»Gut.«
Nachdem er einige Minuten lang schweigend vor sich hin gepafft hatte, fragte Walsmear: »Sie sind kein Engländer, oder?«
»Nein.«
»Australier?«
»Nein.«
»Aus Kanada?«
»Amerikaner. Aus Boston. Aber ich lebe bereits seit acht Jahren in London.«

»Ich habe in Frankreich einige Amerikaner getroffen. Habe nicht viel von ihnen gehalten. Das war während des Krieges. Waren Sie im Krieg?«
»Zu jung«, antwortete ich.
Der Rauch verursachte mir Kopfschmerzen. Ich ging zum Fenster, um es zu öffnen. Frische Luft und Geräusche von der Straße drangen herein.
»Habe überhaupt nicht viel von ihnen gehalten«, wiederholte Walsmear.
»Nun also ...« Meine Stimme muß wohl gereizt geklungen haben.
»Aber SIE schätze ich«, sagte Walsmear und schnippte Asche in die orientalische Vase. »Sie sind höflich. Für einen Londoner.«
»Danke sehr.«
»Ich bin jetzt seit zwei Tagen in London. Und Sie sind der erste höfliche Mensch, der mir begegnet ist.«
»Daran sind Sie möglicherweise nicht ganz unschuldig«, entgegnete ich. »Sie haben zum Beispiel eine ziemlich ungewöhnliche Art, einen Raum zu betreten. Hinterlassen Sie überall, wo Sie waren, Löcher in den Wänden?«
»Dafür würde ich mich ja entschuldigen, aber ich habe es mir zur Gewohnheit gemacht, mich nie für etwas zu entschuldigen. Belassen wir es dabei, zu sagen, daß ich verärgert war. Über Ihren Freund.«
»Meinen Freund? Oh, Sie meinen Roy. Roy ist kein Freund. Natürlich gehen wir freundschaftlich miteinander um, aber im Grunde ist er zunächst einmal mein Assistent – «
»Nicht dieser lächerliche Zwerg. Ich spreche von Doyle.«
»Doyle? Wer soll das sein?«
»Ihr Freund.«

Ich stöberte in meinem Gedächtnis. Ich besaß keinen Freund namens Doyle. Es sei denn, er sprach von Jimmy Doyle, damals in der Schule. Ich schaute Walsmear an und schüttelte den Kopf. »Ich weiß nicht –«
»Sir Arthur Conan Doyle«, sagte er mit verärgerter Stimme. »Dieser Schreiberling. Der Scheißspiritist. Ritter des verdammten Hosenbandordens oder wie auch immer das Ding heißt.«
»Oh, der.«
»Wie nennen Sie ihn denn? ›Arthur‹? ›Artie‹?«
»Ich glaube, ich nannte ihn Sir Arthur, als ich ein Photo von ihm machte. Aber das ist schon Monate her. Und persönlich kenne ich ihn kaum.«
»Aber er kennt Sie.«
»Was veranlaßt Sie zu dieser Aussage?«
»Er hatte Ihre Visitenkarte auf seinem Schreibtisch liegen. Meinte, daß ich mich an Sie wenden soll. Sie könnten mir etwas über ... meine Photographien sagen.«
»Ah, Photographien«, nickte ich wissend. »Ein Fall von Erpressung in Ihrem Bezirk?«
Der Polizist blickte mich mit Augen an, die zu schmalen Schlitzen geschlossen waren. »Wie kommen Sie darauf, daß es Erpressung ist?«
»Nicht schwierig«, erwiderte ich und lachte in mich hinein. »Oder sollte ich sagen, ›einfach‹? Ha, ha. Ich habe lediglich meine Schlußfolgerungen gezogen, wie es Sherlock Holmes auch getan hätte.«
»Wer ist Sherlock Holmes?«
»Sherlock Holmes«, wiederholte ich.
»Wer ist das?«
»Sie haben mit Arthur Conan Doyle gesprochen und wissen nicht einmal, wer Sherlock Holmes ist?«
Der Polizist blickte mich mit ausdruckslosen Augen an.

»Lesen Sie denn gar nicht?« fragte ich.
»Ich bin ein einfacher Mann«, erwiderte er mit zusammengepreßten Zähnen.
»Warum, wenn ich fragen darf, wollten Sie mit Sir Arthur sprechen?«
»Um ihm die hier zu zeigen«, antwortete er.
Er setzte seine Melone auf den Knien ab, griff in seine Tasche und zog einen dreckigen, braunen Umschlag hervor, der mit einem Bindfaden umwickelt war.
»Und worum handelt es sich dabei?«
»Um die Photographien«, flüsterte er.
Erneut versuchte ich, mir über sein Ansinnen klarzuwerden. Welcher Art könnte ein Verbrechen sein, in dem Photographien eine Rolle spielen, und das einen Landpolizisten, der keine Ahnung von Sherlock Holmes hat, dazu bringt, Arthur Conan Doyle zu konsultieren?
»Schmutzige Photographien?« erkundigte ich mich.
Walsmears Gesicht nahm die Farbe einer roten Paprikaschote an. Seine Augen begannen hervorzuquellen, und er sprang auf die Füße.
»Was?« bölkte er.
»Ich wollte sagen –«
»Wofür halten Sie mich?«
»Wirklich, ich –«
»Glauben Sie, ich sei nach London gekommen, um ein Paket schmutziger Photographien zu verkaufen? Denken Sie das wirklich?«
»Das würde mir nicht im Traum –«
»Mache ich einen solchen Eindruck auf Sie? Nun, Sie sind nicht besser als alle anderen.«
»Sie sehen das falsch«, wandte ich ein.
»Tue ich nicht.«
»Tun Sie doch. Aber lassen Sie uns doch bitte zu Ihrer

Angelegenheit zurückkehren. Wenn es sich weder um Erpressung noch um schmutzige Photos handelt, worum, um Himmels willen, geht es dann?«

»Ist schon gut.«

»Worum geht es?«

»Nein, nein, ist schon in Ordnung. Schon gut. Ich werde woanders hingehen.«

»Bitte sagen Sie es mir.«

»Sie haben Ihre Chance gehabt.«

Jener neuerliche Ausbruch dieses einfachen, scheinbar verrückten Polizisten bildete einen starken Kontrast zu der Erinnerung, die ich an Sir Arthur Conan Doyle hatte, der eine gewisse Würde ausstrahlte, auch wenn er manchmal seltsame Ansichten vertrat. Mich beschäftigte die Frage nach der Verbindung zwischen dem Polizisten und dem Schriftsteller. Warum hatte der Schriftsteller mich empfohlen? Ich rief mir die kurze Ära meiner Bekanntschaft mit Sir Arthur in Erinnerung. Ich hatte den berühmten Autor für das Titelbild seiner Gesammelten Werke photographiert, die in Italien veröffentlicht werden sollten. Anschließend hatte es einige Probleme mit der Rechnung gegeben. Wer sollte sie bezahlen? Sir Arthurs englischer Verleger? Oder die italienischen Verleger? Oder Sir Arthur selbst? Meine Rechnung wurde zwischen den aufgebrachten Parteien hin- und hergereicht, bis jemand auf eine vermittelnde Lösung kam, die vorsah, daß die Italiener zahlten, während Sir Arthur und die englischen Herausgeber ihnen halfen, daß sie ihr Gesicht wahren konnten, indem sie die ganze Sache auf meine irgendwie unzulänglichen Abrechnungspraktiken schoben. Auf dem Kontinent wurde sogar gemunkelt, daß ich versucht habe, sie auf irgendeine, nicht weiter genannte Weise zu prellen.

Hatte Sir Arthur etwa immer noch diese absurde Version der Geschichte im Kopf? Wollte er etwa auf diese Weise Rache an mir nehmen, indem er Verrückte zu mir sandte, die mich quälten?
»Dürfte ich eine Frage stellen?« erkundigte ich mich.
Walsmear schnaufte bejahend.
»Was hat Ihnen Sir Arthur sonst noch erzählt? Ich meine, abgesehen davon, daß er Ihnen meine Karte gegeben hat...?«
»Er sagte, daß ich seine kostbare Zeit verschwenden würde. Dann ließ er mich rauswerfen.«
»Warum hat er das getan?«
»Die Photographien gefielen ihm nicht.«
»Was stimmt denn mit ihnen nicht?«
»Er sagte, sie seien Humbug.«
»Tja, werfen wir doch einmal einen Blick darauf.«
»Nach allem, was Sie gesagt haben?«
»Oh, kommen Sie schon.«
»In Ordnung. Ich werde sie Ihnen zeigen. Aber nehmen Sie sich in acht, was Sie sagen. Ich kann es nicht leiden, wenn man auf mir herumtrampelt.«
»Sie können mir vertrauen.«
»Ich mag ja vielleicht ein Narr sein«, fuhr er fort. »Und wenn ich mich wie einer benehme, dann sagen Sie es ruhig. Aber was auch immer Sie sagen, Mr. Castle, wagen Sie es ja nicht...«, und an dieser Stelle fuchtelte er mir drohend mit seinem Zeigefinger vor der Nase herum, »... ein einziges Wort gegen diese Mädchen zu äußern.«
»Welche Mädchen?« fragte ich.
Walsmears Gesicht nahm einen kummervollen Ausdruck an. »Ich schätze, Sie sollten selbst nachsehen.«
Er hielt mir das Päckchen hin. Als ich meine Hände danach ausstreckte, zog er es plötzlich zurück.

»Doyle behauptete, Sie verstünden Ihr Handwerk«, sagte er.
Das Päckchen kam wieder auf mich zu. Wieder griff ich danach. Wieder wurde es zurückgezogen.
»Wenn es sich herausstellen sollte, daß ich unrecht habe«, sagte er, »dann verbitte ich mir jegliche hämische Bemerkung. Ich verbitte mir, daß eine etwaige Demütigung – «
An dieser Stelle riß ich ihm schließlich das Päckchen aus der Hand.
Er zuckte überrascht zusammen, hustete in seine Hand und sagte: »Ja, natürlich.«
Ich zog meinen Stuhl unter das Oberlicht, direkt auf ein helles, leuchtendes Rechteck auf dem Orientteppich. Ich legte das Päckchen auf meine Knie und begann, die drekkige Schnur mit meinen Fingernägeln aufzuknoten. Es war eine teuflische Arbeit, sie abzubekommen, und ich war der Versuchung nah, meine Zähne zu benutzen. Aber schließlich war der Knoten geöffnet. Die Schnur flog durch die Luft, und ich zerrte eine Menge überflüssigen Verpackungspapiers zur Seite, um schließlich zwei gewöhnliche, postkartengroße Schnappschüsse ans Tageslicht zu befördern.
»Das sind sie?« erkundigte ich mich.
Walsmear nickte.
»Das sind die Photographien?«
Walsmear nickte ein weiteres Mal.
Ich studierte die oberste Aufnahme. Darauf war ein hübsches kleines Mädchen zu erkennen, das mit einem sittsamen, weißen Trägerrock bekleidet war und in der Mitte eines Gartens stand. Rechts und links von ihr befanden sich Beete mit Rittersporn und im Hintergrund ein knorriger Baum. Die zweite Aufnahme zeigte ein weiteres jun-

ges Mädchen, blonder als das erste und ähnlich gekleidet. Sie stand fast an derselben Stelle, war im Profil photographiert und streckte ihre Hand aus, um das längste Blütenblatt einer herabhängenden Iris zu berühren.
Die Bilder waren scharf, aber dilettantisch aufgenommen, und beide waren rings um die Körper der beiden Mädchen durch kleine, helle Kleckse verunstaltet.
Diese Kleckse kamen mir auf Anhieb irgendwie seltsam vor, wenn sie mir auch nicht gerade bemerkenswert erschienen. Sie hatten etwas Vertrautes an sich. Nachdem ich eine Weile darüber nachgedacht hatte, beschloß ich, daß es aussah, als ob Sonnenlicht auf der Oberfläche eines dahinziehenden Stromes spielt, und die Reflexionen auf der Spitze eines herunterhängenden Astes tanzen. Aber wie konnten solche Sprenkel auf diese Photographien geraten? Sie befanden sich nicht auf irgendeiner Oberfläche, sondern waren über das ganze Bild verteilt. Ich führte das Phänomen auf Staub oder irgendeinen anderen, äußerlichen Faktor zurück.
»Also, wollen Sie mir jetzt vielleicht erklären, was ich hier betrachte?« fragte ich.
»Was sehen Sie?«
»Zwei entzückende kleine Mädchen. Zwei schlechte Photographien.«
Ich erinnerte mich plötzlich an das, was Walsmear darüber geäußert hatte, »gedemütigt« zu werden.
»Das heißt«, fügte ich also hastig hinzu, »die Photos sind nicht schlecht im Sinne von ›schlecht photographiert‹. Für einen Amateur zumindest. Es handelt sich lediglich um schlechte Abzüge. Haben Sie sie – hm – aufgenommen?«
»Nein, nicht ich«, erwiderte er. »Das waren die Mädchen. Die eine hat die andere photographiert.«

»Oh, nun ja, dafür, daß sie von Kindern gemacht wurden, sind sie wirklich sehr gut. Wie alt sind diese Mädchen?«

»Die eine ist sechs und die andere neun. Was sehen Sie sonst noch?«

Es gab nicht viel mehr zu sehen. Aber ich mußte etwas sagen. Also beugte ich mich tiefer über die Bilder und studierte die Gesichter der Mädchen.

»Ich sehe Unschuld«, sagte ich. »Ich sehe Reinheit. Ich sehe den Frühling des Lebens.«

Die Worte kamen aus meinem Mund, aber ich konnte nicht glauben, daß ich wirklich solch einen sentimentalen Kitsch von mir gab. Ich blickte zu Walsmear auf. Er sah mich an, als ob ›Unschuld, Reinheit und der Frühling des Lebens‹ genau die erwartete, richtige Antwort gewesen sei.

»Was ich eigentlich sagen will – «

Was wollte ich denn eigentlich sagen?

Reiß dich zusammen, Castle, dachte ich. Ich blickte wieder auf die Photographien hinab. Ich war mir sicher. Es war nichts Besonderes an ihnen. Die Aufnahmen waren so gewöhnlich, wie es nur die Schnappschüsse von Amateuren sein konnten. Natürlich waren die Mädchen wunderschön. Das war etwas. Und sie waren auf eine ganz spezielle Art und Weise wunderschön. Da war nichts von dieser faden, grübchenhaften Lieblichkeit, die gewöhnlich als kindliche Schönheit erachtet wird. Diese beiden Mädchen besaßen eine goldene, unbefleckte Eigenschaft. Ich würde es ›Tugendhaftigkeit‹ nennen. Aber was hatte das schon zu bedeuten? Plötzlich kam mir ein grauenhafter Gedanke.

»Werden diese Mädchen vermißt?« fragte ich schnell. »Wurden sie entführt?«

Walsmear schüttelte den Kopf. »Sie haben mir diese Bilder selbst gegeben.«
Ich war ungeheuer erleichtert. Aber ich ärgerte mich immer mehr über Walsmears Ratespielchen.
»Jetzt hören Sie mir einmal zu«, sagte ich. »Ich kann mir nicht vorstellen, was das hier soll. Warum haben Sie diese Photos erst zu Sir Arthur gebracht und jetzt zu mir? Was soll ich Besonderes darauf sehen? Sie müssen mir schon ein bißchen Hilfestellung geben. Oder ich werde jetzt mit den Vorbereitungen für meinen nächsten Termin beginnen müssen. Ich habe keine Zeit für irgendwelchen Nonsens.«
Walsmear rührte sich nicht. Er warf mir einen Blick zu, der besagte, daß ich mich ganz so verhielt, wie er es erwartet hatte. Aber was genau hatte er erwartet?
»Das reicht jetzt«, sagte ich und gab ihm die Photos zurück. »Das war's. Ich glaube, Sie sollten jetzt gehen.«
Klingt das schroff? War ich ein wenig zu kurz angebunden mit dem Mann? Das mochte wohl sein, aber die Schnappschüsse der beiden Mädchen hatten eine eigenartige Wirkung auf mich. Sie hatten mich im tiefsten Inneren getroffen und meine Gefühle aufgewühlt. Ich kam mir vor wie ein großer Bottich mit Hefeteig, den man mit einem riesigen Löffel durchrührt. (Tatsächlich hatte ich ein solches Ding einmal für eine Bäckerei photographiert – wie viele andere Bereiche der Industrie eine gute Quelle für Aufträge.) Ich war durcheinander, verstehen Sie?
Wie bedauerlich, daß ich Roy fortgeschickt hatte. Meine nächste Kundin würde bald kommen, und Roys Anwesenheit wäre unbezahlbar gewesen. Er kümmerte sich immer auf hervorragende Weise um viele Kleinigkeiten,

aber seine wichtigsten Aufgaben waren die Gespräche mit den Kunden. Er besaß eine höfliche Unterwürfigkeit und machte ständig jene banalen Bemerkungen, die einfache Leute dazu bringen, sich behaglich zu fühlen. Als ich selbst noch neu im Geschäft war, hatte ich auch Talent für solche Dinge – denn ich hatte die Wahl zwischen Plaudern oder Verhungern –, aber in der letzten Zeit war eine Welle des Trübsinns über mich hinweggerauscht, und infolgedessen hatte ich meinen Blick mehr und mehr nach Innen gerichtet. Der Gedanke, mit dieser neuen Kundin zusammentreffen zu müssen, erschien mir grauenhaft. Und warum? Schlicht und einfach, weil ICH mir nun etwas ausdenken mußte, worüber ich mich mit ihr unterhalten konnte.

Der zweite Faktor, der dazu beitrug, daß ich mich unwohl in meiner Haut fühlte, mußte der latent vorhandenen Bitterkeit gegenüber dieser Sache mit Arthur Conan Doyle zugeschrieben werden, die Walsmear erneut in meine Erinnerung gerufen hatte. Es war in der Tat eine kleine Katastrophe gewesen! Man hatte mich zum Sündenbock gestempelt. Es lag an dem Kleingedruckten in seinem Vertrag mit den italienischen Herausgebern. Und während Sir Arthur und die Italiener längst schon wieder einen Friedensvertrag geschlossen hatten, hing mir der Ruf an, dunkle Machenschaften bei meinen Abrechnungen zu betreiben. Es war einfach nicht fair. (Aber der junge Photograph sollte an dieser Stelle zur Kenntnis nehmen, daß Geschäfte nicht notwendigerweise fair verlaufen. Die Preise gehen an die Schnellen, die Raffinierten, die Energischen und die Manipulateure.)

Und schließlich gab es da noch diese beiden kleinen Mädchen auf den Photos. Verflixt noch mal, was hatten sie doch für eine Wirkung auf mich! Es ist schon seltsam,

wodurch diese Schutzwälle aus Kritik, Skepsis und Ironie, die wir um unsere Empfindungen errichten, durchbrochen werden können. Ein guter, billiger Schlager ist dazu imstande. Oder auch jene Szene, in der die kleine Eva in *Onkel Toms Hütte* stirbt. (Aber vielleicht geht das ja nur mir so.) Das ist jedenfalls genau das, was die beiden engelsgleichen Gesichter dieser kleinen Mädchen bei mir bewirkten. Sie schienen direkt aus diesen gewöhnlichen, uninteressanten Schnappschüssen herauszuspringen, um sich in meinem Herzen breitzumachen.
Und dann kam mir der Gedanke, daß diese kleinen Mädchen, ebenso wie die kleine Eva, zum Sterben verdammt waren. Nicht direkt, so hoffte ich, und auch noch nicht in den nächsten Jahrzehnten. Aber eines Tages würden ihre strahlenden, frischen, mit Sommersprossen übersäten Gesichter verwelken und zerfallen. Genau wie diese billigen Photos eines Tages einmal vergilbt sein und ihre Ecken sich aufrollen würden.
Ich blickte auf meine Hände hinunter. Ich knetete sie unablässig. Das überraschte mich. Die Hände zu kneten gehörte nicht zu meinem Repertoire an ängstlichen Gesten. Ich hörte sofort damit auf und beobachtete, wie das Blut wieder in die bleichen Finger zurückschoß. Ich hatte keine Ahnung, warum ich dies tat. Wenn ich heute an diesen Vorfall zurückdenke, glaube ich, es zu verstehen. Meine Hände arbeiteten im Einklang mit tiefliegenden Impulsen. Sie bemühten sich, etwas zu fassen: Zeit. Sie versuchten, sie zum Stillstand zu bringen, ihr Gestalt zu verleihen und ihre vergängliche Schönheit in eine dauerhafte Form zu bringen. (Ich finde es bemerkenswert, daß meine Hände instinktiv zu modellieren begannen. Sie bemühten sich, die Zeit zu formen, als handele es sich um Ton. Ob dies wohl etwas über die Bildhauerei als Kunst-

form aussagt? Ist die Skulptur das grundlegendste künstlerische Medium? Ist sie das Medium, auf das die ursprünglichsten Bereiche unseres Nervensystems auf direkte Weise reagieren? Ist es nicht ein Wunder, daß ich mich noch für solche Fragen interessieren kann – obwohl ich doch schon morgen früh gehenkt werden soll?)

Es gab so viel zu tun! Ich verspürte einen seltsamen Druck. Tausend Pläne und Einfälle überschwemmten mein Gehirn. Soviel Schönheit in der Welt. Ich mußte sie finden, sie zelebrieren, sie unsterblich machen. Ich mußte an Orte reisen, mußte Dinge erledigen: Tableaux anfertigen und Kompositionen, Stilleben, Innenaufnahmen, Porträts, Landschaften, Kataloge, künstlerische Wiedergaben und brillante Aussichten.

Ich hatte den Polizisten, Roy, meine nächste Kundin, das Studio und das klaffende Loch in der Wand meiner Dunkelkammer vollkommen vergessen. Warum saß ich inmitten dieses wertlosen Plunders, wenn es da draußen soviel Schönheit gab, die nur darauf wartete, im Kunstwerk Gestalt anzunehmen? Es war ein Verbrechen, sie verrotten zu lassen. Zur Hölle noch mal, das war beinahe schon unmoralisch. Fast hätte ich auf der Stelle meine alten Farben und Pinsel hervorgekramt und mich auf den Weg gemacht – aber in welche Richtung? Am besten gleich nach – wo lebten diese beiden Mädchen überhaupt?

Kapitel 3

WIE ICH PHOTOGRAPH WURDE

Mit dem Photographieren verdiene ich meinen Lebensunterhalt, aber das Malen ist mein eigentliches Metier. Vor vielen Jahren, als ich noch in Amerika lebte, habe ich bei keinem Geringeren als Nolan Price, ›dem Bouguereau von Bridgeport‹, Zeichnen, Malen und Graphik studiert. Es war der ehrenwerte Price, der mir riet, die Staaten zu verlassen und (da ich kein Französisch sprach) nach London zu ziehen, um den Fußstapfen seines persönlichen Helden, John Singleton Copley, zu folgen. Mit London als Ausgangsbasis, so argumentierte er, könne ich die Vorteile der jahrhundertelangen Tradition nutzen, die der Kontinent in bezug auf das Zeichnen, die Malerei und Bildhauerei besitze. Und wenn ich nur hart genug arbeiten, der Natur huldigen und ihr mit Pinsel und Bleistift meine geduldige Hommage darbringen würde, dann dürfte ich mir eines Tages vielleicht Hoffnung darauf machen, in die Bruderschaft der Unsterblichen aufgenommen zu werden, die aus so unvergleichlichen Männern besteht wie Giotto, Raphael, Michelangelo, Rubens, Rembrandt, David, Landseer ...

Zu der Zeit, als ich nach London kam, hatte die Bruderschaft der Unsterblichen allerdings ihre Mitgliedsstatuten geändert. Es hatte einmal eine Zeit gegeben, als man von einer einzigen Linie künstlerischer Abstammung sprechen konnte, die vom alten Griechenland bis zum modernen Europa reichte. Nun war diese Linie in tausend ›ismusse‹ zersplittert. Für jeden Künstler begann die Geschichte mit ihm selbst. Die Vergangenheit war eine Sache, die man lächerlich machte, die Natur galt es zu verschmähen. Auch ich blieb dieser Tendenz gegenüber nicht immun. Eine Zeitlang hörte ich auf, die Natur zu studieren. Ich nannte mich ›Flockist‹ und trug eine leere Haferflockendose als Hut auf meinem Kopf. Ich zerschlug Schüsseln und Geschirr und klebte die zerbrochenen Stücke auf Leinwände, hatte kurzzeitig Erfolg bei Frauen, und kam mir im großen und ganzen wie ein Idiot vor.

Mit der Zeit lernte ich, die Anmaßungen der modernen Kunst zu hassen, aber ich war zu jung, um mich als einen Konservativen zu betrachten. Der Zufall wollte es, daß ich mich in einem Pub in Chelsea mit einigen jungen Photographen anfreundete. Ich fand heraus, daß die Photographie DIE großartige Alternative war. Übte ich sie aus, so konnte ich modern sein, ohne auf das Vergnügen verzichten zu müssen, die Natur zu beobachten, und ohne mir den Kopf darüber zerbrechen zu müssen, welcher Pinselstrich diese Woche gerade in Mode war.

Um mir die grundlegenden Abläufe der Kunst der Photographie sorgfältig anzueignen, nahm ich eine Stelle in der Dunkelkammer eines Photolabors an. Von der Dunkelkammer zog ich weiter, um als Assistent in dem Studio von Pierre Marquand, dem berühmten Porträtphotographen, zu arbeiten. Marquand zeigte mir, daß die Photographie sowohl Geschäft als auch Kunst ist. Unter seinem Einfluß begann ich mich nach professionellen Ehrungen

und dem Anblick meines eigenen Namens in goldenen Lettern auf einem Porträtsrahmen zu sehnen. Nach einer langen Phase des Planens teilte ich Marquand als erstem meine guten Neuigkeiten mit: Ich hatte vor, mich selbständig zu machen, mein eigenes Studio zu eröffnen. Was für ein Abenteuer! Es war der Höhepunkt meines Lebens und dazu noch ein Abenteuer, von dem ich hoffte, es nur einmal zu erleben – das Studio, das ich zu gründen beabsichtigte, sollte mir bis an mein Lebensende ein einträgliches Einkommen sichern.
Diese beiden Mädchen nun hatten etwas an sich, das mir plötzlich das Gefühl gab, als hätte mein Leben möglicherweise irgendwann eine falsche Wendung genommen. Ich hatte das Gefühl, als hätte ich Kunst und Schönheit gegen Sicherheit eingetauscht. Und ich war doch noch so jung! Erst zweiunddreißig Jahre alt!
Ich wandte mich ab, damit ich nicht länger Walsmear und seine verdammten Photos anschauen mußte. Ich war völlig aufgewühlt. Wohin sollte ich meinen Blick wenden? Ich sah nach rechts. Meine Augen erblickten einen kleinen Alkoven. Das war kein guter Platz, um den Blick darauf ruhen zu lassen. In dieser Nische stand nämlich mein Schreibtisch. Und den Anblick meines Schreibtisches vermied ich für gewöhnlich. Warum? Weil es der Platz war, von dem aus ich die geschäftliche Seite meines Studios regelte. Die Schreibunterlage war mit unbeantworteten Briefen und ungelesenen Nachrichten übersät. Fällige Rechnungen lugten darunter hervor.
Was war ich doch für ein Künstler geworden! Meine ruhmreichen Wege hatten mich lediglich in ein Leben voller Schulden und kleinlichen Rechnereien geführt. Ich unterschied mich in keiner Weise von irgendeinem armseligen Ladeninhaber oder Nadelhersteller.

Das alles war zu viel für mich.

»Gehen Sie«, krächzte ich und wandte mich wieder Walsmear zu. »Gehen Sie dorthin zurück, wo auch immer Sie hergekommen sein mögen. Oder belästigen Sie jemand anderen. Ich habe keine Ahnung, wer Sie sind. Und wissen Sie was? Es ist mir auch vollkommen egal. Sie und Sir Arthur können beide –«

Polizeibeamte mögen es nicht besonders, wenn man ihnen eine Standpauke hält. Walsmear stand auf. Ich konnte erkennen, daß seine Finger instinktiv zu der Stelle an seinem Gürtel wanderten, wo normalerweise sein Knüppel hing. Als er einen Schritt nach vorne machte, trat ich einen Schritt zurück und stolperte über die Nachbildung einer griechischen Säule. Ich schlug mit dem Rücken auf dem Boden auf, und mir ging die Luft aus.

Während ich noch nach Luft schnappte, kam der Polizist Schritt für Schritt näher. Ich hegte keinerlei Zweifel, daß ich das Schicksal der Zigarre teilen würde, die er gerade auf den Boden schleuderte und mit seinem Fuß austrat. Ich schloß die Augen und fühlte, wie die Dielen unter seinem Schritt erzitterten. Als ich sie wieder öffnete, war Walsmear bereits über mich hinweggestiegen und hatte sich in die Nähe des Fensters verzogen. Ich rappelte mich mühsam auf und wandte mich nach ihm um, neugierig, was er unternehmen würde. Seine einzige Tat bestand darin, den Fuß auf das Fensterbrett zu setzen und nachdenklich auf die Straße hinunterzustarren. Von dort ertönte das gewohnte mittägliche Wirrwarr von Geräuschen. Wenn man an diesen Aufruhr nicht gewöhnt war, klang es ganz so wie die Kombination aus einem Zugunglück und dem Raub der Sabinerinnen. Aber wenn man genau hinhörte, ließen sich die Geräusche unterscheiden. Straßenhändler, Taxihupen, die krachenden Getriebe der

Omnibusse und das Gekreische der Gassenjungen. Dazu das Brummen der Motoren und das Gemurmel der Millionen von Unterhaltungen, die im Herzen der großartigsten Stadt der Welt stattfanden.
Walsmear begann zu reden, ohne seine Aufmerksamkeit von der Straße abzuwenden. »Mr. Castle«, sagte er. »Sie mögen mich vielleicht für einen seltsamen Kauz halten. Vielleicht amüsieren Sie sich über meine Kleidung und die Art, wie ich rede. Möglicherweise denken Sie, daß meine Photos komisch sind. Sie und Ihr Freund Doyle glauben vielleicht, daß ich ein einfältiger Tölpel bin. Aber soll ich Ihnen mal was sagen, Mr. Castle? Ich finde Sie und Ihresgleichen ziemlich seltsam. Sie leben in einer Traumwelt. Sie halten sich für so verdammt wichtig. Aber ich bin gar nicht der Ansicht, daß Sie so wichtig sind.«
Ich war betroffen. Es war offensichtlich, daß es sich bei ihm um einen Mann handelte, der normalerweise nicht daran gewöhnt war, solche Reden zu halten. Seine Gefühle waren scheinbar durch irgend etwas von irgend jemandem verletzt worden, und es fiel ihm ausgesprochen schwer, dies zuzugeben.
»Es tut mir leid, daß Sie es so empfinden«, sagte ich.
Er vollführte eine abwehrende Handbewegung.
»Wirklich«, fügte ich hinzu. »Wenn es irgend etwas geben sollte – «
»Nein, nein, nein. Es ist zu spät.«
»Bitte, Mr. Walsmear.« Ich erhob mich. »Was Sie da gerade gesagt haben, ist die Wahrheit. Die Welt ist ein grausamer Ort. Ich verstehe auch nicht, warum sich einige von uns alle Mühe geben, sie noch schlimmer zu machen. Und die andere Sache, die Sie über mich sagten – was war es noch gleich?«
Walsmear blickte mich an. »Daß Sie ein Snob sind?«

»Nein.«
»Daß Sie ein Gesicht wie ein Esel haben?«
»Haben Sie das erwähnt? Nein. Es war etwas über eine Traumwelt.«
»Daß Sie in einer Traumwelt leben?«
»Genau. Wissen Sie, manchmal habe ich tatsächlich das Gefühl, in einem Traum zu leben. Ich fühle mich unwirklich. Als wäre ich überhaupt nicht hier.«
Walsmear faßte sich ans Kinn und warf mir einen zweifelnden Blick zu. Vielleicht hätte ich ihm nichts von diesen Gefühlen erzählen sollen. Wahrscheinlich war er zu primitiv, um dafür Verständnis aufzubringen.
»Aber hören Sie«, sagte ich. »Lassen Sie mich Ihnen behilflich sein. Ich stehe zu Ihren Diensten. Erklären Sie mir Ihr Problem, und ich werde versuchen, Ihnen zu helfen.«
Er blickte mich von oben bis unten an, als wolle er meine Aufrichtigkeit abschätzen. »Ich bin bereit, Sie dafür zu bezahlen«, sagte er schließlich.
»Wofür?«
»Für Ihre Dienste.«
»Dienste welcher Art?« Ich flehte ihn nun buchstäblich an. »Was wollen Sie von mir?«
»Sir, ich möchte über diese Bilder Bescheid wissen.«
Er hielt die Aufnahmen jetzt zwischen seinem Daumen und dem Zeigefinger in die Höhe und wedelte mir damit vor dem Gesicht herum.
»Was möchten Sie denn darüber wissen?« Ich schnappte ihm die Photos aus der Hand. »Was soll ich herausfinden?«
»Ich möchte wissen, ob sie *wirklich* sind.«
»Wer? Die Mädchen?«
»Nicht die Mädchen.« Er griff nach meiner Hand und

hielt mir die Photos vors Gesicht. »Die hier«, sagte er und deutete auf einen der hellen, kleinen Sprenkel. Es waren diese Stellen, die wie schimmerndes Sonnenlicht aussahen, das sich auf einem Fluß spiegelte. »Und die hier und die und die.«

»Ja, ich sehe sie.«

»Sie sind wirklich, verstehen Sie? Die Mädchen haben es mir erzählt. In meinem tiefsten Herzen glaube ich es. Aber ich möchte einen soliden Beweis. Irgend jemand muß beweisen, daß sie echt sind.«

»Echt? Wirklich?« fragte ich. »Wovon reden Sie denn in Gottes Namen?«

»Können Sie sie denn nicht sehen?« Er klopfte mit seiner Fingerspitze auf die kleinen Sprenkel. »Hier ist eine und hier und hier ...«

»Was soll ich sehen?«

Er hielt inne und warf mir einen wütenden Blick zu.

Ich sprach die Worte langsam aus. Ich flehte ihn an: »Was glauben Sie, was das ist?«

Er schaute mich an, als sei ich der größte Narr auf Erden.

»Es sind natürlich Elfen, verdammt noch mal. Elfen!«

Kapitel 4

Wie ich eine Abmachung mit dem Polizisten traf

Im selben Moment schien das ganze Gebäude zu wanken. Tatsächlich war es nur die Treppe. (Das tat sie immer, wenn mehr als eine Person zur gleichen Zeit hinaufstieg.) Das hohe, schrille Geplapper eines Kindes und eine volle, gereizte, nörglerische weibliche Stimme ertönten. Einen Moment später stapfte mein nächster Termin, eine Mrs. Skorking mit ihrer zehnjährigen Tochter, zur Tür herein.

»Nie wieder«, keuchte Mrs. Skorking. Sie steuerte direkt auf den Stuhl zu, auf dem Walsmear gesessen hatte und ließ sich darauf fallen. »Das ist mit Sicherheit das letzte Mal, daß ich zu einem Photographen gehe, der sich im fünften Stock befindet. Ich bin halb tot und...« Sie riß einen kleinen Spiegel aus ihrer Handtasche. »Ich sehe fürchterlich aus. G-r-r-r-r-ace!«

Das kleine Mädchen reagierte nicht.

»Laß die Finger von den Möbeln.«

Aber die kleine Grace hatte sich auf die Rückseite meines Lieblingshintergrundes begeben und stach mit einem Bleistift Löcher hinein.

Mrs. Skorking wedelte sich wie verrückt mit ihrem Fächer Luft zu, lehnte sich zurück und schloß die Augen.

Da wurde ein riesiger Haufen Hutschachteln und Kleidertüten auf den Armen eines Dienstmädchens durch die Tür bugsiert.
»Heather – bist du das?« fragte Mrs. Skorking, ohne sich die Mühe zu machen, aufzublicken.
»Ja, M'am«, antwortete das Dienstmädchen.
»Komm hier rüber, Heather.«
»Ja, M'am.«
»Wo bist du, Heather?«
»Ich bin hinter diesen Schachteln, M'am.«
»Sag meiner Sekretärin, daß sie mir einen anderen Photographen suchen soll.«
»Jawohl, M'am.«
»Ich bin doch keine Bergziege.«
»Nein, M'am.«
»Ich möchte hübsch und ausgeruht aussehen, wenn ich ein Photo machen lasse.«
»Ja, M'am.«
»Stell diese Schachteln ab, ich kann dich nicht sehen, mein Kind.«
Das Dienstmädchen gehorchte, knickste und zog sich zurück. Sie war jung und wäre hübsch zu nennen gewesen, wenn sie nicht einen so müden Eindruck gemacht hätte.
Mrs. Skorking öffnete die Augen und ließ den Fächer zuschnappen.
»Sie dort drüben – Sie sind der Photograph, nicht wahr?«
»Ja, M'am... ich wollte sagen...« Ich hustete und bemühte mich, meiner Stimme Autorität zu verleihen. »Ja, natürlich. Ich bin Ihr Photograph. Und wie geht es uns heute, Mrs. Skorking?«
»Es ist mir unverständlich, warum Sie mit offenem Mund

dort herumstehen. Ich bin diejenige, die gerade fünf Stockwerke hinaufgestiegen ist.«

»Oh, ja, das ist in der Tat ein Problem. Aber sehen Sie, hier oben... natürliches Licht..., das Beste für den Teint...«

Ein Krachen und Scheppern ertönten aus der Dunkelkammer.

»Entschuldigen Sie mich.« Ich eilte hinüber und stieß dort auf die kleine Grace, die neben einem Berg von zerbrochenen Glasplatten stand.

»Du meine Güte, Grace! Was hast du angestellt?«

Es knirschte, als das Mädchen über das Glas hinwegsprang und sich davonmachte. Während ich einige der größeren Splitter aufhob, hörte ich, wie Mrs. Skorking mit ihrem Dienstmädchen sprach.

»Heather, ich möchte es nicht zu dunkel.«

»Nein, M'am.«

»Du machst es doch nicht zu dunkel, oder?«

»Nein, M'am.«

»Laß mich in den Spiegel schauen.«

»Ja, M'am.«

»Oh, je. Nun ist es passiert. Du hast mich zu dunkel gemacht.«

»Tut mir leid, M'am.«

»Mehr Puder.«

»Ja, M'am.«

Als ich wieder herauskam, saßen Madame und ihr Dienstmädchen Knie an Knie, mit einem Kosmetikkästchen zwischen sich. Das Dienstmädchen nahm eine riesige, staubende Puderquaste aus dem Kästchen und bearbeitete damit kräftig das Gesicht ihrer Herrin. Einen Augenblick später waren die beiden Frauen in eine sich aufblähende Puderwolke eingehüllt. Sie glich der Wolke

eines Bühnenzauberers. Ich erwischte mich bei dem Wunsch, Mrs. Skorking möge in ihr verschwinden. Natürlich tat sie das nicht; aber als sich die Wolke wieder gelegt hatte, bemerkte ich, daß jemand anders verschwunden war: Constable Walsmear.
Ich rief seinen Namen, griff nach meinem Hut und lief zur Tür. Hinter mir hörte ich ein weiteres Krachen. Mrs. Skorking knurrte ein mahnendes »G-r-r-r-race!« Ich war nicht mehr imstande, zu überprüfen, was zu Bruch gegangen war. Ich flog die Stufen hinunter, schwang mich um die Stützen des Treppengeländers und hinterließ beinahe meine Fußabdrücke auf Mrs. Skorkings Chauffeur, der unten im Treppenhaus eine Zigarette rauchte. Als ich auf die Straße trat, sah ich, daß Walsmear gerade einen Omnibus besteigen wollte.
»He, hallo, halt!« schrie ich, wich dem Verkehr aus und lief zu ihm hin. »Bitte, bitte, nur eine Minute.«
Walsmear betrat bereits die unterste Stufe des Busses. Ich griff nach seinem Jackenaufschlag und zog ihn wieder herunter.
»Bitte.« Ich schnappte nach Luft. »Ich wollte Ihnen wirklich helfen. Ich wollte ... Sie haben mir nicht gesagt, was es ist ..., was ich für Sie tun kann.«
»Doch, das habe ich.« Walsmear entfernte meine Finger von seiner Jacke.
»Nein, das haben Sie nicht.«
Der Omnibus dröhnte davon und zog eine Rauchwolke hinter sich her. Walsmear wartete ab, bis ich mich ausgehustet hatte, und fuhr dann fort: »Ich habe Ihnen die Photographien gezeigt. Und ich möchte, daß Sie bestätigen, daß es echte sind.«
»Echte was?«
»Echte Elfenphotographien.«

»Welche Elfen? Die Mädchen? Wollen Sie damit sagen, daß die Mädchen Elfen sind?«

»Benehmen Sie sich nicht so närrisch.«

»Wovon reden Sie denn dann?«

Walsmear zog die Photos aus seiner Jackentasche. »Wie würden Sie das hier bezeichnen?« Er deutete auf einen der hellen Sprenkel. »Und das hier?« Er zeigte auf einen anderen Sprenkel.

»Eine Reflexion«, erwiderte ich. »Ein Lichthof. Ein Strahl. Ein Tröpfchen Nasenschweiß auf der Linse. Solche Flecken gibt es häufig. Diese billigen Photoapparate und Zelluloidfilme sind ausgesprochen anfällig. Und Linsen vergrößern die winzigste Schmiererei, das kleinste Stäubchen.«

Wir standen mitten im Gedränge des belebten Bürgersteiges. Ich wurde von Frauen mit Einkaufstaschen angerempelt, ein Botenjunge trat mir auf den Zeh, in Gedanken vertiefte Geschäftsleute liefen in mich hinein, und ein Zugpferd knabberte an meinem Ohr. Walsmear schien über all diesem zu stehen und wurde aus irgendwelchen Gründen nicht belästigt.

»Die Photographie ist ein heikler Prozeß«, fuhr ich fort. »Fehler können sich immer einschleichen.«

»Aber sie sind nur auf diesen Aufnahmen«, beharrte er. »Auf denen, die die Mädchen im Garten gemacht haben. Nicht auf denen, die sie im Haus machten.«

»Man kann nie vorhersagen, was eine Fluse anrichtet. Oder auch ein Sandkorn, das auf die Linse oder auf ein Stück des Films gerät und wieder verschwindet. Eine Fluse kann beispielsweise alle möglichen prismatischen Effekte hervorrufen.«

»Können Sie *beweisen*, daß es sich hierbei lediglich um Staubflusen handelt?«

»Es muß nicht unbedingt Staub sein. Wie ich schon sagte, alles mögliche kann in Frage kommen.«

»Dann könnten es also auch Elfen sein.«

»Alles, außer Elfen. Es tut mir leid. Was ich sagen will, ist, daß es sich hier um etwas handelt, was auf die Linse oder auf den Film geraten ist. Es ist nichts draußen bei den Mädchen. Es ist in der Kamera.«

»Können Sie das beweisen?«

Ich dachte einen Moment lang nach.

»Nun, man kann auf diesen kleinen Abzügen nichts besonders gut erkennen. Sind Sie im Besitz der Negative?«

»Ja.«

»Gut. Also, wenn ich diese Flecken vergrößern würde, könnten Sie sie besser erkennen.«

»*Was* könnte ich besser erkennen?«

»Die Stäubchen oder was auch immer.«

Walsmear zog sein Taschentuch hervor, schlug es auf und enthüllte die Negative. »Hier«, sagte er.

»Gut.« Ich nahm sie ihm aus der Hand. »Damit dürfte Ihre Wette wohl gelaufen sein.«

»Wie bitte?«

»Damit dürfte Ihre Wette dann gelaufen sein«, wiederholte ich.

»Welche Wette?«

»Welche auch immer Sie abgeschlossen haben.«

»Ich habe keine Wette abgeschlossen!«

»Wollen Sie damit sagen, daß Sie nicht mit irgend jemand gewettet haben, daß diese Sprenkel Elfen sind? Und daß diese Person mit Ihnen gewettet hat, daß es keine sind?«

»Nein, habe ich nicht.«

»Oh.«

»Wie kommen Sie darauf?«

»Ich konnte mir einfach keinen anderen Grund vorstellen. Der Sie an dieser Sache interessiert haben könnte, meine ich.«

»Ich habe meine Gründe.«

»Da bin ich sicher.«

»Ich bin bereit, Sie zu bezahlen. Alles andere sollte also keine Rolle spielen.«

»Tut es auch nicht.«

»Gut. Hier.«

Er griff in seine Tasche und zog ein Bündel Geldscheine hervor.

»Nicht hier«, sagte ich. »Das heißt, nicht jetzt. Wenn ich fertig bin.«

»Wenn Sie damit fertig sind, zu beweisen, daß ich recht habe.«

»Schauen Sie«, sagte ich. »Ich kann nichts beweisen. Aber ich werde folgendes machen. Es gibt ungefähr ein halbes Dutzend dieser kleinen Flecke. Ich werde jeden einzelnen auf ein Maß von zwanzig mal fünfundzwanzig Zentimeter vergrößern. Das sollte ausreichen, um alle Fragen zu klären. Und ich werde Ihnen lediglich das Papier in Rechnung stellen. Nicht die Arbeit und auch sonst nichts.«

»Ich werde den vollen Preis bezahlen, vielen Dank.«

»Wie Sie wollen.«

»Und ich werde eine Anzahlung leisten.«

»Das ist nicht nötig.«

»Nehmen Sie das Geld.«

»Oh, zum ...«

Ich nahm das Geld und stopfte es mir schnell in die Tasche. Ich fühlte mich wie ein Straßenhändler oder sonstjemand, der seine Geschäfte auf der Straße erledigt.

»Wann werden Sie damit fertig sein?« fragte er, während er die Stufen des nächsten Omnibusses hinaufkletterte, der gerade vorgefahren war.
»Übermorgen«, rief ich ihm nach. »In der Frühe.«
Das Getriebe des Busses krachte, und er fuhr davon.
Ich blieb noch einen Moment auf der Straße stehen und fragte mich, auf was ich mich da gerade eingelassen hatte. Plötzlich erinnerte ich mich an Mrs. Skorking. Sie war immer noch in meinem Studio. Und wartete. Und wahrscheinlich strömte inzwischen Rauch und Feuer aus jeder ihrer Gesichtsöffnungen.
»Verflixt!«
Ich rannte zurück und die Treppe hinauf. Ich hatte die Befürchtung, dem Untergang geweiht zu sein. Mrs. Skorking würde vor Wut außer sich sein. Nichts konnte mich vermutlich mehr retten.
Aber ich war gerettet. Die US-Kavallerie war in Form von Roy eingetroffen. Er hatte sich entschlossen, früher als erwartet vom Essen zurückzukehren, und hatte die ganze Angelegenheit fest im Griff.
»Erstaunt, Sie noch in einem Stück vorzufinden«, flüsterte er mir zu.
»Er war wirklich nicht gefährlich«, entgegnete ich, warf einen Blick durch die große Studiokamera, stellte mich auf die Zehenspitzen und hielt eine rote Glühbirne in die Höhe. Mrs. Skorking und ihre Tochter unterdrückten für den Bruchteil einer Sekunde ausnahmsweise einmal ihre inneren Giftspritzen. Ich drückte den Auslöser.
»Das wird ein ganz wundervolles Photo«, sagte ich.
Es war verblüffend, wie schnell die finsteren Blicke wieder auf ihre Gesichter zurückkehrten.
»Kein leichtes Leben, was?« flüsterte ich dem Dienstmädchen zu, als sie sich zum Gehen fertig machten.

»Sprechen Sie mit mir?« erkundigte sie sich mit einem ebenso düsteren Ausdruck im Gesicht.

»Öm, ja. Ich, öm, sagte, öm, daß es nicht, hm, leicht sein muß, für diese alte Fledermaus zu arbeiten, wie?«

»Nehmen Sie sich in acht, über wen Sie in einer solchen Weise reden«, zischte das Mädchen. »Mrs. Skorking könnte Sie aufkaufen und wieder verscherbeln. Sie könnte dieses Gebäude abreißen lassen. Sie könnte Sie ruinieren.«

Und dann erhielt ich von dieser kleinen, halben Portion eines Dienstmädchens den hassenswertesten und boshaftesten Blick, den mir jemals ein Mensch zugeworfen hatte.

Der Vorfall war nicht weiter wichtig. Ausgenommen, daß ich mich bemühe, hier meinen damaligen Gemütszustand zum Ausdruck zu bringen. Und dieser Zustand läßt sich folgendermaßen beschreiben: verwirrt.

Wie kam es, daß mich dieses Mädchen – eine vollkommen Fremde – haßte? Ich hatte doch lediglich eine mitfühlende Bemerkung gemacht. Und wo wir schon einmal dabei sind: Wie war ich nur an diesen Constable Walsmear und seine Elfenbilder geraten? Welchen Tag hatten wir heute? Roy stand in der Gegend herum, räusperte sich und schaute mich erwartungsvoll an. Er wird mich um eine Gehaltserhöhung bitten, dachte ich.

»Ach, Roy«, sagte ich, bevor er ein Wort herausbringen konnte. »Warum gehen Sie heute nicht etwas eher nach Hause? Ich habe Kopfschmerzen. Sie merken ja, was für ein Tag das heute ist. Dabei hat er gar nicht so schlecht angefangen, wissen Sie. Als ich heute morgen in die Dunkelkammer ging, war alles ruhig. Als ich sie wieder verließ, schwirrten da diese verrückten Constables herum und diese kleinen Mädchen, die meine Platten zerschmissen haben. Ich weiß nicht, warum das alles geschehen ist. Aber so geht es ...«

Nachdem Roy gegangen war, trat ich an meinen Schreibtisch und zog den Drehstuhl hervor. Ich plazierte ihn direkt unter dem Oberlicht, setzte mich und lehnte mich, so weit ich nur konnte, nach hinten zurück. Einige weiße Wolken waren über den Himmel verteilt. Ich beobachtete, wie sie sich in der untergehenden Sonne rosa färbten. Der Straßenlärm verlor seine quälende Lautstärke. Ich versuchte, an angenehme Dinge zu denken.

Dieser verrückte Polizist Walsmear.

Ich hob seine ›Elfen-Photographien‹ in die Höhe und schaute mir die süßen, mädchenhaften Gesichter an. Solche Elfen braucht die Welt, dachte ich. Zwei strahlende, fröhliche Kinder. Ein englischer Garten. Verbarg sich darin nicht bereits genügend Zauber? Warum, fragte ich mich, bestand dieser Constable Walsmear darauf, die Szenerie mit seinen Elfen zu verkomplizieren? Von allen schon angestaubten Phantasien mußte es unbedingt diese sein! Überall waren Elfen zu sehen: auf Reklameplakaten, auf der Bühne, in Bilderbüchern, auf Parfumfläschchen ...

Aber diese unschuldige Lieblichkeit dieser beiden Mädchen. Also, die war selten. Sie existierte wahrscheinlich nur an solch isolierten Orten wie in der Kleinstadt, dem Dorf oder dem Marktflecken, die solche Typen wie Constable Walsmear hervorbrachten.

Ich nahm die Photos dichter vor Augen und betrachtete blinzelnd den ›Elfen‹-Schimmer. Nichts. Null. Ich zog die Negative hervor. Auch darauf befand sich der Schimmer. Aber meine Schlußfolgerung blieb dieselbe: Die Flecken bestanden aus Schmiere, Wasser, vielleicht auch Marmelade und befanden sich auf der Linse. Ich beschloß, Roy

die Vergrößerungen machen zu lassen. Ich hoffte nur, daß der Polizist nicht allzu enttäuscht sein würde.
Ich schloß ab, ging nach unten und legte mich ins Bett.
Im Halbschlaf hatte ich die kleinen Mädchen von den Photographien vor Augen. Sie standen mitten in ihrem Garten. Als ich näher kam, nahmen sie mich bei den Händen. Sie führten mich an einen geheimen Ort, wo sich über die Oberflächen von Blüten kleine Gestalten bewegten. Kleine Männer und Frauen. Elfen, Kobolde, Gnome, Feen und andere Sphärenwesen sprangen dort über die Blüten hinweg. Ich mußte zu diesem Zeitpunkt bereits in einen tiefen Schlaf gesunken sein. In meinem Innern war ich im wahrsten Sinne des Wortes verzaubert. Die Szenerie schwand beim Aufwachen in einem hellen Lichtpunkt dahin.
Was für eine entzückende Vorstellung. Ich wünschte mir, sie könnte wahr werden. Aber so etwas hatte ich schon lange hinter mir gelassen. Der einzig wahre Weg, der meiner Ansicht nach in die Phantasie führte, war, die Dinge durch die Augen eines Kindes zu betrachten. Aber mein Leben in London war ausnahmslos frei von kindlichen Einflüssen. Und da ich mit meinen zweiunddreißig Jahren unverheiratet und ohne eine enge, weibliche Bekanntschaft war, konnte ich mir auch nicht vorstellen, daß es in naher Zukunft in meinem Leben Kinder geben würde.

Kapitel 5

Wie ich zu spät zu einer Verabredung kam

Am nächsten Tag befiel mich eine seltsame Teilnahmslosigkeit. Ich begann, über ehemalige Freundinnen nachzudenken. So etwas ist nie gut. Ich erinnerte mich an Sheila – die mittlerweile mit ihrem ›Reisbauer‹ in Rangoon lebte. Und an Jeanne – die ich erst kürzlich wiedergesehen hatte. Immer noch geschmackvoll gekleidet, aber viel, viel dicker. Dann gab es zu Hause in Boston noch Laura. Wir waren erst sechzehn gewesen. Warum hatte ich ihr eigentlich nie geschrieben? Nun war es zu spät. Ich begann, mir in der Dunkelkammer eine Szenerie auszumalen. Ich sah mich selbst, wie ich niedergeschmettert auf ihrem Grab lag, mein Gesicht im Gras verborgen, das sich im Wind wiegte, und ich atmete förmlich den frischen Duft der Erde ein, ganz so, wie ich einst...
Das war überhaupt nicht gut. Ich schaltete das Licht in der Dunkelkammer ein. Die Gesichter von Mrs. Skorking und Grace blickten mich durch einen Dunst von Chemikalien an. Das machte mich schlagartig wieder nüchtern.

Roy arbeitete bereits in der Dunkelkammer, als ich am nächsten Morgen im Studio eintraf. Es war wieder ein schöner Tag, und so nahm ich mir meinen Stuhl mit aufs Dach hinauf. Um mich herum erstreckte sich London in erschreckender Deutlichkeit. Kirchturmspitzen, Wohntürme. Schornsteine. Fenster. Dächer. Taubenverschläge. Rauchschwaden. Und Ziegel über Ziegel über Ziegel – genug, um einen wahnsinnig zu machen, falls man je der Idee verfallen würde, sie alle in einem Gemälde erfassen zu wollen. Aber zumindest wurde mir eins bewußt – in dieser Stadt gab es eine sichere Art und Weise, zu Reichtum zu gelangen: die Ziegelherstellung.

Ein Schatten fiel auf meinen Schoß. Ich blickte auf. Es war Roy.

»Ich bin mit diesen Vergrößerungen fertig«, sagte er.

»Mit welchen?«

»Den Klecksen. Für diesen Constable. Ich habe jeden dieser kleinen Flecken auf den Negativen vergrößert.«

»Irgend etwas, hm, Interessantes?«

Ich hatte Roy nichts über die Elfen erzählt.

»Wohl kaum. Der Kerl ist plemplem, richtig?«

»Es ist sein Geld«, erwiderte ich und nahm die Abzüge.

Roy verschwand wieder durch die Luke nach unten.

Ich blätterte durch die Vergrößerungen. Auf diese Weise isoliert und auf zwanzig mal fünfundzwanzig vergrößert, gaben die Kleckse sogar noch weniger Aufschluß als zuvor. Ihre Umrisse waren verschwommen. Im Inneren gab es lediglich ein paar undeutliche Schatten.

Nicht, daß ich irgend etwas erwartet hätte. Dennoch nahm ich es schlecht auf. Die Welt schien mir ein wenig grauer als noch vor wenigen Minuten. Natürlich gab es keine Elfen. Aber dennoch ...

Die Luke wurde mit einem Knall aufgestoßen. Walsmears Kopf mit der Melone schoß hervor. Dann folgte der Rest seines Körpers, der in derselben auffälligen, karierten

Jacke wie bei unserer letzten Begegnung steckte. Er schien kein Interesse an dem überwältigenden Ausblick ringsum zu haben. Er kam auf die Stelle zu, wo ich saß.
»Puh«, sagte er.
Eine Rauchwolke aus einem nahe gelegenen Schornstein schwebte über uns hinweg.
»Wo sind Sie?« rief er durch den Qualm.
»Hier drüben.«
Ich wich zu einem anderen Teil des Daches aus, aber es gelang mir nicht, dem Rauch zu entgehen. Er schien mich zu verfolgen.
»Kommen Sie hier herüber«, sagte ich und ging wieder dorthin, wo ich ursprünglich gesessen hatte. Der Wind drehte sich jedoch, und der Rauch folgte mir.
»Nur einen Augenblick«, sagte Walsmear. Er machte versuchsweise einige Schritte in eine andere Richtung. Der Rauch begann, in diese Richtung zu wehen.
»Ha!« Walsmear drehte sich um und kam auf mich zu. Der Rauch blieb, wo er war.
Ich zeigte Walsmear die Vergrößerungen.
»Wie Sie erkennen können«, sagte ich, »gibt es hier nichts Besonderes. Es handelt sich einfach um ein alltägliches, optisches Phänomen. Staub, Schmiere, Pollensporen...«
Ich hielt ihm die Abzüge einen nach dem anderen hin. Ich wollte ihm das Gefühl vermitteln, daß er etwas für sein Geld bekommen würde.
Walsmear studierte jeden düsteren Schatten auf jedem einzelnen Abzug. Er tat mir leid. Seinem Gesichtsausdruck nach zu urteilen, hatte ich gerade eine große Investition an Gefühlen vernichtet.
»Es tut mir leid«, begann ich. »Ganz ehrlich. Wissen Sie, Sie müssen mir die nicht bezahlen. Ich werde Ihnen Ihr

Geld zurückgeben.«
»Mr. Castle«, entgegnete er. »Behandeln Sie mich nicht wie ein Kind.«
»Ich behandele Sie nicht wie ein Kind.«
»Doch, das tun Sie.«
»Tue ich nicht.«
»Bin ich nicht gut genug, um Ihr volles Honorar zu zahlen?«
»Natürlich sind Sie das.«
»Also?«
»Nun, es ist so, daß ..., daß nichts dabei herausgekommen ist. So ist es doch, nicht wahr?«
»Und?«
»Und es tut mir leid, daß Ihre Erwartungen nicht erfüllt wurden. In Ordnung?«
»Das kann Ihnen doch egal sein, oder?«
»Ist es ja auch. Aber bitte, lassen Sie uns nicht streiten. Ich fand die ganze Sache entzückend. Die Elfen und so. Warten Sie, lassen Sie mich noch einmal einen Blick auf die Abzüge werfen.«
Walsmear blickte trübsinnig drein. Er reichte sie mir herüber.
»Diese Vergrößerungen«, fuhr ich fort, »beweisen gar nichts. Nicht, wenn Sie es nicht wollen. Sie müssen sie nicht akzeptieren. Und die kleinen Mädchen auch nicht. Ich meine, im übertragenen Sinn. Natürlich sind die Kleckse irgendeine Art technischer Fehler. Aber wer kann schon wirklich sagen, daß es sich nicht um Elfen handelt?«
»Was soll das heißen?«
»Das soll heißen, wenn Sie glauben, daß es sich bei diesen Klecksen um Elfen handelt, wer kann dann schon behaupten, daß es nicht so ist? Ganz egal, ob es sich um

diese Photos oder um etwas anderes dreht. Die Vorstellungskraft ist entscheidend, mein Lieber. Mit ihr interpretieren wir die Welt. Und Gott sei Dank ist dies so, nicht wahr? Denken Sie denn, ich möchte irgend jemand davon abbringen, an Elfen zu glauben? Kein bißchen. Hier, werfen Sie einmal einen Blick auf diese Wolke da. In der Nähe der Kuppel von St. Paul.«

»Was ist mit ihr?«

»Wie sieht diese Wolke für Sie aus?«

»Wie eine Wolke.«

»Na ja. Da fällt Ihnen aber bestimmt noch etwas Besseres ein. Ich werde Ihnen ein Beispiel nennen. Wenn ich diese Wolke betrachte, dann sehe ich – hmmmm –, ich sehe einen weißen Büffel.«

»Sie sind ja nicht ganz bei Trost.«

»Bin ich doch.«

»Sind Sie nicht.«

»Wenn ich daran glaube, daß eine Sache so ist, dann ist es auch fast, als sei sie wirklich so. In gewissem Sinn wenigstens. Jetzt schauen Sie sich diese Vergrößerung an. Da ist nichts. Aber sie ist auch nicht gerade leer. Vielleicht ist es nur ein wenig Staub auf der Linse. Aber schauen Sie hier. Wenn man sie so dreht ..., wenn Sie gewissermaßen auf die Ränder dieses Schattengebildes hier blicken ...; also, das da – das könnte ein Arm sein. Richtig? Es ist der fast perfekte Umriß eines Arms. Und wenn Sie dieser Linie hier hinunter folgen, dann sieht das dort fast wie eine Schulter aus. Oh, schauen Sie. Und hier ist das Kinn. Wirklich sehr bemerkenswert. Hier unten. Schauen Sie, wo es anschwillt. Das könnte eine Hüfte sein. Und ein Knie. Ich habe Anatomie studiert, müssen Sie wissen. An der Kunsthochschule. Ah, und sehen Sie sich das hier an. Das ist das andere Bein. Genau an der richtigen Stelle ...

Und was ist das, was Sie hier betrachten? Grundgütiger. Diese Finger sehen fast aus wie – Finger ...«

Ich plapperte weiter wie ein Idiot. Mein Verstand hinkte etwas hinter meinen Augen her. Aber ganz anders erging es meinen Nackenhaaren. Die richteten sich auf und lehnten sich, nachdem sie so steif geworden waren wie ein Skipullover, nach vorne. Ich starrte auf etwas, das ich bisher nur für ein trübes Muster verschiedener Grautöne gehalten hatte. Nun sah ich, daß dieses Trübe eine menschliche Gestalt enthielt, oder das, was eine menschliche Gestalt zu sein schien. Sie war in den Schattenmustern verborgen, wie man es oft in Illustrationen für Kinder findet, in denen Löffel, Frösche und Teetassen in den Hügeln und Blättern scheinbar gewöhnlicher Landschaften versteckt sind. Die Gestalt war da, wenn man nur danach suchte. Aber konnten auch andere sie sehen?

Ich warf einen Blick zu Walsmear hinüber. Seine Augen glitzerten.

Trotzdem brabbelte ich weiter vor mich hin. Es war zu viel, um es einfach so hinzunehmen. Was sahen wir uns da an? Nichts weiter als die Ränder einiger verschwommener Schatten. Jeder Rand für sich selbst genommen war nichts, aber in Verbindung mit anderen waren die Proportionen unverwechselbar. Es war eine menschliche Gestalt – eine weibliche Gestalt.

»Es springt Sie an«, sagte Walsmear, der Schwierigkeiten hatte, ruhig zu atmen. »Wie ein Hirsch, der aus dem Wald hervorbricht.«

Er hielt die Vergrößerung an einer Ecke fest. Ich hielt die andere. Keiner von uns war gewillt, sie loszulassen.

»Also, jetzt lassen Sie uns einmal eine Sekunde lang nachdenken«, sagte ich. »Lassen Sie uns eine Pause einlegen, um der Vernunft Gelegenheit zu geben, sich etwas Raum zu verschaffen. Ich werde meinen Blick jetzt von diesem Ding abwenden. Jetzt schaue ich von ihm weg. Ich blicke auf die Stadt hinaus. Es ist ein wunderschöner Tag. Wir befinden uns in den zwanziger Jahren des zwanzigsten Jahrhunderts. Mein Name ist Charles P. Castle. Sehr erfreut, Ihre Bekanntschaft zu machen. So. Jetzt lassen Sie uns einen weiteren Blick auf die Vergrößerung tun.«

Ich schaute hin. Die Gestalt war verschwunden. An ihrer Stelle befanden sich dieselben verschwommenen Schatten, die ich bereits gesehen hatte, als ich sie mir das erste Mal ansah, dasselbe zusammenhanglose, graue Muster. Was für eine Erleichterung. Ich atmete aus. Mein Verstand entspannte sich. Und plötzlich war die Gestalt wieder da, so klar wie zuvor. Wie es oft bei einer optischen Illusion ist, wenn man aufhört, nach ihr zu suchen.

»Ich glaube es einfach nicht«, sagte ich.

Walsmear lachte. Er lachte ziemlich schallend. Dann riß er mir den Abzug aus der Hand und preßte ihn an seine Brust.

»Diese lieben Mädchen«, schluchzte er und wischte sich eine Träne weg. »Diese lieben, lieben Mädchen.«

Ich hatte dies alles entfacht. Jetzt hatte ich das Gefühl, daß ich auch der Träger des Kaltwassereimers sein sollte.

»Oh, nun kommen Sie schon«, sagte ich, »das beweist gar nichts. Man erkennt einen Umriß. Nichts weiter als einen Haufen Schatten. Ich könnte genausogut behaupten, daß ich den Mann im Mond sehe. Wenn man die Krater und so weiter betrachtet.«

»Es ist mir egal, was Sie denken«, entgegnete er.

»Sie glauben doch nicht wirklich, daß – «

»Ganz gewiß tue ich das.«

»Würden Sie irgendeinem Fremden auf der Straße in die

Augen gucken und ihm sagen, ›Ja. Ich glaube an Elfen‹?«

»Das würde ich.«

»Ich würde es nicht tun, wenn ich Sie wäre.«

»Warum nicht?«

»Sie sind Polizist. Sie könnten das Vertrauen der Öffentlichkeit verlieren.«

»Bah. Sagen Sie mir, von welchem der Photos dies hier stammt.«

»Ich weiß es nicht. Kommen Sie mit nach unten, wir werden nachschauen.«

Ich stieg als erster durch die Luke zum Studio hinunter, und Walsmear, dessen Füße sich direkt über mir befanden, trat mir auf den Sprossen der Leiter auf die Finger. Glücklicherweise hatte Roy wieder einmal hervorragende Arbeit geleistet und die Kleckse und ihre Vergrößerungen mit Nummern und Querverweisen versehen. Der fragliche Fleck stammte von einem Photo, auf dem das größere der beiden Mädchen zu sehen war. Sie war von Blumen umgeben, und im Hintergrund konnte man den Stamm des großartigen, knorrigen Baumes erkennen. Der Fleck mit der Gestalt befand sich zu ihren Füßen – und die Gestalt mußte, wenn man die Größe des Mädchens in Betracht zog, weniger als fünfundzwanzig Zentimeter groß sein!

Die ganze Entwicklung der Geschichte war absurd. Anfangs hatte ich nur Gefallen an dieser Gestalt gefunden, um mich zu amüsieren und – nun ja, um Walsmear herablassend zu besänftigen. Jetzt glaubte ich selbst an ihre Existenz. Wie sollte ich auch nicht daran glauben. Sie war ja da! Im stillen dachte ich: Bei Gott, wenn dies eine Dummheit ist, dann sollte man das Beste daraus machen.

»Constable Walsmear«, sagte ich.
»Ja?«
Walsmears Stimme hatte wieder ihren üblichen Tonfall angenommen. Grob. Herausfordernd. Ich schwieg einen Augenblick. Mit was für einer Art Mensch ließ ich mich da ein? Das weiß man nie so ganz genau, entschied ich und wagte den Sprung ins kalte Wasser.
»Constable Walsmear, ich frage mich, ob Sie wohl Lust hätten, mit mir das Mittagessen einzunehmen?«
»Essen?«
»Richtig. Ja. Ich möchte Sie ausführen, um mit Ihnen zu essen. Und um mich mit Ihnen zu unterhalten. Wir müssen uns unterhalten. Nicht, daß ich denken würde, daß es etwas mit diesen Bildern auf sich hat – «
»Doch, das tun Sie.«
»Ich würde nie jemandem davon erzählen – «
Genau in diesem Moment tauchte Roy neben meinem Ellenbogen auf. Er schlüpfte hinter meinem Schreibtisch hervor, wo er an irgend etwas gearbeitet hatte.
»Entschuldigen Sie Mr. Castle.« Roy mußte sich fast auf die Zehenspitzen stellen, um mir ins Ohr zu flüstern. Sein Gesicht sah aus wie immer: es war rosig und glänzte vor Ehrgeiz. »Dürfte ich Sie in einer wichtigen Angelegenheit sprechen?«
»Kann das nicht warten?«
»Ich schätze, das könnte es.«
»Sehr schön, guter Mann. Es soll warten. Das soll es. Ich übertrage Ihnen die Verantwortung, während der Constable und ich zum Essen gehen. Sehen Sie zu, daß alles glattläuft, ja? Ich bin mir sicher, daß Sie das tun werden.«
»Wirklich ein guter Mann«, sagte ich zu Walsmear, als wir auf die Straße traten – nicht gerade Arm in Arm, aber in einer freundschaftlichen Art und Weise.

Die nächste Frage war, wo wir essen sollten. Mir schwebten da einige Möglichkeiten vor: anspruchslose Etablissements, wo sich der Polizist wohl fühlen würde – und wo niemand aus meinem Bekanntenkreis mich dabei beobachten würde, wie ich mit einem Mann in einer auffälligen, karierten Jacke speiste.

Walsmear hatte allerdings seine eigenen Vorstellungen. Wir waren kaum um die Ecke gegangen, da fühlte ich seine Hand auf meiner Schulter. Ich wurde in einen düsteren Türeingang geschoben. Hitze schlug mir ins Gesicht. Ich vernahm laute Stimmen. Der Geruch von altem Fett und abgestandener Soße stieg mir in die Nasenlöcher.

»Verzeihung. Entschuldigen Sie, Entschuldigung...«

Ich wurde durch ein Gedränge von Leibern geschoben. Als sich meine Augen endlich an das trübe Licht gewöhnt hatten, drückte man mich auf einen Stuhl hinunter.

Es schien sich um irgendeine Art von Restaurant zu handeln. Ich hatte es nie zuvor bemerkt, obwohl ich bereits seit sechs Jahren um die Ecke wohnte. Wäre es mir aufgefallen, hätte ich mich wahrscheinlich bei den Behörden beschwert. Nicht nur der Gestank, sondern auch der Krawall waren fürchterlich. Die Sprache, die mir hier zu Ohren kam, entstammte dem Covent-Garden-Milieu. Schmiede und Raufbolde quasselten durcheinander. Fabrikarbeiter mit schmierigen Händen stopften Fleischpasteten in sich hinein und schrien sich gegenseitig an. Magere Flickschuster nippten an ihrem Bier, murmelten vor sich hin und beäugten die Menge. Jeder, der sich zur Tür hinein- oder hinausschob, stieß im Vorübergehen an meinen Rücken. Der Bauch eines Kellners tauchte über unserem Tisch auf. Walsmear bestellte jedes schwere, ölige Gericht, das man sich nur vorstellen konnte. Ich fragte nach einem Bier und etwas Brot.

»Das ist alles?« erkundigte sich Walsmear.
»Ich bin nicht sehr hungrig.«
»Ich schon. Ich werde immer hungrig, wenn ich mich gut fühle. Und heute fühle ich mich gut.«
Er lehnte sich zurück und streckte seine Beine weit in den Gang hinaus. Jemand stolperte. Walsmear ignorierte die Flucherei. Mir flog ein Stück Pellkartoffel an den Kopf. Unser Bier traf ein. Walsmear kippte seins in einem Zug hinunter. Ich pulte in meinem Brot herum.
»Sie wollen mit mir reden?« fragte Walsmear. »Dann tun Sie das jetzt. Nach dem Essen verschwinde ich sofort.«
»Dahin zurück, wo immer Sie auch – ?«
Walsmear nickte. Ein Kartoffelauflauf wurde unter seinem Kinn hergeschoben. Walsmear verschwand in der aufsteigenden Dunstwolke.
»Also, es handelt sich um diese Elfenangelegenheit«, begann ich. »Ich denke, ich kann Ihnen da behilflich sein.«
»Brauche keine Hilfe.«
»Vielleicht doch. Diese Entdeckung muß sorgfältig bedacht werden, wenn Sie das meiste daraus machen wollen. Also, ich würde vorschlagen, daß wir als erstes das British Museum kontaktieren. Wir sollten die Knaben aus Forschung und Lehre miteinbeziehen. Dann beginnen wir damit, häppchenweise Informationen an die Zeitungen zu verteilen. Anfangs noch nicht so viel – «
»Wovon – reden – Sie – eigentlich?« sagte Walsmear zwischen Gabeln voller Essen und in Soße getunkter Brotstücke.
»Ich spreche von den Elfen«, erwiderte ich. »Möchten Sie der Welt denn nicht mitteilen, was Sie gefunden haben?«
»Nein.«

»Ich dachte, daß Sie das wollten.«
»Will ich nicht.«
»Sind Sie nicht deshalb zu Sir Arthur gegangen?«
»Pah, man sagte mir, er sei ein Experte. Deshalb ging ich zu diesem verdammten, hochnäsigen Bastard. Er war keine Hilfe. Also, Sie waren eine Hilfe. Das muß ich Ihnen zugestehen. Aber ich brauche keine weitere Hilfe mehr. Ich lasse die ganze Angelegenheit fallen. Ich bin zufriedengestellt, und damit hat sich der Fall.«
»Damit hat sich der Fall?«
»Aus und vorbei.«
»Wollen Sie damit etwa sagen, daß sich allem Anschein nach echte Photographien von Elfen in Ihrem Besitz befinden und Sie die Angelegenheit einfach unter den Tisch fallenlassen?«
»Genau.«
»Und was werden Sie mit den Photos anfangen?«
»Das ist meine Sache.«
»Was ist mit den Mädchen?«
»Welchen Mädchen?«
»Den Mädchen auf den Bildern. Was ist mit denen?«
»Was soll denn mit ihnen sein?«
»Gehören die Bilder nicht Ihnen?«
»Sie haben sie mir gegeben.«
»Haben sie sie Ihnen offiziell übergeben? Also an einen Polizisten?«
»An einen Freund, Mr. Castle. Einem alten Freund der Familie.«
»Also kennen Sie die Familie?«
»Das ist richtig.«
»Wie lange schon?«
»Ich bin schon fast mein ganzes Leben mit ihrem Vater befreundet.«

»Wovon lebt er? Sind sie reich?«

»Er hat ein privates Einkommen. Aber sie sind nicht reich.«

»Und die Mutter?«

»Sie ist tot.«

»Es tut mit leid, das zu hören. Wie ist sie gestorben?«

»Ich habe sie getötet.«

Walsmear starrte mich mit kalten Augen an. Seine buschigen Augenbrauen senkten sich wie Sturmwolken.

Die Unterhaltung kam zu einem ziemlich abrupten Ende.

Einige Minuten verstrichen, in denen ein unangenehmes Schweigen am Tisch herrschte. Als Walsmear das nächste Mal seinen Mund öffnete, war es, um einen enormen Rülpser hinauszulassen.

»Ah, das hat gutgetan«, sagte er. »Wissen Sie, daß es bei manchen Völkern ein Zeichen der Höflichkeit ist, nach dem Essen zu rülpsen?«

»Tatsächlich?«

»Jawohl. Sagen Sie, was ist das da hinter ihrem Ohr?«

»Was? Wo?« Ich griff mit den Fingern hinter mein Ohr.

»Da.«

»Wo?«

»Direkt hier – «

Walsmears Hand schoß plötzlich über den Tisch. Ich duckte mich ängstlich. Seine Hand griff an meinem Ohr vorbei. Als er sie wieder hervorzog, hielt er eine Münze zwischen den Fingern. Walsmear grinste und knallte die Münze auf den Tisch.

»Und sehen Sie nur, hier ist noch eine.« Er streckte erneut die Hand aus und tat so, als zöge er eine weitere Münze hinter meinem anderen Ohr hervor. Er legte sie neben die erste. »Fürs Essen.«

Er erhob sich und hielt mir seine Hand hin.
»Sie waren sehr freundlich, Mr. Castle«, sagte er. »Aber Sie sollten Ihr Glück nicht überstrapazieren.«
Er griff nach seinem Hut, drehte sich um und ging zur Tür hinaus.
Ich trank noch zwei weitere Gläser Bier, bevor ich mich auf den Rückweg machte. Draußen fühlte ich mich benommen. Die frische Luft trug noch dazu bei. Natürlich konnte ich in diesem Zustand nicht zum Studio zurückkehren, sondern mußte ein bißchen warten, bis mein Kopf wieder klargeworden war. Im übrigen war es ein geeigneter Tag für einen Spaziergang.
Ich schlenderte vor mich hin, durch breite und durch enge Straßen. Kam an Parkanlagen, Palästen und Bruchbuden vorbei und tauchte ins Zentrum ein. Um mich herum wogte die Menschheit wie ein aufgewühltes Meer. Schwarz gekleidete Finanziers traten murmelnd aus Türeingängen, Hausierer brüllten, Lokomotiven stampften. Ich erblickte einen einbeinigen Veteranen, der in der vornehmsten Straße bettelte. Ich ging an einem Juwelier vorbei, wo gerade ein Inder, der einen Turban auf dem Kopf trug, eine glitzernde Brosche kaufte.
»O London«, deklamierte ich. »Du bist...« das eine oder das andere.
Ganz bestimmt gibt es keinen Ort, der London gleichkommt. Besonders nicht New London, in Connecticut, wo eine Tante von mir wohnte. Oder Boston, wo ich im Nordteil der Stadt aufgewachsen war – in drei Räumen über dem Malergeschäft meines Vaters. Oder New York, wo es auch viel Lärm und geschäftiges Treiben gibt, aber alles neu ist.
Aber London – ich hielt inne, um nachzudenken. Hier traf man auf Historie. Direkt hier, wo ich stand. Wer

mochte an dieser Stelle bereits gestanden haben? Geheimnisvolle Druiden und blau angemalte Wilde. Julius Cäsar. Arthur und die legendären Könige und Ritter. Spenser. Shakespeare. Johnson. Reynolds. Van Dyke. Turner. Peter der Große. Sir Walter Raleigh. Man könnte endlos so fortfahren. Ganz abgesehen von der riesigen Menge einfacher, anonymer Menschen seit Anbeginn der Geschichte bis zu diesem Moment. London in England ist ein alter Ort. Etwas Altes scheint auch den Menschen hier innezuwohnen. Es ist ein Strom. Unterirdisch. Übernatürlich. Prähistorisch.

Nachdem ich mit solchen Träumereien meinen Kopf geklärt hatte, lenkte ich meinen Schritt endlich wieder dem Studio zu. Ich stieg fünf Stockwerke hinauf, die Mrs. Skorking als solch eine Zumutung empfunden hatte. Es WAR wirklich ziemlich belastend. Ich entschied, daß mein nächstes Studio in einem Wolkenkratzer sein würde. Mit einem Aufzug. Hoch über allem. Im strahlend blauen Empyreum.

Roy kam gerade aus der Dunkelkammer. Er wischte sich die Hände an seiner Schürze ab, als ich schnaufend zur Tür hineintrat.

»Sie haben Brewster verpaßt«, sagte er. Er knotete die Schürze auf und hängte sie sorgfältig über den Haken an der Wand. Dann nahm er seine Jacke von dem Haken daneben und zog sie über.

»Brewster?«

»Mr. Lucius Brewster!« erinnerte er mich mit beschwingter Stimme. »Parlamentsabgeordneter. Der Politiker. Die Wahlkampf-Photos. Er hatte einen Termin um halb drei.«

»Oh, mein Gott.« Ich zerknüllte vor Aufregung meinen Hut. »Wie schaffe ich es nur, daß mir diese Dinge immer entfallen? Roy, Sie haben das doch hingekriegt, wie ich hoffe. Es ist ja nicht das erste Mal. Guter alter Roy. Vielen Dank, mein Lieber. Vielen Dank.«

»Ehrlich gesagt, ich habe die Aufnahmen nicht gemacht.«

»Nein?«

»Vielmehr habe ich Brewster empfohlen, ein anderes Studio aufzusuchen.«

»Ein anderes Studio? Warum? Und welches?«

»Das Studio von Roy Pecksworth.« Roy vollführte eine übertriebene Verbeugung. »Das ist es, was ich Ihnen mitteilen wollte. Ich kündige, Mr. Castle. Ich eröffne mein eigenes Geschäft.«

»Was? Wie?«

»Ich habe jetzt über ein Jahr für Sie gearbeitet, Mr. Castle. Sie sind ein talentierter Photograph, wenn Ihnen danach ist. Ich habe viel von Ihnen gelernt. Aber meine Meinung über Ihr Geschäftsgebaren ist schlecht. Sehr schlecht.«

Roy ging zum Schreibtisch hinüber und hob eine Hand voll Rechnungen und Quittungen in die Höhe und ließ sie auf den Tisch hinuntersegeln. »Es ist schon Monate her, daß Sie sich das letzte Mal um diese Dinge gekümmert haben.«

»Roy, Roy, Roy«, protestierte ich. »Darüber sollten Sie sich doch nicht den Kopf zerbrechen. Dafür bin ich verantwortlich. Sie müssen lernen, gelassen zu bleiben. Und wie man gute Photos macht. Ich meine wirklich gute Photos. Es gibt noch so vieles, was ich Ihnen beibringen kann. Über Licht, Komposition, Modelle. Ist es nicht schon einige Monate her, daß wir gemeinsam eine Exkursion zum Museum unternommen haben? Wir werden hier und jetzt einen Termin ausmachen.«

Roy hielt abwehrend seine Hand in die Höhe.
»Mr. Castle, Sie müssen über mehr als nur über Kunst nachdenken. Brewster ist der dritte Kunde in diesem Monat, den Sie verpaßt haben. Trotz all meiner Erinnerungen. Und was Ihr Studio betrifft, so habe ich dahingehend einige Kalkulationen angestellt. In spätestens drei Monaten, Mr. Castle, sind Sie aus dem Geschäft. Bankrott. Pleite.«
»Pleite?«
»Es sei denn«, Roy runzelte die Stirn, »es gelingt Ihnen vorher, ungefähr, hm, tausend Pfund aufzutreiben.«
Ich bezweifelte nicht eine Minute, daß Roy die Wahrheit sagte.
»Sehr gut, Roy«, entgegnete ich ihm. »Das heißt, es ist sehr schlecht. Aber auch sehr gut, daß Sie von diesen Dingen etwas verstehen, Roy. Sie können mir helfen. Sie scheinen diese Dinge wirklich äußerst gut zu verstehen.«
Roy schüttelte den Kopf. »Ich bin ein junger Mann, Mr. Castle. Warum sollte ich mit Ihnen untergehen? Nein, Sir, auf so ein Debakel lege ich keinen Wert. Ich habe Geld gespart. Ich habe ein Studio drüben in der Crofter Street gemietet. Es ist weder besonders groß noch besonders prächtig, aber es ist ein Anfang. Und ich habe bereits meinen ersten Kunden.«
Ich war so betäubt, daß ich den Rest von dem, was er sagte, kaum mitbekam. Pflichtbewußt bis zum letzten Moment beschrieb er mir, welche Aufgaben er bereits erledigt hatte. »... und ich habe diese zusätzlichen Abzüge gemacht. Diese fleckigen Dinger. Für den schrecklichen Polizisten. Sie trocknen jetzt.«
»Oh, vielen Dank, Roy«, sagte ich sorgenvoll und folgte ihm zur Tür. Ich war sicher, daß es mir nicht gelingen

würde, ihn zu überreden, sich anders zu entscheiden, und daher wünschte ich ihm viel Glück und versicherte ihm, daß ich für Konsultationen in technischen Fragen immer zur Verfügung stünde.

»Geschäftlich mögen wir Konkurrenten sein«, sagte ich. »Aber die Kunst macht uns zu Brüdern.«

»Nicht für lange«, rief er lachend, während er begann, die Stufen hinunterzusteigen. »Sie werden sehr schnell aus dem Rennen sein.«

»Aber, aber, Roy.« Ich polterte hinter ihm her die Treppe hinunter. »Übrigens, was halten Sie von diesen Flekken?«

»Diesen Kram, den der Polizist bei sich hatte? Ich weiß nicht, es sind eben Flecken, das ist alles.«

»Ich meine, was denken Sie, wie sie entstanden sind?«

»Wie sie entstanden sind? Keine Ahnung.« Er lachte erneut, während er sich den Hut auf den Kopf setzte. »Elfen, schätze ich.«

Er lachte den ganzen Weg bis zur Haustür und auch noch, als er bereits auf die Straße getreten war.

Kapitel 6

Wie ich einen grossen Autor verblüffte

Am nächsten Tag wanderte ich mit einem Buch in der Hand die Victoria Street entlang. Der Titel des Buches lautete *Der Tod – Die große Illusion* von Walter Barrington. Ist der Tod eine Illusion? Morgen früh bin ich an der Reihe, es herauszufinden. Damals – es scheint bereits tausend Jahre her zu sein – handelte es sich lediglich um eine rein theoretische Frage.
Ich scherte mich sowieso nicht darum, was das Buch zu sagen hatte. Mein Interesse galt mehr der Adresse, die darin stand. Es war die Adresse des Ladens, in dem das Buch gekauft worden war: des Buchladens, der von Sir Arthur Conan Doyles Tochter betrieben (und von dem großen Mann selbst finanziert) wurde. Dieser Buchladen führte ausschließlich Veröffentlichungen, Zeitschriften und Zubehör, die sich dem Übernatürlichen widmeten. Sir Arthurs Sekretärin teilte mir mit, daß ich ihn an diesem Tag dort finden könne, da er Schecks für seine Tochter unterzeichne.
Der Laden befand sich im ersten Stock eines bescheidenen Stadthauses. Als ich gerade meine Hand auf die Klinke der Eingangstür legen wollte, fühlte ich, wie ich am Ellenbogen gepackt wurde.

»So, so«, sprach eine barsche, zischende Stimme. »Gekommen, um den Teufel zu sehen, nicht wahr?«
Ich drehte mich um und zog meinen Arm weg. Er war von einer klauenähnlichen Hand ergriffen worden. Ich trat einen Schritt zurück und erblickte eine winzige, weißhaarige, alte Frau. Sie war ganz in Schwarz gekleidet und trug eine altmodische ›Kohlenschütten‹-Haube.
»Wer sind Sie?« zischte das alte Weib (ein grausamer Ausdruck, aber es war der erste, der mir einfiel). »Ein Freund? Ein Handelsvertreter? Ein Geschäftspartner? Wer sind Sie, daß Sie den großen Teufel Doyle in diesem teuflischen Laden aufsuchen?«
»Also, jetzt hören Sie mal zu«, erwiderte ich. Ich schaute die Straße hinauf und hinunter und fragte mich, was das wohl für eine Gegend war, in der man duldete, daß ehrliche Bürger von streitsüchtigen Irren auf der Straße angesprochen wurden. Natürlich war das arme, alte Ding zu bemitleiden. Aber dennoch – »Gnädigste«, sagte ich, »das geht Sie überhaupt nichts an. Würden Sie mich jetzt freundlicherweise vorbeilassen?«
»Er ist der Teufel, müssen Sie wissen«, antwortete sie. »Satan. Der Antichrist. Luzifer.«
»Bitte lassen Sie mich vorbei.«
»Schon gut, schon gut. Vielleicht ist er nicht der Teufel. Aber er ist ein sehr böser Mann. Schauen Sie her, Mister. Werfen Sie einen Blick auf die Nummer des Ladens. Die Hausnummer. Verdoppeln Sie die Zahlen, Mister. Rechnen Sie nach. Verdoppeln Sie sie und addieren sie zu den Zahlen des Jahres 1910. Dann ziehen Sie neunundfünfzig ab. So alt ist er.«
»Ich werde nichts dergleichen tun.«
»Das müssen Sie auch nicht. Ich habe die Rechnerei bereits erledigt. Das Ergebnis ist sechs-sechs-sechs. Sie

haben richtig gehört: die böse Zahl. Das Mal der Bestie.«

»Oh, bitte ...«

»Er ist ein Verbündeter der Mächte der Finsternis. Er beschwört Geister. Er unterhält sich mit Ouija-Brettern. Er denkt, er spräche mit den Toten, aber in Wahrheit spricht er nur mit Dämonen. Unser Erlöser hat uns gewarnt, Mister. Doyle ist ein Verbündeter des Fremden und Schauerlichen. Und nur durch unseren Herrn und Erlöser Jesus Christus kann er vertrieben werden. Helfen Sie mir, o Bruder, damit das kostbare Blut Christi die Oberhand gewinnen kann über – «

Armes, verrücktes, altes Ding! Ich griff in meine Geldbörse, reichte ihr eine Münze und tätschelte ihre welke Hand. Sie brabbelte vor sich hin und untersuchte das Geldstück, während ich den Laden betrat. Eine kleine Glocke ertönte, als ich zur Tür hineinkam. Ich schaute mich um. Die Bücher waren in Kategorien unterteilt: Astrologie, Leben nach dem Tod, Numerologie, Telekinese, Handlesen – Themen in der Art. Das Gebäude beheimatete auch ein ›Museum des Übersinnlichen‹. Aber ein Schild verkündete, daß es geschlossen war.

Es befand sich nur ein Kunde im Laden. Ein bleicher, junger Mann mit einem strähnigen Bart. Nachdem er mit seinem Einkauf nach draußen geschlichen war, hatte ich das Gefühl, als sei eine Heimsuchung von mir genommen worden.

»Kann ich Ihnen behilflich sein?« fragte mich eine junge Dame.

Es konnte sich nur um Doyles Tochter handeln, dachte ich.

Sie ähnelte ihm um die Augen und die Stirn herum.

»Ah, sehr erfreut, Sie kennenzulernen«, entgegnete ich.

»Keine Bücher, vielen Dank. Ich komme in einer persönlichen Angelegenheit.«
»Einer persönlichen Angelegenheit?«
»Ja. Die Sache mag Ihnen vielleicht seltsam erscheinen. Nun, vielleicht auch nicht. Ich wette, Ihnen kommen in diesem Laden eine Menge seltsamer Dinge zu Ohren.«
Die junge Dame nickte. Sie warf mir ein verständnisvolles Lächeln zu.
»Aber ja«, sagte sie. »Es ist in der Tat so, daß wir in viele Phänomene verwickelt sind, die die Welt dort draußen als, hm, ungewöhnlich ansieht.«
Wir lächelten uns wie zwei Komplizen zu.
»Eigentlich bin ich gekommen, um mit Ihrem Vater zu sprechen«, sagte ich.
Einen Moment lang blickte sie alarmiert drein. Dann faßte sie sich wieder.
»Natürlich«, erwiderte sie. »Das kann arrangiert werden. Ich selbst habe auch schon mit ihm gesprochen, müssen Sie wissen.«
»Das hoffe ich doch sehr«, antwortete ich lachend.
»Ja«, entgegnete sie, und ihr Blick richtete sich plötzlich in die Ferne. »Ich habe erst letzte Woche mit ihm gesprochen. Er sagte, daß er sehr glücklich sei. Er hat endlich den Frieden gefunden, nach dem er so lange gesucht hat.«
»Das freut mich zu hören –«
»Natürlich sagte er es nicht mit so vielen Worten«, fuhr sie fort und errötete leicht. »Es war eine Art Klopfen. Einmal Klopfen für ja. Zweimal Klopfen für nein. Aber ich fragte ihn, ob er glücklich sei, und er hat einmal geklopft.«
»Hier muß eine Verwechslung vorliegen. Ist Ihr Vater denn nicht hier? Im Laden? Man sagte mir, er halte sich wahrscheinlich im Hinterzimmer auf.«

Die junge Dame blickte mich schockiert an, ihre Lippen begannen zu zittern. »Mein Vater ist seit vier Jahren tot!« schluchzte sie dann.
Plötzlich ertönte hinter mir die Stimme eines Mannes. »Sie hat bei einer Séance Verbindung zu ihrem toten Vater aufgenommen«, sagte die Stimme. »Ich war selbst anwesend, ich habe alles gehört.«
Ich wandte mich um und erblickte die hochgewachsene Gestalt von Sir Arthur Conan Doyle. Ein Perlenvorhang schimmerte im Türrahmen hinter ihm.
»Also sind Sie am Leben«, erwiderte ich.
»Wie ich sehe, hat es hier eine Verwechslung gegeben. Diese junge Dame ist nicht meine Tochter. Sie ist meine Angestellte.«
Ich entschuldigte mich überschwenglich bei der jungen Frau, der Tränen in den Augen standen, aber Sir Arthur unterbrach mich. Er schickte das Mädchen fort, an eine Arbeit hinter dem Ladentisch. Dann blickte er forschend in mein Gesicht.
»Wir sind uns schon einmal begegnet, nicht wahr? Sie sind Mr...?«
»Castle«, antwortete ich. »Charles P. Castle.«
Der höfliche Ausdruck, der bei der Begrüßung auf Sir Arthurs Gesicht gelegen hatte, verschwand.
»Oh«, sagte er. »Sie.«
»Haben Sie meine Nachricht erhalten?«
»In der Sie mir mitteilten, daß Sie mir etwas zeigen wollen? Einige Materialien, irgendwelche übersinnlichen Phänomene betreffend..?«
»Das stimmt.«
»Ich bin heute sehr beschäftigt. Haben Sie sie mitgebracht?«
»Ja, das habe ich.«

»Wollen Sie mir bitte nach oben folgen?«
Der Perlenvorhang verdeckte eine Treppe. Wir stiegen zu einem überraschend sonnigen Zimmer im zweiten Stock hinauf. Darin befanden sich ein Tisch und einige Stühle, überquellende Aktenschränke und Kartons und große Koffer voller Bücher.
Sir Arthur stellte mich dort der richtigen Tochter, Mary, vor, einer großen, stämmigen Frau, deren Züge eine bescheidenere, mildere Version der ihres Vaters darstellten.
»Es gab unten ein kleines Mißverständnis, Mary«, erklärte Sir Arthur. »Mr. Castle dachte, daß Irene du seist. Er verlangte, mit ihrem Vater zu sprechen. Das hat sie verwirrt. Es war die Art von Verwechslung, die nur bei Leuten wie uns geschehen kann – bei Leuten, die wirklich mit den Toten kommunizieren.«
»Dachte Irene, Mr. Castle sei wegen einer Séance gekommen?«
»Etwas in der Art.«
»Das muß sehr spaßig gewesen sein.«
»Es war irgendwie amüsant.«
Weder Vater noch Tochter zeigten auch nur den Ansatz eines Lächelns.
»Mr. Castle ist Photograph«, fuhr Sir Arthur fort. »Er hat mein Porträt aufgenommen. Du erinnerst dich doch noch an das Problem mit der italienischen Ausgabe, nicht wahr, Mary?«
»Das ist er also?« Mary blickte mich von oben bis unten an. Sie schien sich meine Erscheinung für ein zukünftiges Lehrbuch über kriminelle Physiognomie einzuprägen.
»Lassen wir die Vergangenheit ruhen«, schlug Sir Arthur vor. »Ich habe heute morgen einen Brief von Mr Castle erhalten. Darin erwähnte er eine Sache, die mir momen-

tan sehr am Herzen liegt. Kannst du dir denken, um was es sich dabei handelt, Mary?«

Mary streckte den Hals in die Höhe und vollführte eine flatternde Bewegung mit ihren Händen, als imitiere sie einen Flügelschlag.

Sir Arthur nickte.

»Es freut mich zu hören, daß Sie interessiert sind«, sagte ich mit einer halben Verbeugung. »Ich bin sicher, daß das, was ich Ihnen zu zeigen habe, Ihre Neugierde wecken wird.«

»Das will ich hoffen«, erwiderte Sir Arthur. Er ging zum Tisch hinüber und setzte sich. »Ich bin ein bekennender Spiritualist. Die ganze Welt kennt meine Überzeugung. Ich interessiere mich für Spiritismus, Okkultes, übersinnliche Phänomene, das Übernatürliche allgemein. Das kann manchmal zu Problemen führen. Ich werde von Spinnern, Halunken und Dummköpfen aller Art belagert. In der Welt des Spiritismus findet man viele solcher Gestalten.«

»Scharlatane?«

»Ich gewinne große, moralische Befriedigung aus der Entlarvung von Schwindlern«, erwiderte Sir Arthur. »Aber als ernsthafter Forscher habe ich keine Zeit, alles anzuschauen. Ich hoffe nur, daß Sie meine Zeit nicht verschwenden werden.«

»Das hoffe ich auch.«

»Wissen Sie«, Doyle begann, mit einem Brieföffner zu spielen. »Ihr Name fiel vor einigen Tagen. Komische Sache. Es war in meinem Büro. Ein widerwärtiger Mensch kam hereingeplatzt. Sagte, er sei Polizist. Er marschierte einfach herein und behauptete, daß er im Besitz einiger Photographien von Elfen sei. Natürlich war ich äußerst gespannt, sie zu sehen. Leider zeigten die Bilder nichts dergleichen.«

»Der Mann, von dem Sie sprechen, ist Constable Walsmear. Ich weiß davon. Er hat mich ebenfalls konsultiert.«

»Oh, wenn das so ist, tut es mir leid. Ich wollte ihn nur loswerden. Ihre Karte lag in meiner Schublade, und ich habe sie einfach ergriffen und in seine Hand gepreßt. Du hättest diesen Kerl sehen sollen, Mary. Er hatte so etwas Gewalttätiges an sich. Gewalttätiges und Schüchternes – im Grunde keine ungewöhnliche Kombination, sowohl was Kriminelle als auch was Polizisten betrifft.«

»Zu Constable Walsmears Verteidigung muß ich sagen, daß er sich hier in London scheinbar wie ein Fisch an Land fühlte«, warf ich ein. »Und er ist es nicht gewöhnt, sich mit prominenten und berühmten Leuten, wie Sie es sind, zu unterhalten.«

»Dennoch«, antwortete Sir Arthur. »Ich entschuldige mich. Ich hoffe, es ist Ihnen gelungen, ihn loszuwerden.«

»Eigentlich ist er der Grund, warum ich mit Ihnen reden möchte. Es geht um Constable Walsmears Photos.«

»Ach ja?«

»Ich habe sie studiert und dabei eine ziemlich eigentümliche Entdeckung gemacht.«

Ich hatte mir die Freiheit genommen, Roy Abzüge von den Originalaufnahmen machen zu lassen, während er die Vergrößerungen anfertigte. Ich reichte Sir Arthur ein Photo hinüber.

Er winkte ab.

»Ich habe es schon gesehen«, sagte er. »Und auch diese Flecken. Staub auf der Linse, da stimmen Sie mir doch sicher zu, oder?«

»Das dachte ich auch«, gab ich zu. »Dann ließ ich meinen Assistenten einige Vergrößerungen machen.«

Ich zog die entscheidenden Vergrößerungen aus meinem Handkoffer und legte sie auf den Tisch. Der berühmte Schriftsteller und seine Tochter beugten sich nach vorn, um die Bilder zu betrachten. Nachdem ein Moment vergangen war, fragte Sir Arthur: »Und was sehen wir hier?«

»Ich erwarte nicht, daß Sie direkt etwas erkennen können.« Meine Befriedigung ließ sich kaum bändigen, und mir entschlüpfte ein glucksendes Lachen. »Ich habe zuerst auch nichts gesehen. Aber jetzt, passen Sie auf...«

Mit einem Stift als Zeigestock zog ich den Umriß der Gestalt in der Vergrößerung nach. Ich tippte auf jeden anatomischen Punkt. Ich sprach über die Rolle von Proportionen im Verhältnis zur Wahrscheinlichkeit. Ich zog ein dünnes Blatt Papier hervor, legte es auf das Photo und zeichnete die Gestalt nach. Aber ich spürte schon sehr bald, daß von Sir Arthur und seiner Tochter nicht die erwartete Reaktion kam. Sie zeigten nicht die Spur eines Erkennens. Die Gestalt sprang ihnen nicht entgegen, wie – um es mit Walsmears Worten zu sagen – »ein Hirsch aus den Wäldern«. Die Vergrößerung blieb unter ihren Blikken reglos. Mein Schweiß begann den säuerlichen Geruch des Versagens zu verströmen. Als ich einen Augenblick Pause machte, um Luft zu holen, stand Sir Arthur auf und ging zum Fenster hinüber.

»Mr. Castle«, sagte er. »Kommen Sie hier herüber.«

Ich tat, worum er mich gebeten hatte.

»Schauen Sie in den Himmel, Mr. Castle«, forderte er mich auf. »Sehen Sie diese Wolke da? Hinter dem Schornstein dort drüben?«

Ich wußte, was nun kommen würde. Sir Arthur würde mich mit der gleichen herablassenden Demonstration

abspeisen, die ich mit Constable Walsmear veranstaltet hatte. Was du nicht willst, das man dir tu', das füg' auch keinem andern zu, dachte ich.
»Ja, ich sehe sie.«
»Wonach sieht sie Ihrer Meinung nach aus?«
»Hmmm. Ich schätze, sie erinnert ein bißchen an einen indischen Elefanten. Nicht an einen afrikanischen. Diese Art mit den kleinen Ohren.«
»Ja, und – «
»Und da ist so eine Art Bauwerk auf seinem Rücken. Ich kann es nur schwer beschreiben. Es sieht aus wie der berühmte Pavillon in Brighton – «
»Sehen Sie und mir – «
»Und der Elefant scheint Henry den Achten am Knöchel festzuhalten, während er eine Art spiralförmiger Treppe hinunterrutscht.«
Sir Arthur war ein geduldiger Lehrer und wartete, bis ich geendet hatte.
»Für mich«, sagte er schließlich, »sieht es wie ein Wattebausch aus. Nicht sehr phantasievoll. Aber sie verstehen, was ich damit ausdrücken will?«
»Ich denke, Sie versuchen mir mitzuteilen, daß Sie auf meinen Vergrößerungen nichts erkennen können.«
»Ich fürchte, so ist es.«
»Und Mary?«
Mary schüttelte langsam den Kopf. Ich glaube, sie bedauerte mich.
»Nun, dann tut es mir leid, daß ich Ihre Zeit verschwendet habe.«
»So sollten Sie es nicht betrachten.«
»Ach wirklich?«
»Ihre Offenheit beeindruckt mich.«
Ich verbeugte mich mit gespielter Demut.

»Und ich bewundere Ihren Mut.«
»Meinen Mut?«
»Ja. Weil Sie diesen Polizisten unterstützen. Die meisten Leute würden es zu vermeiden suchen, sich mit so einem Menschen zusammenzutun. Ein gewisser Snobismus.«
»Ich hoffe, Sie werden es niemandem erzählen.« Ich war beschämt.
»Nein, nein, nein. Und es gibt keinen Grund, sich schlecht zu fühlen. Wir haben alle noch keine Erfahrungen damit gesammelt. Wir tasten im Dunkel umher. Es ist nur natürlich, daß wir uns ab und zu einmal das Schienbein stoßen. Aber zumindest sind Sie für solche Dinge offen, Mr. Castle.«
Sir Arthur und seine Tochter lächelten sich zu.
»Und als Wiedergutmachung für unsere Differenzen in der Vergangenheit werde ich Ihnen etwas zeigen«, sagte er. »Etwas, das sie in großes Erstaunen versetzen wird.«
Sir Arthur gestikulierte zu Mary hinüber.
»Meinst du wirklich – ?« erkundigte sie sich zögernd.
»Es ist schon in Ordnung, wenn Mr. Castle es erfährt«, beruhigte er sie. »Bald wird es die ganze Welt erfahren.«
Mary räumte einige Kartons zur Seite. Sie beugte sich hinunter. Ich konnte hören, wie sie einen Safe öffnete. Scharniere quietschten. Sie richtete sich wieder auf und reichte ihrem Vater einen sauberen, braunen Umschlag.
»Können Sie erraten, was sich in diesem Umschlag befindet?« Sir Arthur grinste wie ein vergnügter Schuljunge.
»Nein.«
»Er enthält einige Photographien«, sagte er.
»Wirklich?«

»Außergewöhnliche Photographien. Photographien, die die Welt verändern werden. Photographien, die in aller Deutlichkeit und Perfektion das zeigen, was die Bilder Ihres Polizisten nur angeblich darstellen.«

»Was?«

Mary zog einen Stuhl heran. »Sie sollten sich besser hinsetzen«, schlug sie vor.

Das tat ich.

»Photographien«, fuhr Sir Arthur fort, »von Elfen.«

Das Herz wurde mir schwer. Was für ein Trottel ich doch gewesen war. Natürlich interessierte sich Sir Arthur nicht für Walsmears Photos. Er war nicht auf irgendein vages, düsteres Zeug angewiesen. Er hatte die echte Ware in seinem Safe.

Sir Arthur mußte meine Niedergeschlagenheit aufgefallen sein. Es war ein Funkeln in seinen Augen, während er den Umschlag öffnete.

Ich vermutete, daß ich von psychischen Problemen geplagt wurde. Das war die einzige Erklärung, warum ich diesem verrückten Constable und seinen Bildern Glauben geschenkt hatte.

Es lag wohl daran, daß mein Geschäft kaputtging. Roy war sich darüber im klaren. Warum ich nicht? Ich beschloß, sobald wie möglich ein wenig Sigmund Freud zu lesen.

»Sind Sie bereit?« erkundigte sich Sir Arthur.

Ich nickte.

Er legte einen Stapel von Abzügen in meine Hände.

Ich griff nach dem ersten Abzug. Die Szene war draußen aufgenommen worden. Das Photo erinnerte sehr an Walsmears Bilder. Ein junges Mädchen war zu erkennen, nicht annähernd so hübsch oder engelsgleich wie die Mädchen auf Walsmears Photos. (Im Grunde fand ich,

daß sie ein wenig billig aussah.) Sie hatte ihren Zeigefinger ausgestreckt. Und auf diesem Zeigefinger stand – ich wollte meinen Augen nicht trauen.
Ich blickte zu Sir Arthur hoch. Er strahlte. Ich schaute wieder auf das Photo. Erneut sah ich zu Sir Arthur hoch. Ich begann zu kichern. Dann lachte ich.
»Was ist denn so überaus lustig?« fragte Sir Arthur.
»Dieses Bild«, erwiderte ich.
»Was ist damit?«
»Es ist ein Scherz, richtig?«
»Ganz gewiß nicht.«
»Kommen Sie schon. Es muß ein Scherz sein.«
»Sind Sie ein schlechter Verlierer, Mr. Castle? Können Sie die Elfe nicht erkennen?«
»Doch, ich kann eine Elfe erkennen. Aber sie ist lediglich aufgemalt. Irgend jemand hat eine Elfe auf das Photo gemalt und das Ganze erneut photographiert. Es ist nicht einmal eine gute Zeichnung. Ich kann die Pinselstriche erkennen. Und schauen Sie sich nur all die anderen an. Genau das gleiche.«
»Ich habe Sie falsch eingeschätzt.« Sir Arthur runzelte die Stirn. »Sie sind nicht der Mensch, dem man solche Photos zeigen kann.«
»Wo haben Sie sie her?«
»Ich habe sie von einigen sehr zuverlässigen Leuten erhalten.«
»Tja, es handelt sich um Fälschungen. Ganz offensichtlich. Der Künstler hat nicht einmal menschliche Modelle benutzt, sondern aus seiner Phantasie geschöpft. Diese Elfen sind ganz offensichtlich in Anlehnung an diese momentan so populären Illustrationen entstanden. Wie konnten Sie nur darauf hereinfallen?«
Sir Arthur bemühte sich, seine Wut im Zaum zu halten.

»Ich nehme an, daß Sie der Ansicht sind, Ihre Photographie sei diesen hier überlegen?«
Eine neue Bewunderung für die Photos, die mir der einfältige Polizist gebracht hatte, erfüllte mich. Es war eine großartige Demonstration davon, wie Wahrheit ans Tageslicht zu drängen pflegt. Sie trotzt all unseren Erwartungen und kommt den Mächtigen in die Quere.
»Ja, sie ist ihnen überlegen«, erwiderte ich. »Sie hat ein wirkliches Phänomen auf einem Film eingefangen. Selbst, wenn es sich nur um eine optische Illusion handelt. Ihre ›Elfen‹ sind vordergründig. Sie werfen nicht einmal Schatten, wie alles andere auf dem Bild. Sie sind aufgemalt, Sir Arthur. Aufgemalt.«
Sir Arthurs grauer Schnäuzer zuckte. Sein Atem ging zunehmend schwerer. Das mußten Alarmzeichen für Mary gewesen sein. Sie griff mit der Hand nach dem Ellenbogen ihres Vaters.
»Können wir ein paar Worte wechseln?« fragte sie. »Draußen?«
Sie gingen ins Treppenhaus und unterhielten sich mit murmelnden Stimmen. Als sie wieder ins Zimmer traten, war es Mary, die sprach. »Mr. Castle, Sie sind nicht der Meinung, daß es sich bei unseren Bildern um authentische Aufnahmen handelt. Habe ich recht?«
»Absolut.«
»Ist das Ihre Meinung als Fachmann? Oder liegt es daran, daß Sie im Besitz dieser anderen Bilder sind?«
»Es ist sowohl meine fachmännische als auch meine persönliche Meinung, daß Sie und Ihr Vater einem bösen Scherz zum Opfer gefallen sind.«
»Und das können Sie sagen, ohne die Bilder einer eingehenden Untersuchung unterzogen zu haben? Ohne die Negative gesehen zu haben? Ohne die Kamera unter-

sucht zu haben, mit der sie aufgenommen worden sind?«

»Dazu besteht keine Notwendigkeit.«

»Warum nicht?«

»Selbst ein zehnjähriges Kind würde sich von solchen Bildern nicht narren lassen. Nicht einmal ein unwissender, sabbernder Schwachsinniger würde tatsächlich annehmen, daß diese –«

Ich verstummte. Sir Arthur und seine Tochter glaubten trotz allem an diese Bilder. Ich konnte es von ihren Augen ablesen.

Mary hustete hinter vorgehaltener Hand.

»Also sind Sie der Ansicht«, sagte sie, »daß die Aufnahmen des Polizisten echt sind?«

»Ich denke, daß sie etwas Reales zeigen. Wenn ich in den Himmel zu einer Wolke hinaufschaue und mir vorstelle, es sei ein Elefant, dann ist zumindest die Wolke real. Sie ist nicht auf den Himmel gemalt.«

»Und Sie denken, daß unsere Photographien nicht real sind?«

Die Sache brachte mich langsam zur Verzweiflung.

»Nein«, entgegnete ich. »Ihre Bilder sind schlechte Entwürfe, die sich an einer populären Vorstellung orientieren, wie eine Elfe auszusehen hat. Schauen Sie, diese Elfe hier trägt ein Kleid. Wo hat sie das wohl her ? Gibt es etwa Bekleidungsgeschäfte von Elfen für Elfen? Existieren Elfentextilfabriken, wo man die Stoffe webt? Und wer arbeitet in den Geschäften und Fabriken? Gibt es ein Elfenklassensystem? Gibt es Elfengewerkschaften und Elfenstreiks?«

Sir Arthur platzte heraus: »Oh, jetzt sind Sie also auch noch Experte für Elfen, nicht wahr? Sie wissen sogar, wie sie aussehen.«

»Nein, das tue ich nicht.«
»Es klingt aber so, als wüßten Sie es.«
»Was ich in der Tat weiß, ist, daß, wenn es wirklich Elfen gibt, sie nicht wie populäre Illustrationen aussehen. Sie werden so aussehen, wie sie eben aussehen. Nicht so, wie wir sie gerne hätten.«
Mary mischte sich ein. »Mr. Castle, glauben Sie an Elfen?«
»Die Frage ist nicht fair. Überhaupt nicht fair. Das müssen Sie einsehen, Miss Doyle. Das ist ganz so, als würde man wegen seiner Religion oder sonstwas zur Rede gestellt. Was heißt es denn eigentlich, wenn man an etwas ›glaubt‹? Nur weil man daran ›glaubt‹, heißt das doch noch lange nicht, daß eine Sache gar nicht existiert. Wenn eine Sache existiert, dann existiert sie. Wenn sie es nicht tut, dann tut sie es nicht.«
Sir Arthur starrte mich so ärgerlich an, daß ich die Augen senkte. »Also, ich glaube an Elfen«, sagte er.
Mary legte eine Hand auf den Arm ihres Vaters.
»Die Welt verändert sich«, sagte sie zu mir. »Dank der Erforschung des Übersinnlichen eröffnet sich eine neue Sichtweise der Welt. In dieser Welt spielen Elfen eine wichtige Rolle. Wir vermuten, daß sie eine parallele Linie der Evolution repräsentieren. Sie könnten eine Art Zwischenwesen sein, das sich gleichermaßen in der realen und der übernatürlichen Welt bewegt. Aus unseren Studien geht hervor, daß sie einen wohltuenden Einfluß auf das Wachstum von Pflanzen und Blumen ausüben, gleichermaßen wie Bienen und Schmetterlinge. Wir sind uns noch nicht sicher, auf welche Weise dies geschieht. Aber irgendwie stellen sie eine Energie zur Verfügung, die für die Pflanze beim Wachstum hilfreich ist. Wie auch immer es sein mag, das Thema ist riskant. Und wir sind der

Überzeugung, daß es die Macht hat, das menschliche Denken für immer zu verändern.«
»Sie haben ein Recht auf Ihre Meinung.«
»Und Sie auf die Ihre. Aber Sie haben kein Recht, unsere ganze Arbeit zu ruinieren.«
»Welche Arbeit?«
»Uns gehören die Rechte an den Photographien, die Sie in den Händen halten. In Kürze werden wir sie für die Zeitungen freigeben. Für uns ist dies der Beginn einer Kampagne, die Vorträge und Lichtbildervorführungen umfaßt. Ziel der Kampagne ist es, die Welt dazu zu bringen, an Elfen zu glauben. An unsere Elfen. Nicht an Ihre.«
»Das ist verrückt.«
»Das ist genau das, was wohl ein Teil der Öffentlichkeit unvermeidlicherweise sagen wird. An Ängste, Unglauben und Spott sind wir gewöhnt. Damit können wir leben. Aber es gibt etwas, das unsere Bewegung nicht überleben wird. Können Sie sich denken, um was es sich dabei handelt, Mr. Castle?«
»Sie wird diese gefälschten Bilder nicht überleben, soviel kann ich Ihnen sagen«, erwiderte ich.
Mary tat so, als habe sie nicht gehört, was ich gesagt hatte. »Betrachten wir einmal das weite Feld der Religion«, fuhr sie fort. »Wie kommt es, daß keine bestimmte religiöse Idee die Welt dominiert? Der Grund ist der, daß der erste primitive Mensch, der gerade seine Idee einer Gottheit vorgestellt hatte, sich mit einem anderen primitiven Menschen konfrontiert sah, der irgendeine Alternative vorschlug. Und so ging es weiter, so daß sich heute auf dem Feld der Religion konkurrierende Sekten tummeln, die alle behaupten, im Besitz der Wahrheit zu sein, und – zumindest auf intelligente Menschen – lächerlich wirken.«

»Wovor haben Sie also Angst, Miss Doyle?«
Vater und Tochter standen nebeneinander. Über ihre vor der Brust gekreuzten Arme hinweg starrten sie mich an.
»Vor Konkurrenz«, antwortete Mary.
So kam es, daß ich eine Stunde später den Buchladen der Doyles mit einem Satz höchst ungewöhnlicher Verträge unter dem Arm verließ. Die Verträge ermächtigten mich, in Burkinwell als Agent von Sir Arthur Conan Doyle tätig zu werden. Meine Aufgabe bestand darin, die Burkinwellschen Elfenphotographien von Walsmear, den Mädchen, deren Vater oder wer auch immer sonst im Besitz der Verkaufsrechte war, zu erwerben. Sir Arthur war bereit, eine Summe von tausend Pfund zu zahlen. Allerdings lag es in meinem Interesse, die Photos für sehr viel weniger zu bekommen, denn meine Bezahlung als Mittelsmann bestand in der Differenz der Summe, die zwischen den tausend Pfund und dem lag, was der Verkäufer nach den Verhandlungen mit mir tatsächlich für die Photographien verlangen würde. Mit anderen Worten, wenn ich für sechshundert an die Bilder käme, gingen vierhundert an mich. Wenn es mir gelänge, umsonst an die Aufnahmen zu kommen, könnte ich die ganzen tausend Pfund in die eigene Tasche stecken.
Natürlich war ich erstaunt, daß Sir Arthur die Absicht hatte, sich von soviel Geld zu trennen, nur um die Welt von »Rivalen« seiner spektakulär unechten Elfen-Photographien zu befreien. Andererseits war es vielleicht gar nicht so seltsam, wenn man seine Meinungen in Betracht zog – von denen ich noch einige zu Ohren bekam, bevor ich mich aus seiner Gesellschaft zurückzog.
»Wir befinden uns an einem Kreuzweg der Geschichte«, sagte er. »Die Menschheit ist gerade aus einem großen

und schrecklichen Krieg aufgetaucht. Der gegenwärtige Frieden ist gewalttätig und oberflächlich. Der nächste Krieg wird noch entsetzlicher als der letzte werden. Und der darauffolgende Krieg – es ist schwer, sich das auszumalen. Lassen Sie uns lediglich sagen, daß wir, um dies alles zu verhindern, den Verlauf der menschlichen Evolution umleiten müssen. Wir müssen den Menschen den Weg in solche Sphären weisen, in die uns unser angeborenes, übersinnliches Verständnis lenkt. Es gilt, uns fest in diesem spirituellen Bereich zu verankern. Denn es gibt nur einen Ausweg für die Menschheit, Mr. Castle. Und der führt gewissermaßen durch den Äther...«

Kapitel 7

Wie ich meine Reisetasche verlor

Ich mag Bahnhöfe. Ich mag ihr Aussehen. Und ihre Geräusche. Und auch ihren Geruch – nun ja, belassen wir es lieber bei ihrem Aussehen und ihren Geräuschen. Ganz besonders mag ich Bahnhöfe, wenn ich nicht gerade einen Zug erreichen muß. Es beruhigt meine Nerven, mit den Händen in den Hosentaschen durch das Gedränge eiliger Reisender zu spazieren. In solchen Momenten scheine ich wie aus einer großen Höhe auf die Massen hinunterzublicken. Unter mir breitet sich dann der Zustand der Menschheit wie ein Teppich aus.

Was will ich wohl damit sagen? Nun, jedes Individuum trägt seine eigene, unterschiedliche Last an Paketen und Gepäck. Jeder ist mit seinen eigenen Angelegenheiten beschäftigt. Über uns allen wölbt sich eine Glocke aus trübem Glas. Diese eigenartige Glocke läßt zwar Licht hindurch, verbirgt aber, was über ihr liegt. Unten eilen die Tapferen und die Furchtsamen, die Narren und die Weisen allesamt zu ihren Zügen, um von der feierlichen, schwarzen Todesmaschine hinweggetragen zu werden, die vor sich hintuckernd geduldig am Bahnsteig auf uns wartet.

Wenn ich mich auf Reisen befinde, unterscheiden sich

meine Sorgen allerdings nicht im geringsten von den anderen Leuten in dem aufgewühlten Schwarm. Dann philosophiere ich nicht über das Geheimnis von Menschenmengen und über das Muster sich kreuzender Schicksale. Dann möchte ich lediglich, daß mir die Leute den Weg frei machen.

So war es auch zwei Tage nach meinem Zusammentreffen mit Sir Arthur. Ich befand mich am Bahnhof, um den Zug nach Burkinwell zu nehmen. Ich hatte mich verspätet, und aus irgendwelchen Gründen schien es so, als hätten sich ganze Scharen von Flegeln, Bummlern und Faulenzern beiderlei Geschlechts und aller Klassen gerade diesen Tag ausgesucht, um auf dem Bahnhof Luft zu schnappen. Sie hatten die Stellen aufgespürt, wo sie mir die meisten Unbequemlichkeiten bereiten konnten, und formten dort dichte, langsam dahinschleichende Menschentrauben.

Ich war noch aus einem anderen Grund besorgt. Als ich zwei Tage zuvor aus dem Buchladen von Sir Arthurs Tochter getreten war, hatte dieses bibelbesessene alte Weib auf mich gewartet. Klein, drahtig und ganz in Schwarz gekleidet, war sie hinter einer Hecke hervorgesprungen. Es war gerade so gewesen, als würde man von einem Regenschirm attackiert.

»Ssssssooooo«, hatte sie gezischt. »Worum ging es? Wahrsagerei? Numerologie? Ein Plausch mit den Toten? Kartenlesen? Oder soll ein Bann verhängt werden?«

Nachdem ich mich von meiner Überraschung erholt hatte, entschloß ich mich zu einer gewissen weltläufigen Amüsiertheit. »Nein, Großmütterchen«, erwiderte ich augenzwinkernd. »Nichts Unheimliches. Nur Elfen. Unschuldige Elfen. Sanfte Geister.«

»Dämonen«, entgegnete sie und entblößte eine Reihe langer, dunkler Zähne.

»Nein, nein, nein«, kicherte ich. »Überhaupt nicht. Süße, kleine sphärische Wesen, die über die Butterblumen hinwegtanzen.«
»Nenn sie, wie du willst, Kleiner«, erwiderte sie. »Aber ich sage dir – es sind Dämonen aus der Hölle.«
Es war nicht schwierig, diese unangenehme Person abzuschütteln. Aber es war nicht so einfach, ihre Worte aus dem Gedächtnis zu streichen. Nicht zum letzten Mal fragte ich mich, auf was ich mich da eigentlich einließ. Ich machte mir weniger Sorgen um meine Seele als vielmehr um meinen Verstand. Ich hatte einen Weg eingeschlagen, bei dem ich nicht wußte, was mich an seinem Ende erwarten würde. Wahnsinn? Gab es tatsächlich Elfen oder nur die Dämonen selbstzerstörerischer Phantasien?
Ich brannte darauf, mich auf die Reise zu machen. Ich wußte, daß ich mich besserfühlen würde, wenn ich erst einmal im Zug sitzen und in Richtung Burkinwell unterwegs sein würde. Aber wie ich bereits andeutete, schienen die Massen auf dem Bahnhof meinen Sinn für Dringlichkeit nicht zu teilen. Schlimmer noch stand es um die beiden Träger, die ich engagiert hatte, um mein Gepäck zu transportieren.
Mein Gepäck bestand aus einem großen Überseekoffer und zwei Reisetaschen. Es war auf einem Holzkarren gestapelt, an dem sich ein langer Griff befand. Einer der Gepäckträger schob ihn, während der andere vorne zog. Sie stolperten in einem Tempo vor sich hin, das mich zur Verzweiflung brachte und führten dabei die ganze Zeit über eine unverständliche Unterhaltung.
Sie verlief ungefähr folgendermaßen:
»Dein Fehler, Paolo.«
»Dein Fehler, Shorty.«

»Im Leben nicht, Kamerad.«
»Wetten, so war es nicht.«
»Wetten, so war es.«
Zu dieser Zeit gab es keinen Anlaß für mich, besonders darauf zu achten, wie die beiden aussahen. Später dagegen bekam ich einen Grund, mir ihre Erscheinung in Erinnerung zu rufen. Ihre Gesichter und ihre Gestalt brannten sich wie ein heißes Eisen in mein Gedächtnis.
Der Träger, der sich Paolo nannte, war eine große Kreatur, die mit steifem Schritt dahinstolzierte. Er mußte mittleren Alters sein. Seine Augen waren tot, seine Haut drekkig und bleich, und unter den langen Koteletten lagen Wangen mit tiefen, düsteren Falten verborgen.
Derjenige, der Shorty gerufen wurde, war das vollkommene Gegenteil von Paolo. Er war nur halb so groß wie sein Partner und schätzungsweise halb so alt. Seine Haut trug einen rosigen Ton, wie er oft bei Metzgern zu finden ist, und die Zähne, die seinen Atem siebten, waren klein.
»Dein Plan«, sagte Shorty.
»Es war ein guter Plan«, erwiderte Paolo.
»Es war ein dummer Plan.«
»War es nicht.«
»War es doch.«
»Ich konnte ja nicht alles einplanen.«
»Wahrscheinlich warst du zu clever.«
»Wir waren beide zu clever.«
»Magst wohl recht haben.«
»Wird schon Gras über die Sache wachsen.«
»Wir werden uns bedeckt halten.«
»Genau.«
»Sie werden es vergessen.«
»Tun die Leute immer.«

»Aber die Leute reden auch.«
»Das stimmt, die Leute reden.«
An dieser Stelle brachen die beiden Träger ihr Gespräch ab. Sie blickten sich nach mir um. Hörte ich ihnen zu? Nicht wirklich. Ich ging bloß langsam, mit gebeugtem Kopf hinter dem Karren her, wie ein Trauernder. Ein heißer, kleiner Ball aus Wut saß in meinen Eingeweiden. Ich schenkte ihm keine Beachtung und grinste die beiden freundlich an. Sie machten sich wieder ans Schieben und Ziehen.
Ich denke, sie gaben sich mit der Einschätzung zufrieden, daß ich ihre Unterhaltung nicht belauscht hatte. Aber ich war nicht zufrieden. Ich war spät dran. Ich hustete auf eine strenge Art und Weise.
Der Große war vorne am Karren. Als er mein Husten hörte, hielt er abrupt an. Diejenigen, die hinter ihm liefen, taten das nicht. Shorty fiel über den Karren. Ich fiel über Shorty.
Paolo schaute zu, wie wir uns wieder entwirrten. »Sie sind also in Eile?« fragte er mich.
»Ja«, entgegnete ich. »Ich bin in Eile.«
»Er ist in Eile«, sagte er zu Shorty. »Stell dir das einmal vor.«
»Ja. Stell dir das einmal vor«, echote Shorty und rückte seine Kappe zurecht.
»Man sollte meinen, es sei unser Fehler«, sagte Paolo.
»Geben Sie UNS nicht die Schuld«, sagte Shorty.
»Nein, Sir, geben Sie nicht *uns* die Schuld«, wiederholte Paolo. »Wenn Sie früher losgegangen wären, wären Sie eher hier angekommen und nun nicht zu spät dran.«
»Das ist wahr«, stimmte Shorty zu. »Einige Leute warten immer bis zur letzten Minute.«

»Eine schlechte Angewohnheit«, rügte Paolo.
»Entschuldigen Sie bitte«, warf ich ein, »aber es geht Sie wirklich überhaupt nichts an, wann ich losgegangen bin. Ihr Job ist es, mein Gepäck zum Zug zu schaffen. Und das ein bißchen flott.«
»Ein bißchen flott?« echote Paolo. »Ich glaube, er ist Amerikaner.«
»Stell sich das mal einer vor«, sagte Shorty.
»Tja, also ein Amerikaner, hm. Und er denkt, es sei unsere Schuld, daß er spät dran ist.«
»Unsere Schuld«, echote Shorty.
»Hören Sie«, sagte ich. »Ich bin früh genug von zu Hause losgefahren. Aber seit ich an diesem Bahnhof ankam, hat sich alles sehr verzögert.«
»Und das soll unsere Schuld sein?« fragte Paolo.
»Es spielt keine Rolle, wessen Schuld es ist«, antwortete ich.
»Für mich spielt es schon eine Rolle«, erwiderte Paolo. »Wie steht es mit dir Shorty?«
»Spielt 'ne Rolle, und ob.«
»Da haben Sie's«, sagte Paolo. »Es spielt für uns beide eine Rolle. Jetzt hätte ich gerne einmal gewußt, ob Sie sich tatsächlich über die Art und Weise beschweren, wie wir unsere Arbeit verrichten. Denn wenn Sie das tun, dann können Sie nicht einfach so herumstehen und nörgeln. Sie müssen eine schriftliche Beschwerde einreichen. Wir sind in der Gewerkschaft, wissen Sie. Sie können uns nicht einfach alles an den Kopf werfen, was Ihnen einfällt. Es ist nicht mehr so wie früher.«
»Nein, Sir, nicht mehr so wie früher.« Shorty nickte zustimmend.
»Wir werden geschützt. Sie können uns nicht einfach so herumschubsen.«

»Schon gut, schon gut«, sagte ich. »Es tut mir leid, wenn es so geklungen hat, als wolle ich mich beschweren. Lassen Sie uns die ganze Angelegenheit vergessen, und sehen Sie zu, daß mein Gepäck zum Zug kommt.«

»Oh, nein, so einfach geht das nicht«, entgegnete Paolo. »So einfach kommen Sie nicht davon. Wir müssen solche Sachen immer richtigstellen.«

»Richtigstellen, genau«, ertönte es von Shorty.

»Ist es nun Ihre Ansicht«, sagte Paolo, »oder ist es nicht Ihre Ansicht, daß wir uns eines fehlerhaften Verhaltens schuldig machen und dieses Gepäck zu langsam durch den Bahnhof befördern?«

»Es ist meine Ansicht, daß Sie sich so schnell wie möglich vorwärts bewegen sollten«, antwortete ich. »Aber damit kein falscher Eindruck entsteht: dies ist keine Beschwerde.«

Paolo kicherte wissend. »Zu Ihrer Information«, sagte er, »wir folgen lediglich unseren Anweisungen. Der Aufseher teilte uns mit, daß wir mit diesem Koffer sehr vorsichtig umgehen sollten.«

»Vorsichtig«, bestätigte Shorty.

»Er teilte uns mit«, fuhr Paolo fort, »daß sich Glas im Koffer befinde. Zerbrechlich sei es. Stimmt das nun oder nicht? Befinde ich mich etwa im Unrecht oder nicht?«

»Der Aufseher hatte recht«, sagte ich. »Dieser Koffer beinhaltet in der Tat – «

»Ich finde, – « und an dieser Stelle ließ Paolo seine Hand auf den Deckel des Koffers hinuntersausen und ein Klirren ertönte » – daß das wie Glas klingt.« Er knallte seine Hand noch einmal auf den Deckel.

»Bitte, seien Sie vorsichtig«, sagte ich. »Schauen Sie –«

»Und wer, glauben Sie, müßte dafür bezahlen, wenn wir etwas da drin zerbrechen würden?« fragte Paolo.

»Ja, wer wohl?« erkundigte sich Shorty.
»Ich werde Ihnen sagen, wer«, sagte Paolo. »Wir müßten dafür bezahlen und kein anderer. Wir müßten für Ihre verdammten Kristallgläser aufkommen oder was auch immer so Leute wie Sie in ihren Koffern mit sich herumschleppen.«
»Verdammte Kristallgläser«, wiederholte Shorty verächtlich.
»Du liebe Güte«, rief ich. »Es sind keine Kristallgläser. Es ist Gerät für die Dunkelkammer. Gläser mit Chemikalien. Photoapparate. Linsen. Ja, es ist zerbrechlich. Und ich begrüße Ihre Vorsicht. Aber Sie dürfen sich ein wenig schneller vorwärtsbewegen. Ich bin der Photograph, und ich übernehme die volle Verantwortung.«
»Sie übernehmen die Verantwortung?« fragte Paolo aufmerksam und richtete sich auf. »Zum Teufel, worauf warten wir dann noch.«
Er spuckte in beide Hände. Dann spuckte er in meine Richtung. Die beiden nahmen wieder ihre Positionen am Kopf und am Ende des Karrens ein. Nun rasten sie fast durch den Bahnhof.
»Aus dem Weg«, schrie Paolo. »Platz da!«
Der Karren polterte zwischen ihnen dahin. Menschentrauben stoben auseinander wie Billardkugeln. Ich rannte hinterher.
»Hey, Shorty«, rief Paolo über seine Schulter zurück. »Kennst du diesen Witz über den Photographen schon?«
»Wie geht der?« erkundigte sich Shorty etwas außer Atem.
»Was sagte der Photograph zur Dame?«
»Keinen Schimmer. Was sagte er?«
»Kommen Sie in die Dunkelkammer, meine Liebe. Wir wollen einmal sehen, was sich entwickelt.«

Shorty streckte vor Erheiterung einmal kurz seine Zunge heraus. »Das ist ein komischer Witz«, sagte er. »Was ist eine Dunkelkammer?«
Der Inhalt des Koffers klapperte und klirrte auf alarmierende Weise. Die beiden hatten mit dem Karren eine Kurve auf zwei Rädern genommen. Ich wollte gerade etwas sagen, als ich sah, daß wir uns dem Gitter näherten, hinter dem der Bahnsteig lag.
»Fährt gerade los«, sagte der Wärter, den ich im Vorüberrasen nur als verschwommene Gestalt wahrnahm. Den Bahnsteig entlang ging ein Zittern durch die Waggonreihe. Weit vorne atmete die Lok tief aus und begann zu puffen.
»Verdammt«, rief ich und verlangsamte mein Tempo zu einem Trab. »Das schaffen wir nicht mehr.«
»Kommen Sie schon, Sir«, rief mir Paolo von vorne zu. »Wir werden Sie schon hineinbekommen.«
Beide Träger befanden sich jetzt hinter der Karre und schoben. Ich schob mich zwischen sie und den auslaufenden Zug und stürmte vorwärts.
»Springen Sie rauf«, befahl Paolo. »Springen Sie auf den Zug!«
Ich streckte meine Hand aus, grapschte nach einer Tür und schwang mich in das Abteil des letzten Wagens. Entschuldigungen murmelnd kletterte ich über die Passagiere und rannte den Gang entlang zur Tür am Ende des Zuges.
Durch das hintere Fenster sah ich, wie Paolo und Shorty den Karren neben dem anfahrenden Zug herschoben. Der Waggon war ein Hastings III mit getrennten Abteilen, die sich zum Bahnsteig hin öffneten, einem Gang, der die ganze Länge des Waggons entlanglief, einer Eisen-Veranda und einer Treppe über der Kopplung. Während

ich hinaussah, warfen Paolo und Shorty die beiden Reisetaschen auf die Treppe zur hinteren Tür. Dann gelang es Paolo, mit einem gewaltigen Sprung die unterste Stufe zu erreichen. Von dort aus griff er nach unten und zog meinen Koffer zu sich hinauf. Nachdem das geschehen war, tat er das gleiche mit Shorty.

Und es war wirklich eine äußerst knappe Angelegenheit. Der letzte Waggon verließ im selben Moment den Bahnsteig, als Shortys Fuß sich dort abdrückte. Der zurückbleibende Gepäckkarren hatte nicht so viel Glück: durch den eigenen Schwung rollte er weiter vorwärts, segelte über das Ende des Bahnsteigs hinaus und krachte in den Kies hinein. Ein einzelnes Rad kullerte aus den Trümmern.

Ich fummelte eine Weile an der Klinke herum, bevor es mir gelang, die hintere Tür zu öffnen. Paolo und Shorty stürzten mir vor die Füße.

Paolo blickte vom Boden zu mir hinauf. »Ihr Gepäck, Sir?«

»Guter Mann – « Ich half ihm auf die Füße. Dann tat ich das gleiche für Shorty.

»Ich weiß nicht, was ich sagen soll«, begann ich und war ihnen behilflich, den Staub von ihren verdreckten Uniformen zu wischen. »Was Sie da gerade geleistet haben. Es geht wirklich über alle Erwartungen... wirklich. Ich weiß nicht, wie ich meine Dankbarkeit ausdrücken soll. Sie hätten es wirklich nicht tun müssen.«

Sie hatten sich ganz sicher ein nettes Trinkgeld verdient.

»Hier.« Ich griff in meine Hosentasche. »Das ist für Sie.«

Paolo hielt eine Hand in die Höhe.

»Zuerst einmal«, sagte er. »Wohin soll es denn gehen?«

»Wie schon gesagt, nach Burkinwell. Es ist – «
»Nein, nein.« Shorty lächelte spöttisch. »Wohin sollen wir diesen Schrott hier befördern?«
»Oh. Natürlich«, entgegnete ich. »Ich muß mir ein Abteil suchen. Einen Moment.«
Ich fand ein ansprechendes Abteil am anderen Ende des Wagens. Bis auf zwei Frauen – eine ältere und eine jüngere – war es leer. Sie saßen sich am Fenster gegenüber.
»Hier hinein«, sagte ich, öffnete die Tür und winkte den Trägern zu.
Innerhalb von einer Sekunde waren meine Reisetaschen auf Sitze verfrachtet. Mein Koffer krachte zwischen den beiden Frauen auf den Boden. Die ältere Frau warf einen Blick darauf, in dem sich Unmut spiegelte.
»Es tut mir aufrichtig leid.« Ich lüftete meinen Hut in die Richtung der Damen. »Und nun, Gentlemen, dies hier ist für Sie«, sagte ich und händigte beiden eine Banknote aus. »Und glauben Sie mir, Sie haben sich jeden Pfennig davon verdient.«
Paolo starrte auf den Geldschein hinunter, als handele es sich um Vogelscheiße, die auf seiner Hand gelandet war. »Was soll das sein?« fragte er.
»Ein kleines Trinkgeld«, flüsterte ich, warf ihm ein Lächeln zu, zwinkerte, war versucht, ihm einen anerkennenden Klaps auf den Arm zu geben, konnte mich aber gerade noch bremsen.
»Ein was?«
»Trinkgeld«, wiederholte ich, schon weniger selbstbewußt.
»Ein Trinkgeld? So nennen Sie das?«
»Aber ja.«
»Für das, was wir getan haben?«
»Ich betrachte es als großzügig.«

»Das hier? Großzügig? Wir haben unseren Hals hierfür riskiert!«
»Genau«, fiel Shorty ein. »Und Sie nennen das hier – Sie wissen schon, was?«
»Eine verdammte Schande ist das«, fügte Paolo hinzu.
»Schan-de«, spuckte Shorty.
Die ganze Sache war sehr peinlich für mich. Insbesondere in Gegenwart der Damen. Ich lächelte und lüftete noch einmal meinen Hut in ihre Richtung. Ich hoffte, daß sie die Zahl auf den Banknoten gesehen hatten, die ich den beiden Trägern gegeben hatte. Wenn das der Fall war, würden sie ohne Zweifel einsehen, daß dieses ungepflegte Pärchen ganz gut von mir profitiert hatte.
Die Gepäckträger blickten mich erwartungsvoll an.
»Es tut mir leid«, murmelte ich. »Ich bin nicht so gut betucht...«
Ich mußte etwas unternehmen, um die Spannung zu durchbrechen.
»Nun...« Ich klatschte in die Hände und wandte den beiden meinen Rücken zu. »Wie wäre es, wenn wir den Koffer öffnen und nachschauen, ob etwas zu Bruch gegangen ist?«
Ich schloß den Koffer auf und schwang den Deckel in die Höhe. Einige Phiolen waren zerbrochen. Geruch machte sich breit. Für mich war es ein heimeliger und vertrauter Duft, ein angenehmer Dunkelkammerduft. Natürlich ist mir bewußt, daß ich der breiten Öffentlichkeit nicht Auge in Auge – oder besser von Nase zu Nase – mit dieser Meinung gegenübertreten kann.
»Iiiiigitt«, jammerte Shorty und bedeckte seine Nase mit der Armbeuge. »Stinkt wie dreckige Unterhosen.«
»Wenn Sie sich bitte etwas beherrschen könnten«, sagte ich mahnend, »es sind Damen anwesend.«

»Für mich stinkt es wie alte Pisse«, verkündete Paolo.
»Also wirklich.« Ich wandte mich entrüstet um. «Wenn Ihnen der Geruch nicht behagt, können Sie ja verschwinden.«
»Wohin verschwinden?« erkundigte sich Paolo.
»Irgendwohin«, entgegnete ich.
»Das ist wirklich witzig.«
»Können Sie sich nicht irgendwo hinsetzen?«
»Ohne Fahrscheine?«
»Wozu brauchen Sie Fahrscheine?«
»Um uns hinzusetzen.«
»Warum stellen Sie sich dann bis zur nächsten Station nicht irgendwohin?«
»Auch zum Stehen braucht man einen Fahrschein.«
»Sie brauchen doch sicherlich gar keinen Fahrschein, oder? Sie arbeiten doch für die Eisenbahn, nicht wahr?«
Paolo und Shorty schüttelten langsam verneinend die Köpfe.
»Wollen Sie damit sagen, daß Sie für den Bahnhof arbeiten?«
Wieder schüttelten sie die Köpfe.
»Für wen arbeiten Sie denn?« fragte ich.
»Für niemanden«, antwortete Paolo.
»Sind Sie denn keine Gepäckträger?«
»Nein«, sagte Shorty.
»Sie tragen aber Uniformen von Gepäckträgern«, wandte ich ein.
»Das stimmt, aber wir sind keine Gepäckträger.«
»Was sind Sie denn dann?“ erkundigte ich mich verblüfft.
»Diebe.«
Shorty zog ein Messer hervor. Es hatte eine lange, drecki-

ge Klinge, und um den Griff war ein Lumpenfetzen gewickelt.
Ich blickte ihm ins Gesicht, um zu sehen, ob er einen Witz machte, aber er schielte mich auf eine triumphierende, boshafte Weise an. Es war ihm bitterernst.
Die beiden Frauen hatten die Szene beobachtet. Schon vor dieser Entwicklung der Geschichte war mir klar, daß beide von der Ungezogenheit der Vorgänge aus der Fassung gebracht waren. Nun, da sich die Dinge von einer Ungezogenheit über die Frechheit praktisch bis zum Mörderischen entwickelt hatten, stießen sie beide entsetzte »Ohs!« aus.
Die ältere der beiden umklammerte instinktiv ihre Handtasche. Dies weckte Paolos Aufmerksamkeit.
»Ich werde die Tasche besser an mich nehmen, Missy.«
Er versuchte, danach zu greifen und lehnte sich dabei über den geöffneten Koffer. Die jüngere Frau stieß einen abwehrenden Schrei aus. Dauer und Tonhöhe waren nicht schlecht. Paolo ließ sich davon ablenken. Ganz offenbar hatte er das Gefühl, sie zum Verstummen bringen zu müssen, bevor er weitermachen konnte. Eine Hand hatte er bereits auf die Handtasche der älteren Frau gelegt, und mit der anderen versuchte er nun, den Mund der jüngeren zu bedecken. Diese Bemühungen brachten ihn einen Augenblick aus dem Gleichgewicht.
Die jüngere Frau erkannte ihre Chance. Sie griff in den offenen Koffer und zog ein Glas hervor. Mit einer geschickten Drehbewegung schraubte sie den Deckel ab. Dann schleuderte sie den flüssigen Inhalt des Glases in Paolos Gesicht.
Der Dieb kreischte auf. Sein blasses Gesicht lief rot an. Er fiel nach hinten und preßte sich die Fäuste auf die Augen.

Ganz schnell bestand jetzt das äußerste Ende des Abteils aus einem Knäuel von Körpern. Die Damen und ich waren bemüht, so viel Abstand wie nur eben möglich zwischen uns und Paolo und Shorty zu bringen.
Mit einem wütenden Schrei sprang Shorty nach vorn. Er tauchte sein Messer in die bebende Masse aus Armen, Beinen und Körpern. Die ältere Frau schrie auf und verstummte dann plötzlich.
Ich hatte beobachtet, wie die Klinge das Kleid der Frau auf der Höhe ihres Brustkorbes durchdrang. Mit einem hilflosen Fluch griff ich in meinem Koffer nach einer zerbrochenen Flasche. Ich hielt sie am Hals fest und rammte ihr zackiges Ende in Shortys Handgelenk. Dann hob ich sie über den Kopf und ließ sie immer und immer wieder niedersausen.
Shorty fiel auf die Bank zurück. Er packte eine meiner Reisetaschen und hielt sie wie ein Schutzschild in die Höhe. Ich versuchte, sie seinem Griff zu entwinden, aber er konnte sich losmachen und stolperte in den Gang hinaus.
Paolo befand sich bereits dort, hielt sein Gesicht mit den Händen umklammert und rannte blind in Türen und Fenster hinein. Leute beugten sich aus den Abteilen heraus, um zu sehen, was vor sich ging.
Ein alter Mann erblickte Shorty. »Also hören Sie mal, Sie«, sagte er.
Shorty schlug ihm mit der Faust ins Gesicht. Blut spritzte über den Korridor. (Es stammte von Shortys verwundetem Arm, nicht vom Gesicht des alten Mannes.)
Der Gang war plötzlich sehr voll.
»Haltet sie auf«, rief ich, während ich mir einen Weg durch das Durcheinander von Körpern bahnte. Aber die Leute wußten nicht, wen sie aufhalten sollten und warum.

Ich stolperte gerade noch rechtzeitig ans Ende des Waggons, um zu sehen, wie Shorty Paolo die letzte Treppenstufe hinunterstieß. Einen Moment später sprang Shorty ihm nach. Er hielt immer noch meine Reisetasche an die Brust gepreßt. Die Räuber hatten Glück, denn der Zug fuhr nicht sehr schnell. Ich blieb in der Tür stehen und beobachtete, wie sie zu Fuß weiterliefen. Sie machten sich aus dem Staub und trampelten dabei zwei parallel verlaufende Korridore durch ein Roggenfeld.

Ich kämpfte mich wieder durch den Gang zurück. Zwei Männer zogen meinen Koffer aus dem Abteil.

»Macht Platz!« rief jemand von drinnen.

Die ältere Frau lag regungslos in der Ecke des Abteils. Ein Mann hatte sich als Arzt zu erkennen gegeben. Er und die jüngere Frau knöpften das Kleid des Opfers auf. Ich konnte graue Unterwäsche erkennen – aber kein Blut.

Der Arzt drückte und tastete sie ab. »Nicht ein Kratzer«, verkündete er fröhlich.

Die hinterhältige Absicht von Shortys Klinge war von einem kräftigen Korsett abgewehrt worden.

»Es ist ein Wunder«, flüsterte die Frau. Mit Bewegungen, als wäre sie in Trance, brachte sie ihre Kleidung wieder in Ordnung und erklärte damit das Ende ihrer Karriere als öffentliches Spektakel. Die Menge zerstreute sich.

Ich wandte mich ab, aber jemand ergriff meine Hand. Es war die jüngere Frau aus dem Abteil. Sie ließ meine Hand wieder los.

Ich sprach als erster. »Ich hoffe, Ihre Mutter erholt sich bald«, sagte ich.

»Meine Mutter?« Sie schien verwirrt. »Oh, nein«, erwiderte sie dann. » Die Frau im Abteil? Sie ist nicht meine Mutter. Ich . . ., wir kennen uns nicht.«

»Entschuldigen Sie. Ich hatte keine – «

»Es scheint ihr wieder gutzugehen.«
»Ja, sieht ganz so aus, nicht wahr?«
»Was für ein Glück, was für einen Dusel sie doch hatte«, fügte die Frau hinzu. »Und Sie?«
»Ich?«
»Ja, ist bei Ihnen auch alles in Ordnung?«
»Bei mir? Nun, ich denke schon. Einer von ihnen ist allerdings mit meiner Reisetasche entkommen.«
»Das ist Pech. War es der, auf den Sie eingestochen haben?«
»Ja. Der kleinere. Ich bin sicher, daß er nicht schlimm verletzt ist. Aber Sie, wie geht es Ihnen?«
Sie warf mir ein strahlendes Lächeln zu. »Wie Sie sehen: ohne einen Kratzer. Nur mein Kleid hat einige Spritzer von diesem Was-auch-immer-es-war abbekommen. Ich habe die Flecken schon mit kaltem Wasser ausgewaschen.«
»Sie haben schnell geschaltet, das muß ich sagen.«
»Wirklich? Tja, man muß einen Fleck erwischen, bevor er einzieht.«
»Nein, nein. Ich meinte die Chemikalien, die Sie diesem Kerl ins Gesicht geschleudert haben.«
»Ich hoffe, ich habe ihn nicht verletzt.«
»Ich hoffe, doch.«
»Wie grausam.«
»Es tut mir leid, wenn es grausam klingen sollte. Aber bei den beiden handelt es sich nicht um besonders nette Menschen.«
»Ich weiß«, schmollte sie. »Ich wünschte, die Welt wäre mehr wie das Elfenreich im Märchen.«
Ich muß wohl zusammengezuckt sein. »Wie meinen Sie das?« fragte ich.
»Oh, Sie wissen schon. Im Märchen stößt sich der böse

Schurke den großen Zeh, und schon ist alles wieder gut.«
»Ist dann wirklich alles wieder gut?«
»Im Märchen schon.«
»Nun, diese beiden haben sich ihre großen Zehen ganz schön kräftig gestoßen. Aber wenn es Ihnen hilft, kann ich Ihnen versichern, daß sie sich bestimmt bald schon wieder erholt haben dürften.«
»Glauben Sie das wirklich?«
»Ja. Bevor ich sie aus den Augen verlor, stolperten sie durch ein Roggenfeld. Mit meiner Reisetasche.«
Der Arzt und ein anderer Mann drückten sich mit einer Entschuldigung an uns vorbei. »... obwohl solche Korsetts schon fast aus der Mode gekommen sind«, sagte der Arzt zu seinem Begleiter. »Das Fischbein hat mit Sicherheit diese Harpune aufgehalten ...«
Die jüngere Frau trat zur Seite, um sie vorbeizulassen. Ich nutzte die Gelegenheit, um einen Blick auf ihre Hand zu werfen. Sie trug einen Ehering. Als sie sich mir wieder zuwandte, erkannte ich, daß sie bemerkte, was ich gerade bemerkt hatte.
Der Koffer versperrte den Gang. Der Deckel war über den zerbrochenen Phiolen und Instrumenten im Inneren zugeklappt worden. Ich öffnete ihn und begann, meine Sachen zu sortieren. Die junge Frau rückte ihren Hut im Fensterglas zurecht. Dann ging sie zurück ins Abteil.

Kapitel 8

Wie ich eine Mitfahrgelegenheit erhielt

Man erlaubte den beiden Damen und mir nicht, unsere Reise friedlich bis an unsere unterschiedlichen Ziele fortzusetzen. Der Überfall war zu einer höchst wichtigen Polizeiangelegenheit geworden. In Devving, einer Stadt, in dem sich das Polizeihauptquartier des Distrikts befindet, mußten wir den Zug verlassen und wurden von zwei uniformierten Beamten zu dem Gebäude, welches das Hauptquartier beherbergt, eskortiert.

Das Äußere des Distrikthauptquartiers der Polizei machte einen kleinen und schäbigen Eindruck, aber im Inneren war es recht sonnig. Dies war einigen hohen, klassisch geschnittenen Fenstern zu verdanken. Polizeibeamte saßen herum und hatten ihre Füße auf Stühle und Tische gelegt. Einige rauchten. Andere schauten aus dem Fenster. Goldenes Licht ergoß sich in den Raum. Irgend jemand sprengte den Rasen draußen und ab und an klatschte der Wasserstrahl gegen das Glas.

»Ich bin Detective Cubb«, sagte ein junger Mann in Zivilkleidung.

Er war mir auf den ersten Blick unsympathisch. Zum einen, weil er etliche Jahre jünger war als ich. Das ist eines meiner Probleme. Ich mag diese ganzen jungen Polizi-

sten, Soldaten und anderen Autoritätsfiguren nicht, denen man heute so oft begegnet.
Zum anderen hatte er einen lästigen Allwissenheitsausdruck im Gesicht. Und sehr glatt zurückgekämmtes, ordentliches Haar. Und ein gut gebügeltes, weißes Hemd. Außerdem zappelte er ungeduldig herum, während die beiden Damen und ich ihm unsere Geschichten erzählten. Bevor die ältere Dame überhaupt geendet hatte, ließ er uns an seiner Meinung über die Angelegenheit teilhaben.
»Keine Gepäckträger, fürchte ich«, sagte er. »Sie bezeichnen diese Männer als Gepäckträger. Tun Sie das nicht. Denn um Gepäckträger handelt es sich nicht.«
»Nein?« erkundigte ich mich. »Mich hätten die beiden doch glatt damit reingelegt. Ich meine, immerhin nahmen sie sich meines Gepäcks an.«
»Ihr Gepäck mögen sie befördert haben«, erwiderte er, »aber Gepäckträger waren sie nicht. Die Gepäckträgergewerkschaft befindet sich im Streik. In diesem Bahnhof gab es keine Gepäckträger. Sie befinden sich zur Zeit alle draußen. Schmeißen Fenster ein. Stiften Unruhe. Werfen Busse um. Was sonst nicht alles.«
»Wer waren die beiden dann?«
»Ich nehme an, sie gehörten zu dem Gesindel, das die Eisenbahn für die Dauer des Streiks angeheuert hat. Verzweifelte und üble Typen, einige von ihnen. Männer ohne Skrupel. Keine Verbindung zur Gemeinde.«
Mir gefiel diese selbstgefällige Zufriedenheit nicht.
»Tja, es tut mir leid, Ihnen das sagen zu müssen, aber die Männer erwähnten, daß sie in der Gewerkschaft seien.«
»Warum waren sie dann nicht draußen auf Streikposten? Erklären Sie mir das einmal.«

Das konnte ich nicht.
Detective Cubb reckte sich und rümpfte die Nase. Er lehnte sich in seinem Stuhl zurück. »Ja, ich könnte mir vorstellen, daß sie sich zur Arbeit im Bahnhof meldeten«, sagte er. »Dann fanden sie heraus, daß die Arbeit nicht nach ihrem Geschmack war. Ist bei diesen Typen selten der Fall. Suchten wahrscheinlich nach einer Gelegenheit, ein Ding zu drehen. Könnte sich um ein eingespieltes Verbrecherduo handeln. Diese Leute arbeiten oft zu zweit. Paolo und Shorty? Namen sind mir nicht bekannt. Aber wer sagt, daß es sich um ihre richtigen Namen handelt? Wir könnten es hier in Wahrheit mit einem ganz anderen Duo zu tun haben. Vielleicht sind sie in Wirklichkeit Mangraff und Soames. Das ist ein nettes Pärchen. Nein, nein. Kann nicht sein. Mangraff sitzt immer noch. Dauert noch zwanzig Jahre, bevor er wieder Tageslicht zu sehen bekommt. Vielleicht handelt es sich um noch ein anderes Paar. Cooper und Potts, möglicherweise. Nein, nein, nein. Unmöglich. Sind in den Süden verschwunden. Würden nie zurückkommen. Nicht nach dieser Messerstecherei damals in der Brauerei. Hmmm. Wie steht es mit.. Tate und Grossman? Sagen Sie, hatte der Jüngere einen Bart?«
»Nein.«
»Oh.«
»Spielt das eine Rolle?«
»Ja, das tut es.«
»Er könnte ihn abrasiert haben.«
»Niemals.« Detective Cubb schüttelte den Kopf. »Grossman ist Anarchist. Rasiert sich aus Prinzip nicht.«
»Was bedeutet das nun für uns?«
»Daß es nichts mehr zu sagen gibt.« Detective Cubb lächelte.

»Werden Sie versuchen, sie zu fassen?«
»Oh, ja. Fassen werden wir sie. Die Angst müssen Sie nicht haben.«
»Wie können Sie da so sicher sein?«
Detective Cubb ließ einen Stift zwischen den Fingern baumeln. »Ganz einfach«, entgegnete er. »Fehler. Sie alle machen Fehler. Das liegt ihnen im Blut. Es ist Teil der kriminellen Veranlagung. Vielleicht begehen sie jahrelang kleinere Verbrechen und werden nicht gefaßt. Aber eines Tages überkommt sie dieser wilde Rausch. Wie ein Sturm. Dann tun sie etwas Brutales und Dummes. Wallendes Blut, nehme ich an. Gefährlich sichtbar machen sie sich dann. Beginnen, Aufmerksamkeit auf sich zu ziehen. Das ist der Zeitpunkt, wenn wir sie erwischen.«
»Haben Sie das nicht gerade getan?« erkundigte ich mich.
»Ja. Und ich würde mich nicht wundern, wenn sie nicht schon irgendwo in der Nähe verhaftet worden wären. Ihre Beschreibungen hat man herausgegeben. Sie werden in irgendeines dieser kleinen Dörfer stolpern. Ein paar Bauernjungen werden sie in den Stall sperren.«
»Was ist mit meiner Reisetasche?«
»Die gestohlen wurde? Befand sich etwas Wertvolles darin?«
»Einige Kleidungsstücke. Dokumente.«
»Wegwerfen werden sie die. In irgendein Feld oder einen Graben. Bauern werden sie abgeben.«
Die ältere Frau zappelte ungeduldig auf ihrem Stuhl herum. Sie unterbrach den jungen Beamten, um zu fragen, ob sie sich wohl auf den Weg machen könne. Sie war unterwegs in den Norden, um ihre Schwester zu besuchen, und mußte den richtigen Anschlußzug erreichen. Da er alles Wissenswerte von der Frau erfahren hatte, ließ

er sie gehen. Ich bot an, sie zum Bahnhof zu begleiten, aber Detective Cubb stellte zwei uniformierte Beamte ab, die das erledigen sollten. Die jüngere Frau und ich verabschiedeten uns von ihr. Ich sagte, daß ich hoffte, sie bei Gericht wiederzusehen, beim Prozeß gegen unsere Angreifer.

Mit der Abreise der älteren Frau kam unsere Befragung zu einem informellen Ende.

Die jüngere Frau – und dies ist das letzte Mal, daß ich auf so unpersönliche Weise über sie erzählen werde – bat darum, einen Anruf machen zu dürfen. Sie erhielt zur Antwort, sich bei dem Sergeant draußen zu erkundigen.

Ich für meinen Teil war eifrig darauf bedacht, weiterzukommen.

»Also, wegen meiner Reisetasche«, sagte ich. »Wie bekomme ich sie zurück, wenn sie bei Ihnen abgegeben werden sollte?«

Detective Cubb hatte damit begonnen, Papiere zusammenzuraffen. Damit wollte er wohl deutlich machen, daß er bereit war, zur nächsten Sache überzugehen – wahrscheinlich würde er, sobald wir fort waren, weiter aus dem Fenster starren.

»Wir werden Sie benachrichtigen«, erwiderte er. »Ich habe ja Ihre Adresse.«

»Das ist meine Londoner Adresse. Angenommen, ich bin nicht dort?«

»Wo werden Sie sein?«

»In Burkinwell.«

»Oh, ja. Das sagten Sie bereits, nicht wahr?«

»Sie können auch dort mit mir Kontakt aufnehmen.«

»Tatsächlich? Wo werden Sie wohnen?«

»In einem Wirtshaus. Lassen Sie mich nachschauen.« Ich zog den Papierfetzen hervor, auf den ich den Namen

gekritzelt hatte. »Hier ist es«, sagte ich. »Das *Starry Night.*«
»Das *Starry Night*?« Cubb lachte.
»Genau. Kennen Sie es?«
Oh, und ob ich es kenne.« Cubb lachte wieder. Er reckte den Hals, um zu sehen, ob jemand zuhörte. Dann warf er mir ein kleines Grinsen männlicher Vertrautheit zu. »Sie nennen es *Starry Night*«, erklärte er. »Aber eigentlich sollten Sie es das ›Esmirelda‹ nennen.«
»Ich verstehe nicht ganz.«
»Miss Esmirelda ist die Hauptattraktion.«
»Hauptattraktion?«
»Sie werden ihr noch früh genug begegnen. Natürlich weiß ich nicht, ob sie Amerikaner mag. Haha. Was sage ich denn da? Es gibt nichts, was sie nicht mag. Haha.«
»Sagen Sie, dieser Ort ist nicht etwa ein unzüchtiges Haus?«
»Nein, nein, nein.« Cubb kicherte. »Vollkommen respektabel. Abgesehen von Esmirelda.«
»Was ist mit ihr?«
»Fällt auf, das ist mit ihr. Ist sonst weiter nicht viel los in Burkinwell. Ziemlich verschlafenes Nest. Hoffe, Sie fahren nicht dort hin, um etwas Spannendes zu erleben.«
»Ich will Photos machen.«
»Das sagten Sie bereits. Landschaft?«
»Wie bitte?«
»Landschaftsphotographien? Sie haben nicht zufällig mit Immobiliengeschäften zu tun?«
»Bestimmt nicht.«
»Sind Sie da sicher?«
»Das ist nicht mein Metier.«
»Nun ja, es kommen einem so Sachen zu Ohren, wissen Sie. Über Spekulanten. Gerüchte gehen herum. Es sollen

sich wertvolle Mineralien unter Burkinwell befinden, erzählt man sich. Weiß nicht was. Kohle. Quecksilber. Fisch in Büchsen. Nur Gerüchte, schätze ich. Leute besuchen den Ort. Stochern herum. Manchmal sind es Amerikaner. Darüber wissen Sie nicht zufällig etwas, oder?«

»Kein bißchen. Aber soweit ich weiß, ist es nicht legal.«

»Was?«

»Immobilienspekulationen.«

»Ganz gewiß nicht. Aber wenn dort irgend etwas vor sich gehen sollte, möchte ich davon erfahren. Die Jungs und ich reden manchmal davon, ein Syndikat zu bilden. Um ein paar Investitionen zu machen.«

Ich dachte an den elenden Zustand meiner eigenen Finanzen.

»Ich bin die letzte Person, die Sie hinsichtlich solcher Dinge konsultieren sollten.«

»Pech.«

Und an dieser Stelle betrat die junge Frau erneut den Raum, die ich nun mit ihrem richtigen Namen vorstellen werde: Linda Drain. Mrs. Linda Drain. Während sie beim Detective ihre Aussage machte, erfuhr ich mehr über sie.

Mrs. Drain war die Frau eines Pfarrers. Sie lebte in Burkinwell. Und sie sah nicht so aus, wie die Frau eines Pfarrers eigentlich aussehen sollte. Sie machte einen frischen Eindruck, war wohlgeformt und elegant. Im Ruhezustand besaß ihr Gesicht die nötige Gelassenheit, aber sobald sie lächelte, erschienen um ihre Augen, die Nase und den Mund herum kleine Knitterfältchen und verwandelten es in ein anbetungswürdiges Clownsgesicht.

»Was hat Sie nach London geführt?« hatte Detective Cubb sie gefragt.

»Ich wollte mir einige Shows ansehen, etwas Jazz hören.«
»Hmmm. Frau eines Pfarrers, sagten Sie?«
Mrs. Drains Gesicht kräuselte sich. Sie lachte laut aus tiefster Kehle. »Oh, mein Mann haßt Jazz. Und im Theater zappelt er immer unruhig hin und her. Also fahre ich, wenn ich etwas erleben will, allein nach London und wohne bei meiner Schwester. Er ist sogar ziemlich dankbar, daß er nicht mitkommen muß.«
Nun stand sie im Türrahmen. Sie trug eine tintenblaue Bluse mit einem Muster aus kleinen, dunklen Dreiecken, dazu einen Volantrock, der knapp unterhalb ihrer mit Seidenstrümpfen bedeckten Knie endete. Eine glatte, weiße Mütze mit einer kleinen Spitze auf dem Zipfel saß auf ihrem Kopf wie eine umgedrehte Butterblume.
Während wir uns unterhielten, lüftete sie mehrere Male ihre Mütze und strich das krause, zu einem Bob geschnittene Haar darunter glatt.
»Darf ich Ihnen eine Mitfahrgelegenheit anbieten, Mr. Castle?« fragte sie.
»Was? Haben Sie einen Wagen?«
»Mein Mann kommt vorbei, um mich abzuholen.«
»Ich weiß nicht recht«, erwiderte ich. »Mein Koffer ist doch ziemlich groß. Haben Sie denn genug Platz?«
Wir verabschiedeten uns von Detective Cubb und gingen nach draußen.
»Ich möchte keine Unannehmlichkeiten verursachen.«
Wir setzten uns auf die niedrige Mauer vor dem Polizeihauptquartier.
»Oh, das bereitet keine Unannehmlichkeiten«, antwortete sie. »Das heißt, es kommt darauf an.«
»Worauf?«
»Auf den Wagen.«

»Ja?«
»Es kommt darauf an, welchen Wagen sich mein Mann borgen kann.«
»Er muß sich einen Wagen borgen?«
»Er besitzt selber keinen. Kann sie nicht leiden.«
»Wie macht er denn seine Besuche?«
»Er geht zu Fuß oder – das mag nun seltsam klingen.«
»Fahren Sie ruhig fort.«
»Er läuft.«
»Wie meinen Sie das?«
»Er zieht sein Hemd aus und läuft. Er ist ein Anhänger der Körperkultur.«
»Sie meinen Leibesübungen und all das?«
»Andauernd. Er macht andauernd Leibesübungen.«
»Und er ist Pfarrer? Was sagt seine Gemeinde denn dazu?«
»Sie ist daran gewöhnt. Außerdem hat er die Theologie dazu gebracht, ihm Rückendeckung zu geben. Er hat Artikel darüber geschrieben. Der Körper als Tempel des perfekten Geistes. Körperertüchtigung als Gebet. Ich selbst habe sie nicht gelesen.«
»Klingt nach einem muskulösen Christentum.«
»Sehr muskulös. Geschmeidig. Und gut gebaut.«
Ihr Gesicht kräuselte sich ehrfurchtslos, sie nahm ihre Mütze ab und ließ sie in den Schoß fallen. Dann machte sie einiges Aufheben um die Nadeln in ihrem Haar. Mir kam in den Sinn, daß ein längerer Haarschnitt vielleicht einfacher zu bewältigen sein würde. Aber vielleicht war das andauernde Herumwirtschaften im Haar ja beabsichtigt. Ich beobachtete, wie das Sonnenlicht auf den feinen, goldenen Strähnen spielte.
»Was ist mit Ihnen?« erkundigte ich mich. »Sind Sie auch Anhängerin der Körperkultur?«

»Nicht im geringsten. Aber ich verschaffe mir schon genug Bewegung. Sie kennen doch bestimmt das Lied, in dem es heißt: ›Tanze und werde schlank‹? Ich tanze, so oft wie möglich. Ich liebe Jazz.«

»Große Auswahl in London«, bemerkte ich.

»Haufenweise«, entgegnete Linda. »Mir klingen immer noch die Ohren.«

In Devving war ein Bauboom ausgebrochen. Wohlstand war nicht auszumachen. Nur Bauvorhaben. Mindestens ein Drittel der Gebäude, die wir sehen konnten, wurden gerade gebaut oder abgerissen. Nicht weit von der Stelle entfernt, wo wir saßen, wuchsen Backsteinwände um einen Stahlrahmen herum in die Höhe. Eine Dampfapparatur tuckerte im Inneren dieser Konstruktion. Ein fast niemals aussetzendes Hämmern war zu hören. Die Arbeit erstreckte sich bis auf die Straße hinaus. Männer mischten Zement, maßen Rohre und schnitten Holz auf einigen aus dem Stegreif angefertigten Sägeböcken.

»Da ist mein Mann«, sagte Mrs. Drain.

Ein Mann um die Vierzig, in klerikales Schwarz gekleidet, überquerte mit langen, schnellen Schritten die Straße. Er trug keinen Hut und war oben auf dem Kopf ratzekahl. Als er an dem Gebäude vorbeikam, das sich im Bau befand, blieb er stehen. Zwei Arbeiter schleppten Zementsäcke von einem Lastwagen herunter. Die Säcke waren groß und unhandlich, und die Arbeiter hatten schlechte Laune. Ihr Atem ging pfeifend. Reverend Drain rief ihnen etwas zu und ging dann um den Lastwagen herum. Er lud sich mit Leichtigkeit zuerst einen, dann einen zweiten Sack auf die Schultern und folgte den beiden Arbeitern anschließend ins Gebäude hinein, mit so sicheren Schritten, als befinde er sich auf einem Sonntagsspaziergang.

Einige Minuten später tauchte er wieder auf, klopfte sich den Staub von den Händen und wechselte einige von Lachen begleitete Bemerkungen mit den Arbeitern. Bevor er sich von ihnen verabschiedete, händigte er den beiden etwas aus, was wie religiöse Traktate aussah.

Linda hüpfte von der Mauer hinunter, um ihn zu begrüßen.

»Hallo, meine Liebe«, sagte er und nahm ihre Hände. »Bist also etwas in Schwierigkeiten geraten, wie es scheint?«

»Nicht so schlimm«, entgegnete Linda und schlug ihren Mann mit der flachen Hand. Reverend Drain wankte ein bißchen nach hinten. Linda schlug ihn wieder und wieder auf Brust, Arme und Rücken.

Ich fragte mich, was da vor sich ging. Dann wurde mir klar, daß sie den Staub aus seiner klerikalen Kleidung klopfte.

»Du solltest dich von diesen Baustellen fernhalten«, sagte sie.

Drain erwiderte nichts. Er zuckte nur unmerklich unter dem Schauer weiblicher Schläge zusammen. Sein Kopf, mit der attraktiv gebräunten Kuppel, saß unerschütterlich fest und sicher. Seine Augen verzogen sich amüsiert zu Schlitzen. Lindas Schläge verursachten das angenehme Geräusch wohlmeinender Knüffe. Unter diesem schwarzen Mantel befand sich ein starker Torso. Drain lächelte mich über die Schulter seiner Frau hinweg an.

»Erfreut, Sie kennenzulernen!« sagte er.

Kapitel 9

Wie ich zum ersten Mal einen Blick in den Garten warf

Das Automobil, das Reverend Drain sich geliehen hatte, war ein geräumiger, alter Sedan Crollier. Das Dach war geflickt, etwas Stroh hing am Trittbrett, und die Motorhaube war mit Flecken besprenkelt, bei denen es sich um Hühnerkot zu handeln schien.

Im hinteren Teil war reichlich Platz für meinen Koffer. Ich wuchtete ihn neben mich, während Linda es sich auf dem Vordersitz bequem machte und ihr Mann nach vorne ging, um den Motor anzukurbeln.

»Machen Sie kein großes Aufsehen wegen der Diebe«, flüsterte Linda.

»Wie bitte?«

»Erzählen Sie meinem Mann nicht, was geschehen ist.«

»Warum?«

»Wenn er meint, daß es zu gefährlich sei, wird er mich nicht mehr nach London fahren lassen.«

Ich nickte verständnisvoll. Ein kleines Täuschungsmanöver. Aber nicht sehr geschickt, dachte ich. Wenn Paolo und Shorty gefragt werden sollten, würde ihr Mann die Wahrheit doch erfahren.

Ob Linda wohl einen Liebhaber in London hatte? Einen jungen Kerl, der Jazz mochte?

Reverend Drains Kopf schoß einmal über der Kurbel in die Höhe. Der Motor erwachte zum Leben. Als er sich auf den Fahrersitz schwang, warf Linda mir abermals einen Blick zu, um sich meiner Kooperation zu versichern. Sie war ihr sicher.

Reverend Drain legte krachend den Gang ein. Wir fuhren los. Er war offensichtlich ein unerfahrener Fahrer.

Unterwegs, auf der Straße nach Burkinwell, erzählte Linda ihre Version der Geschehnisse des Tages. So, wie sie es schilderte, handelte es sich bei Paolo und Shorty um eine Art verwirrter Pfadfinder, die aus Versehen mit einer meiner Reisetaschen davonspaziert waren. Man hatte uns nur deshalb zum Polizeihauptquartier gebeten, um die Beschreibung der beiden aufzunehmen.

Drain schien ihr die Sache abzunehmen. »Was für ein ausgesprochenes Pech«, sagte er. »Befand sich etwas Wertvolles in der Reisetasche?«

Drain präsentierte sich mir vom Rücksitz aus auf zweifache Weise. Wenn ich geradeaus schaute, erblickte ich seinen Hinterkopf mit dem schattenhaften Rand aus rasierten Borsten, der sich unterhalb des kahlen Teils befand. Um dagegen seine Augen zu sehen, mußte ich in den Rückspiegel blicken.

Er schaute mich durch den Rückspiegel an.

»Es waren einige Dokumente in der Reisetasche«, erwiderte ich. »Wenn ich sie nicht zurückbekomme, wird sich mein Geschäft verzögern.«

Drain blickte zu Linda hinüber. »Hast du nicht gesagt, er sei Photograph, meine Liebe?«

»Das ist er auch«, entgegnete Linda. »Nicht wahr, Mr. Castle?«

»Ja. Bei den Dokumenten handelt es sich um Geschäftsunterlagen. Photographie ist mein Geschäft.«

»Wie kam es, daß Ihre Instrumente zu Bruch gingen?«
Linda antwortete für mich. »Er kam zu spät zum Bahnhof. Und er stolperte über den Koffer, während er versuchte, ihn in den Zug zu befördern.«
»Deshalb der Geruch, den Sie wahrscheinlich wahrnehmen«, fügte ich hinzu. »Eine ganze Menge Chemikalien wurde verschüttet.«
»Einige davon mußt du abbekommen haben, meine Liebe«, sagte Drain und schnüffelte in Richtung seiner Frau.
»Gut möglich. Haha! Als ich Mr. Castle half, den Koffer aus dem Zug zu heben.«
»Oh«, sagte Drain. »Ich hoffe, die zerbrochenen Teile sind ersetzbar. Ich weiß, wie teuer photographisches Zubehör ist.«
»Ja«, antwortete ich. »Das ist es. Ziemlich sogar.«
»Wir besaßen auch einmal einen Photoapparat«, fuhr Drain fort. »Und einige Gerätschaften für die Dunkelkammer. Ich hatte sie für Linda gekauft. Erinnerst du dich noch an dein Interesse für die Photographie, meine Liebe?«
»Ja. Das ist schon einige Jahre her.«
»Du hast ein paar gute Bilder gemacht. Ich meine die, auf denen man erkennen konnte, was abgebildet war.«
»Ich war nicht sehr gut.«
»Da hat sie recht«, sagte Drain zu mir. »Was ist eigentlich aus dem Photoapparat geworden, meine Liebe?«
»Oh, ich habe ihn weggegeben.«
»Du hast diesen teuren Apparat weggegeben? Vielleicht hätten wir ihn verkaufen können.«
»Oh, Tom. Du weißt genau, daß er nicht so teuer gewesen ist.«
»Vielleicht hätte Mr. Castle ihn sich gerne angeschaut.«

»Ich bin sicher, daß er viel bessere Apparate als diesen besitzt. Nicht wahr, Mr. Castle?«
»Nun, ich ...«
»Wem hast du ihn gegeben?« erkundigte sich Drain. »Das interessiert mich jetzt aber.«
»Tja, damit ist eine nette Geschichte verbunden«, antwortete Linda. »Ich habe den Photoapparat an die Templeton-Mädchen verschenkt. Anna und Clara. Erinnerst du dich noch, daß sie letztes Jahr zu Besuch kamen?«
»Aber das sind doch noch Kinder«, warf Drain ein.
»Ich dachte, sie hätten Spaß daran. Und ich hatte die ganze Sache bis zum letzten Sonntag völlig vergessen.«
»Waren sie letzten Sonntag in der Kirche?«
»Ja. Darf ich jetzt wohl weitererzählen? Ich fragte die ältere der beiden, Anna, ob sie jemals irgendwelche Bilder mit dem Apparat aufgenommen hätten.«
»Was hat sie geantwortet?«
»Sie wurde ganz aufgeregt. Sie sagte: ›Oh, ja, Mrs. Drain. Wir haben Photos von den Elfen in unserem Garten gemacht.‹ Ist das nicht goldig?«
Ich versuchte, den Knoten aus meinem Hals herauszubekommen. »Also – « Ich schluckte. »Haben Sie – ehm – diese Bilder gesehen?«
»Was? Oh, sie haben sich das ausgedacht, da bin ich sicher. Ich stellte mir solche Sachen andauernd vor, als ich noch ein kleines Mädchen war. Hast du das nicht auch getan, Tom? Als du jung warst, meine ich?«
»Was für Sachen?« fragte Drain.
»Elfen. Und Gnome. Und Feen. Ich stellte mir immer vor, daß die Welt voll von solchen kleinen Wesen sei.«
»Jungen denken sich so etwas nicht aus«, entgegnete Drain. »Oder etwa doch, Castle?«

»Nein«, stimmte ich ihm zu. »Aber haben Sie die Bilder gesehen?«
»Sie glauben doch nicht wirklich, daß – « Linda lachte.
»Also, wir haben in Burkinwell schon etwas, was Sie tatsächlich aufnehmen könnten«, sagte Drain.
»Was denn?« fragte ich neugierig.
»Das stimmt«, pflichtete Linda ihm begeistert bei. »Templetons Garten. Es ist so ziemlich der schönste Garten in Burkinwell. Es lohnt sich wirklich, ihn anzuschauen.«
»Ist das, wo ...«, ich schluckte erneut auf lächerliche Weise, »die Mädchen ihre Bilder ... aufnahmen?«
»Ja.«
»Also wirklich, Castle«, sagte Drain, »ich mache mir ja gewöhnlich nichts aus Blumen und dem ganzen Zeug, aber dieser Garten ist tatsächlich ziemlich hübsch.«
»Das ist seltsam«, entgegnete ich, »aber es hat mir schon jemand empfohlen, dort zu photographieren.«
»Empfohlen? Wer?« wollte Linda wissen.
»Ein Freund von mir. Aus Burkinwell.«
»Wir kennen alle Leute in der Stadt. Wer ist es?«
»Ein Polizeibeamter. Michael Walsmear.«
Mann und Frau tauschten einen Blick.
»Kennen Sie ihn?« fragte ich. »Er ist in Wahrheit kein enger Freund von mir. Mehr ein Bekannter.«
»Natürlich kennen wir ihn«, antwortete Drain. »Ein etwas aufbrausender Kamerad. Ich nehme an, er ist ein guter Polizist.«
»Er ist ein unglücklicher Mensch, glaube ich«, warf Linda ein.
»Der Unfall, natürlich«, sagte Drain.
»Schon so viele Jahre her«, fügte Linda hinzu.
Sie schauten mich beide an, um zu sehen, was ich über den Unfall wußte.

Mir fiel ein, was Walsmear bei unserem gemeinsamen Mittagessen vor zwei Tagen gesagt hatte. Bevor er mir geraten hatte, mein Glück nicht überzustrapazieren.
Ich wagte einen Versuch. »Die Mutter der Mädchen?«
»Ja.« Linda seufzte. »So traurig. So schrecklich. Was für ein Zufall, daß wir ausgerechnet darüber reden.«
Wir hielten an einer Kreuzung.
»Wissen Sie«, sagte Drain. »Wenn ich einen Bogen in dieser Richtung fahre, dann kommen wir direkt am Cottage der Templetons vorbei. Würden Sie es sich gerne anschauen?«
Ich versuchte, nicht allzu eifrig zu klingen. »Hmmm. Könnte interessant sein.«
Drain trat aufs Gaspedal. Er kreuzte Hand über Hand, drehte das Lenkrad, und wir fuhren eine tiefgefurchte, holprige Landstraße hinunter. Steinwände erhoben sich und endeten im Nichts. Auf niedrigen Hügeln standen zerstörte Scheunen.
»Hauptsächlich Höfe hier in der Gegend?« erkundigte ich mich.
»Es gab ein wenig Industrie nicht weit von hier«, erwiderte Drain. »Vor ungefähr zwanzig Jahren.«
»Welcher Art?«
»Einige Manufakturen. Außenstellen großer Fabriken aus dem Norden. Es kursierte damals ein Gerücht, daß es hier in der Umgebung Kohle gebe. Oder Öl oder sonst irgendwelche wertvollen Bodenschätze. Es scheint sich niemand mehr so richtig daran erinnern zu können.«
»Sieht mir nicht wie eine Kohlegegend aus«, erwiderte ich. Das soll nicht heißen, daß ich gewußt hätte, wie eine ›Kohlegegend‹ ausschaut. Es sei denn, eine Menge Pennsylvanier hätten sich in der Nähe herumgetrieben.

»Ist es auch nicht«, entgegnete Drain in scharfem Ton. »Dies hier ist kein Ort für Industrie. Das hier ist Farmland. Und das sollte es auch bleiben.«
Er studierte meine Reaktion im Rückspiegel. Ich vermutete, daß er mich für den Agenten eines Industrie- oder Bergbaukonzerns hielt. Oder für einen Landspekulanten. Oder für irgendeine andere düstere Geschäftsperson, die weder er noch ich hinreichend benennen konnten.
»Ich nehme an, Sie würden es nicht gerne sehen, wenn sich die Geschichte noch einmal wiederholt«, wagte ich zu äußern.
Drain knurrte: »Sicher nicht. Das Land einfach aufzureißen. Junge Männer von ihren gesunden Vorhaben wegzulocken. Stinkender Rauch.«
»Hmm.«
»Ich kann Ihnen versichern, daß es nichts Wertvolles im Boden unter Burkinwell gibt«, sagte Drain mit Nachdruck. »Kein Grund, hier eine Fabrik anzusiedeln. Du liebe Güte, sie haben doch erst vor kurzem elektrische Leitungen nach Burkinwell heraus gelegt.«
»Hmm«, brummte ich erneut nichtssagend.
Es paßte mir ganz hervorragend, wenn der Pfarrer dachte, daß ich ein ganz anderer sei, als ich in Wirklichkeit war. Was sollte ich ihm auch sagen? Ich interessiere mich nicht für eure Kohle, Kamerad, sondern für eure Elfen?
»Sie müssen Nachsicht mit mir üben«, seufzte Drain entschuldigend. »Ich liebe unsere englische Landschaft nun einmal.«
»Mein Mann benötigt die Landschaft für seine Läufe«, bemerkte Linda.
»Laufen ist gut für die Seele.« Drain neigte sein Kinn, bis es auf der Brust zu liegen kam.

Vor uns erblickte ich einen großen, verwildert aussehenden Wald. Es war zwar kaum Sherwood Forest, aber es handelte sich um die größte Ansammlung von Bäumen, die ich bisher in dieser Gegend gesehen hatte.
»Jetzt ist es nicht mehr weit«, sagte Drain.
Als wir näher an den Wald herankamen, entdeckte ich ein längliches, niedriges Gebäude zwischen den Bäumen. Es war die Ruine einer alten Fabrik. Das Dach war eingestürzt, alle Fenster zerbrochen. Unkraut und junge Bäume wuchsen im Inneren.
Hinter der Fabrik machte die Straße einen scharfen Bogen. Drain mühte sich mit dem Lenkrad ab. »Da sind wir«, sagte er schließlich und hielt den Wagen an.
Der Wald war hier zu Ende. Vor uns lag ein prächtiger Garten. Er ergoß sich auf wunderbar formlose Weise hinter einer niedrigen Steinmauer, die am Rande der Straße entlanglief. Ein Dunst aus Pastelltönen. Wogende grüne Stiele. In der Luft schwebende Bienen, winzige Blätter. Am Ende des Gartens befand sich ein Steincottage, das fast hinter den Wolken aus blühenden Sträuchern und den dichten, sich herabneigenden Bäumen versteckt lag. Rechts und links neben dem Cottage erhoben sich zwei große Zypressen wie schlanke, vom Laub überwucherte Kegel.
Linda wandte sich auf ihrem Sitz um und schaute mich an.
»Hier ist es passiert«, sagte sie.
»Was?« erkundigte ich mich.
»Der Unfall.«
»Ihr Freund«, erläuterte ihr Mann. »Constable Walsmear. Er saß am Steuer des Automobils.«
»Damals eines der wenigen in der Stadt«, fügte Linda hinzu.

»Natürlich gehörte es nicht ihm«, sagte Drain. »Es war gestohlen und irgendwo abgestellt worden.«
»Zigeuner, jede Wette«, sagte Linda.
»Der Constable hatte den Auftrag erhalten, es wieder zurückzubringen«, fuhr Drain fort. »Aber er hatte noch niemals zuvor einen Wagen gefahren.«
»Stellen Sie sich nur vor, wie überrascht er gewesen sein muß«, sagte Linda, »als sie aus dem Garten herausgestürzt kam. Mitten auf die Straße.«
»Direkt in seinen Weg«, ergänzte Drain.
Der Garten hatte mich verzaubert. Ich hörte gar nicht richtig zu.
»Wer rannte wohin?« fragte ich.
»Mrs. Templeton«, erwiderte Linda. »Wir erzählen Ihnen gerade von dem Unfall! Wie sie getötet wurde.«
»Templeton?« erkundigte ich mich. »Wollen Sie damit sagen, daß dies ... dies der Garten ist, wo die Mädchen die Photos von den ... Entschuldigen Sie mich.«
Ich öffnete die Autotür und lehnte mich nach draußen. Hier war es also! Keine Frage. Wenn es Elfen in England geben sollte, dann würden sie sich an dieser Stelle versammeln. Ich stellte mir vor, wie sie auf jeder Blüte tanzten. Mein Herz machte bei jedem flatternden Schmetterling und jeder sich dahinschleppenden Hummel einen Satz. Was war das? Und das? An einem Ende des Gartens befand sich ein riesiger, knorriger Baum, wie ich noch nie zuvor einen dieser Art gesehen hatte.
»Mr. Castle.« Lindas Stimme rief mich wieder auf die Erde zurück.
»Entschuldigung.« Ich ließ mich auf den Sitz zurückfallen. »Habe nur einen genaueren Blick darauf geworfen. Der Garten ist wirklich so wunderschön wie Sie sagen. Was für ein Baum ist das da drüben?«

»Das ist *Old Splendour*«, antwortete Linda. »Der älteste Baum in Burkinwell. Ein Walnußbaum, glaube ich.«
»Er ist prachtvoll. Wie alles hier«, sagte ich.
»Dabei wird es nicht einmal gepflegt«, sagte Drain. »Brian Templeton – er lebt in diesem Cottage – ist der faulste Mensch auf Erden.«
»Also wirklich, Tom«, schalt ihn Linda.
»Ich weiß nicht, wo er sonntags die Energie hernimmt, aus dem Haus zu gehen und die Mädchen zum Gottesdienst zu bringen«, seufzte Drain. »Die Familie Templeton besaß einmal das ganze Land hier, müssen Sie wissen. Das große Haus brannte vor langer Zeit ab. Und das Vermögen verschwand auf die eine oder andere Art – «
»Prozesse. Schlechte Investitionen«, warf Linda ein.
»Brian erbte das Cottage, den Garten und ein kleines Einkommen. Er ist eigentlich eine bedauernswerte Kreatur. Kurz davor, ein Fall für die Wohlfahrt zu werden. Ich würde ja eigentlich nichts darum geben, aber diese Mädchen – «
»Liebe Mädchen.«
»Sie verdienen etwas Besseres. Wachsen heran wie kleine Wilde. Ohne Aufsicht.«
»Aber sie sind so süß. So unschuldig.«
»Ihm haben sie das aber nicht zu verdanken«, sagte Drain und trat aufs Gaspedal. Als wir am Cottage vorbeifuhren, streckte er seine Hand aus dem Fenster und winkte. »Für den Fall, daß sie gerade hinausschauen sollten«, erklärte er.
Ich drehte mich auf meinem Sitz um und sah, wie der Garten und das Cottage immer kleiner wurden. Die Blumen verschwammen und schlossen sich um *Old Splendour,* während der Schornstein und die Spitzen der beiden hohen Akazien hinter einem Hügel verschwanden.

Kapitel 10

Wie ich Esmirelda traf

Das Gasthaus *Starry Night* machte einen anständigen Eindruck. Drei Stockwerke. Saubere Stuckfassade. Reverend Drain und Linda ließen mich unter seinem Schild aussteigen – ein dunkelblauer Kreis, auf den man mit ein paar groben Pinselstrichen den Großen Bär gekleckst hatte.

»Vielleicht könnten wir Mr. Castle ja einmal zum Tee einladen«, schlug Linda ihrem Mann vor. »Wärst du damit einverstanden, Tom?«

Drain hatte keinen Grund, sich dagegen auszusprechen. Mittwochs hatten sie oft Besuch von Gemeindemitgliedern zum Tee. »Werden Sie lange bleiben?« erkundigte er sich.

»Das kommt darauf an.« Ich lachte. »Wenn ich nächsten Mittwoch noch hier sein sollte, werde ich gerne vorbeikommen.«

Linda und ihr Mann verabschiedeten sich fröhlich von mir. Als sie davonfuhren, um den geliehenen Wagen zurückzubringen, schienen sie den Inbegriff ehelicher Harmonie zu verkörpern.

Das Erdgeschoß des *Starry Night* war in zwei Räume unterteilt. Auf der einen Seite gab es eine Bar mit einem Eßzimmer und auf der anderen einen gemütlichen Auf-

enthaltsraum. Die Wände beider Zimmer waren voll mit mottenzerfressenen Jagdtrophäen, häßlichen Gemälden, gerahmten Sprüchen und ausgestopften Fischen. Eine schmale Treppe trennte die beiden Räume.
Der Besitzer des *Starry Night* stellte sich als Colin Cole vor. Er nahm meine Anmeldung hinter einem hohen Pult im Aufenthaltsraum entgegen.
»Wie der alte König«, witzelte ich.
»Was?«
»Sie wissen schon«, sagte ich. »Der alte ›König Cole‹.«
»Es gab einen König namens Cole?« fragte er.
»Sie haben noch nie von ›Der alte König Cole war ein fröhlicher, alter Bursche‹ gehört?«
»War er das wirklich, ›ein fröhlicher, alter Bursche‹?«
»Schon gut. Vergessen Sie es.«
Er war ein rotgesichtiger Kerl. Hatte einen riesigen Leib und ein verrenktes Bein.
»Hab' mir das Bein gebrochen, als ich noch ein Junge war. Das Beste, was mir je passiert ist. Hat mich vom Hof weggebracht, ja das hat es. Man kann nicht mit 'nem kaputten Bein arbeiten, stimmt's? Und – « er blinzelte mir zu » – den Damen gefällt's.«
»Tatsächlich?«
»Ja, verflixt. Bringt sie zum Lachen. Ich kann sie jagen. Kann sie aber nicht kriegen. ESMIRELDA!«
Eine Schwingtür flog auf und knallte gegen die Wand. Etwas Putz fiel von der Decke herab. Ein hünenhaftes Mädchen schleppte sich in den Raum. In einer Hand hielt sie ein schlaffes Geschirrtuch.
Ich erinnerte mich an Detective Cubbs Worte über das *Starry Night*. Hierbei, so dachte ich, mußte es sich also um die berühmte Esmirelda handeln. Ihrem Aussehen nach war sie Mitte Zwanzig. Dunkler Typ. Ihr dünnes,

braunes Haar wurde im Nacken von einem einfachen Stück Bindfaden zusammengehalten. Sie trug ein dünnes, lachsfarbenes, untailliertes Kleid. Keine Schürze. Die Vorderseite ihres Kleides schien feucht zu sein, war übersät mit frischen Flecken und etwas Blut.

»Bring den Koffer des Mannes ins Junggesellenzimmer hinauf«, befahl ihr Cole grob. Lächelnd wandte er sich mir zu und sagte: »Ich gebe Ihnen das Junggesellenzimmer. Wenn es Ihnen recht ist. Die Zimmer haben alle Namen, verstehen Sie. Sie könnten auch das Alte Zuhause haben. Oder den Elfenpalast. Aber das Junggesellenzimmer ist wirklich hübsch.«

»Das ist schon in Ordnung. Aber es macht mir überhaupt nichts aus, meinen Koffer selbst zu tragen. Ich kann nicht zulassen, daß eine junge Frau – «

»Es macht ihr nichts aus.«

Esmirelda mühte sich schon unbeholfen mit dem schweren Stück ab. Es gelang ihr, die ersten Stufen hinaufzukommen. Dann hielt sie an. »Eh«, sagte sie. »Ich werde das nicht tragen.«

»Und warum nicht, du riesiges, unmögliches Mädchen?«

»Er stinkt.«

»Was soll das heißen? Wie kannst du es wagen, unseren Gast zu beleidigen!«

»Ich sage ja nicht, daß *er* stinkt. Sein Koffer stinkt.«

»Nun, wie kannst du es wagen, den Koffer unseres Gastes zu beleidigen?«

»Kannst du es denn nicht riechen, du verrückter, alter Kerl?«

»Meine Nase arbeitet schon seit Jahren nicht mehr richtig«, erwiderte Cole schnüffelnd. »Und wenn sie es täte, würde ich dich dazu bringen, öfter zu baden.«

»Hink mal hier herüber und schnüffle dran.«
»Typisch Frau. Nehmen die Schwachstelle eines Mannes aufs Korn, für die er nicht einmal etwas kann«, sagte Cole. Er hinkte zur Treppe hinüber. »Baaah!« Er stolperte plötzlich zurück. »Selbst ich kann es jetzt riechen. Was sind Sie, Sir? Ein Gerber? Stinkt wie Gerbfixierer da drin.«
Nicht schlecht geraten.
»Nein, Sir«, entgegnete ich. »Ich bin Photograph. Dies hier sind meine Chemikalien. Leider muß ich hinzufügen, daß einige der Gläser während des Transports zu Bruch gegangen sind. Aber ich werde alles wieder in Ordnung bringen, sobald ich es mir in meinem Zimmer bequem gemacht habe.«
»Ich fürchte, das werden Sie im Stall erledigen müssen.«
»Im Stall?«
»Ich kann nicht zulassen, daß Sie mein ganzes Gasthaus verpesten. Bei allem Respekt, aber ich habe noch andere Gäste.«
»So schlimm riecht es nun auch wieder nicht«, entgegnete ich.
Ein Mann mit einer Tweedmütze kam die Treppe hinunter. Er mußte über den Koffer hinwegsteigen.
»Er behauptet, daß es nicht so schlimm riechen würde«, sagte Esmirelda zu diesem anderen Gast.
»Stinkt wie verdammte Einbalsamierungsflüssigkeit«, erwiderte der Mann und blinzelte mir im Vorbeigehen zu.
»Genau, Mr. Parker«, rief Cole seinem Rücken nach. »Das wollte ich auch gerade sagen.«
»Aber Sie können doch nicht – « sprudelte es aus mir heraus.

Esmirelda zog den Koffer durch das Barzimmer hindurch nach draußen.
»Ojemine! Was ist das für ein Gestank?« lauteten die Kommentare von der Bar. »Hast du da eine Leiche drin versteckt, Ezzie?« »Eine neue Käsesorte, Ezzie?«
»Haltet Eure breiten Mäuler«, entgegnete Esmirelda.
Ich war untröstlich und blickte ihr nach. Erst als sie schon fast draußen war, kam es mir in den Sinn, daß ich ihr hätte helfen sollen.
»Oh, je«, sagte ich.
»Machen Sie sich keine Gedanken, Mr. Castle«, tröstete mich Cole. »Die hat keine Angst vor harter Arbeit. Ihrem Koffer passiert nichts. Sie schließt ihn in den Schrank fürs Pferdegeschirr. Sie benötigen doch im Augenblick nichts daraus, oder?«
»Nein«, antwortete ich.
»Also dann, kommen Sie. Essen Sie etwas.« Cole blinzelte mir zu und grinste. »Ich wette, Sie sind hungrig«, fügte er hinzu. »Liege ich da richtig oder falsch?«
»Sie liegen richtig.«
»Ich weiß, daß ich richtig liege. Los, setzen Sie sich. Was hätten Sie denn gern? Eine leckere Rindfleisch- und Nierenpastete? ESMIRELDA!«
Eine schmackhafte Pastete tauchte aus der Küche auf. Ich spülte sie mit einigen Gläsern Ale hinunter.
Ein paar Einheimische leisteten mir Gesellschaft. Sie redeten über ein bevorstehendes Rennen, einen Nachbarn, der von irgendwelchen Bauunternehmern geschröpft worden war, und über den Streik der Eisenbahngepäckträger. Einer der Leute aus dem Dorf hatte einen Neffen, der irgendwie darin verwickelt war. Entweder als Streikender oder als Polizeibeamter, ich weiß es nicht mehr genau. Aber die Erinnerung an Paolo und Shorty,

die dadurch wieder wachgerufen wurde, war keine angenehme. Heute morgen erst hatten die beiden mich angegriffen, und sie liefen noch frei herum.
Nach dem Essen gönnte ich mir eine Zigarette. Der joviale Cole hinter der Bar spendierte sie mir.
»Nicht gerade viel los in Burkinwell, was Pubs angeht«, sagte er und neigte eine Kerzenflamme in meine Richtung.
»Die Leute hier schätzen ihr Zuhause.« Er beugte sich näher zu mir herüber und flüsterte: »Meistens sind es die Streuner, die hier landen. Verlorene, menschliche Seelen. Sie werden wie Papierfetzen herangeweht.«
Schließlich war ich gesättigt und müde. Ich wünschte allen eine gute Nacht und ging zu meinem Zimmer hinauf.
Der Raum war klein, aber ordentlich. Ich sah ein Dachfenster, einen Waschtisch und niemand anderen als Esmirelda, die ausgestreckt auf meinem Bett lag. Das große Mädchen rührte sich nicht, als ich eintrat. Sie starrte verträumt zur Decke hinauf. Mit einer Hand steckte sie eine Ecke des Lakens unter die Matratze.
Ich hüstelte.
Sie blickte mit großen, wässrigbraunen Augen zu mir hoch. »Entschuldigen Sie«, sagte sie. »Bin gerade dabei, das Bett zu machen. Manchmal mache ich es im Liegen. Ich werde dabei so müde, wissen Sie.«
Esmirelda hatte dunkle Haare an den Mundwinkeln, aber sie war jung genug, damit es attraktiv wirkte. Sie erzählte mir, daß Cole sie zu hart arbeiten ließ. Sie benötige ihren Schlaf.
Mir fiel keine passende Antwort ein.
»Er scheint ein anständiger Mann zu sein«, erlaubte ich mir schließlich zu sagen.

»Ja, ja, ja«, entgegnete sie. Ihre Stimme war langsam und träge. »Ich kann es ihm nicht verübeln. Er läßt mich hart arbeiten. Ich würde mich auch hart arbeiten lassen. Auf die Art macht man Geld.«
»Das mag wohl sein.«
»Sicher. So stellt man es an. Ich spare mein Geld. Und wenn Cole stirbt, dann werde ich dieses Haus kaufen. Ich nenne es dann – «
»›Bei Esmirelda‹?«
»Woher wissen Sie das? Ist ja auch egal – jedenfalls werde ich ein eigenes Mädchen haben. Werde sie schuften lassen. Es muß hier in der Gegend irgendwo eine passende geben.«
»Ein einheimisches Mädchen?«
»Vielleicht. Die meisten von ihnen kenne ich allerdings. Zu faul. Oder zu schlau.«
Ich weiß nicht, wie ich auf die Frage kam: »Kennen Sie die Templeton-Mädchen?«
»Man müßte ein Unmensch sein.«
»Wie bitte?«
»Nur ein Unmensch«, Esmirelda setzte sich auf, »könnte diese Mädchen schlecht behandeln. Es sind gute Mädchen. Süße Mädchen. Nicht wie ich. Nicht wie die Frau vom Pfarrer, mit der sie gekommen sind.«
»Die kennen Sie auch?«
»Haben Sie sich mal die Sachen angeschaut, die sie trägt? Kleidet man sich so in London?«
»Nun, nicht unbedingt jede – «
»Muß die Männer wild machen. Kann mir nicht vorstellen, wie sie sie unter Kontrolle bekommt, wenn sie so sind wie die Männer hier draußen. Was halten Sie von ihr?«
»Ich würde sagen ... Sie schien mir – «
»Sie fährt nach London, um sich zu amüsieren, DAS tut

sie. Eines Tages tue ich das auch. Wenn ich genug gespart habe. Ich spare mein Geld, müssen sie wissen.«
Ich drehte ihr den Rücken zu. Ich begann, meine Krawatte zu lockern. Zeit zu verschwinden, Esmirelda. »Ich nehme an, daß hier alles soweit fertig ist?« erkundigte ich mich.
»Ja, ja. Alles in Ordnung.« Ich hörte, wie sich ihr schwerer Körper vom ächzenden Bettrahmen erhob. »Mein Zimmer ist unten hinter der Küche.« Sie stand bereits im Türrahmen, während sie die Worte sprach. »Die gelbe Tür. Klopfen Sie, wenn Sie irgend etwas brauchen. Jederzeit. Ich habe einen leichten Schlaf.«
Die Tür schloß sich.
Ich warf meine Krawatte über den Stuhl, dann streckte ich mich auf dem Bett aus. Es roch immer noch nach Esmirelda – nicht unbedingt ein unangenehmer Geruch. Eine Kombination aus Schweiß, Küchenfett und Gewürznelken oder einem anderen Gewürz.
Während ich so dalag, vollständig bekleidet, begann ich mich zu grämen. Und es gab genug, worüber ich mich grämen konnte. Hatte ich genug Geld, um das Zimmer zu bezahlen? Ich sprang vom Bett hoch und kramte in meinen Hosentaschen und der Reisetasche herum. Das Geld würde für eine Weile reichen. Was war wohl mit meiner verschwundenen Reisetasche geschehen? Vielleicht stöberte gerade in dieser Minute irgendein Fremder darin herum. Es war schmerzlich, daran zu denken. Nicht nur, weil meine Unterwäsche in der Tasche lag. Auch die von Sir Arthur aufgesetzten Dokumente, in denen er sein Angebot für die Burkinwellschen Elfenphotos aufgestellt hatte, befanden sich darin. Jeder, der diese Papiere durchlas, war damit über die ganze Angelegenheit informiert. Oder würde annehmen, daß ich ein Ver-

rückter sei. Es war ein beunruhigendes Gefühl – ganz so, als würde jemand meine Liebesbriefe lesen.
Konnte der Verlust von Sir Arthurs Dokumenten meiner Mission schaden?
Nicht im geringsten. Sir Arthur wollte, daß ich die Burkinwellschen Elfenphotos aufkaufte und sie aus dem Verkehr zog. Das konnte ich immer noch tun. Aber es ging um viel mehr. Ich hatte Pläne, die mich reich machen sollten. Die Constable Walsmear reich machen würden. Die diese beiden kleinen Mädchen und deren Vater reich machen würden.
Panik überkam mich. Plötzlich schien diese ganze Sache nichts weiter als eine Schnapsidee zu sein. Schließlich basierte der Erfolg meines Planes auf der Annahme, daß es tatsächlich Elfen in Templetons Garten gab. Mein einziger Beweis dafür war eine schattenhafte Photographie. War ich dabei, den Verstand zu verlieren?
Während ich so dalag, in diesem fremden Raum, kam mir plötzlich alles unwirklich vor. Gab es die Elfen in Templetons Garten? Zum Teufel – gab es mich? Wie weit ich doch von London entfernt war! Von Boston! Von jeder Frau, die mich liebte oder einmal geliebt hatte! Das einzige, was ich hier hatte, war ein wenig Geld. Kein Einkommen. Nur ein paar englische Pfund trennten mich vom Landstreicherdasein.
Ich erhob mich und begann auf- und abzulaufen. Ich hörte Geräusche hinter den Wänden. Dort waren Fremde. Rechts und links waren Fremde. Draußen existierte eine ruhige, kleine Stadt voller ›Zuhause‹. Dort legten sich Menschen hinter alten Steinmauern in ihre Betten. Die Schafe waren in ihre Pferche gesperrt. Der Mond erhob sich über friedlichen Feldern.
Und ich zitterte hier nun vor mich hin. Lief zitternd durch

die Stadt. Wie Cole sagte: ein verirrter Papierfetzen. Und fragte mich, wie es wohl sein würde, mit Esmirelda zu schlafen. Man stelle sich das nur vor! In London wäre es für mich undenkbar gewesen, mich mit einer Frau wie Esmirelda einzulassen, aber hier verspürte ich das Bedürfnis, mich diesem Abend und diesem Ort hinzugeben. Ich sehnte mich danach, meinem Dasein etwas Gewicht zu verleihen.

Das soll nicht etwa bedeuten, daß ich bereit war, hinunterzugehen und an ihre gelbe Tür zu klopfen. Ich stand am Flügelfenster und blickte aus dem *Starry Night* in eine bewölkte Nacht hinaus. Ich sah die Dächer der Stadt. Die Gipfel der Bäume. Einen Kirchturm. Über all dem war der Himmel verschwommen und ohne Tiefe.

Ich fragte mich, was mich an diesen Ort gebracht hatte. Wie dachte ich wirklich über die Burkinwellschen Photographien? War ich tatsächlich der Meinung, daß diese unscharfen Umrisse auf diesem billigen Stück Zelluloid von einem übernatürlichen Wesen stammten? Oder jagte ich einfach einem flackernden Licht hinterher? Einem Phantom?

War ich nach Burkinwell gekommen, weil es Frühling war? Vielleicht hatte ich mir die ungeschickten Photographien des ungeschickten Constable angeschaut und darin etwas erblickt, das ich lange Zeit nicht mehr gesehen hatte: die Möglichkeit, ein anderes Leben zu führen. Ein neuer Strom, angefüllt mit Vitalität.

Sehnte ich mich also nach Erneuerung, inmitten von duftenden Schlafgemächern, umgeben von fröhlichen Kindern? Sah ich eine letzte Chance für meine Individualität in der Vision eines edengleichen, dörflichen England? Heiligte ich etwa mein Verlangen mit Gestalten aus dem überlieferten Märchenschatz? Glaubte ich an Elfen?

Kapitel 11

Wie ich den Gottesdienst besuchte

Der nächste Tag war ein Sonntag. Während der Nacht war etwas Regen gefallen. Der Himmel war immer noch wolkenverhangen. Die Sonne schimmerte wie eine Glühbirne durch ein verschmiertes Negativ. Die Bäume draußen vor meinem Fenster waren noch feucht, die Stämme glitschig und schwarz. Von den Blättern tropfte Wasser.

In der Reisetasche, die die Diebe mir gelassen hatten, befand sich mein zweitbester Anzug. Ich zog ihn an. Ich strich mit feuchten Händen durch mein Haar. Eine Strähne an der Seite wollte sich nicht bändigen lassen, das tut sie nie. Gewöhnlich steht sie wie das Bein einer Küchenschabe von meinem Kopf ab.

Ich konnte den Turm von Reverend Drains Kirche von meinem Fenster aus sehen. Der Turm war gotisch, aber nicht besonders eindrucksvoll. Er erinnerte an einen Stumpen, war quadratisch und besaß kleine Dachtürmchen. Seine steinernen Verzierungen, Giebel und Emporen stachen mit der melancholischen Detailliertheit einer Daguerreotypie unter dem regenverhangenen Himmel hervor.

Ich folgte dem idiotischen Gebimmel der Glocken in die Stadt hinein.

Burkinwell war um einen Marktplatz herum gewachsen. Von diesem Marktplatz führten alle Straßen aus der Stadt hinaus oder führten hinein und endeten hier. In der ›Altstadt‹, die sich um den Platz drängte, waren alle Läden und Häuser aus dem gleichen Stein gebaut, der wahrscheinlich aus irgendeinem Steinbruch in der Nähe stammte und welcher mittlerweile wohl längst erschöpft sein mußte. Es war ein grobbehauener Granit, grau, mit einer limonefarbenen Flechte, die die quarzbefleckten Meißelspuren etwas milderte.

Reverend Drains Kirche war nach St. Anastansias, dem Märtyrer benannt – den weniger ehrfurchtsvollen Burkinwellianern auch unter dem Namen »Süßer Stanley« bekannt. (St. Anastansias, ein Märtyrer aus einem Landstrich, der heute den Namen Türkei trägt, blutete Honig, als ihn die Römer mit ihren Lanzen durchbohrten. Dies erfuhr ich von der Rückseite einer Postkarte, die im *Starry Night* verkauft wurde.)

St. Anastansias stand in der Mitte des Marktplatzes. Daneben befand sich ein Friedhof, der von einem schiefen Eisenzaum wie von einer Pferchumrandung umgeben war. Eine Reihe von Obstbäumen trennte die Kirche und den Friedhof. Die Bäume standen gerade in Blüte, und ihr Pink und Gelb boten einen lebendigen Kontrast zum Grau der Kirchenmauer.

Viele Burkinwellianer waren an diesem Morgen auf dem Weg zu St. Anastansias. Manche Familien näherten sich zu Fuß. Einiges Landvolk kam mit Pferdekarren. Die meisten Leute fuhren allerdings mit ihren Wagen vor. Diese stellten sie, ohne dabei eine bestimmte Ordnung zu beachten, auf dem Marktplatz ab.

Ich wollte nicht direkt in die Kirche hineingehen. Ich habe manchmal schreckliche Furcht, aufzufallen. Andererseits warfen mir die Leute auch neugierige Blicke zu, während ich draußen auf der Vordertreppe herumlungerte.

Ich wanderte also zum Friedhof hinüber, wo ich mir die Grabsteine anschaute. Da bemerkte ich, daß ich nicht allein war. Eine Frau, die auf einer kleinen Trittleiter stand, machte sich drüben an den Obstbäumen zu schaffen. Ihr Oberkörper war zwischen den Blütenwolken verschwunden. Die Form ihrer Beine kam mir allerdings bekannt vor. Es handelte sich um Linda Drain. Sie trug ein kastanienbraunes Kleid mit weißen Biesen, das ihre Knie züchtig bedeckte, wie es sich für die Frau eines Pfarrers an einem Sonntag gehört. Ein breitrandiger, weißer Hut lag im Gras neben der Leiter.

Ich ging auf den Hut zu und hob ihn auf.

»Hallo«, sagte ich. »Ist das Ihr Hut? Sie sollten ihn nicht auf dem nassen Rasen liegenlassen.«

»Oh, hallo, Mr. Castle. Danke sehr. Könnten Sie ihn einen Augenblick festhalten?«

»Natürlich. Was tun Sie da, wenn ich fragen darf?«

»Oh, nichts Besonderes.«

»Sie stehen einfach so auf dieser Leiter herum?«

»Ja. Nein. Nun, eigentlich nicht.«

»Pflücken Sie Blüten?«

»Nein, ich pflücke sie nicht. Ich schaue sie mir nur an.«

»Sie sind schön, nicht wahr?«

»Oh, wunderschön. Nicht viele Menschen verstehen das, Mr. Castle. Tatsächlich verliere ich mich.«

»Sie verlieren sich?«

»Ja. In den Blüten. Ich stecke meinen Kopf hier oben hinein und – ich weiß auch nicht – fühle dann, wie ich davonschwebe.«

»Schweben Sie an einen bestimmten Ort?«

»An einen – wie sagt man? – spirituellen Ort. All die Menschen beten in ihren Kirchen, aber ich bete hier draußen. Zwischen den Blüten. Warten Sie, ich werde hinunterkommen. Dann können Sie es auch einmal versuchen.«
»Einfach dort hinaufsteigen?« Ich legte den Hut wieder ins Gras.
»Genau. Machen Sie sich keine Sorgen, bei regnerischem Wetter gibt es da keine Bienen. Und jetzt – atmen Sie langsam tief ein.«
Ich schloß meine Augen. Der Duft war schwer und wundervoll. Angefüllt mit Freude, wie ein Weihnachtslied.
»Öffnen Sie Ihre Augen.«
»In Ordnung.«
Es war so, als würde man in einem japanischen Druck aufwachen. Ich befand mich unter einer weichen, pastellfarbenen Kuppel. Verästelte Zweige drangen durch die Wolken aus schimmernden Blütenblättern.
»Hübsch?« erkundigte sich Linda.
»Sehr.«
»Und jetzt schließen Sie Ihre Augen wieder.«
Die Umrisse der Blüten wurden jetzt auf dem Samt meiner Augenlider lebendig. Dann wanden sie sich auseinander, wie Reflexionen auf einem plätschernden Weiher.
»Machen Sie das öfter?« fragte ich, während ich meine Augen immer noch geschlossen hielt. »Es ist wirklich eine recht interessante Übung. Gebet, sagen Sie? Was für ein interessantes Konzept. Haben Sie jemals – « Ich öffnete die Augen und blickte nach unten. Linda war fort.
»Hey!«
Ich beugte mich hinunter. Sie ging gerade auf die Kirche zu. Der Hut baumelte in ihrer Hand.
Ich sprang von der Leiter. Sie öffnete eine Seitentür der Kirche und verschwand.

Ich folgte ihr nicht, sondern ging zur Vordertür und mischte mich unter die Nachzügler.
Trotz der vielen Automobile draußen war die Kirche nur halb voll. Linda nahm gerade in der vordersten Reihe Platz. Ich setzte mich ganz nach hinten.
Die Gemeinde murmelte und scharrte mit den Füßen. Ich studierte die Hinterköpfe, konnte Constable Walsmear aber nirgendwo erblicken. Und obwohl Kinder anwesend waren, erkannte ich die Mädchen von den Photographien nicht. Natürlich konnte ich nicht jeden genau sehen.
Esmirelda, die mit hängenden Schultern am Ende einer Reihe saß, war allerdings kaum zu übersehen. Sie trug einen großen Strohhut, der mit Blumen verziert war. Zwei lange rote Bänder fielen wie Zeremonienteppiche ihren Rücken hinunter.
Die Menge rührte sich, als Reverend Drain am Altar auftauchte. Er bot einen eindrucksvollen Anblick. Seine Kahlheit wirkte attraktiv, und Chorhemd und andere Gewänder machten sich gut an seinem muskulösen Körper.
Obwohl ich mit dem römisch-katholischen Glauben großgeworden bin, hatte ich im Laufe der Jahre die Gelegenheit, den Gottesdiensten vieler verschiedener religiöser Konfessionen beizuwohnen. Dabei habe ich gelernt, daß Langeweile ökumenisch ist. So kam es, daß ich mich, sobald der Gottesdienst begonnen hatte, in Träumereien verlor. Ich träumte, daß ich mich wieder inmitten der Blüten draußen vor der Kirche befand. Linda war bei mir, und wir ließen uns gemeinsam, Arm in Arm, Schulter an Schulter, Kopf an Kopf, durch die pastellfarbene Wolke treiben.
Ich blinzelte mich wieder in die Realität zurück.

Das war nichts, worüber man in einer Kirche nachdenken sollte. Laut dem Gesetz Mose ist Ehebruch verboten. Jesus ging noch einen Schritt weiter und lehrte seine Jünger, daß sogar das Nachsinnen über einen möglichen Ehebruch bereits ein großer Fehler sei. Ich verfolgte also meine Phantasie nicht weiter und sammelte mich statt dessen, um für Drains Predigt bereit zu sein.
Seine Textstelle stammte aus dem Buch Genesis: Und Gott schied das Licht von der Finsternis. Und Gott nannte das Licht Tag, und die Finsternis nannte er Nacht. Und es ward Abend und ward Morgen: ein erster Tag. Und Gott sprach: »Es werde eine Feste inmitten der Wasser, und sie scheide die Wasser voneinander ...«
Drain lehnte sich auf die Kanzel. Er starrte uns alle vorwurfsvoll an, wie es Leute immer dann tun, wenn sie möchten, daß das, was sie sagen, ins Bewußtsein ihres Gegenübers einsickert.
»Der Gott des Alten Testaments«, zwitscherte er und legte dann eine Pause ein, »... ist ein Gott« – seine Stimme stürzte in die Tiefe – »der Unterscheidungen. Er ist ein Gott, der trennt: das Licht von der Dunkelheit, den Himmel vom Wasser, den Menschen vom Tier. Im Verlaufe des Alten Testaments, im Anschluß an das Buch Genesis, werden seine Unterscheidungen sogar noch komplexer. Er erteilt den Israeliten Anweisungen, die den kleinsten Bereich ihres Lebens in eine Vielzahl feiner Unterscheidungen aufteilt. Er ist ein Gott, der, wenn man so sagen darf, besessen ist von Unterschieden, Teilen, Kategorien und zu guter Letzt auch Genealogien. Es ist ein besonderes Merkmal. Dennoch mag es die eigentliche Essenz der Gottheit enthalten.
Was ist dieses Ding, das wir Wissenschaft nennen? Es ist nichts weiter als immer komplexer werdende Unterschei-

dungen zwischen Kategorien von Phänomenen, Elementen der Materie, verschiedenen Lebensformen. Das Universum war anfangs einfach und wird immer komplexer. All das, was uns umgibt, ist nichts weiter als das Echo dieser ursprünglichen Unterscheidung von Licht und Dunkelheit. Es ist ein Echo, das immer noch fortklingt. Die eigentliche Essenz der Dinge fährt in diesem Moment, in dem ich spreche, fort, sich zu verändern.
Dies mag das sein, was wir als Zeit empfinden: Es ist die Verzögerung zwischen der unendlichen Zahl von Unterscheidungen, die in jedem Augenblick stattfinden, und unserer Wahrnehmung jedes Momentes und seines neuen Zustands.
Auch unser Verstand ist Teil dieses sich verbreiternden, sich ausweitenden Baumes der Unterscheidungen. Folglich ist Zeit unwiederbringlich. Die Schöpfung wächst von Augenblick zu Augenblick. Unser erweiterter Verstand dieses Augenblicks paßt einfach nicht mehr in den verhältnismäßig schmalen Raum der Schöpfung, den diese noch vor einem Augenblick innehatte ... «
Reverend Drain hatte das Glück, daß niemand seinen Worten besondere Aufmerksamkeit schenkte. Meiner Ansicht nach hatte er einen Vogel.
Während er fortfuhr, döste die Gemeinde, gab sich ihren Tagträumen hin oder bewunderte das einfache gotische Innere der Kirche. Draußen verdunkelte sich der Himmel. Es begann zu regnen. Der Wind peitschte gegen die Fensterscheiben. Regentropfen prasselten aufs Dach.
Das gefiel mir. Ich fühlte, wie meine Energie wieder erwachte. Mit neuem Interesse betrachtete ich die Gemeinde. Im Laufe von Drains Predigt hatten die Leute ihre Körper hin- und hergeschoben. Nun öffnete sich ein Korridor zwischen ihren Schultern.

Ich schaute hindurch. Fast wäre ich zusammengezuckt. Die beiden kleinen Mädchen. Wie hatte Linda sie noch genannt? Anna und Clara. Ihr goldenes Haar leuchtete zwischen dem düsteren Schwarz und Braun der Mäntel der Männer. Das größere Mädchen trug eine große, rote Schleife am Hinterkopf. Der Mann, der neben ihnen saß, schien ihr Vater zu sein. Sie zappelten. Er ermahnte sie. Aber der Regen hatte aufgehört, und wir zappelten inzwischen alle unruhig herum.

Als der Gottesdienst zu Ende ging, verlor ich die Templetons aus den Augen. Nichtsdestoweniger hatte ich sie gesehen. Und das war gut so, denn das Bild, das ich von meiner bevorstehenden Aufgabe vor Augen hatte, war inzwischen unscharf geworden. Nun begann es erneut, eine feste Gestalt anzunehmen.

Dies war also die Familie, mit der ich es zu tun haben würde. Ich mußte sie überzeugen, Sir Arthur ihre Elfenbilder zu verkaufen – und das möglichst billig. Das wäre der leichtere Teil. Aber meine Pläne gingen weit über das hinaus, was Sir Arthur wollte. Um von Erfolg gekrönt zu sein, mußte ich mich bei der Familie einschmeicheln. Ob mir Walsmear dabei behilflich sein konnte?

Ich beobachtete, wie die letzten Gemeindemitglieder aus der Kirche schritten. Mir wurde deutlich bewußt, daß ich ein Fremder in dieser Stadt war. Ich war auf mich gestellt, verließ die Kirche allein.

Reverend Drain und seine Frau standen unten am Fuß der Eingangsstufen und begrüßten alle – meist mit Namen. Sie tätschelten Kindern die Köpfe. Sie beugten sich vor, um gute Wünsche in die Ohren einiger älterer Leute zu sprechen. Sie erkundigten sich nach dem Gesundheitszustand der Leidenden und nach den Ernten der Bauern. Ich nahm an, daß sie trotz Drains unver-

ständlichem Gerede beliebt waren. Er war hocherfreut, mich aus seiner Kirche heraustreten zu sehen.
»Ungewöhnliche Predigt«, bemerkte ich.
»Ha! Ja, das hatte ich gehofft«, erwiderte er. »Ich hoffe nur, es war nicht zu abstrakt. Nächste Woche werde ich es vielleicht noch vertiefen. In der Heiligen Schrift werden viele Unterscheidungen benannt. Da gibt es verschiedene Himmelsebenen. Klassen übernatürlicher Wesen.«
»Wie zum Beispiel Engel?«
»Und Dämonen. Und viele andere.«
»Lassen Sie ihn erst gar nicht in Schwung kommen«, warnte Linda. »Wenn er über Dämonen spricht, klingt das, als befänden wir uns im tiefsten Mittelalter.«
»Vielleicht war das düstere Mittelalter gar nicht so düster«, sagte er lachend. »Wie heißt es doch noch: ›Es gibt mehr Dinge im Himmel und auf Erden ... ‹ Na, Sie wissen schon.«
Ein paar andere Gemeindemitglieder nahmen seine Aufmerksamkeit in Anspruch.
Linda und ich standen allein an der Seite. Ich beugte mich verschwörerisch nach vorne. »Er hat keinen Verdacht geschöpft«, flüsterte ich.
»Was? Wovon sprechen Sie?«
»Die Sache im Zug.« Ich blinzelte ihr zu. »Er hat nicht den kleinsten Verdacht.«
Linda lachte. »Oh, das. Noch einmal vielen Dank. Er hätte soviel Aufhebens darum gemacht. Und ich hasse es, wenn er sich meinetwegen Sorgen macht.«
»Das war ihr einziger Grund?« erkundigte ich mich. »Toms Seelenfrieden?«
Linda blickte mich offen an. »Ja«, entgegnete sie. »Nur darum habe ich mir Gedanken gemacht. Tom ist nicht immer so glücklich gewesen wie jetzt. Er hat im Krieg

einige schlimme Erfahrungen gemacht. Zu Beginn unserer Ehe ist es nicht so einfach gewesen. Alpträume. Alkohol. All diese Dinge. Aber hier in Burkinwell haben wir ein Zuhause gefunden. Tom kann hier seinen Geist trainieren. Und seinen Körper.«

»Hört sich wundervoll an.«

»Das ist auch wundervoll. Für ihn.«

»Aber Sie brauchen mehr als das.«

»Ja. Und ich bekomme es auch – Aber nicht auf Kosten von Tom, nicht, indem er sich aufregt oder sein Leben aus den Fugen gerät. Verstehen Sie, was ich damit sagen will?«

»Ich denke schon.«

»Gut. Übrigens, haben Sie eigentlich schon Ihren Freund Constable Walsmear gefunden?«

»Noch nicht. Nein. Ich dachte, ich treffe ihn vielleicht in der Kirche.«

»Nein. Nein. Er betritt die Kirche niemals.«

»Tatsächlich?«

»Er ist im Dienst. Schauen Sie. Dort.«

Ich drehte mich um und blickte über den Platz.

Der Himmel sah wieder bedrohlich aus. Die Gemeindemitglieder von St. Anastansias zwängten sich an den unordentlich geparkten Wagen vorbei. Einen Moment zuvor noch hatten sie sich in kleinen Grüppchen unterhalten, aber nun eilten alle zu ihren Wagen. Fast gleichzeitig kurbelte das Mannsvolk die Automobile an oder startete die Motoren, und jeder Fahrer versuchte nun, den Platz – in seiner eigenen Richtung – zu verlassen.

Der Effekt war der gleiche, als wenn man mit einem Spaten in einen Ameisenhaufen sticht. Wagen verkeilten sich ineinander, fuhren sich gegenseitig in die Trittbretter, schrappten an Kotflügeln vorbei und verhakten die Stoß-

stangen. Fahrer saßen nur wenige Zentimeter voneinander entfernt, sprachen aber kein Wort miteinander, sondern tuteten und plärrten mit ihren Hupen.
Eine einzelne blaue Gestalt kam aus der Hintertür eines Pubs herausgeschossen. Es war Walsmear. Er war in voller Constable-Montur, mit Abzeichen, Helm und blauem Mantel bekleidet. Ich beobachtete, wie er sich zur Platzmitte vorarbeitete, wobei er über Autohauben kletterte, auf Trittbretter sprang und von Dach zu Dach hüpfte. Nachdem er sein Ziel erreicht hatte, schüttelte er sich mit ein paar steifen Bewegungen. Anschließend hob er wie ein Dirigent die Hand, in der sich der Schlagstock befand, in die Höhe. Die Fahrer blickten erwartungsvoll aus ihren Fenstern. Walsmear ließ sich nicht sofort dazu herab, den Einsatz zu geben. Endlich aber sauste der Stock nach unten. Autos begannen sich zu bewegen. Eine Gruppe nach rechts, eine Gruppe nach links. Es bildeten sich Schlangen, und das Durcheinander löste sich langsam auf. Einer nach dem anderen bogen sie in die strahlenförmig angeordneten Seitenstraßen ab. Im Zentrum des ganzen Geschehens, auf einer Insel der Ruhe inmitten des Verkehrs, dirigierte Walsmear mit energischen Bewegungen. Ich konnte ihn nicht verstehen, aber ich konnte beobachten, daß sich sein Mund weit öffnete. Die Fahrer zuckten zusammen, als sie an ihm vorbeikamen. Einige Mütter bedeckten die Ohren ihrer Kinder.
Linda unterhielt sich mittlerweile mit einigen anderen Nachzüglern der Gemeinde. Ich verabschiedete mich schnell von ihr und rannte auf den Platz hinaus. Ich wich den letzten Wagen aus und überraschte Walsmear, als ich keuchend hinter ihm auftauchte.
»Sie!« sagte er und schwenkte seinen Stock in meine Richtung.

Zwei Fahrer, die ihre Blicke auf den Stock gerichtet hatten, kollidierten sofort.
»Diese verdammten Idioten!« schrie Walsmear. »Was macht Ihr denn da?«
»Es tut mir leid«, sagte einer der Fahrer, der sich aus dem Fenster gelehnt hatte und auf seinen rauchenden Kühler starrte. »Ich dachte – «
»Du dachtest? Du dachtest? Verschwindet von hier. Räumt diesen verdammten Platz!«
Walsmear trat zwischen die beiden Wagen. Mit einem einzigen, mächtigen Ruck seiner Schultern hob und trennte er die beiden Stoßstangen. Die beiden Fahrer verloren keine Zeit und machten sich in entgegengesetzte Richtungen aus dem Staub.
Nun wandte er seine ganze Aufmerksamkeit mir zu. »Was tun Sie hier?« schrie er in derselben Lautstärke, die er zum Regeln des Verkehrs benutzt hatte.
»Ich kann Sie ausgezeichnet verstehen«, antwortete ich.
»Was soll das heißen: ›Sie können mich ausgezeichnet verstehen‹?«
»Das soll heißen, daß Sie nicht so schreien müssen!«
»Ich schreie verdammt noch mal, wann es mir paßt!«
Walsmear schwieg. Sein Stimme hallte von den Gebäuden des nun leeren Platzes wider. Sie hatte die Aufmerksamkeit der Gruppe auf den Kirchenstufen erregt. Walsmear grinste in ihre Richtung. Er tippte einmal an seinen Helm.
Linda winkte.
Ich winkte zurück.
Reverend Drain sah verwirrt aus.
Walsmear beugte sich zu mir herüber. »Was tun Sie hier?« flüsterte er immer noch grinsend.

»Ich bin gekommen, um mit Ihnen zu reden«, flüsterte ich zurück.
»Worüber?«
»Über die Photos natürlich!«
»Die Sache ist erledigt.«
»Wie kann sie erledigt sein?« zischte ich. »Ich kann die Bilder nicht einfach vergessen. Das alles ist zu wichtig.«
»Nur für mich.«
»Nicht nur für Sie. Für die ganze Welt. Für Sir Arthur Conan Doyle.«
»Erwähnen Sie diesen Namen nicht – «
»Das muß ich aber. Er hat mir – ehem – er hat Ihnen … Was ich eigentlich sagen will …, er hat Geld geboten. Für diese Photographien. Und die Negative.«
»Wovon reden Sie eigentlich?«
»Er glaubt, daß sie sehr wertvoll sind.«
»Ich brauche sein stinkendes Geld nicht.«
»Nein, das tun Sie nicht. Aber ich weiß, daß ein paar Leute es durchaus brauchen könnten.«
»Angefangen mit Ihnen, nehme ich an?«
»Wie wäre es mit jemand anderem?«
»Wem?«
»Wie wäre es mit den beiden kleinen Mädchen?«
Walsmear schwieg.
»Zwei kleine Mädchen«, zischte ich, »die keine Mutter mehr haben.«
Walsmears Faust schloß sich um die Vorderseite meines Hemdes. Sie verschluckte meinen Schlips und meinen halben Hemdkragen. »Sie bewegen sich auf sehr dünnem Eis, mein Freund«, flüsterte er.
Ich machte mich los und trat einen Schritt zurück. Als ich wieder zu Atem gekommen war, sagte ich: »Es gibt keinen Grund, zu flüstern.«

»Was?«
Walsmear blickte sich um. Der Reverend und Mrs. Drain und die letzten Gottesdienstbesucher waren verschwunden.
Wir waren allein auf dem Platz. Der Wind wurde zunehmend schärfer. Regentropfen ließen Leopardenflecken auf Walsmears Helm entstehen.
»Sie bewegen sich auf sehr dünnem Eis, mein Freund«, wiederholte er, dieses Mal in voller Lautstärke.
»Hören Sie auf, nur an sich selbst zu denken«, schalt ich ihn, »versuchen Sie, auch die Interessen anderer Menschen zu berücksichtigen.« (Ich hätte hinzufügen sollen: »zur Abwechslung einmal«. Seltsam, daß mir dieser vertraute Ausspruch in den Sinn kam. Es war die Art von Bemerkung, die Frauen für gewöhnlich mir gegenüber fallenließen.) »Sie sind nicht allein auf dieser Welt, wissen Sie«, fuhr ich fort. »Denken Sie an diese Mädchen. Ihnen ist doch klar, wie ihre Aussichten für die Zukunft sind.«
»Kümmern Sie sich um Ihre eigenen Angelegenheiten.«
»Das werde ich nicht. Sie wissen, daß ich recht habe.«
»Wie lautet sein Angebot? Wieviel?«
»Das ist ... flexibel.«
»Wieviel?« wiederholte er drohend.
»Einhundert Pfund.«
»Bah.«
»Zweihundert.«
»Höhö.«
»Vierhundert?«
»Hat keinen Zweck, daß Sie weiter reden.«
»Fünfhundert.« Ich schluckte. Die Hälfte. Ich konnte es einfach nicht glauben. Ich hatte die Hälfte dessen, was

ich bei der Abmachung hätte herausschlagen können, weggegeben.

»Verziehen Sie sich.«

»Sechshundert?«

Eisiges Schweigen.

»Achthundert?«

Keine Reaktion.

»Eintausend?« quietschte ich.

»Vielleicht.«

»In Ordnung, eintausend«, keuchte ich. »Aber hören Sie. Bei der Sache ist noch mehr drin. Viel mehr. Ich habe einen Plan.«

Der Regen war jetzt stärker geworden. Walsmear blickte nach oben und streckte seine Handfläche aus. Sie füllte sich schnell mit Wasser. »Wir werden später darüber reden«, sagte er.

»Wann?« fragte ich. »Wie kann ich mit Ihnen Kontakt aufnehmen? Ich wohne – «

»Im *Starry Night.*«

»Woher wissen Sie das?«

»Ich weiß es. Wenn Sie reden wollen, können Sie mich heute abend treffen.«

»Wo?«

»Im Zigeunerlager.«

»Wo ist das?«

»Draußen vor der Stadt. Drei Meilen die Hauptstraße hinunter.«

»Um wieviel Uhr?«

»Jederzeit nach Einbruch der Dunkelheit.«

Walsmear drehte sich um und begann, den Platz zu überqueren. Es regnete jetzt sehr stark. Ich folgte ihm. Dann überlegte ich es mir jedoch anders. Wenn er mich heute abend im Zigeunerlager treffen wollte, sollte er seinen

Willen bekommen. Ich rannte in die entgegengesetzte Richtung und suchte unter dem Dachüberhang der Geschäfte Schutz.

Wenn es später immer noch regnen sollte, konnte ich mir ja einen Schirm leihen. Vielleicht besaß Esmirelda einen.

Kapitel 12

Wie ich eine neue Dunkelkammer erhielt

Regengüsse fegten über den düsteren kleinen Platz hinweg. An der Stelle, wo ich stand, war es relativ trocken, aber nur einige Schritte weit entfernt tanzten die Tropfen auf den Pflastersteinen und formten kleine Pfützen. Winzige Bäche vereinigten sich zu größeren Strömen. Alle sammelten sich geräuschvoll an einem schlundähnlichen Rost an der Ecke. Rund um den Platz kauerten Geschäfte und Häuser demütig in der triefenden Nässe, mitleidserregend wie nasse Katzen. Auf den Steinen der Kirche zu meiner Rechten hatte die Feuchtigkeit große Flecken hinterlassen. Kleine Wasserfälle schossen aus den Regenrinnen hervor und platschten auf den Bürgersteig.
Seit dem Verschwinden von Constable Walsmear hielt sich keine Menschenseele mehr auf dem Platz auf. Als der Regen schwächer wurde, erblickte ich jedoch eine Gestalt, ganz in Weiß, die vom Friedhof kam. Es handelte sich nicht um eine Erscheinung. Es war Reverend Drain. Er trug weiße Shorts und ein weißes Unterhemd. Nun, da die Messe beendet war und die Gemeinde sich zerstreut hatte, nutzte er augenscheinlich die Gelegenheit zu einer kleinen körperlichen Ertüchtigung. Der Regen schien ihn nicht abzuschrecken. Ich beobachtete, wie er sich zu

Boden warf. Dann erhob er sich wieder und wiederholte die Übung noch einmal. Nachdem er damit fertig war, begann er, auf der Stelle zu laufen. Er zog seine Knie höher und höher. Als er schließlich mächtig ins Schwitzen gekommen zu sein schien, schoß er zwischen den Grabsteinen davon.

Während Drain derart beschäftigt war, erschien seine Frau in der Kirchentür. Sie konnte ihn nicht sehen und er sie auch nicht. Sie verschränkte die Arme, lehnte sich gegen den Türrahmen und blickte in den Regen hinaus. Ich wurde an Hausfrauen in ländlichen Gegenden erinnert, wie man sie vom Zug aus beobachten kann – sie stehen einfach da und träumen vor sich hin.

Unterdessen rannte Drain mehrmals um den Friedhof herum. Dann sprang er in die Höhe und vollführte Klimmzüge am hohen, gußeisernen Gitter. Ich wartete darauf, daß er müde oder wenigstens langsamer werden würde. Das geschah jedoch nicht. Nach einer unglaublichen Anzahl von Klimmzügen ließ er sich auf den Boden fallen und schoß dann – ohne auch nur eine Sekunde auszuruhen – über den Platz davon. Er rannte direkt an der Stelle vorbei, wo ich stand. Ich konnte sein schmerzverzerrtes Gesicht erkennen. Seine Augen allerdings glitzerten vor Vergnügen. Sie nahmen mich nicht wahr. Er befand sich in einer eigenen Welt.

Ich schaute zur Kirche hinüber. Linda stand nicht mehr in der Tür.

Bald schon ließ der Regen nach. Der Himmel glühte jetzt in Perlmuttfarben. Ein seltsamer und plötzlicher Impuls überkam mich. Ihm gehorchend rannte ich los, über den Platz hinweg und die Stufen zur Kirche hinauf. Das düstere Foyer war leer. Ich drückte die Türen auf. Als ich den Hauptgang entlangschritt, erblickte ich zuerst niemanden. Aber ein kurzes Rascheln lenkte meinen Blick zum Altar hinüber.

»Hallo.«

Es war Linda. Sie lag auf einem Haufen Kissen vor dem Altar. Sie schien es dort ganz bequem zu haben und hatte eine Zeitschrift mit Illustrationen vor der Nase. An der Seite stand eine Schachtel mit Pralinen. Ein Schuh baumelte von einem Fuß herab. Sie schleuderte ihn von ihren Zehen. Er rollte den Gang entlang auf mich zu. Ich hob ihn auf.

»Entschuldigen Sie«, sagte sie. »Ich gebe nur ein bißchen an.«

»Mit ihren – Beinen?« erkundigte ich mich, stieg die Stufen zum Altar hinauf und stellte den Schuh neben ihr ab.

Linda setzte sich auf. »Ich bin doch bedeckt, oder?«

Sie blickte an sich hinunter. Sie war es. »Ich gebe damit an, wie ehrfurchtslos ich sein kann. Vor dem Altar herumzufaulenzen. Ich komme ungeschoren davon, wissen Sie. Ich bin die Pfarrersfrau. Sind diese Kissen nicht schön? Ich würde sie gerne mit ins Haus hinübernehmen.«

»Ich verstehe vollkommen«, erwiderte ich und nahm neben ihr Platz. »Jetzt ist es die richtige Zeit, um so etwas zu machen. Sie sind allein. Es ist nicht sehr wahrscheinlich, daß eines der Gemeindemitglieder noch einmal hierher zurückkommt. Stellen Sie sich nur vor, wenn das passieren würde. Und man Sie hier so ausgestreckt liegen sähe wie eine Odaliske.«

»Eine was?«

»Aus dem Serail.«

»Oh -«

»Nein. Ich bin sicher, Ihre Gemeinde hat für heute Morgen – vergeben Sie mir meine Ausdrucksweise – erst ein-

mal genug von der Kirche. Genau wie Sie und Ihr Mann. Er läuft durch die Gegend und macht seine Übungen, und Sie essen Schokolade und lesen. Sie gönnen sich beide eine Erholung, bevor die Vorbereitung für den Gottesdienst in der nächsten Woche wieder beginnt.«
Linda blickte auf die Stelle, wo ich saß. »Sie machen das Kissen ganz naß.«
»Oje!«
Wasser tropfte von meinem Tweedmantel herunter.
»Ziehen Sie das Ding aus«, riet sie mir. »Und erzählen Sie mir, warum Sie wieder zur Kirche zurückgekommen sind. Zum beten?«
»Hm. Nein. Ich habe mich gefragt, ob Sie – hm – vielleicht wissen, wo ich einige Chemikalien für meine Arbeit herbekommen kann. Möglicherweise gibt es ja ein Geschäft im Ort, das –«
»Beim Drogisten. Auf der anderen Seite vom Platz. Er ist der hiesige Photograph. Ich bin sicher, daß er welche vorrätig hat.«
»Ah, gut.«
»Haben Sie schon nach einer netten Dunkelkammer gesucht?«
»Eigentlich nicht.«
»Kann Ihnen Mr. Cole im *Starry Night* etwas anbieten?«
»Tja, ich glaube, er ist nicht so begeistert vom Geruch der Chemikalien.«
»Oh. Das ist schade. Was werden Sie also tun?«
»Ich bin mir noch nicht sicher.«
»Ich wünschte, wir hätten ein Zimmer im Pfarrhaus übrig. Aber leider – halt! Sagen Sie, warum richten Sie sich Ihre Dunkelkammer nicht hier ein?«
»In der Kirche?«

»Ja. Unten im Keller.«
»Kirchen haben Keller?«
»Diese hier schon. Kommen Sie, ich werde Ihnen den Raum zeigen.«
Linda erhob sich und führte mich hinter den Altar. Von dort aus spähte ich zwischen den Kerzen hindurch in die Kirche zurück. Ich befand mich sozusagen hinter den Kulissen.
»Schauen Sie.« Linda beugte sich nach unten. Im Boden befand sich eine Art Holzluke, die durch den Altar vom Kirchenschiff aus nicht zu sehen war. Die hintere Wand reichte direkt bis an den Rand der Öffnung. Ein Stück eines Seiles steckte in der Luke. Linda zog daran, und die Luke klappte auf.
Ein Hauch trockener, muffiger Luft blies uns entgegen.
»Dort unten?« erkundigte ich mich ein bißchen ungläubig.
»Hm, hm. Da führt irgendwo eine Leiter nach unten. Lassen Sie mich einmal sehen. Da ist sie. Ich werde zuerst hinuntersteigen.«
»Brauche Sie dazu nicht etwas Licht?«
»Da unten müßte eigentlich eine Lampe sein. Was ich brauche, ist ein Streichholz.«
»Ich habe eine Schachtel. Hier.«
»Danke sehr.«
»Sie wollen also wirklich da hinuntersteigen?«
»Ich mache das nicht zum ersten Mal. Mein Fuß muß nur die oberste Stufe der Leiter finden – ah, da ist sie. Wenn ich meinen Fuß erst einmal daraufgesetzt habe ... So, das ist jetzt geschehen. Also dann los. Ab nach unten.«
Linda machte zunächst einen heiteren Eindruck. Aber als sie in die Dunkelheit hinunter verschwand, biß sie sich nervös auf die Lippe.

»Hallo?« rief ich hinter ihr her.
Unten flackerte ein Licht auf. Erst war es ein wenig trüb, dann schien es immer beständiger.
»Los, kommen Sie«, ermunterte mich Lindas unruhig flackernde, perspektivisch verzerrte Silhouette.
»In Ordnung.«
Wenige Sekunden später standen wir zusammen in einem engen, kleinen Raum. Die Wände bestanden aus riesigen Steinblöcken.
»Oh, Linda«, sagte ich. »Er ist viel zu klein.«
»Das ist nicht der Raum«, entgegnete sie. »Werfen Sie einen Blick hinter sich.«
Sie hielt die Lampe in die Höhe. Durch eine schmale Öffnung konnte ich in einen weiteren Raum sehen.
»Da drin?« fragte ich.
»Nehmen Sie die Lampe.«
Sie reichte sie mir herüber.
Als ich mich durch die Tür quetschte, hatte ich das Gefühl, das Grab eines unbekannten Pharaos zu betreten. Linda folgte mir. Das Licht der Lampe enthüllte ein viel größeres Zimmer, dessen Wände aus den gleichen enggesetzten Steinblöcken bestanden.
»Es ist sehr sauber hier«, bemerkte ich.
»Dennis kommt hier herunter und fegt«, erwiderte sie.
»Esmirelda weigert sich, runterzuklettern.«
»Dennis? Esmirelda?«
»Dennis ist unser Faktotum. Esmirelda kommt her, um den Rest der Kirche sauberzumachen. Vielleicht haben Sie sie schon kennengelernt. Im *Starry Night*?«
»Oh, das habe ich. Ja, ich habe sie kennengelernt. Ja, in der Tat. Warum will sie nicht hier heruntergehen?«
»Abergläubisch, nehme ich an. Sie ist ein recht einfältiges Mädchen. Nicht so einfältig wie Dennis. Aber –«

»Was ist das hier für ein Raum?« fragte ich.
»Das weiß niemand so ganz genau. Er war jahrhundertelang mit Erde gefüllt. Vor ungefähr zwanzig Jahren kam irgendein Amateurarchäologe vorbei und hat ihn ausgegraben. Sie haben ein paar mittelalterliche Nadeln und Knöpfe gefunden. Einen Topf. Ein paar Knochen.«
»Menschliche?«
»Oh, ich habe keine Ahnung.«
»Welchen Grund gibt es überhaupt, hier herunterzusteigen?«
»Nun, wir nehmen uns immer wieder vor, hier unten Dinge zu lagern. Eines Tages werden wir das auch tun. Erst kürzlich wollte ich ein Töpferrad hineinstellen.«
»Töpfern Sie?«
»Ich wollte Unterricht nehmen. Ich hatte Pläne für ein Studio, das ich hier unten einrichten wollte. War schon soweit, daß ich wußte, wie man Elektrizität herlegen konnte und so weiter. Aber, nun ja, ich habe dann das Interesse verloren. Es ist teuflisch schwer, diese Töpfe zu machen, wissen Sie.«
»Ich kann es mir vorstellen.«
»Ich weiß, daß ich künstlerisch veranlagt bin. Ich muß einfach noch das richtige Ausdrucksmittel finden.«
»Sie sollten sich wohl noch weiter danach umsehen, schätze ich.«
»Vielleicht hätte ich bei der Photographie bleiben sollen. Was denken Sie?«
Ich antwortete nichts darauf. »Dies ist ein interessanter Raum«, sagte ich. »Aber für meinen Zweck ist es nicht das richtige. Wo ist die Elektrizität? Wo das fließende Wasser?«
»Das haben wir alles oben. Dennis könnte ein Kabel

legen. Und schauen Sie –« Linda ging auf eine dunkle Ecke zu und zog an etwas. Ein Holzbrett fiel zu Boden. Tageslicht strömte durch ein vergittertes Fenster nahe der Decke.
»Jetzt hat man das Gefühl, in einem Verlies zu sein«, sagte ich.
»Vielleicht war es das auch einmal«, erwiderte Linda. »Jedenfalls können Sie einen Schlauch von oben herunterleiten und einen Hahn daran befestigen. Es ist alles ganz einfach.«
»Wie steht es mit einem Abfluß – nun, Sie wissen schon, was ich meine.«
»Es gibt einen Abfluß im Boden.«
»Ratten?«
»Hätten Sie gerne welche?«
»Nein!«
»Ich habe noch nie eine hier unten gesehen.«
»Es ist so sauber«, sagte ich. »Was ist mit der ganzen Erde geschehen?«
»Archäologen sind sehr gründlich.«
»Das kann man wohl sagen. Was werden Sie mir berechnen?«
»Natürlich nichts.«
»Gibt es etwas, womit ich mich revanchieren kann?«
»Vielleicht können Sie mir ein wenig beibringen, wie man Bilder entwickelt?«
»Sehr gerne. Ihr Mann wird doch wohl nichts dagegen haben?«
»Wenn es mich glücklich macht, dann macht es auch ihn glücklich.«
»Ich wollte damit sagen, ob es wohl als – Sie wissen schon – schicklich angesehen wird?«
»Schicklich?« Linda wich mit gespieltem Entsetzen

zurück. »Sie meinen, ob die Leute reden?« Sie lachte. »Wirklich, Mr. Castle. Es ist ja nicht so, als hätten wir eine Affäre.«

»Nein –«, sprudelte es aus mir hervor. »Nichts in der Art – ich wollte nur –«

»Sie denken wahrscheinlich an diesen alten Witz: ›Lassen Sie uns in die Dunkelkammer gehen, meine Liebe, und sehen, was sich entwickelt‹.«

»Wirklich, Mrs. Drain, ich habe nie –«

»Wir sollten uns keine Gedanken darüber machen, was gewöhnliche Leute denken«, verkündete sie und schürzte auf entzückende Weise ihre Lippen.

»Ich fürchte, Sie haben mich mißverstanden«, sagte ich. »Was ich damit sagen wollte ist, hätten Ihr Mann, die Diakone, der Kirchenvorstand oder sonst wer keine Einwände dagegen, daß dieses geweihte Gebäude für – hm, weltliche Zwecke benutzt wird?«

»Du lieber Himmel, Mr. Castle. Es ist Sonntag. Mein Mann läuft nur mit Shorts bekleidet im strömenden Regen in Burkinwell herum. Die Leute sind wesentlich toleranter, als Sie es sich offensichtlich vorstellen. Also, was sagen Sie zu meinem Angebot?«

»Hmmm, ich werde es mir –«

»Ihre Antwort lautet ja, ja, ja. Machen Sie sich schon auf den Weg zu diesem ekelhaften alten *Starry Night*, und sehen Sie zu, daß Sie Ihren alten, ekelhaften Koffer so bald wie möglich hierherschleppen! Je eher Sie das tun, desto schneller können Sie an die Arbeit gehen. Zelebrieren Sie die Schönheit von Burkinwell, Mr. Castle. Deshalb sind Sie doch hierhergekommen – oder etwa nicht?«

Kapitel 13

Wie ich den Gastwirt photographierte

Cole stand hinter der Bar des *Starry Night*. Er war allein im Raum. Als ich hereinkam, ließ er seine Hand auf den Zapfhahn hinuntersausen, wie ein Lokomotivführer, der nach der Drosselklappe einer Lokomotive greift. Ein Halbliterglas war schnell gefüllt, und er knallte es vor mich auf die Theke. Ich tastete nach meinem Portemonnaie, aber Cole sagte: »Nein, nein, nein!«

Er nahm den Lappen von seinem Gürtel und betupfte fleißig die Bierlache, die sich um das Glas herum angesammelt hatte. »Das geht auf Kosten des Hauses.«

Ich bedankte mich bei ihm und nahm einen langen Zug, vermutlich einen etwas längeren, als wenn das Bier auf meine Kosten gegangen wäre. Außerdem konnte ich es gebrauchen. Ich glaubte, gallonenweise Schweiß vergossen zu haben, als ich meinen Koffer vom Stall des *Starry Night* bis zum Keller von St. Anastansias geschleppt hatte. Es war eine wahrhaft beschwerliche Unternehmung gewesen. Aber ich mußte ihn nicht allein transportieren. Cole hatte gesehen, daß ich mich auf den Weg machte, und Esmirelda befohlen, mir zu helfen. Sie nahm den vorderen Griff und ich den hinteren. Den ganzen Weg vom *Starry Night* bis zu St. Anastansias blickte ich auf ihren

Rücken: Die blasse Innenseite ihrer Unterarme war mit kleinen, blauen Flecken übersät, und ihr Hinterteil bewegte sich heftig unter ihrem dünnen Kleid. Als wir bei der Kirche angekommen waren, machte ich mich bereit, den Koffer auf meinen Rücken zu nehmen und ihn Stufe für Stufe die Leiter hinunterzutragen. Esmirelda kam jedoch auf die Idee, statt dessen ein Seil um die Griffe des Koffers zu binden und ihn daran hinunterzulassen. Es war eine gute Idee. (Ohne sie müßte ich wahrscheinlich morgen auf einen Stock gestützt zum Galgen humpeln. So werde ich mit männlich aufrechtem Gang auf die Schlinge zuschreiten.)

Nachdem wir den Koffer in den Keller geschafft hatten, stemmte Esmirelda ihre Hände auf die Hüften. »Eine Dunkelkammer, wie?« sagte sie und neigte den Kopf wissend zur Seite. »Sie werden hier viel Spaß haben, ganz bestimmt. ›Kommen Sie mit in meine Dunkelkammer, meine Liebe, wir werden sehen, was sich entwickelt.‹«

»Bestimmt werde ich das«, antwortete ich und tätschelte ihre Hand, derweil ich ihr zur Vergütung eine Münze hineingleiten ließ.

Sie blickte darauf hinab.

»Ist das genug?« fragte ich fröstelnd. Ihr Blick erinnerte an die Gesichter von Paolo und Shorty, als sie mein Trinkgeld im Zug beäugt hatten.

»Nun«, erwiderte sie. »Wir werden abwarten, was sich entwickelt.«

Sie ließ die Münze in ihr Dekolleté fallen. Sie fiel durch das Kleid hindurch und landete zwischen ihren Füßen. Mit einem Seufzer hatte sie sich hinuntergebeugt, um sie aufzuheben, und war dann über die Leiter nach oben geklettert.

Jetzt, während ich an der Bar des *Starry Night* saß, konn-

te ich anhand der knarrenden Geräusche erkennen, wo sie sich oben gerade aufhielt.
Unterdessen lehnte Cole seinen dicken Bauch gegen die Bar. »Ja, in der Tat«, sagte er. »Burkinwell. Eine hübsche, kleine Stadt. Ein echtes Stück England. Und ich wette, um einiges anders als Amerika, was, Mr. Castle?«
Ich tupfte meinen Mund mit einem Taschentuch ab. »Ganz anders«, stimmte ich ihm zu. »Ganz anders.«
»Gibt keine wilden Indianer hier«, fügte er hinzu. »Und keine Italiener, wie? Aber wir haben unsere Zigeuner. Jeder Ort hat seinen Fluch zu tragen.«
»Wahrscheinlich.«
»Aber auf seine eigene Art und Weise ist Burkinwell recht malerisch. Es gibt vieles Schönes hier. Ein berühmter Maler hat einmal hier übernachtet, wußten Sie das, Mr. Castle? Direkt hier im *Starry Night*. 'türlich hatte ich nie von ihm gehört. Aber diese Mrs. Drain sagte mir, daß er in London ziemlich bekannt sei.«
»Wer war es?«
Cole nannte mir den Namen des Mannes. Zu seiner überaus großen Zufriedenheit entpuppte er sich als jemand, den ich kannte – oder recht gut gekannt hatte während meiner ersten Jahre in London.
»Ja, in der Tat«, sagte Cole. »An einem Nachmittag saß ich mit diesem Malerkameraden hier und habe mich unterhalten – genau wie wir das jetzt tun –, und er fragte mich: ›Mr. Cole, wie stehen Sie zum Tauschhandel?‹ ›Zum Tauschhandel?‹ fragte ich. ›Genau‹, erwiderte er. ›Ich möchte Ihnen ein Geschäft vorschlagen.‹ ›Nur zu‹, entgegnete ich. Also sagte er: ›Mr. Cole, wie würde es Ihnen gefallen, ein echtes Ölgemälde vom *Starry Night* zu besitzen?‹ Tja, ich bin immer auf der Suche nach etwas Nettem, das ich mir an die Wand hängen kann. ›Sehr gut‹,

antwortete ich ihm. Also sagte er: ›Ich male Ihnen eins zum Tausch gegen die Kosten meiner Unterkunft.‹ ›Die Sie nicht bezahlen können‹, erwiderte ich. Und er antwortete mir, genau, er könne sie nicht bezahlen. Was habe ich also zu verlieren? Ich sage ihm, daß er anfangen soll. Und er setzte sich nach draußen und fertigte ein Originalölgemälde von eben diesem Gasthaus an.«

Ich schaute mich im Zimmer um. Viele schlechte Bilder hingen dort. Aber keins im Stil meines ehemaligen Bekannten.

»An der Wand werden Sie es nicht finden«, sagte Cole.

»Wo befindet es sich denn?« erkundigte ich mich.

»Hier.« Cole rollte seine Augäpfel nach unten. Dann trat er einen Schritt zurück und begann, unter der Bar herumzustöbern. Einige Kartons und Tabletts fielen zu Boden. Endlich zog er eine Leinwand hervor.

»Was halten Sie davon?« fragte er und hielt sie in die Höhe.

»Das ist ganz sein Stil«, erwiderte ich.

Ich griff nach meinem Glas und stürzte es hinunter.

»Wie nennt sich sein Stil?« fragte Cole.

»Ich kann mir vorstellen, daß er einen Namen dafür hat«, entgegnete ich. »Ich weiß allerdings nicht, wie er lautet.«

»Aber es sieht nicht aus wie das *Starry Night*«, beschwerte sich Cole. »Es sieht nach gar nichts aus.«

»Natürlich tut es das nicht«, erwiderte ich und blickte wehmütig auf den Boden meines Glases hinunter. »Es ist Nonsens. Abfall. Schrott.«

»Soll das heißen, es ist wertlos?«

»Ganz im Gegenteil. Bewahren Sie das Bild gut auf. Eines Tages werden Sie oder Ihre Enkel eine Menge Geld dafür bekommen.«

»Das dachte ich mir schon.« Cole zwinkerte mir gelassen zu. »Ein paar von den Jungs hier aus der Gegend wollten mir weißmachen, daß ich reingelegt worden bin. Aber ich war immer anderer Meinung. Ich werde einfach gut darauf aufpassen und dann mal sehen, wer zuletzt lacht, haha – « Cole verfrachtete das entsetzliche Ding wieder in sein Versteck, »aber trotzdem habe ich immer noch kein nettes Bild vom *Starry Night.*«

»Bitten Sie mich nur nicht darum, eins für Sie zu malen«, erwiderte ich. »Ich habe Farbe und Pinsel schon vor langer Zeit weggelegt. Kerle wie der, der Ihnen das Bild da gegeben hat, haben das ganze Geschäft in Verruf gebracht.«

»Kein Gemälde. Eine Photographie. Eine nette, große, wissen Sie. Ich könnte Sie nicht dafür bezahlen. Aber Ihre Getränke würden auf Kosten des Hauses gehen. Was halten Sie davon?«

Fünfzehn Minuten später baute ich mein Stativ draußen vor dem *Starry Night* auf. Der Himmel hatte sich aufgeklärt. Die frühe Abendsonne schien fast waagerecht durch die Bäume. Ein venenähnliches Schattenmuster lag auf der blanken, weißen Oberfläche des *Starry Night.* Cole posierte krumm auf der Türschwelle.

»Meinen Sie nicht, ich sollte meine guten Sachen anziehen?« fragte er und begann, an den Schnüren seiner Schürze herumzuspielen.

»Unterstehen Sie sich«, erwiderte ich, während ich mehrere Photos belichtete. »Sie sind einfach gut so. Der perfekte englische Gastwirt. Wie alt ist dieses Haus eigentlich?«

»Alt genug«, entgegnete er.

Ich wollte mich gerade ans Zusammenpacken machen, als Cole nach einem Besen griff und sich daran machte, die Pflastersteine zu fegen. Das war so malerisch (wie er sich wohl ausgedrückt hätte), daß ich nicht widerstehen konnte und eine weitere Serie von Bildern schoß.

»Wie alt ist ›alt genug‹?« fragte ich.

»Hm.« Cole stellte seinen Besen zur Seite. »Alt genug für Geister.«

»Geister?«

»So erzählt man sich.«

»Wer ist ›man‹?«

»Esmirelda.«

»Hat sie sie selbst gesehen?«

»Oh, ja. In den Zimmern und auf der Straße.«

»Auf der Straße? Wo?«

»Dort entlang. Von hier bis zum Zigeunerlager. Sie sagt, es gibt einen Geisterreiter, ganz bleich, er kreischt und hat keinen Kopf mehr. Schon so mancher einsame Reisende ist nachts wieder umgekehrt, das Haar so weiß wie Schnee, und hat sein Lebtag lang kein Wort mehr gesprochen.«

Oh, das ist ja wirklich hervorragend, dachte ich, während ich meinen Photoapparat verstaute. Ein Geist auf eben der Straße, die ich an diesem Abend entlanglaufen wollte. Ich bemühte mich, das Zittern entlang meines Rückgrates unter Kontrolle zu bringen. Cole mußte es wohl bemerkt haben.

»Natürlich ist es nicht wahr.«

»Sie sagten aber doch gerade, daß es wahr sei.« Ich atmete einmal tief durch, um mich wieder zu fassen.

»Es ist nur eine Geschichte.«

»Nun, ich werde heute abend auf dieser Straße unterwegs sein.«

»Dann müssen Sie sich um anderes Sorgen machen als um Geister.«

»Zum Beispiel?«
»Landstreicher. Sie verbergen sich in den Hecken. Springen hervor. Ziehen Ihnen eins über den Kopf. Stehlen Ihr Geld. Sehr gefährlich.«
»Was ist mit Zigeunern?«
»Bah. Ungefährlich. Pantoffelhelden, die in Wohnwagen leben. Halten Sie sich aber von diesen Zigeunerinnen fern.« Cole blinzelte mir zu. »Sonst leben Sie am Ende auch noch in einem Wohnwagen. Wann werde ich denn diese Bilder bekommen?«
»Sobald ich meine Dunkelkammer eingerichtet habe«, erwiderte ich.
»Was hoffentlich nicht hier geschehen wird.«
»Ich habe einen Platz in der Stadt gefunden.«
»Nehmen Sie es nicht persönlich, aber der Gestank ..., die anderen Gäste ...«
»Ich verstehe.« Ich trug meine Sachen die Treppe hinauf.
»Ach, übrigens«, rief Cole hinter mir her. »Kennen Sie schon den Witz über den Photographen und die Dame?«
»Nein«, seufzte ich und bereitete mich auf das Unvermeidliche vor.
»Was sagte der Photograph zu der Dame?«
»Ich gebe auf. Was hat er gesagt?«
»›Begleiten Sie mich in die Dunkelkammer, meine Liebe. Ich werde ein Nacktphoto von Ihnen machen.‹«
»Was?«
»Nein – so ging die Geschichte nicht... Warten Sie eine Minute ...«
»Ich werde ein Nickerchen machen, Mr. Cole«, sagte ich und stieg weiter die Stufen hinauf. »Ich würde es vorziehen, nicht gestört zu werden.«
»›...begleiten Sie mich in die Dunkelkammer, meine Lie-

be. Aber erzählen Sie es nicht meiner Frau.‹ Nein... geben Sie mir nur noch eine Sekunde...«

Geister. Ich dachte immer noch über sie nach, als ich vor meiner Zimmertür ankam. Ich verharrte einen Moment vor der Tür. Ein leises Rascheln war von drinnen zu hören. Bevor ich mich durch irgendwelche Spekulationen selbst in Angst und Schrecken versetzen konnte, schnappte ich mir den Türgriff und stieß die Tür auf.

Esmirelda saß auf meinem Bett. Sie sah nicht überrascht aus. Nachdem sie sich erhoben hatte, machte sie sich die Mühe, die Bettdecke glattzustreichen. Dann begann sie, Staub zu wischen. Ich verschränkte meine Arme vor der Brust und sah ihr zu. Es schien so, als hätte ich die Gestalt dieser Frau den ganzen Tag vor Augen gehabt. Nicht, daß es an der Gestalt an sich etwas auszusetzen gäbe. Ich meine, in einem objektiven, historischen Zusammenhang betrachtet. In einem anderen Jahrhundert wäre sie wegen ihrer kräftigen Statur sehr bewundert worden. Unser Jahrhundert dagegen verehrt schlanke, knabenhaft wirkende, weibliche Formen. Wie Linda Drain sie besitzt. Die klassischen Proportionen dagegen, wie die von Esmirelda, bleiben ungepriesen. Schlimmer noch, sie müssen mit der gegenwärtigen Mode bedeckt werden. Und das bringt nur noch mehr die Abweichung vom gegenwärtigen Ideal zur Geltung.

»Oh«, sagte ich, nachdem ich sie einen Moment lang betrachtet hatte. »Sie sind es. Ich dachte schon, es wäre einer der Geister.«

»Was für Geister?« Esmirelda hob die Lampe in die Höhe und polierte die Tischplatte.

»Mr. Cole erzählte mir gerade von den Geistern, die das *Starry Night* heimsuchen. Und die Straße von hier bis zum Zigeunerlager.«

»Das sieht ihm ähnlich.«
»Gibt es Geister hier in der Gegend?«
»Wer wäre wohl dumm genug, das zu glauben?« Esmirelda starrte auf ihr eigenes Spiegelbild in der frischpolierten Tischplatte.
»Er sagte mir, Sie hätten ihm erzählt, daß –«
»Es sind nur Geschichten. Ich erzähle sie ihm nur, weil er mit seinem kaputten Bein nicht vor ihnen weglaufen kann. Das jagt ihm doppelt soviel Angst ein.«
»Also gibt es keine Geister auf der Straße. Das heißt, auf dem Stück von hier bis zum Zigeunerlager.«
»Sie werden keine zu Gesicht kriegen. Wenn Sie nicht daran glauben, werden Sie auch keine sehen.«
»Glauben Sie an Geister?«
»Kein bißchen. Ich glaube an nichts, das ich nicht sehen kann. Das ist mein Motto.« Sie kratzte mit ihrem Fingernagel an einer winzigen Unvollkommenheit auf der Tischdecke herum.
»Wie steht es mit Elfen?« fragte ich. »Elfen, Feen, Kobolden und Phantomen?«
»Nein.«
»Tut es irgend jemand hier in der Gegend?«
»Nur die Polizei.«
»Die Polizei?«
»Nun ja, ein Polizeibeamter.« Esmirelda stellte die Lampe wieder auf den Tisch zurück. »Sie wissen schon wer.«
»Michael Walsmear.«
»Fragen Sie ihn nach Bea Templeton. Brian Templetons Frau.«
»Aber sie ist – sie ist gestorben, nicht wahr?«
»Sie wissen, daß es so ist.«
»Soweit ich gehört habe, war es ein Unfall.«
»Das wird erzählt.«

»Wollen Sie damit sagen, daß es kein Unfall gewesen ist?«
Esmireldas grobe Gesichtszüge waren leer. Nicht zu entziffern. »Was wollen Sie, Mr. Castle? Eine Kriminalgeschichte oder ein Märchen?«
Sie stapfte hinaus und schloß die Tür hinter sich.

Kapitel 14

Wie ich einem furchterregenden Hund begegnete

Es war ein unangenehmes Nickerchen. Ich wachte völlig zerschlagen auf. Meine ganzen Schlafgewohnheiten und Lebensgepflogenheiten waren völlig durcheinandergebracht, seitdem Constable Walsmear meinem Studio einen Besuch abgestattet hatte. Nun stand ich meist mit einem Gefühl von Verwirrtheit auf. Ich wußte häufig nicht, wo ich mich gerade befand. War der Himmel beispielsweise rot, fragte ich mich, ob es Sonnenaufgang oder -untergang war. Oder ich erwachte in dem Bewußtsein, wieder ein Junge zu sein, wieder im Nordteil der Stadt zu leben. Ich erwachte von meinem Nickerchen im *Starry Night,* stand auf und wanderte in die Richtung, wo sich einmal die Außentoilette hinter meinem Elternhaus befunden hatte. Im fremden Flur des *Starry Night* kehrte ich wieder in die Gegenwart zurück. Jemand beobachtete mich durch einen Riß in der Tür. (Es ist seltsam: Im Gefängnis erwache ich manchmal und glaube, mich wieder im *Starry Night* zu befinden. Ich springe auf und denke, daß ich alles ungeschehen machen kann, daß es sich bei allem, was passiert ist, nur um einen Traum mit düsteren Vorahnungen gehandelt hat. Meine wirkliche Situation kommt mir erst wieder in den Sinn,

sobald ich das kalte, graue Licht erblicke, das durch das winzige Fenster oben, nahe der Decke, fällt.)
Ich spritzte mir etwas Wasser ins Gesicht und machte mich für meine Verabredung mit Walsmear fertig. Ich war nicht begeistert von der Idee, zum Zigeunerlager zu laufen. Aber nachdem ich einmal draußen auf der Straße angekommen war, fühlte ich mich besser. Die Wahrheit ist, ich fühlte mich hervorragend.
Die frische, vom Regen gereinigte Luft vertrieb die Mattigkeit aus meinem Kopf. Während ich auf die letzten Sonnenstrahlen blickte, empfand ich eine zunehmende Freude in meinem Herzen. Der Einbruch der Dunkelheit dämpfte meine vergnügte Stimmung nur unwesentlich.
Ich hatte Coles Worte über die Landstreicher nicht vergessen. Ich glaubte, sie in der Dunkelheit zu sehen. Jede Hecke, jeder Hügel mochte ihnen als Versteck dienen. Sie wären zweifellos in der Lage, hervorzuspringen, mir eins über den Schädel zu ziehen und sich aus dem Staub zu machen, ohne daß es eine Menschenseele bemerkt hätte. Außer mir natürlich.
Aber es gab schlimmere Dinge dort draußen außer einfachen Landstreichern. Und damit meine ich nicht etwa Geister. Ich dachte eher an Paolo und Shorty. Sie waren immer noch frei. Das bedeutete, daß sie sich überall aufhalten konnten. Vielleicht hatten sie sich hier an der Straße versteckt, um einem unschuldigen Reisenden aufzulauern. Man stelle sich nur einmal ihre Überraschung vor, wenn sie feststellen, daß ich auf sie zumarschiere. Brannten Paolos Augen wohl immer noch von den Chemikalien, die Linda hineingegossen hatte? Konnte Shorty wohl wieder den Arm benutzen, auf den ich immer und immer wieder mit der zerbrochenen Flasche eingestochen hatte? Ich wußte, daß ich keine Gnade zu erwarten

hatte, sollte ich jemals in ihre Hände fallen, nur schreckliche Rache.
Mit diesen Bildern vor Augen war ich dankbar für den gelegentlichen Anblick eines erleuchteten Hauses oder Cottages. Jedesmal, wenn ich an einem vorüberging, verlangsamte ich meinen Schritt und beeilte mich dann, die dunklen Strecken, die dazwischenlagen, hinter mich zu bringen. Aber je weiter ich mich von der Stadt entfernte, desto länger wurden diese dunklen Abschnitte. Die Straße war ruhig. Meine eigenen Fußtritte klangen wie Donnerschläge. Jeder, der im Hinterhalt lauerte, konnte mich schon auf eine Entfernung von einer Meile hören. Ich fand, daß es eine gute Idee sei, mich zu bewaffnen. Ein kräftiger Stock würde reichen. Ich blickte mich suchend um.
Der Mond ging auf. In seinem Licht entdeckte ich einen herabgefallenen Ast. Er schien mir die perfekte Waffe zu sein. Ich trottete zu der Stelle hinüber, wo er lag. Das eine Ende lag unter struppigen Büschen verborgen, das andere Ende hob ich auf und zog daran. In diesem Augenblick ertönte ein Geräusch aus den Büschen. Ein tiefes, kehliges Knurren.
Ich hatte meine Waffe gerade rechtzeitig entdeckt. Ich zog stärker. Aber irgend etwas hielt das andere Ende fest, etwas, das in den Büschen verborgen war. Statt zu ziehen, versetzte ich dem Ast einen kräftigen Schubs. Ich hoffte, damit das, was auch immer die andere Seite festhielt, aus der Balance zu bringen.
Plötzlich sprang eine gigantische schwarze Masse auf mich zu. Es war ein riesiger Hund. Zwei Pfoten, so groß wie Männerfäuste, stemmten sich gegen meine Brust. Mit dem heißen Atem der Bestie in meinem Gesicht fiel ich nach hinten. Blitzende, weiße Zähne suchten nach meiner Kehle. Verzweifelt versuchte ich, die wütende

Masse aus Fell und Muskeln zu bändigen. Meine Hände umklammerten seine Kehle, rissen an seinen Ohren.
Im selben Moment hörte ich, wie ein Mensch durch die Büsche gelaufen kam. Die Stimme eines Mannes rief: »Rollo – Rollo – hierher, alter Junge, hierher!«
»Hilfe«, keuchte ich. »Holen Sie ihn von mir runter. Hilfe.«
»Hierher, verdammt noch mal.«
Der Mann trat den Hund direkt in die Rippen. Er jaulte und ließ von mir ab. Als ich aufstand, sah ich, wie der Besitzer versuchte, weitere Tritte unterzubringen, denen der Hund aber auswich, während er abwechselnd den schwingenden Fuß anjaulte und laut kläffte.
»Verdammtes, stinkendes, dreckiges, verrottetes Stück Rattenfutter«, schrie der Fremde dem kauernden Biest zu. Nach einigen weiteren Tritten kam er an die Stelle zurück, wo ich stand. »Entschuldigen Sie, Sir. Rollo wollte Ihnen nicht weh tun. Er spielt nur. Er ist eigentlich ein guter Hund.«
»Oh, tatsächlich?« fragte ich, immer noch nach Luft schnappend.
»Rollo hat noch nie jemandem weh getan.«
Ich streckte zwei Finger aus. »So weit entfernt«, sagte ich. »So weit war ich davon entfernt, mit meinem Kopf auf einen Stein zu schlagen. Wollen Sie etwa behaupten, daß das dann nicht weh getan hätte?«
»Tja, da das nun einmal Ihre Einstellung zu sein scheint, muß ich sagen, daß Sie es herausgefordert haben.«
»Auf welche Weise bitte habe ich es herausgefordert?«
»Sie haben ihn gestoßen. Mit diesem Stock da. Ich habe es gesehen.«
»Ich habe nach dem Stock gegriffen. Ich hatte je keine Ahnung, daß ein Hund in den Büschen sitzt.«

Ich wischte Lehm, Zweige und Hundespeichel von meiner Jacke und schaute mir dabei den Mann näher an. Er war schmal und dunkelhäutig und trug eine alte Strickjacke über einem dreckigen Unterhemd. Er sah nicht wie ein Landstreicher aus. Vielleicht lag es an der Strickjacke. Ich vermutete, daß er in der Nähe wohnte.
Der Hund kam zurück. Er strich hechelnd und mit heraushängender Zunge an den Beinen seines Herrn entlang.
»In Ordnung, entschuldige dich bei dem netten Mann, Rollo«, befahl der Fremde. »Leck seine Hand.«
»Bitte, das ist wirklich nicht nötig.«
»Gut. Dann werden wir uns auf den Weg machen. Komm schon, Rollo.« Der Fremde begann, vor mir her die Straße entlangzulaufen. Dann blieb er stehen, damit ich ihn einholen konnte. »Bißchen spät, um noch auf der Straße zu sein«, bemerkte er. Sein Akzent kam mir ein wenig fremd vor, aber ich konnte ihn nicht einordnen.
»Ja, das stimmt.«
»Sie haben sich doch nicht etwa verlaufen, oder?«
»Nein. Das glaube ich nicht.«
»Suchen Sie vielleicht nach etwas?«
»Zum Beispiel?«
»Nach einem bestimmten Ort?«
»Vielleicht.«
»Einem Lager, möglicherweise?«
»Etwas in der Art.«
»Ein Lager mit Wohnwagen? Wo man Ihnen die Zukunft voraussagt? Männer mit Ohrringen und Geigen? Würzige Eintöpfe, die über offenen Feuern kochen? Und Mädchen? Wunderschöne, barfüßige Mädchen? Junge Mädchen? Sehr junge Mädchen?«
Der Mann trat einen Schritt näher. Unter einem feuchten

Schnäuzer glänzten weiße Zähne, als er mich mit einem vielsagenden, lüsternen Blick anschielte. Ein Geruch nach Unsauberkeit und fremden Gewürzen stieg von ihm auf.

»Ich suche das Zigeunerlager«, bestätigte ich, überzeugt, daß ich es mit einem Mitglied dieses seltsamen Völkchens zu tun hatte.

»Oh, tun Sie das? Nun, wenn es so ist, dann lassen Sie mich Ihnen Grenda empfehlen. Meine wunderschöne Grenda. Sehr günstig. Und was sie für Sie tut, das glauben Sie einfach nicht. Nicht einmal in Ihren wildesten Träumen – «

»Ich bin auf der Suche nach einem Polizeibeamten.«

Das brachte ihn einen Moment lang zum Schweigen. Dann hob er einen Zeigefinger in die Höhe. »Pokey!« rief er. »Sie sind der Amerikaner, der auf der Suche nach Pokey ist. Habe ich recht?«

»Wer ist Pokey?« fragte ich. »Ich suche Constable Walsmear.«

»Ein und derselbe Kerl«, erwiderte der Fremde. »Pokey ist die Abkürzung für Hokuspokus. So nennen wir ihn. Er vollführt Zaubertricks. Das haben wir ihm beigebracht, als er noch ein Junge war. Er ist nie gut darin geworden. Aber er hat etwas für Zigeuneressen übrig. Und Zigeunermädchen. Hahaha! Aber jetzt ist er Polizist. Wie nennt Ihr sie noch gleich, Polypen, nicht wahr? Ihr Amerikaner. Haha. Hey, ich habe ihm versprochen, daß ich dafür sorgen werde, Sie zum Lager zu befördern, sollte ich Ihnen zufällig über den Weg laufen. Also los. Ich gehe dorthin zurück. Kommen Sie mit.«

Der Hund schien die Gedanken des Mannes lesen zu können. Er lief durch eine Öffnung im Gebüsch davon. Der Mann folgte ihm. Einen Augenblick lang blieb ich allein zurück, entschloß mich dann aber, ihnen nachzugehen.

Sowohl der Mann als auch der Hund schienen einem fast unsichtbaren Pfad durch das dichte Gestrüpp zu folgen. Wir kletterten zu einem Kanal hinunter und anschließend einen niedrigen, grasbewachsenen Hügel hinauf. Oben angekommen, erblickte ich vor mir den Rand eines Wäldchens. Flackernde Lichter brannten tief im Wald. Ein seltsames Glühen tanzte auf den Bäumen. Wir überquerten ein Feld. Als wir näher herankamen, konnte ich Laternen und Lagerfeuer erkennen. Ich sah Gestalten, ein paar Pferde und viele Wohnwagen.

Es war das Zigeunerlager.

Es war nicht das, was ich erwartet hatte. Wie wohl bei den meisten Leuten, stammt auch meine Vorstellung, wie ein Zigeunerlager auszusehen hat, aus der Operette. Natürlich ist nichts im Leben so wie in einer Operette. (Ganz besonders, was die Liebe angeht. Wie ich mit schmerzvoller Erfahrung gelernt habe.) Dennoch erwartete ich einen Kreis buntbemalter Wohnwagen, anständige Feuer, junge Frauen, mit leuchtenden Schals, die Tamburine schlagen, fette Männer mit Ohrringen und Tänze – wilde, ausgelassene Tänze.

Das nüchterne Aussehen des Mannes in der Strickjacke hätte mich warnen sollen. Als ich ihm ins Lager folgte, war ich nichtsdestotrotz überrascht, was es für einen langweiligen, kärglichen, armen Eindruck machte. Die Wohnwagen hatten alle verschiedene Formen und Größen. Aber keiner leuchtete in strahlenden Farben oder war auch nur vor kurzem neu gestrichen worden. Die meisten trugen noch die Hinweise früherer Besitzer: *Watsons Klempnerarbeiten* oder *Purity Molkerei*. An den Rückseiten und Seitenteilen vieler Wagen breiteten sich zeltähnliche Gebilde

aus. Sie waren aus dreckigen Planen, alten Bettüchern und Zementsäcken zusammengeflickt. Hinter den fadenscheinigen Abdeckungen glühten Kerzen und Laternen.
Obwohl es bereits spät war, liefen überall Kinder herum. Sie waren dreckig, barfuß und in Lumpen gekleidet. Eine sehr dicke Frau schüttete ein Becken mit dreckigem Wasser auf der Erde aus. Eine andere trug ein paar überschwappende Eimer über die Hintertreppe zu einem wakkeligen Wagen hinauf. Sie drückte die Tür mit ihrer Schulter auf und verschwand im Inneren.
Die Musik, die ich hörte, kam von verschiedenen Grammophonen. Es mußten drei oder vier sein, die da spielten, die verschiedenen Melodien kollidierten miteinander.
Der Boden bestand aus einer Mischung aus Lehm und Pferdemist, in der meine Schuhe versanken.
Wir näherten uns einer Gruppe von Männern, die in einem Lichtkreis unter einem Baum saßen.
»Da ist Ihr Freund«, sagte der Mann in der Strickjacke.
Ich erblickte Walsmear. Er war in Zivil. Die Jacke mit dem aufdringlichen Muster hing an einem Ast. Drei Zigeuner saßen um ihn herum. Sie trugen zerlumpte Mützen, dreckige Hemden und zusammengesuchte Hosen und Westen. Sie saßen auf Kisten und kaputten Stühlen. Über ihnen breitete der Baum seine Zweige wie einen Baldachin aus.
Ich wollte sofort zu ihm hinübergehen, aber der Mann in der Strickjacke hielt mich zurück.
»Bevor Sie gehen, müssen Sie erlauben, daß Rollo sich bei Ihnen entschuldigt.«
»Das ist wirklich nicht nötig«, sagte ich.
»Oh, aber er muß es tun. Ich kenne Rollo. Er wird nicht schlafen, wenn Sie ihm nicht erlauben, sich zu entschuldigen.«

»Na schön, wenn es denn unbedingt sein muß.«
Der Mann brachte einen zerknirscht aussehenden Rollo zu mir herüber. Mit sachte wedelndem Schwanz sabberte der Hund so lange über meine Hand, bis die Manschetten meines Hemdes völlig durchweicht waren.
»Na also, das ist schon besser«, lobte der Mann und verschwand mit seinem Haustier in der Dunkelheit.
Lautes Lachen ertönte von der Stelle, wo die Männer unter dem Baum saßen. Sie sahen mich nicht. Sie beobachteten Walsmear, der einen Kartentrick vollführte – und das sehr schlecht, wie ich annahm. Er war gerade dabei, die Karten mit einer übertriebenen Geste zu mischen, als ich in den Lichtkreis trat.
Einige der Männer schauten zu mir auf. Walsmear würdigte mich keines Blickes.
Es kostete mich sehr viel Mut, ihn anzusprechen. »Ich freue mich darauf, noch ein paar von Ihren Tricks zu sehen, Constable«, sagte ich. »Offensichtlich haben Sie ja einen ziemlichen Ruf.«
Einer der Männer stand auf und bot mir seinen Stuhl an. Das Flechtwerk war aus dem Sitz herausgerissen, aber ich akzeptierte den Stuhl dankbar und nahm Platz.
»Ich habe ihm das beigebracht«, bemerkte einer der Männer. Er hatte einen dicken Bauch und eine Whiskeystimme. Außerdem war er der einzige Zigeuner hier, der einen Ohrring trug: ein kleiner Messingring baumelte an seinem schlaffen Ohrläppchen. »Mein Name ist Zob. Wie werden Sie genannt?«
Ich stellte mich vor.
»Sehr angenehm. Sehr angenehm«, sagte Zob und schüttelte mir die Hand. »Aber das ist keine gute Zauberei, die Sie da sehen. Pokey ist sehr schlecht. Sehr schlecht. Gib mir die Karten, Pokey. Ich werde es ihm einmal zeigen.«

Zob vollführte einige Tricks. Er war gut. Allerdings nicht bühnenreif. Und seine Bemühungen brachten ihn ins Schwitzen, und er begann, schwer zu atmen. Ich beobachtete Walsmear dabei, wie er Zobs Finger studierte.
Die anderen Zigeuner interessierten sich nicht für Zobs Tricks. Einer nach dem anderen stand auf und ging. Aber Walsmear und Zob begannen eine fachmännische Diskussion über Zobs Fingerfertigkeit. Sie redeten und redeten. Meine Anwesenheit wurde vollkommen ignoriert.
Im ganzen Lager verlöschten die Laternen und Fackeln. Die Grammophone verstummten, und eine tiefe Ruhe breitete sich langsam aus. Walsmear war mir immer noch eine Begrüßung oder zumindest die Kenntnisnahme meiner Anwesenheit schuldig. Das machte mich sehr nervös. Ich wollte hier im Lager nicht auf mich gestellt sein. Es waren seltsame Leute. Mit seltsamen Bräuchen, anderen Werten. Ich wußte nicht einmal genau, wo ich war. Wir befanden uns tief in den Wäldern, und ich war nicht sicher, wo Burkinwell lag oder auch nur, in welche Richtung ich mich halten mußte. Mir wurde klar, daß ich Walsmear brauchte, wenn ich in dieser Nacht noch zur Stadt zurückfinden wollte.
Eine aufkommende Brise gab mir das Gefühl, noch einsamer und isolierter zu sein.
»Also hören Sie«, sagte ich. »Ich bin auch noch da!«
Walsmear und Zob unterbrachen ihr Gespräch.
»Wenn Sie Aufmerksamkeit wollen«, erwiderte Walsmear, »warum haben Sie nicht schon eher etwas gesagt?«
»Ich bin mir bewußt, daß Sie mich zwar nicht gebeten haben, nach Burkinwell zu kommen«, sagte ich. »Sie haben mich aber hierher ins Lager eingeladen. Und jetzt

bin ich hier, und wir sollten uns über das unterhalten, weswegen ich eigentlich hergekommen bin.«

»Hast du das verstanden, Pokey?« fragte Zob.

»Hab' ich.« Walsmear nickte. Und an mich gewandt: »Was ist der eigentliche Grund für Ihr Kommen?«

»Die Mädchen.«

»Was ist mit ihnen?«

»Möchten Sie Ihnen helfen oder nicht?«

»Sei vorsichtig«, Zob lehnte sich vor und flüstere Walsmear laut zu: »Er macht einen ziemlich gerissenen Eindruck.«

»Ich bin nicht gerissen.«

»Warum verneinen Sie es dann?« erkundigte sich Zob. Er verschränkte seine Arme vor der Brust und wandte sich Walsmear zu. »Verstehst du, was ich meine?«

»Laß ihn weiterreden«, befahl Walsmear.

Ich hätte ihm die Füße küssen können.

»Lassen Sie mich ganz am Anfang beginnen«, sagte ich. »Bei dieser bemerkenswerten Photographie. Ich habe es Ihnen nicht gesagt, aber ich hatte zwei Kopiesätze von Ihren Negativen angefertigt. Einen Satz habe ich Ihnen gegeben, den anderen behalten.«

»Oh – was habe ich dir gesagt?« Zob schlug sich aufs Knie. »Er ist hinterhältig, Pokey. Du solltest ihm nicht vertrauen.«

Walsmear winkte energisch mit der Hand.

»Danke vielmals.« Ich fuhr fort: »Ich war von dem, was ich auf dieser Vergrößerung sah, beeindruckt. Und ich dachte, daß man Sie unterstützen sollte, da Sie recht gehabt haben. Also bin ich mit einem Abzug der Vergrößerungen zu Sir Arthur Conan Doyle gegangen.«

Walsmear gab ein lautes Schnauben von sich. Er stieß Zob mit seinem Ellbogen in die Rippen.

»Dieser Doyle ist irgendein Schriftsteller«, sagte er erläuternd.

»Ich weiß«, entgegnete Zob. »Sherlock Holmes.«

»Wer?«

»Oh, Pokey, du solltest mehr lesen. Das Leben macht sonst nur halb soviel Spaß.«

»Ich sorge schon dafür, daß ich meinen Spaß habe.«

»Na sicher.«

»Wirst du Mr. Castle jetzt wohl endlich weiterreden lassen?« knurrte Walsmear. »Fahren Sie fort, Castle. Was hat er gesagt?«

»Er hat nicht das gesehen, was wir darauf gesehen haben.«

»Ha!« schnaufte Walsmear. »Ich wußte es. Er ist blind.«

»Blind, aber nicht uninteressiert«, sagte ich.

»Drücken sie sich klar aus.«

»Ich will damit sagen, daß Doyle selbst im Besitz von Photos ist.«

»Photos welcher Art? Soll das heißen – ?«

»Genau. Es ist ein verrückter Zufall. Aber Doyle hat seinen eigenen Vorrat an Elfenphotos.«

»Wie sehen sie aus?«

»Sie gleichen Ihren sehr, sind aber anders. Sie zeigen kleine Mädchen, die mit Elfen spielen. Aber diese Elfen sind eine Fälschung.«

»Woher wollen Sie das wissen?«

»Vertrauen Sie mir. Sie sind gefälscht. Nicht einmal ein Kind würde darauf hereinfallen. Doyle wird sich lächerlich machen, wenn er sie an die Zeitungen schickt.«

»Warum hat er das also vor?«

»Tja, aus dem, was er sagte, gewann ich den Eindruck, daß er sich auf einem persönlichen Kreuzzug befindet.

Er denkt, daß die Welt besser sein könnte, wenn jeder an Elfen glaubte. Und er ist der Ansicht, daß alle genau das tun werden, sobald sie seine Bilder gesehen haben.«
»Er muß verrückt sein.«
»In der Tat. Verrückt. Aber er weiß zumindest noch, wie man sich verständigt. Und er weiß, daß eine Botschaft, die sich an Millionen richtet, klar und einfach und direkt zu sein hat. Man muß den Leuten damit eins überziehen. Deshalb ist es zwar gut möglich, daß Sir Arthur auf Ihrem Bild das gleiche erkennt wie wir. Aber Ihr Bild nützt ihm nichts. Es ist zu vage. Zu subtil. Hängt zu sehr von der Sensitivität des Betrachters ab.«
Zob seufzte. »Ich habe Sherlock Holmes immer genossen.« Er zündete sich eine Zigarette an und lehnte sich zurück. »Ich klaute gewöhnlich jede Ausgabe des *Strand*, sobald das Heft herauskam. Ich habe sogar einmal ein Exemplar gekauft. Dieser Doyle muß ein sehr reicher Mann sein.«
»Das ist er«, sagte ich. »Und wie so viele reiche Männer denkt er, daß er die Welt mit Geld kontrollieren kann...«
An dieser Stelle erzählte ich Walsmear, daß Sir Arthur Geld angeboten hatte, um die Burkinwellschen Photographien von dem Blick der Öffentlichkeit fernzuhalten. Die Summe, die er angeboten hatte, erwähnte ich nicht.
Walsmear war überrascht. »Das beweist zumindest eins«, sagte er. »Es beweist, daß er der Ansicht ist, daß die Photographien echt sind. Damit bin ich zufriedengestellt. Das ist gut.«
»Ich habe mich nun gefragt«, sagte ich, »ob Sie vielleicht an einem Verkauf Interesse hätten – «

»Ich habe nicht das Recht, sie zu verkaufen«, erwiderte Walsmear. »Sprechen Sie mit Brian Templeton.«

»Das ist mein nächster Punkt. Ich hatte gehofft, daß Sie mir behilflich sein könnten, den Kontakt zu ihm herzustellen.«

»Warum sollte ich Ihnen helfen? Die Photographien sind echt. Ich bin zufriedengestellt. Jetzt ist die ganze Sache für mich erledigt.« Walsmear vollführte eine energische, zurückweisende Geste mit seinem Arm. Eine kleine Fontäne aus Spielkarten schoß aus seinem Ärmel hervor. Zob brach vor Lachen fast zusammen. Ich beugte mich nach unten und half Walsmear dabei, sie aufzuheben. Nach dieser Unterbrechung lenkte ich die Unterhaltung in eine andere Richtung. »Die Mädchen«, wandte ich ein. »Sie vergessen die Mädchen.«

»Was ist mit ihnen?« frage Walsmear.

»Sie könnten das Geld gebrauchen.«

»Woher wollen Sie das wissen?«

»Reverend Drain und seine Frau haben mir alles erzählt.«

»Ziehen Sie die Mädchen nicht in diese Sache hinein.«

»Sie benehmen sich ausgesprochen egoistisch. Wollen Sie, daß diese Mädchen in armseligen Verhältnissen aufwachsen?«

»Es sind gute Mädchen.«

»Das mag sein. Aber denken Sie doch einmal nach. Ein armes Mädchen hat im Leben keine Wahl. Es muß für ein paar Pfennige duckmäusern. Es muß denjenigen heiraten, der sich dazu herabläßt, um seine Hand anzuhalten. Und wer kann das schon sein? Irgendein grober, stinkender Tölpel. Ein abscheuliches Schwein von einem Mann, der sich von ihr einfach holt, was er will, und sie dann wegwirft, sobald er seine dreckige Lust befriedigt hat –«

Walsmears Faust schoß hervor. Sie hätte vermutlich genau das mit meinem Gesicht angestellt, was sie bereits der Wand meiner Dunkelkammer angetan hatte. Glücklicherweise sah ich sie kommen und duckte mich.

»Ich werde ihn umbringen – «, dröhnte Walsmear.

Ich flüchtete hinter den Baumstamm. Als ich einen Blick riskierte, sah ich, wie Zob Walsmear zurückhielt, indem er sich dem aufgebrachten Polizisten in den Weg stellte und ihm mit den Händen vor dem Gesicht herumwedelte.

»Sie können wieder hervorkommen«, sagte Zob nach einigen Minuten. »Es geht ihm jetzt wieder gut.«

»Passen Sie nur auf, was Sie sagen«, fügte Walsmear hinzu.

Sein Zeigefinger näherte sich bis auf wenige Zentimeter meiner Nasenspitze. Auf diese Weise machte er einen riesigen Eindruck. Hinten, am anderen Ende seines Armes, erblickte ich sein krebsrotes Gesicht. Wie heißt es in Büchern doch immer so schön: Seine Augen glühten wie Kohlen. Ich hatte meine Meinung wohl allzu eindeutig kundgetan.

»Wir sprachen über Geld«, sagte ich.

»Fahren Sie fort.«

»Wie ich bereits andeutete, bietet Sir Arthur Geld für die Elfenbilder.«

»Es sollten Tausende und Abertausende sein.«

»Selbstverständlich ist es nicht so viel.«

»Warum also erst die Mädchen mit hineinziehen?«

»Weil Sir Arthurs Geld erst der Anfang ist.«

»Der Anfang wovon?«

Ich schaute zu Zob hinüber. Seit das Gespräch auf Geld gekommen war, hatte er die Haltung eines wachsamen Jagdhundes angenommen. Er schien ein gutmütiger, alter

Zigeuner zu sein, und er hatte mir sicherlich einen Gefallen getan, indem er Walsmears Zorn zügelte. Aber wer zum Teufel war er eigentlich?
»Der Anfang wovon?« fragte nun auch Zob.
Ich blickte Walsmear in die Augen und nickte fragend zu Zob hinüber.
»Wegen ihm müssen Sie sich keine Sorgen machen«, sagte er.
»Ich möchte auf Geschäftliches zu sprechen kommen«, erklärte ich. »Aber ich möchte eigentlich nicht noch jemanden mit einbeziehen.«
»Zob will nicht mit einbezogen werden«, antwortete Walsmear.
»Ach ja?« erwiderte ich. »Soweit ich weiß, leisten Zigeuner keinen Armutsschwur. Und sie sind auch einer kleinen Gaunerei nicht unbedingt abgeneigt, wenn sie ihren Zwecken dient. Nehmen Sie es bitte nicht persönlich, Mr. Zob, aber Sie müssen verstehen, daß – «
»Halten Sie die Klappe, Sie Trottel«, donnerte Walsmear.
»Hey, hey, hey«, sagte Zob lachend. Er tätschelte Walsmears Knie auf eine väterliche Weise. »Beruhige dich.« Dann wandte er sich an mich: »Was Pokey zu sagen versucht, ist, daß ich mir nichts mehr aus Geld mache. Das gehört alles der Vergangenheit an. Ich bin ein toter Mann.«
»Wie bitte?«
»Ich bin krank. Krebs, wissen Sie. Es ist hoffnungslos. Der Doktor sagt, daß ich nicht gerettet werden kann.«

Kapitel 15

Wie ich in die Grube fiel

Zob fuhr fort: »Meine Familie besteht nur aus Hurensöhnen. Ich wünsche ihnen nichts weiter als einen langsamen Hungertod. Ich habe nur einen einzigen Freund. Den alten Pokey hier. Hahaha! Es ist seltsam. Mein ganzes Leben lang ist die Polizei mein Feind gewesen. Jetzt, wo ich sterben muß, ist es ein Polizist, der mich begraben und ein Gebet für meine jämmerliche Seele sprechen wird.«

»Es tut mir so leid«, sagte ich. Ich fühlte wirklich ein großes Mitleid. Aber Zob vermied es, mir in die Augen zu blicken. Einen Moment lang schwiegen wir alle.

Im selben Augenblick vernahm ich das leise Knirschen von Zweigen und jungen Bäumen. Mit zusammengekniffenen Lidern starrte ich in die Dunkelheit und erkannte einen Wagen, der mit ausgeschalteten Scheinwerfern durch den Wald fuhr. Zob und Walsmear schenkten ihm keine Beachtung. Ein Mann stieg aus dem Wagen und ging auf einen Wohnwagen in der Nähe zu. Eine alte Frau, die auf den Stufen gesessen hatte, stand auf. Der Mann reichte ihr Geld. Sie bedeutete ihm, die Treppe zum Wohnwagen hinaufzusteigen.

Ich hatte bereits einige Vorfälle dieser Art ringsum beobachtet. Männer trafen zu Fuß, auf Rädern oder mit Pferdewagen ein. Ich bemühte mich, nicht hinüberzustarren, aber aus den Augenwinkeln sah ich, daß junge Frauen aus den zusammengeflickten Zelten hervorkamen und sich zur Schau stellten.

Ich war zu sehr mit Walsmear beschäftigt gewesen und hatte keine Zeit gehabt, darüber nachzudenken. Aber nun wurde mir eins klar: Das Zigeunerlager war nichts anderes als ein ländliches Bordell. Die Nacht bedeutete für die Zigeuner beileibe nicht das Ende des Abends, sie war erst der Anfang. Ein Grammophon erwachte wieder zum Leben. Die Kinder waren zurückgekommen und erledigten Botengänge für die Kunden des Lagers und die Mädchen. Ich verspürte Mitleid und auch Ekel. Es war eine trostlose, elende Szenerie.

Wir schwiegen aus Respekt vor Zobs nahender Sterblichkeit. Dieses Schweigen dauerte inzwischen länger, als daß man es noch behaglich nennen konnte. Zumindest empfand ich es so.

Nach einem respektvollen Nicken in Richtung des alten Mannes fuhr ich also fort: »Lassen Sie uns einmal die Bilder vergessen, die wir bereits haben«, sagte ich. »Die sollten wir Sir Arthur verkaufen. Wir können aber unsere eigenen Bilder aufnehmen. Wirklich gute Qualitätsphotos. Ich bin schließlich Berufsphotograph, Himmel noch mal. Ich werde experimentieren. Werde herausfinden, wie sich präzise, detaillierte Photos von dem, was immer dort im Garten sein mag, aufnehmen lassen. Ist Ihnen klar, was solche Bilder wert sein würden?«

»Hey, Pokey«, mischte sich Zob ein. »Dieser Kamerad hier sieht zu, daß er nicht zu kurz kommt. Du solltest auch sehen, daß du nicht zu kurz kommst. Paß auf, daß du einen Anteil von dem ganzen Geld bekommst, das er machen wird.«

»Wir werden sehen.« Walsmear blickte mich mit zusammengekniffenen Augen an.

»Ich weiß, was hier nicht stimmt«, sagte Zob. Er griff nach dem Ast, der über seinem Kopf hing und zog sich in die Höhe. »Wir haben nichts zu trinken. Ich werde eine Flasche Wein besorgen. Dann könnt Ihr Euch in Ruhe über das Geschäft unterhalten.«

Er schlenderte davon und verschwand in der Dunkelheit.

»Was ich hier im Sinn habe«, sagte ich, »ist eine Partnerschaft. Sie, ich und Brian Templeton. Wir werden die Bilder in den Händen haben. Wir werden sie an wen auch immer wir wollen und wann immer wir wollen weitergeben. Wir werden auch den Garten in den Händen haben – wenn das der Ort sein sollte, wo sich die Elfen aufhalten ...«

Ich hatte plötzlich eine aufregende Idee. Ein Wunder, daß sie mir nicht schon früher eingefallen war! Sollten sich tatsächlich Elfen in Templetons Garten aufhalten, könnten wir sie einfangen und zur Schau stellen. Wer weiß, was es sonst noch für Möglichkeiten gab!

Fast im selben Moment, als mir diese Idee kam, verwarf ich sie auch schon wieder. Die Vorstellung von gefangenen Elfen war schrecklich. Kobolde in Ketten. Und ich selbst eine Art Simon Legree. Andererseits mußten früher oder später auch andere auf diese Idee kommen. Ich beschloß, daß es die Elfen zu schützen galt. Keine Frage. Die Entscheidung, ob es möglich sein würde, die Elfen sowohl zu beschützen als auch gleichzeitig für unsere Zwecke zu benutzen, vertagte ich auf später.

»Wenn wir erst einmal bewiesen haben, daß die Elfen existieren«, sagte ich, »sind unsere Möglichkeiten endlos. Die Nachfrage nach allem, was mit Elfen zu tun hat, wird enorm sein. Im Anschluß an die Photographien werden wir Filme drehen und Bücher und Postkarten, und was uns sonst noch einfällt, verkaufen. Burkinwell wird zur größten Touristenattraktion der Welt werden.«

Walsmear lächelte höhnisch. »Und das alles nur, weil zwei kleine Mädchen ein paar Bilder aufgenommen haben?« sagte er. »Das wird Sie reich machen?«

»Und Sie auch. Genauso wie Brian Templeton. Und die Mädchen.«

»Ich möchte nichts von dem Geld haben.«

Mein Herz wurde schwer. Es war zu spät. Ich hatte nicht mehr die Kraft für weitere Appelle. Ich würde einen Weg finden müssen, um selbst an Brian Templeton heranzukommen. »Also wollen Sie nicht mein Partner werden?« fragte ich.

»Ich werde als Partner einsteigen.«

»Das werden Sie? Ich dachte – «

»Ich möchte kein Geld. Aber da unschwer zu erkennen ist, daß Sie die ganze Sache wohl sowieso durchführen werden, kann ich genausogut mitmachen, um die Mädchen zu beschützen. Und um sicherzugehen, daß Sie sie nicht ausnutzen werden.«

»Was ist mit ihrem Vater?«

»Brian ist nutzlos.«

»Hey, was höre ich da?« Es war Zob. Er tauchte aus der Dunkelheit auf. In seinen Armen hielt er Flaschen jeder nur erdenklichen Form und Größe. »Habt Ihr zwei etwa eine Abmachung getroffen? Hey, schaut einmal, was ich hier habe! Ihr würdet überrascht sein, wenn Ihr wüßtet, was diese Leute alles in ihren Wagen haben. Laßt einmal sehen. Wir haben hier etwas Wein, etwas Whiskey, was sonst noch ...?«

Ich blickte Walsmear an. Schließlich war er Polizist. Und

Zob hatte ganz offensichtlich all die Flaschen, die er nun vor uns auf den Boden stellte, gestohlen. Mußte Walsmear ihn nicht festnehmen? So gesehen – mußte er nicht das ganze Lager festnehmen? Es versteht sich von selbst, daß er niemanden verhaftete. Im Zigeunerlager war er in der Lage, seinen Job zu vergessen. Es ist nicht so, daß ich Walsmear für unehrlich hielt. Ganz und gar nicht. Aber es war in gewisser Weise ein Beweis dafür, was die Leute über die anlagebedingte Affinität zwischen der Polizei und ihren Opfern sagen. Es stimmt. Sie ist durchaus vorhanden.
Eine Flasche wurde mir in die Hand gedrückt. Zob, der eine eigene Flasche in der Hand hielt, sprach einen Toast auf unsere neue Geschäftsvereinbarung aus.
Ich trank. Die brennende Flüssigkeit glitt meine Kehle hinunter.
Der Anblick der Flaschen zog die Aufmerksamkeit anderer Männer auf sich. Bald schon hatte sich eine fröhliche Gruppe von ungefähr zwölf Leuten unter dem Baum versammelt. Weitere geschäftliche Diskussionen waren damit nicht mehr möglich. Zob hatte Flaschen in all seinen Taschen. Ich trank meine Flasche aus, und er reichte mir eine weitere herüber. Er füllte Alkohol in jede Tasse, Kanne oder Schüssel, die ihm hingehalten wurde. Die Menge schrie nach Walsmear und ermunterte ihn, seine Kunststücke vorzuführen. Das tat er auch, mehr schlecht als recht. Eine Schnur, die entzweigeschnitten wurde, ließ sich nicht wieder zusammenfügen. Wasser, das in einen Papiertrichter gegossen wurde, tropfte unten heraus. Die Uhr eines Zuschauers – bei dem es sich übrigens um mich handelte – wurde in ein Taschentuch gewickelt, in tausend Stücke zerschlagen und nie wieder zusammengesetzt. Zob sprang auf und vollführte einen Tanz. Sein Gesicht nahm einen alarmierenden Rotton an, und er fiel

bald der Länge nach zur Seite in den Dreck, wo er keuchend und stöhnend liegenblieb.
Nach diesem Tanz folgte Musik. Ein Mann tauchte mit einer Fiedel auf. Ein anderer besaß ein Akkordeon. Sie stritten sich, welche Lieder sie spielen sollten. Der Akkordeonspieler stimmte allein eine Melodie an. Dem Mann mit der Fiedel gelang es nicht, seinen Einsatz zu finden. Er machte das Wetter, die versammelte Menge und das Schicksal dafür verantwortlich. Schließlich stolzierte er davon. Einige Frauen kamen vorbei und zogen den Akkordeonspieler mit sich fort.
Ein Wettbewerb wurde gestartet, wer am längsten von einem niedrig hängenden Ast herunterbaumeln konnte. Einer der Männer zog sein Hemd aus. Er hakte seine Knie am Ast fest und konnte dann nicht mehr heruntersteigen. Es gab eine Diskussion über die Frage, ob man ihn dort hängenlassen oder ihm zurück auf den Boden helfen sollte. Als man sich schließlich geeinigt hatte, war er bereits auf den Kopf gefallen und kroch nun auf der Suche nach seinem Hemd über die Erde.
Ich amüsierte mich wie alle anderen in der tanzenden, schiebenden und schreienden Menge unter dem Baum. Aber mein neuer Partner Walsmear war nicht mehr dabei. Ebensowenig Zob. Ich war von Fremden umgeben. Und es gab nicht einen unter ihnen, den ich gerne näher kennengelernt hätte.
»Haben Sie Zob gesehen?« fragte ich in die Runde, ohne jemanden im einzelnen anzusprechen. »Haben Sie Walsmear gesehen?« Keiner wußte, von wem ich sprach.
»Ich habe einen Job«, sagte einer der Männer. »Und einen verdammt saumäßigen noch dazu.«
»Nicht Job«, sagte ich. »Zob. Der Zigeuner. Und Walsmear. Ich muß ihn finden.«

»Warum?«
»Wir haben gerade eine geschäftliche Vereinbarung getroffen, und ich habe vergessen, seine Hand zu schütteln.«
»Hier, ich werde Ihre Hand schütteln.«
Ich griff nach der Hand des Mannes. Er zog sie fort und ließ sie über die Schulter zurückschnellen.
»Hahaha!«
Ich beschloß, diesen Haufen zu verlassen. Eine Sekunde später kam ich noch einmal zurück, nahm mir eine halbvolle Flasche und machte mich wieder auf den Weg durch den Wald.
Während ich den Rest Alkohol, der sich noch in der Flasche befand, austrank, war ich mir nicht ganz sicher, wo ich mich überhaupt befand. Draußen in der Dunkelheit konnte ich Gestalten erkennen. Hier und da erblickte ich die schattenhaften Umrisse von Gruppen. Einige waren auf dem Weg Richtung Lager, andere bewegten sich davon weg. Immer, wenn ich eine solche Gruppe erblickte, ging ich darauf zu und studierte auf meiner Suche nach Zob oder Walsmear ihre Gesichter. Aber ich traf nur Fremde, Männer und Frauen. Einige zuckten zurück, sobald ich mich näherte und versteckten ihre Gesichter, andere machten mir unappetitliche Angebote. Hinter den Wohnwagen erwachte ein riesiges Feuer zum Leben. Der Fiedler begann, eine seltsame, mißtönende Weise zu spielen. Aus der Dunkelheit ertönte Lachen und erstickte Schreie – ob vor Vergnügen oder Schmerz, ließ sich nicht ausmachen. Ich war nicht in der Lage, etwas klar zu erkennen oder klar zu denken. Ich brach in Panik aus.
»Zob, Walsmear«, schrie ich und begann, kreuz und quer durch den Wald zu laufen. Ich hielt Gestalten an, schaute forschend in ihre Gesichter. Ich blickte unter Wohnwagen

und Autos. Ich kippte Waschschüsseln um und hob die Seiten der Zelte in die Höhe.
Wo war er? Wie sollte ich wieder in die Stadt zurückkommen?
Die Funken des Feuers stiegen hoch in den Himmel hinauf und wirbelten umher wie ein rasendes Sternbild. Das Akkordeon jammerte. Eine Frau sang ohne Worte. Die Fiedel ließ einen klagenden, seltsam gebrochenen Gigue ertönen.
Ich stieß gegen Wohnwagen, rannte in Wäsche hinein, die auf Leinen hing und rief dabei immer wieder laut den Namen des Constables. Dornige Zweige verfingen sich in meinem Hemd. Wurzeln streckten mich zu Boden. Während ich suchend durch die Dunkelheit stolperte, traf ich auf nackte Pärchen, Trios und Quartetts. Fäuste schossen auf mich zu. Ich murmelte Entschuldigungen, trat auf Hände und Füße, trudelte auf das nächste Gehölz und eine weitere Gruppe zu.
Ich war allein. Unter Fremden. In der Dunkelheit. Weit weg von zu Hause. Wer würde mich wohl retten?
Dann erblickte ich ein vertrautes Gesicht. Gott sei Dank! Es war jemand, den ich kannte. Er würde mir den Weg nach Burkinwell zeigen. Ich näherte mich ihm mit ausgestreckter Hand.
»Kennen wir uns nicht?« fragte ich – oder mein Mund versuchte zumindest, es zu fragen. »Ich bin Charles Castle, Ihr Name ist mir nicht mehr ganz – «
Einen Moment lang deutete nichts im Gesicht meines Gegenübers darauf hin, daß er mich erkannt hatte. Dann füllten sich seine Augen mit Überraschung, Angst und Wut.
In diesem Augenblick erkannte ich ihn auch: Paolo!
Ich hätte wegrennen sollen, aber ich war vor Angst wie

gelähmt. Paolos bestrumpfter Fuß schoß vor und erwischte mich in der Körpermitte. Ich fiel hintenüber gegen einen jungen Baum, der krachend unter meinem Gewicht zusammenbrach. Ich dachte im ersten Moment, es sei mein Rückgrat, das so gekracht hatte.

»Hilfe«, schrie ich. »Polizei!«

»Shorty«, schrie Paolo. »Holen wir ihn uns.«

Ich rollte über den Boden, sprang auf die Füße und begann zu laufen. Ich hörte, wie sich mehrere Männer schreiend und keuchend an meine Fersen hefteten. Ich brach in den Kreis der Zecher ein, die sich ums Feuer versammelt hatten. Brennende Hölzer flogen um meine Schienbeine. Weitere Verfolger schlossen sich der Menge an. Rufe wie »Haltet ihn! Faßt ihn!« erklangen und auch ein höchst alarmierendes »Tötet ihn!«

Ich versuchte, von den Lichtern des Zigeunerlagers wegzukommen. Bald schon rannte ich auf den Waldrand zu, meine Verfolger unmittelbar hinter mir. Während sie durch das Unterholz stürmten, fuhren sie mit ihrem Rufen und Schreien fort. Meine Augen versuchten, die Dunkelheit zu durchdringen, und ich erblickte ein bepflanztes Feld vor mir. Dies bedeutete, daß sich irgendwo in der Nähe ein Bauernhaus befinden mußte, dachte ich. Sicherheit! Ich sprang über einen niedrigen Zaun und begann, über das Feld zu laufen. Meine Verfolger blieben einer nach dem anderen zurück. Ich hörte, wie ihre Fußtritte leiser wurden. Irgendwo weit hinter mir lachte jemand und rief: »Laßt ihn entwischen!« Bald darauf hörte ich nur noch das Geräusch meiner eigenen Füße und meine gequälte Atmung.

Dennoch wagte ich es nicht, stehenzubleiben. Am Ende des Feldes sprang ich erneut über einen Zaun und fand mich in einem Garten wieder. Es gab dort Schuppen und

Schweineställe, Tröge und Hühnerkäfige. Ich lief immer noch weiter, fühlte mich aber sicher genug, um einen Blick über meine Schulter zurückzuwerfen.
Ich hätte besser darauf achten sollen, wohin ich lief.
Ich fiel in eine Grube. Es handelte sich um eine tiefe, trichterförmige Grube, die mit Kies gefüllt war. Ich rutschte auf einer kleinen Lawine aus Steinen und Erde und Kies bis auf den Grund. Unten stieß mein Kopf gegen etwas Hartes. Ich sah einen lilafarbenen Blitz. Dann sah ich nichts mehr.

Kapitel 16

Wie ich einer derben Behandlung unterzogen wurde

Das erste, was ich sah, war Licht. Unerträgliches Licht. Licht, das so grell war, daß ich fürchtete, es könnte meinen Schädel zerbersten und meine Augen erblinden lassen. Dann kam das Schwindelgefühl. Und nicht zu bändigende Übelkeit.

Jemand hielt mich fest. Ich wurde von vorne hochgezogen. Ich versuchte, in sein Gesicht zu blicken, aber alles, was ich sah, war die Sonne. Ein schreckliches, gleißendes Licht. Jemand anders griff von hinten nach meinen Händen. Ich fühlte, daß man mir ein Seil um die Handgelenke band. Möglicherweise habe ich sogar geschrien. Rauhe Hände schoben mich an der Seite der Grube nach oben. Es war keine leichte Aufgabe. Der Sand und der Kies gaben unter unseren Füßen nach, und wir rutschten immer wieder nach unten. Ich war mir zudem zeitweise nicht ganz sicher, wo oben und wo unten war. So krank war ich. Die Welt drehte sich. Ich übergab mich. Unterschiede wie oben und unten, stehen oder fallen, Leben und Tod hätte ich in dem Moment gar nicht empfinden können. Schließlich zogen mich meine Widersacher an den Handgelenken aus der Grube. Ich verlor erneut das Bewußtsein.

Es war ein barmherziges Vergessen. Nur wenige Eindrükke drangen zu mir durch. Meine Hände waren immer noch zusammengebunden, aber nun spürte ich, daß ich auf einem staubigen Holzboden lag, der stark nach Tier roch. Die Schatten zweier großer Männer, eingerahmt in ein glühendes Rechteck, erstreckten sich über die Planken. Ich konnte hören, daß sie sich über mich unterhielten. Offenbar waren sie wütend auf mich. Ich versuchte, mich zu verteidigen. Die Worte blieben jedoch unverständlich und verursachten einen weiteren Brechreiz. Am unangenehmsten waren die Fesseln, die in meine Gelenke schnitten. Ich weiß nicht mehr, wie lange ich gezwungen war, in derselben Haltung auf der Seite zu liegen. Jedes Mal, wenn ich mich übergab, schienen die Muskeln meines Oberkörpers zu zerreißen. Ich war nicht in der Lage, mein Gesicht von dem rauhen Boden zu heben. Jeder vorübergehende Schritt war wie ein Hammerschlag im Inneren meines Kopfes.
Und es kamen und gingen viele Schritte, während ich so dalag. Von Zeit zu Zeit bohrte sich ein Fuß in meine empfindliche Körpermitte, oder man überprüfte, ob ich wach war, indem man mein Kinn mit einer Schuhspitze in die Höhe hob. Beim Anblick meiner trüben, halbgeöffneten Augen ließ der Besitzer meinen Kopf jedoch wieder auf den Boden zurückfallen.
Was läßt sich aus all dem, was mir bis zu diesem Zeitpunkt zugestoßen war, lernen? Welchen Rat kann ich einem jungen Photographen nach all diesen Erfahrungen geben? Nun, zunächst einmal sollten Sie auf Reisen das Gerät für die Dunkelkammer immer in einem stabilen, gutgepolsterten Koffer transportieren. Man weiß nie, welche Gefahren einen unterwegs erwarten. Nehmen Sie dann nicht einfach die erstbesten Gepäckträger, die Sie

am Bahnhof treffen. Sehen Sie sich nach Trägern um, die Wert auf ein gepflegtes Äußeres legen – wer gut auf sich selbst achtgibt, wird wahrscheinlich auch gut auf Ihr Gepäck achtgeben. Was das Geschäftliche betrifft: Empfangen Sie nie jemanden, der ohne Terminabsprache kommt. Sollte trotzdem so jemand bei Ihnen auftauchen und sich gewalttätig benehmen, setzen Sie ihn vor die Tür. Lassen Sie sich nicht einschüchtern. Was wäre das für eine Welt, wenn wir jedes Mal, sobald ein Rüpel seine Fäuste hebt, nachgeben würden? Üben Sie sich in Plauderei. Plaudern Sie mit Leuten auf der Straße, in Geschäften, auf Festen und bei anderen gesellschaftlichen Anlässen. Auf diese Weise werden Sie sich die gesellschaftlichen Fertigkeiten aneignen, die so wesentlich für einen Erfolg in diesem Geschäft sind. Zahlen Sie pünktlich Ihre Rechnungen. Haben Sie ein Auge auf praktische Dinge. Und überlassen Sie nicht zu viele der wichtigen Arbeiten Ihrem Assistenten. Und zu guter Letzt: Lassen Sie sich nicht zu sehr von den Ideen berühmter oder mächtiger Personen beeindrucken. Wir Menschen sind seltsame Kreaturen. Die verwegendsten Ideen können sich in unseren Köpfen festsetzen, sich dort einnisten und alle Gedanken, Träume und jegliche Urteilungsfähigkeit in einer Weise beherrschen, daß die Realität nur noch ein Schattenreich ist, in der allein diese eine Idee mit strahlender Kraft alles andere überragt.

Ich weiß nicht, wie lange ich auf diesem dreckigen Boden gelegen habe. Mein letzter Eindruck dieser Szenerie war das Geräusch vieler neuer Schritte. Ich hörte neue Stimmen, von denen nicht alle barsch klangen – manche waren sogar freundlich. Hände machten sich an den Fesseln meiner Hand- und Fußgelenke zu schaffen. Als sie endlich gelöst waren, schnellte mein ganzer Körper wie ein Bogen nach vorne und nahm instinktiv eine Stellung ein, die in Leonardos Notizbüchern so meisterhaft wiedergegeben worden ist: die Embryohaltung. Und so schlief ich dann für eine lange, lange Zeit.

Zweites Buch

Kapitel 17

Wie ich erwachte

Dunkelheit umhüllte mich. Aber es war keine vollkommene Finsternis. Lichtgestalten, die sich aus dem Gewirr meiner Träume lösten, patrouillierten entlang der tiefen, dunklen Gräben des Vergessens. Wären diese vagen, gespenstischen Illusionen, diese belanglosen Lichter alles gewesen, was von mir übriggeblieben war, so hätten die Wachen, die den letzten Außenposten meines Bewußtseins besetzt hielten, wohl ihren Dienst quittiert, ihre Helme weggeworfen und ihre Gewehre auf dem Weg nach Hause hinter sich her durch den Schnee gezerrt. Glücklicherweise gab es aber noch ein anderes Licht, einen tiefen, satten, rosafarbenen Glanz, der in weiter Ferne hinter meinem versiegelten, klebrigen Lidrand aufzog. Dieses Licht durchdrang mit seinen gold-, pfirsich- und bernsteinfarbenen Schattierungen langsam das Dunkel, zog mich vorwärts und lockte mich mit dem Versprechen eines neuen Anfangs auf neuem Boden aus den Höhlen meines Schlafes hervor. Ich war nicht länger auf dem furchterregenden, mit Leichnamen bedeckten Friedhofshügel eines vormals gelebten Lebens gefangen, sondern durfte eine glatte Leinwand betreten, auf deren strahlender Weite die Tragödien und Verwir-

rungen des Lebens wie dahingleitende Schatten vorüberzogen, ein letztes Mal aufflackerten und dann verschwanden, ohne das blasse, unzulängliche Rechteck einer Kinoleinwand zurückzulassen, die, trüb beleuchtet, hinter den Schultern eines mit scharrenden Schritten davonziehenden Publikums schwebt. Was blieb, war eine gewölbte Kuppel, blank, wie nur jene Zufriedenheit blank sein kann, die der Bilder des Verlangens beraubt ist. Licht, so wie man Licht in Erinnerung hat, bevor man sich auf die Suche nach Schatten macht, so, wie es jemandem vorkommen mag, der es sich im Herzen einer makellosen Perle bequem gemacht hat, die wiederum zu einer Kette gehört, welche von ihrer Besitzerin auf nachlässige Weise über einen auf dem Schminktisch neben dem geöffneten Fenster stehenden Schmuckkasten gelegt worden ist.
Ich öffnete meine Augen und fand mich in einem fremden Bett in einem fremden Zimmer wieder. Ich lag auf dem Rücken. Mein Körper war mit einer blauen Decke zugedeckt. Der Saum eines frischen, weißen Lakens blitzte ein paar Zentimeter unter meinem Kinn hervor. Ich trug einen fremden Schlafanzug.
Ich versuchte, meinen Kopf zu heben. Der Schmerz war ungeheuerlich. Ich ließ mich wieder aufs Kissen zurückfallen und blickte geradeaus, über die Hügel hinweg, die meine Füße unter der Decke bildeten. Hinter diesen Fußhügeln konnte ich das einzige Fenster des Raumes erkennen – ein schmales Quadrat mit einem Mittelpfosten, das in die weißgewaschene Wand eingelassen war und ein längliches Rechteck gelben Sonnenlichts direkt auf meine Brust warf. Durch das Glas erblickte ich Bäume, deren sich sanft hin- und herbewegende Blätter die Form eines V bildeten, das bis zum Rand gefüllt war mit einem leuch-

tenden, blauen Himmel. Wolken, die an blühende Sträucher erinnerten, bauschten und blähten sich auf. Ungeheuer rote Blumen, die nahe am Fenster wuchsen, preßten sich wie neugierige Fische gegen das Glas.
Es war eine Vision. Spröde, mit der harten Kante der Realität versehen und dennoch weich, als würde man sie durch einen Nebel milchiger Lumineszenz betrachten. Es war eine Vision, die eine genauere Betrachtung nicht mit den zerfetzten, fadenscheinigen Details zurückzahlt, die einem ersten, oberflächlichen Blick verborgen bleiben, sondern sie mit noch reichhaltigeren Schatten, noch tieferen Farben und schwer erfaßbaren Entfernungen belohnt.
Ich war kein Narr und unterließ es, das, was ich vom Raum und von der Landschaft draußen erkennen konnte, zu werten. Ich wunderte mich nicht und stellte mir auch keine Fragen, sondern lag einfach da und genoß es, ohne auch nur den Hauch eines Zweifels, daß ich tatsächlich dort war und auch dort hingehörte.
An einer Wandseite befand sich eine Tür aus rohem Holz, an deren Rahmen oben ein Kruzifix genagelt war. Während ich so dalag, wurde die Tür geöffnet, und ein kleines Mädchen betrat das Zimmer. Es war ein ausgesprochen hübsches, blondes Kind. Sie trug einen Arm voll Bettlaken zu einem Stuhl, der auf der anderen Seite des Raums stand. Sie schaute nicht zu mir herüber. Sie summte leise vor sich hin und schien in eine eigene Welt versunken zu sein.
»Also«, sagte ich, »dies muß wohl der Himmel sein. Und du bist ein Engel.« Leider kam es nicht so heraus, wie ich es beabsichtigt hatte. Mein Zustand bewirkte, daß sich die Worte ungefähr so anhörten: »Ahoh, dis um wo Hims. U dubisn Enk.«

Sobald sie meine Stimme hörte, drehte sich das Mädchen blitzschnell zu mir um und ließ die Laken fallen. Sie starrte mich einen Augenblick lang an und schrie dann: »Daddy!«
Ich schloß meine Augen. Eine Armee betrat den Raum. Oder zumindest hörte es sich so an, als würde eine Armee mit schweren Stiefeln so laut wie nur möglich zur Tür hereingestampft kommen. Ich öffnete meine Augen und hob den Kopf, so weit ich konnte. Keine Armee, nur vier Leute, von denen mir drei bekannt waren.
Eine Besucherin war Linda Drain, die schnell an die Seite meines Bettes eilte. Sie beugte sich vor und strich wie eine fürsorgliche Mutter die Decke über meinen Schultern glatt. Ihre Arme, die Hände und ihr lächelndes Gesicht bewegten sich einmal durch mein Gesichtsfeld und verschwanden dann wieder. Ich rollte meine Augen nach unten und blickte zum Fußende meines Bettes, wo ihr Mann stand. Die Arme hatte er vor der Brust verschränkt. Die Lippen waren gespitzt. Insgesamt machte er den Eindruck klerikaler Mißbilligung.
Hinter Reverend Drain stand eine große, dürre Gestalt, die ich als Brian Templeton identifizierte, den ich schon in der Kirche gesehen hatte. Seine Augen blitzten mit einem unnatürlichen Strahlen, als er auf mich hinunterblickte. Ein strubbeliger Haarschopf, der an einen Wattebausch erinnerte, fiel ihm in die Stirn.
Der vierte Besucher war ein junger Mann, der sich gerade ein Stethoskop um den Hals hängte.
»Na, na, na«, sagte er, während er sich auf die andere Seite des Bettes zubewegte. »Sind wir endlich aufgewacht?«
Ich versuchte, mich auf meine Ellenbogen zu stützen. Schmerz schoß wie ein Blitz durch meinen Kopf. Ich fiel wieder aufs Bett zurück.

Linda legte eine Hand auf meinen Arm.
»Zwingen Sie ihn nicht, zu reden, Dr. Pride«, sagte sie. Dann schaute sie mir ins Gesicht. »Reden Sie nicht.«
»Ich werde versuchen, es zu vermeiden«, erwiderte ich. Die Worte kamen überraschend deutlich heraus.
Reverend Drain kreuzte seine Arme und trat einen Schritt nach vorne. »Ha«, sagte er. »Hört sich für mich an, als sei er in Ordnung.«
Der Arzt lachte in sich hinein. »Das wollen wir erst einmal sehen«, sagte er. »Er hat eine Kopfverletzung. Möglicherweise eine Gehirnerschütterung. Schlimmere Komplikationen sind möglich. Solche Dinge lassen sich bei einer Untersuchung nie feststellen. Nicht, daß ich mit so etwas viel Erfahrung hätte. Nun ja, ich habe ein wenig Erfahrung. Ich möchte, daß Sie mir voll und ganz vertrauen, Mr. Castle. Es ist sehr wichtig, daß Sie mir Ihr ganzes Vertrauen schenken.«
Ich hatte kein Vertrauen zu ihm. Zum einen war er jung – wie Detective Cubb im Polizeihauptquartier. Zum anderen konnte ich aus seinen nervös hin- und hereilenden Augen ablesen, daß er keine Ahnung hatte, was er mit mir anfangen sollte.
»Lassen Sie mich einmal in Ihre Augen sehen«, schlug er vor. »Folgen Sie meinem Finger. In diese Richtung und jetzt in diese Richtung. Ein Streichholz? Hat irgend jemand ein Streichholz? Ah, ja. Ich habe eins in meiner Tasche. Schon gut. Oh, ich wußte gar nicht, daß Sie rauchen, Mrs. Drain. Also los jetzt, Mr ... Wie ist Ihr Name? Castle? Also los jetzt, Mr. Castle – autsch!«
Das rauchende Streichholz flog ihm aus den Fingern. Linda bückte sich und schnippte es von der Bettdecke hinunter.

»Okay, ich werde ein neues anzünden«, verkündete der Arzt und schwenkte es vor meiner Nase herum. »Hmmm, scheint in Ordnung zu sein. Aber was läßt sich schon Sicheres über Kopfverletzungen dieser Art sagen? Sie können einem wahrlich Rätsel aufgeben. Das haben wir im Krieg gelernt. Nicht, daß ich im Krieg gewesen wäre. Ich war zu jung. Nicht, daß ich keine Ahnung von dem hätte, was ich hier tue...«

Ich hatte das dumpfe Gefühl, daß es gefährlich war, passiv herumzuliegen, während man sich in der Obhut dieses Mannes befand. Trotz der Tatsache, daß es schmerzhaft war, versuchte ich also, mich in eine sitzende Position zu erheben. Ich tat dies langsam aber beharrlich. Alle protestierten, aber mein Entschluß stand fest. Linda half mir, hob das Laken und verschob sanft das Kissen unter meinem Kopf. Reverend Drain rührte sich unten am Fußende nicht von der Stelle. Seine Arme blieben verschränkt. Der mißbilligende Ausdruck auf seinem Gesicht vertiefte sich. Ich warf ihm das schönste Lächeln zu, das ich unter diesen Umständen zustande brachte, während seine Frau mir das Kissen in den Nacken stopfte. Mein Lächeln veranlaßte ihn zu sagen: »Die größte Schande ist, daß Sie noch so jung sind.«

»Oh, Tom«, warf seine Frau protestierend ein.

»Das ist meine Meinung«, beharrte Drain. »Einen jungen, gesunden Körper auf diese Weise zu mißbrauchen. Es ist eine Sünde gegen Gottes Schöpfung. Unser Körper ist Gottes Geschenk an uns, und wir sind verantwortlich dafür, daß dieses Geschenk nicht verschwendet wird. Es ist schlimm genug, wenn wir Engländer es tun, aber von einem Amerikaner hätte ich das nie erwartet. Ich habe mir die Amerikaner immer vital, energiegeladen und stark vorgestellt. Diese Schwäche überrascht mich.«

»Ziehst du nicht voreilige Schlüsse?« erkundigte sich Linda.
»Es ist sehr schwer, dies nicht zu tun«, entgegnete Drain. »Aber ich lasse mich gerne korrigieren.«
Er blickte zu mir hinüber. Aber ich sah mich außerstande, ihn zu korrigieren. Was hatte ich getan? Wie war ich hierhergekommen? Ich war darauf vorbereitet, daß ich irgendeine skandalöse Tat vollbracht und diese dann aus meinem Gedächtnis gestrichen hatte.
»Ich erinnere mich an nicht sehr viel«, sagte ich. »Aber ich entschuldige mich für alles, was ich möglicherweise getan habe, falls ich etwas getan haben sollte. Ich hoffe nur, daß niemand verletzt wurde oder wenn doch, daß es nichts Schwerwiegendes ist. Wo bin ich hier übrigens?«
»Sie sind in meinem Haus«, antwortete Brian Templeton und trat vor.
Was für eine seltsame Stimme aus diesem angespannten, bleichen Gesicht! Sie war hoch, angestrengt und asthmatisch. Er biß zwar nicht ständig die Zähne zusammen, aber seine Stimme erweckte diesen Eindruck.
»Ich bin Brian Templeton«, stellte er sich vor. »Der Reverend und Mrs. Drain haben es so eingerichtet, daß Sie hier bleiben konnten.«
»Vielen Dank«, erwiderte ich. »Sehr freundlich.«
»Kein Grund, sich zu bedanken«, entgegnete er und wedelte mit seiner gespenstisch weißen Hand. »Ich werde dafür bezahlt.«
»Von wem?« Ich versuchte, mich höher aufzusetzen. Aber erneut zwang mich der Schmerz zurück.
»Machen Sie sich keine Sorgen«, beruhigte mich Linda. »Die Kirche kümmert sich durch den St. Anastansias' Wandererfonds um alles. Er stammt noch aus dem – wann war das, Tom? Dem Sechzehnten Jahrhundert? Er zahlt

für kranke oder verletzte Reisende, die im Haus eines Gemeindegliedes versorgt werden, bis sie sich wieder erholt haben. Sie und Brian sind die ersten Nutznießer seit über hundert Jahren, wenn mich nicht alles täuscht.«

Reverend Drain nickte. »Sie können sich bei Linda bedanken. Der Fonds war mehr oder weniger in Vergessenheit geraten. Sie haben Glück, daß sie vor einigen Monaten, als sie einige alte Akten durchsah, auf die Urkunde gestoßen ist.«

»Er fiel mir sofort ein, als ich hörte, daß Sie gefesselt in Klempers Scheune liegen.«

Ich unterbrach sie mit einer Handbewegung. »Wie kam es«, erkundigte ich mich, »daß ich gefesselt in Klempers Scheune lag?«

»Wir hatten gehofft, daß Sie uns das sagen könnten«, erwiderte Drain.

»Er muß uns gar nichts erzählen«, mischte sich Linda ein. »Mr. Castles Privatangelegenheiten sind seine Sache.«

»Ich erinnere mich an nicht àllzuviel«, sagte ich. »Wer sind die Klempers?«

»Ein Bauer und sein Sohn«, antwortete Linda. »Sie waren nicht sehr erbaut von Ihnen.«

»Was habe ich angestellt?«

»Sie haben Sie in einem Loch gefunden, das sie gegraben hatten, um eine, äh, Senkgrube anzulegen. Offenbar waren Sie nicht der erste. Sie hatten wohl schon vorher Schwierigkeiten mit Eindringlingen. Betrunkene aus dem Zigeunerlager. Nicht, daß ich damit sagen will, daß Sie betrunken waren. Oder daß Sie aus dem Zigeunerlager gekommen sind.«

Ich ging auf diese Punkte in meiner Antwort nicht ein. »Wie bin ich hierhergekommen?« fragte ich.

»Die Klempers riefen die Polizei. Constable Walsmear

kam vorbei, um Sie abzuholen. Dann rief er uns an. Irgendwie wußte er, daß wir Sie kennen. Ich schlug ihm vor, den Klempers auszureden, Sie ins Gefängnis stecken zu lassen, und dann machte ich Tom den Vorschlag, den Wandererfonds zu nutzen, um Ihnen zu helfen.«

»Wie lange ist das her?«

»Sie haben hier zwei Tage bewußtlos gelegen.«

»Mein Gott. Aber ich fühle mich, als hätte ich kaum geschlafen. Und mein Kopf – «

An dieser Stelle unterbrach uns der junge Doktor. »Es tut mir für alle Anwesenden sehr leid«, sagte er. »Aber nun möchte ich unseren Patienten doch etwas genauer untersuchen.«

»Kommt, lassen wir sie allein«, sagte Drain und führte seine Frau und Brian aus dem Zimmer.

Der Arzt summte und schnalzte mit der Zunge, während er eine scheinbar gründliche Untersuchung vornahm. Verschiedene Teile meiner Anatomie wurden betastet und abgeklopft.

»Alles in Ordnung, alter Junge«, sagte er. »Nur ein kräftiger Kater, würde ich sagen.«

»Ein zwei Tage dauernder Kater?«

»Hätte schlimmer enden können, wissen Sie. Viel schlimmer sogar. Diese Zigeunermädchen klauen Ihnen einfach alles. Sogar Ihre Kleidung. Mein Rat ist, gehen Sie in einer Gruppe hin. Das tue ich immer. Sie haben Ihren Spaß und sind doch sicher.« Er blinzelte mir zu, stand auf und räusperte sich kräftig. »Wenn noch jemand draußen sein sollte, kann er jetzt wieder hereinkommen.«

Templeton, Drain und Linda betraten erneut das Zimmer. Linda kam an meine Seite herüber. Sie lächelte auf mich herab, und für einen kurzen Augenblick zeigte sich ein matronenhaftes Doppelkinn.

»Nun, wie geht es ihm?« wollte Drain wissen. Er klang ungeduldig. Wahrscheinlich wollte er bei diesem schönen Wetter noch an die Luft und einen Lauf unternehmen. Ich konnte es ihm nicht verübeln.
»Im Grunde ist er gesund«, verkündete der Doktor. »Aber er hat diese böse Beule an seinem Kopf. Also würde ich empfehlen, daß er noch einige Tage lang nicht aufsteht und Aufregung vermeidet. Die Zeit allein wird uns verraten, ob eine Gehirnerschütterung vorliegt.«
»Sollte man ihm irgend etwas verabreichen?« fragte Linda.
»Bettruhe«, erwiderte der Doktor.
»Voilà«, sagte Linda. »Und wie sieht es mit dem Wechseln des Verbandes aus?«
Verband? Ich griff mir an den Kopf. Ein Verband war um meine Stirn gewickelt. Wo war denn die Beule? Ich tastete meinen Hinterkopf ab. Autsch! Da war sie.
»Das werde ich nicht übernehmen«, sagte Templeton. »Ich bin keine Krankenschwester. Sie bezahlen mich nur dafür, daß ich ihn hierhalte und ihn mit Essen versorge. Nicht, um seine Verbände zu wechseln.«
»Oh, um Himmels Willen, Brian«, erwiderte Linda. »Ich werde vorbeikommen und es machen.«
»Das wird nur noch ein paar Tage nötig sein«, erklärte der Doktor.
»Also dann, jetzt, wo wir wissen, daß es Mr. Castle besser geht, können wir ja gehen.« Das kam von Reverend Drain, der den Arm seiner Frau nahm und ihre Hand tätschelte.
»Natürlich«, erwiderte Linda lächelnd. »Ich werde morgen nach Ihnen sehen, Mr. Castle.«
»Vielen Dank für alles«, rief ich ihnen nach, als sie das Zimmer verließen.

Nur Brian Templeton blieb zurück. Er stand auf unsicheren Beinen und blickte mich aus seinen rotumrandeten Augen an. Er griff sich ins Haar und zog es nach oben – eine Gewohnheitsgeste, die dafür verantwortlich war, daß seine Stirnhaare ihre aufrechte Haltung beibehielten.

»Das alles hier ist wirklich sehr freundlich von Ihnen«, begann ich.

»Überhaupt nicht freundlich«, zischte er durch seine zusammengepreßten Zähne. »Ich werde dafür bezahlt. Das habe ich Ihnen doch gesagt.«

»Ich werde das Geld natürlich zurückzahlen.«

»An wen?«

»An die Kirche«, antwortete ich. »Es steht mir nicht zu, dieses Geld zu beanspruchen. Es ist für wohltätige Zwekke gedacht.«

»Ach, aber ich kann es, ja? Ich bin wohl ein Fall für die Wohlfahrt?«

»Sie sind kein Fall für die Wohlfahrt«, erwiderte ich. »Sie erbringen eine Leistung und werden dafür bezahlt. Aber wenn Sie es so sehen wollen – «

»Bewegen Sie sich nicht.« Er drohte mit seinen langen, dünnen Fingern. »Nicht aufstehen. Der Doktor hat angeordnet, daß Sie nicht aufstehen sollen.« Templetons Stimme kletterte fast zu einem Kreischen in die Höhe.

»Ich möchte Sie nicht beleidigen.«

»Nein, nein, nein«, sagte er. »Ich bin selbst etwas kränklich, wissen Sie. Ich bin oft nicht sehr ausgeglichen. Sie müssen sich keine Gedanken machen. Wir werden uns gut um Sie kümmern. Die Mädchen werden Sie pflegen. Sie pflegen mich auch schon so lange. Ja. Für die längste Zeit ihres Lebens ist dies ein Haus der Krankheit gewesen. Ich bin ein sehr kranker Mann.«

Wenn man ihn näher betrachtete, war diese Selbsteinschätzung unbestreitbar richtig. Bei seinem kränklichen, grauen Gesicht, seinen rheumatischen Augen assoziierte man unweigerlich Krankenhäuser, Sanatorien und andere Orte des Dahinsiechens und des Verfalls.
»Meine Köchin wird Ihnen Ihre Mahlzeiten bringen«, sagte er. »Wir werden uns bemühen, daß Sie gut betreut werden.« Er strich sich mit einer schlaffen Hand über die Stirn. »Wie ich sehe, sind Sie müde. Ich werde der Köchin Bescheid geben, daß sie Ihnen das Abendessen bringt.« Er wandte sich um und schleppte sich aus dem Zimmer.
Ich für meinen Teil war nicht in der Lage, über das, was er gesagt hatte, nachzudenken. Genausowenig, wie ich imstande war, über meine Situation nachzugrübeln. Mein Kopf hämmerte wie eine Stahlpresse. Der Schmerz blendete alles aus. Nur das Verlangen nach Schlaf blieb. Sobald er zur Tür hinaus war, drehte ich mich auf meinem Kissen zur Seite und überließ mich dem Vergessen.
Und das war das Muster, nach dem die nächsten Tage abliefen. Ich wachte auf, bekam fürchterliche Kopfschmerzen, trank ein wenig Tee, nahm etwas Brot und ein paar Schluck Suppe zu mir, fühlte mich besser, schlief wieder ein und erwachte aufs neue mit schmerzendem Kopf. Mit der Zeit wurden die Abstände, in denen ich wach blieb, immer länger. Der Schmerz in meinem Kopf war kein pelziges, monströses Ding mehr, das jeden Zentimeter meiner Existenz in Besitz nahm. Er schrumpfte zu einem kleinen, handlichen Knoten zusammen. Und dieser lockerte sich jeden Tag ein wenig mehr.
Der Arzt verschrieb mir weiterhin Bettruhe. Die Zeiten, in denen ich sie genießen konnte, wurden immer häufiger.

Brian Templeton behielt sein irritierendes Verhalten in meiner Gegenwart bei, aber ich hatte den Eindruck, daß ich nicht unbedingt eine unerträgliche Belastung für den Haushalt war. Zum einen erhielt er durch die ganze Sache ein bißchen Geld. Und die Notwendigkeit, für einen Fremden zu sorgen, der bettlägerig war, hatte dem kleinen Haushalt eine heilsame Ordnung und eine gewisse Zielrichtung eingebracht. Aus den unterschiedlichsten Beobachtungen – eingeschlossen das Geschwätz der freundlichen, alten Köchin – folgerte ich nämlich, daß die Templetons vor meiner Ankunft ein recht zielloses Leben geführt hatten.

Die Mädchen waren beispielsweise daran gewöhnt, bis spät am Abend aufzubleiben. Mit mir als krankem Gast konnten sie allerdings nach acht Uhr keinen Lärm mehr veranstalten. Dies machte ihre Abende so langweilig, daß sie sich angewöhnten, zu Bett zu gehen, wenn ich mich schlafen legte, und pünktlich zum Frühstück aufzuwachen. Und da es ihnen gefiel, die Mahlzeiten mit mir einzunehmen, kamen sie auch noch in den Genuß regelmäßiger Essenszeiten. Aus dem Chaos erwuchs Ordnung.

Trotz all seines Geredes über seine Krankheit war Brian Templeton viel auf den Beinen. Er nahm die Mädchen sogar mit in die Stadt und kaufte ihnen neue Kleider. Sie platzten aufgeregt in mein Zimmer und führten sie mir vor. St. Anastansias' Wandererfonds begann, ihr Leben zu verändern.

Eines Tages, als der Doktor kam, um nach mir zu sehen, fragte ich ihn nach Brian Templeton. (Zu der Zeit war ich schon wieder so weit genesen, daß ich in einem Sessel sitzen konnte.)

»Er betont immer wieder, daß er ein kranker Mann sei«, sagte ich. »Worunter leidet er denn genau?«

»Hohoho«, lachte der Doktor. »Diese Art von Information ist vertraulich. Ich kann nicht über meine Patienten reden.«
»Oh, also ist er bei Ihnen in Behandlung?«
»Nein – eigentlich nicht. Im Grunde behandelt er sich selbst. Bekommt irgend so eine exotische Medizin per Post. Überwiegend Betäubungsmittel.«
»Also ist er nicht Ihr Patient?«
»Nie gewesen.«
»Dann wissen Sie also gar nicht, was mit ihm los ist?«
»Oh, jeder weiß, was mit ihm los ist. Das können Sie unten im *Starry Night* erfahren.« Der Doktor ließ seine Tasche zuschnappen. »Nein, Sir«, fügte er im Hinausgehen hinzu. »Von mir werden Sie nicht erfahren, daß Brian Templeton an Syphilis leidet.«
»Welches Stadium?«
»Von mir werden Sie nichts erfahren.« Er trat zur Seite, um Anna und Clara durchzulassen, die ins Zimmer gerannt kamen. »Bis zum nächsten Mal, Mr. Castle.«
»Lesen Sie uns etwas vor, Mr. Castle«, bat Anna und ließ eine Ausgabe des *Journal Of The Edinburgh Philosophical Society* in meinen Schoß fallen.
»Oh, ich kann mir nicht vorstellen, daß Euch das hier gefallen würde«, gab ich zu bedenken. »Das ist ziemlich trockenes Zeug.«
Beide Mädchen griffen nach den Seiten und bemühten sich ernsthaft, den Feuchtigkeitsgehalt des Heftes abzuschätzen.
»Könnten Sie besser lesen, wenn es etwas nasser wäre?« erkundigte sich Anna.
Templetons Versprechen, daß mich Anna und Clara »pflegen« würden, erfüllte sich insofern, als die beiden dabei behilflich waren, mein Essen zu bringen und mir

frische Blumen ans Bett stellten. Außerdem sorgten sie immer dafür, daß die Wasserkanne an meinem Bett gefüllt war. Und sie leisteten mir Gesellschaft.
Anna war die Ältere. Sie war ein großes, verträumtes Mädchen, das viel Zeit damit verbrachte, aus dem Fenster zu starren und Bilder auf jedes Stückchen Papier zu malen, das ihr in die Hände fiel. Clara dagegen war ein richtiges Temperamentsbündel. Sie war kleiner und kräftiger gebaut als ihre Schwester und liebte geräuschvollen Spaß, bei dem sie herumtollen konnte, und Spiele, die es notwendig machten, daß sie sich verkleiden und ihre Kostümierung präsentieren durfte.
Gewöhnlich komme ich nicht gut mit Kindern zurecht (ich selbst bin ohne Brüder oder Schwestern aufgewachsen), aber genauso, wie mich Annas und Claras Photographien verzaubert hatten, so eroberten sie nun in Fleisch und Blut mein Herz. Ihre unschuldige Empfänglichkeit, mit der sie alles um sich herum aufnahmen, entzückte mich. Und obwohl mir bewußt war, daß ich manchmal eine allzu steife und formelle Person bin, hatten die Templeton-Mädchen überhaupt keine Schwierigkeiten, mich in ihr Treiben einzubeziehen und einen passenden Spielkameraden aus mir zu machen.
Annähernd die einzige Erwachsenen-Rolle, die ich übernahm, bestand darin, ihnen etwas vorzulesen. (Mein Akzent belustigte beide Mädchen gleichermaßen. Clara behauptete, ich spräche wie eine Ente – wenn Enten sprechen könnten.) Sie schleppten alle möglichen Sachen an, die ich ihnen vorlesen mußte. Außer dem *Journal Of The Edinburgh Philosophical Society* verlangten die Mädchen zu verschiedenen Zeiten von mir, ihnen etwas aus Cootes *Principles Of Motion* vorzulesen und aus Walds Ausführungen über Besteuerung sowie aus Richardsons

dreibändigem Werk *Clarissa*. Sie kümmerten sich nicht um meine warnenden Worte, wenn ich ihnen prophezeite, daß sie ein bestimmtes Buch wohl nicht interessieren würde. Erst, nachdem ich ein oder zwei Seiten gelesen hatte, griff für gewöhnlich Clara nach dem Buch in meinem Schoß, klappte es zu, warf es zur Seite und reichte mir ein anderes.

Die Geschichten, die ihnen gefielen, waren diejenigen, von denen man das auch erwartete. Schneewittchen. Das Mädchen mit den Zündhölzern. Die ganzen alten Schätze. Ich erfand sogar selbst Geschichten aus dem Stegreif und dachte mir meine eigene Version der Meister-Lampe-Geschichten aus, an die ich mich noch aus meiner eigenen Kindheit erinnerte. Und natürlich Tom Sawyers Reise mit Indianer Joe auf einem Floß den Mississippi hinunter – die ich auswendig kannte.

Hin und wieder tauchte bei dem ganzen Geschichtenerzählen auch das Thema Elfen auf. Es tauchte auf – und verschwand wieder.

Ich fragte die Mädchen nie nach den Elfen aus, erkundigte mich nie nach den Feenkleidern oder den Photographien. Ich weiß, dies scheint nur schwer vorstellbar, da es mein einziger Grund gewesen war, nach Burkinwell zu kommen und die Feen der geheime Antrieb all meiner inbrünstigsten Wünsche waren. Aber ich verspürte seltsame, fast moralische Bedenken, die Mädchen danach zu befragen. Manches Mal raffte ich mich innerlich dazu auf, dieses – unter den gegebenen Umständen – etwas heikle Thema anzusprechen. In solchen Momenten war ich fest entschlossen, die Mädchen bei der nächsten sich bietenden Gelegenheit so ausführlich wie nur eben möglich über die Feen auszufragen – besser noch, ich nahm mir vor, eine solche Gelegenheit selbst zu schaffen. Aber

sobald Anna und Clara in mein Zimmer traten, begann meine Entschlossenheit zu schwinden, denn ich hatte einen Blick auf ihre Gesichter geworfen, die so voller Vertrauen und Naivität waren.
Die Art und Weise, wie ich in ihr Haus gelangt war, bestimmte wohl den Charakter unseres Verhältnisses zueinander. Ich war ein Gast (obwohl, genau besehen, die Kirche meinen Aufenthalt bezahlte). Als ich meinen Besuch in Burkinwell geplant hatte, was ja noch in London geschehen war, war ich davon ausgegangen, ein anderes Verhältnis zu Brian Templeton und den Mädchen aufbauen zu können. Ein eher geschäftliches Verhältnis, auf beiderseitigem Respekt beruhend, aber auch von beiden Seiten mit gewissen ausbeuterischen Absichten versehen. Nun allerdings, da ich die Gastfreundschaft ihres Vaters genoß, konnte ich nicht mehr mit gutem Gewissen meiner ursprünglichen Motivation – finanziellen Nutzen aus der Sache zu ziehen – nachgeben. Später, dachte ich, wenn ich nicht mehr unter ihrem Dach leben und wieder zurück im *Starry Night* wäre – würde es eine ganz andere Situation sein.
Nur ein einziges Mal, während ich bei den Templetons weilte, ergab es sich, daß das Thema Feen in fiktivem Zusammenhang ausführlicher zur Sprache kam. Es geschah an einem Tag, an dem ich mich körperlich und geistig so gut fühlte wie schon lange nicht mehr. Ich saß angekleidet in einem Schaukelstuhl und las in einem alten Liebesroman. Die Mädchen tauchten mit gebieterischen Mienen rechts und links von mir auf, ließen eine illustrierte Zeitschrift auf das Buch in meinen Schoß fallen und verlangten, daraus etwas vorgelesen zu bekommen. Wie immer, gehorchte ich ihnen gerne und folgte ihren Anweisungen, wirklich alles zu lesen, inklusive der Bild-

unterschriften, der Hüfthalterreklame und der Inhaltsangabe. Wir kamen an eine Stelle, wo für Tomilsons Pralinen geworben wurde – jene Anzeige, in der ein schlankes Mädchen mit Libellenflügeln und in einem Kleid aus Gaze einer eleganten Dame »Tomilsons« ins Ohr flüstert.

»Und diese Elfe sagt der Dame ›Tomilsons‹ ins Ohr.« Halb las ich es, halb erzählte ich es ihnen.

Ich ging zur nächsten Seite über – irgendein Bericht über eine Jagdgesellschaft –, aber die Mädchen begannen, sich über die Reklame zu unterhalten.

»Sie kann nicht sprechen«, behauptete die beherzte Clara.

»Das stimmt überhaupt nicht.«

»Doch, das stimmt«, sagte Anna. »Es steht in dem Heft. Es stimmt.«

»Wer kann nicht sprechen?« erkundigte ich mich.

»Elfen können nicht sprechen«, machte Clara erneut geltend.

»Es steht doch in dem Heft«, wiederholte Anna und bat mich mit ihren Augen um Hilfe.

Aber meine Antwort enttäuschte sie. »Nicht alles, was in einer Zeitschrift steht, ist wahr, Anna«, sagte ich. »Besonders nicht, wenn es sich um eine Reklame handelt.«

»Vielleicht gibt es ein paar Elfen, die sprechen können«, wandte sie ein.

»Sie sprechen nicht«, beharrte Clara. »Nicht mit Menschen.«

»Vielleicht«, sagte Anna, »sprechen sie miteinander.«

Dieser Austausch endete vorübergehend in Schweigen. Anna und Clara starrten sich über meine Knie hinweg an.

Ich beschloß, das Thema ein wenig auszuweiten. »Möglicherweise sprechen sie miteinander, wie Katzen und Hunde miteinander sprechen.«
Das ließ die Mädchen wieder munter werden.
»Katzen und Hunde können sprechen?« fragte Anna.
»Nicht mit dem Mund. Aber ich bin sicher, daß Ihr schon einmal gesehen habt, daß Katzen oder Hunde förmlich ineinanderrennen und sich gegenseitig an den Nasen beschnüffeln.«
»Das ist nicht Sprechen.«
»So unterhalten sie sich aber«, erwiderte ich. »Oder nehmt zum Beispiel Bienen. Sie unterhalten sich, indem sie sich gegenseitig an den Fühlern berühren und aneinander stoßen.«
»Komm, wir unterhalten uns durch Rempeln!« sagte Anna, kroch um meinen Stuhl herum und ließ sich auf ihre Schwester fallen.
»Ich bin eine Biene«, erklärte Clara und stieß ihren Kopf gegen Annas Brust.
Sie fielen kichernd zu Boden.
Ich klopfte Anna auf die Schulter. »Tu so, als seiest du eine Elfe«, schlug ich ihr vor. »Wie würdest du dann sprechen?«
»Neeeiiiiin«, rief sie. »Ich bin keine Elfe.«
»In einem Haus gibt es keine Elfe«, erklärte Clara.
»Warum nicht?« fragte ich.
»Häuser sind für Menschen.« Sie ballte ihre Hand zur Faust und schlug mich auf den Arm. »Wissen Sie das denn nicht?«
»Könnte eine Elfe nicht aus Versehen hineingelangen?«
»Wie denn?«
»Vielleicht könnte sich eine durch das offene Fenster verirren. Wie eine Biene.«

Clara wurde plötzlich sehr ernst. »Eine Biene war einmal in der Küche«, sagte sie und legte eine Hand auf mein Handgelenk. »Sie suchte nach Marmelade. Das hat die Köchin gesagt. Sie flog um den Tisch herum.«
»Wie ist sie hereingekommen?« erkundigte ich mich.
»Durch das Fenster.«
»Was ist mit ihr passiert?«
Clara antwortete nicht. Sie blickte nur ernst drein.
»Papa hat sie getötet«, antwortete Anna.
Clara nickte zustimmend.
»Er mußte es tun«, fügte Anna hinzu. »Sie hätte uns sonst gestochen.«
»Oh ja«, sagte ich und half den beiden Mädchen auf die Füße. »Er hat das Richtige getan. Gar keine Frage.«
Später am Tag entschied ich, daß die Zeit für mich gekommen sei, Templetons Cottage zu verlassen. Ich mußte weitermachen, mein Ziel verfolgen. Draußen im Garten traf ich auf Brian Templeton. Er saß in einem Holzsessel, der durch einen zerlumpten Schirm vor der Sonne geschützt wurde.
»Es gibt keinen Grund für Sie, wieder ins *Starry Night* zurückzuziehen«, entgegnete er auf meinen Vorschlag hin. »Sie können weiterhin hier wohnen.«
»Aber der Kirchenfonds«, begann ich protestierend.
»Ist nie für etwas verwendet worden«, erwiderte er schnippisch. »Er ist seit zweihundert Jahren nicht genutzt worden. Endlich hilft er einmal jemandem, statt irgendwo herumzuliegen.«
»Geld?« fragte ich. »Ist das alles, was zählt?«
»Tun Sie nicht so scheinheilig, wenn es ums Geld geht, Mr. Castle. Ich weiß, warum Sie hier sind. Walsmear hat mir alles erzählt.«
Welch eine peinliche Situation.

»Oh, tut mir leid, das zu hören«, sagte ich. »Sehr leid. Ich wollte Ihnen meine Ideen eigentlich selbst unterbreiten. Ich denke, Sie werden – «

»Ein äußerst dubioser Vorschlag. Äußerst dubios. Dennoch kein Grund für Sie, jetzt auszuziehen – «

»Ich kann den Fonds nicht Ihretwegen mißbrauchen.«

»Mr. Castle.« Templeton verschluckte seine Worte fast. »Die Mädchen – «

»Was ist mit ihnen?«

»Sie würden Sie vermissen.«

Er wandte sich um und rief: »Anna! Clara! Kommt her. Mr. Castle möchte uns verlassen.«

Die Mädchen kamen mit wehenden, goldenen Locken um die Ecke des Hauses gerannt.

»Nein, nein«, riefen sie und zogen an meinen Armen. »Gehen Sie nicht fort!«

Ich schmolz dahin.

Templeton lächelte.

»Aber Mr. Castle fühlt sich schon viel besser,« sagte er, während er den Mädchen durch die Haare zauste. »Also werden wir heute ihm zu Ehren ein besonderes Abendessen veranstalten.«

Die Mädchen klatschten begeistert in die Hände.

Es war das erste Abendessen, das ich gemeinsam mit Brian Templeton und den Mädchen am Tisch einnahm. Anna und Clara waren ganz fasziniert. Sie falteten immer wieder ihre Servietten zusammen, nahmen sie auseinander und starrten den silbernen Kerzenleuchter an, der in der Mitte des Tisches stand. Nachdem die Mädchen mit viel Brimborium in ihrem Schlafzimmer verschwunden waren, genehmigten Templeton und ich uns Zigarren und Weinbrand in seinem Arbeitszimmer – ganz wie zwei zivilisierte Männer in einer Geschichte.

Das Abendessen schien als formelle Demonstration meiner Genesung von der Kopfverletzung zu gelten. Und Templetons indirektes Eingeständnis, daß, wenn der Wandererfonds überhaupt jemandem half, er derjenige war, schien uns beide ebenbürtig zu machen. Ich nahm mir die Freiheit, bestimmte Themen anzusprechen. Am allerwichtigsten war der Grund für meine Anwesenheit in Burkinwell.

»Feen«, sage er naserümpfend. »Also wirklich, Mr. Castle. Ich habe bemerkt, daß Sie in meinem Garten spazierengegangen sind. Haben Sie dort etwa irgendwelche Feen gesehen?«

»Nein«, antwortete ich. »Und Sie können mir glauben, daß ich jeden Zentimeter genauestens studiert habe. Hier geht es um ein Phänomen, das sich nur auf einem Film zeigt.«

»Ähnlich wie die Geisterphotographie?« erkundigte er sich.

»Glauben Sie etwa daran?«

»Nein«, erwiderte ich. »Aber manche Leute tun es. Sir Arthur Conan Doyle zum Beispiel.«

»Möglicherweise einer der leichtgläubigsten Narren, den die Welt je gesehen hat«, erwiderte er.

Ich saß auf einem hochgepolsterten Stuhl neben dem kalten Kamin. Templeton erhob sich und lehnte sich gegen das ein wenig zu reich verzierte Holzsims. Auf diesem Kaminsims standen verschiedene Ziergegenstände. Unter ihnen befand sich auch eine kupferne Götzenfigur – ein häßliches, kleines Schmuckstück ohne jeden Wert aus dem Fernen Osten. Er schnippte mit seinem Fingernagel gegen die Figur. Ein schwirrendes Geräusch ertönte.

»Menschen glauben, was sie glauben möchten«, sagte er. »Sie vermeiden es, sich der Realität zu stellen.«

»Ich gebe zu, daß manche Menschen sich bemühen, der rauhen – «

»Ich hingegen stelle mich der Realität, Mr. Castle. Ich habe keine andere Wahl. Ich spreche über den Tod, für den Fall, daß Ihnen das nicht klar sein sollte. Aber ich bin sicher, daß Sie bereits wissen, woran ich – «

Ich hustete verlegen.

Templeton fuhr fort: »Ein Leiden, wie ich es habe, kann das Ergebnis eines lasterhaften Lebens sein. Oder auch das Ergebnis eines einzelnen Ausrutschers. Ich überlasse es Ihrem Gutdünken, einzuschätzen, was in meinem Fall zutreffend ist. Wie auch immer es sein mag, ich muß mich auf zwei Dinge einstellen: zum einen, daß ich dem Wahnsinn verfallen werde, und zum anderen, daß diesem ein schmerzvoller Tod folgen wird. Das sind keine schönen Aussichten. Und auch Phantastereien über Feen vermögen mich nicht davon abzulenken.«

»Sie müssen ja nicht unbedingt daran glauben«, warf ich in einem ruhigen, respektvollen Tonfall ein.

Er wischte meine Worte mit einer Handbewegung fort. »Ja, ja, ja. Ich weiß, daß ich nicht an Feen glauben muß, um diese Photographien an Arthur Conan Doyle zu verkaufen, oder um Ihnen die Erlaubnis zu geben, mit Ihrem Photoapparat durch meinen Garten zu kriechen. Ich stelle Ihren Vorschlag überhaupt nicht in Frage, Mr. Castle. Wir sollten ihn weiterdiskutieren. Ich nehme teure Medikamente ein, müssen Sie wissen. Und Anna und Clara – nun, ich möchte Ihnen außer diesem Haus noch etwas mehr hinterlassen. Wenn bei dieser Sache Geld gemacht werden kann, dann lassen Sie es uns machen. Sie deuteten an, daß Doyle Ihnen Verträge mitgegeben hat, die unterzeichnet werden müssen. Nun, die Photographien und die Negative habe ich in meinen Schreibtisch eingeschlossen. Wo sind die Verträge?«

»Tja,« erwiderte ich. »Sie wurden leider gestohlen ...« Ich erzählte ihm, daß die Verträge sich in der Reisetasche befanden, die Paolo und Shorty mitgenommen hatten.

»Ich würde gerne als nächstes neue Photos machen«, sagte ich.

»Neue Photos?«

»Neue Photos, die zu gleichen Teilen Ihnen, Walsmear und mir gehören werden. Neue Photos, die ein Vermögen wert sein werden – Sir Arthur hin oder her.«

»Ein Vermögen? Worauf warten Sie dann noch? Warum sind Sie nicht schon längst draußen und photographieren?« Er warf seine Hände in die Luft und verließ ganz plötzlich den Raum.

Ich schenkte mir ein weiteres Glas Weinbrand ein.

Templetons schrille Stimme schien noch in der Luft zu hängen. Aber das war, wie gesagt, die übliche Art und Weise, in der er sprach.

Kapitel 18

Wie ich den Garten photographierte

Es bereitete keine großen Probleme, den Keller von St. Anastansias in eine Dunkelkammer zu verwandeln. Da ich offiziell noch ein Rekonvaleszent war, beauftragte Linda das Gemeinde-Faktotum Dennis, den überwiegenden Teil der schweren Arbeiten zu übernehmen. Meine größte Sorge bei der Benutzung des Raumes galt dem Staub, der von der Decke auf meine Abzüge und Negative herabzusinken drohte. Linda gab mir den Rat, ein gummiertes Tuch unter der Decke zu befestigen, um alle Schmutzteilchen, die möglicherweise herabfallen könnten, aufzufangen. Ich hielt dies für eine gute Idee. Aber wo sollte ich ein gummiertes Tuch herbekommen? Glücklicherweise besaß Linda eins. Sie holte es aus ihrem Haus und brachte es herüber. Bei der Gelegenheit brachte sie auch gleich Esmirelda mit. Esmirelda hatte sich auf dem Marktplatz herumgetrieben, um sich vor irgendeiner Arbeit, die im *Starry Night* hätte erledigt werden müssen, zu drücken.

Man würde wohl vermuten, daß Linda und Esmirelda nicht viel gemeinsam haben, aber Linda war als Pfarrersfrau in der Lage, auf ganz natürliche Weise mit Leuten aus allen Schichten zu reden. Esmirelda und sie unterhielten sich also angeregt, während sie mir dabei halfen, das Tuch aufzuhängen.

Sie sprachen über Feen. Sie erwähnten Namen, die mir nichts sagten: Dab Swallowfoot, Busky Debaree, Kip-Kip, Pin und Pupkin. Sie diskutierten darüber, welche Feen unter Tischen leben, welche aus Milchschalen trinken, welche mit Gold zu kaufen sind und welche Flüche und Verwünschungen über Häuser aussprechen.

Linda bemerkte meinen verwirrten Gesichtsausdruck.

»Gibt es denn in Amerika keine Feengeschichten?«

»Oh, doch, schon«, erwiderte ich. »Aber ich war nie richtig begeistert von ihnen. Mir gefielen Piratenabenteuer besser.«

»Dann haben Sie einige wirklich großartige Geschichten versäumt, nicht wahr, Esmirelda?«

»Ja, M'am.«

»Die Britischen Inseln kennen wundervolle Feengeschichten, Mr. Castle«, fuhr Linda fort. »Für jeden Bach, jede Anhöhe, jeden Baum gibt es eine kleine Elfe, die damit assoziiert wird. Oder in der Küche – da quellen die Speisekammer, die Geschirrschränke und der Ofen förmlich von ihnen über!«

»Wie sind Sie auf dieses Thema gekommen?« fragte ich.

»Durch Sie.«

»Durch mich?«

»Ja. Als ich mich auf den Weg machen wollte, um dieses Tuch zu holen, suchte ich nach meinem Schlüssel und bemerkte, daß ihn wohl irgendeine Fee gestohlen haben müßte. Und da fragten Sie mich, ob ich an Feen glaube. Eine sehr seltsame Frage von einem Mann, sollten Sie wissen. Finden Sie nicht, daß es eine seltsame Frage ist, Esmirelda?«

»Ich bin mir nicht sicher, M'am. Einige Männer glauben an Feen.« Esmirelda warf mir einen Blick zu. Ich war allerdings nicht in der Lage, seine Bedeutung zu interpretieren.

»Tja, ich stelle ständig irgendwelche Fragen«, kicherte ich. »Ich fürchte, ich erinnere mich nicht immer an alle.«

Wir standen auf Kisten und preßten das Tuch gegen die Decke. Ich wollte gerade eine Zwecke hineinschlagen, als mir der Hammer aus der Hand glitt. Ich sprang auf den Boden, um ihn aufzuheben. Da fiel das Tuch ebenfalls herunter und landete auf Linda. Sie war vollständig davon bedeckt und sah aus wie ein Zeltpfosten.

Wir lachten alle herzlich, und ich entschuldigte mich.

»Ich glaube, daß ich schon seit Jahren nicht mehr an Feen gedacht habe«, sagte Linda, nachdem ich ihr geholfen hatte, sich zu befreien. »Sie sind heutzutage irgendwie allgegenwärtig, nicht wahr? Wie der Nikolaus. Werden benutzt, um Reklame für irgendwelche Dinge zu machen und so weiter. Aber Kinder können sich immer noch an ihnen freuen, oder nicht? Es gibt ein paar wundervolle Bücher. Ich bin sicher, wenn ich Kinder hätte ... Nun ja, genug davon. Mr. Castle hat sich grillenhaft verhalten, Esmirelda. Finden Sie nicht, daß er sich grillenhaft verhalten hat?«

»Was bedeutet das, M'am?« Esmirelda nahm mir den Hammer aus der Hand. Sie begann, ihre Ecke des Tuches an der Decke zu befestigen.

»Grillenhaft?« Linda beobachtete sie dabei. »Es bedeutet verschroben und entzückend und kindisch.«

»Dann kann ich nichts dazu sagen.«

»Warum nicht?«

»Sie ist eben keine grillenhafte Person«, antwortete ich an ihrer Stelle.

Da Esmirelda nichts darauf erwiderte, dachte Linda, daß sie mir zustimmen würde.
»Oh, Sie müssen doch auch ein paar schrullige Ideen haben«, wandte Linda ein. »Die haben wir doch alle. Sie werden nur weniger, je älter wir werden. Das heißt zum Beispiel, als Erwachsene kann ich nicht an Feen glauben, aber ich erinnere mich noch an die Zeit, als ich es tat. Als ich jung war. Das waren wirklich die schönsten Jahre. Jahre des Vertrauens und fester Überzeugungen. Als Kind kann man eine ganze Welt in der Phantasie erschaffen.«
»Wie die Templeton-Mädchen?« erkundigte ich mich.
»Genau. Mit Feen im eigenen Garten zu spielen. Sie zu photographieren. Ist das nicht wunderbar? Es ist eine Art von Ekstase, nicht wahr? Und wir schieben sie beiseite, um erwachsen zu werden. Dann verbringen wir den Rest des Lebens damit, zu versuchen, sie wieder zurückzubekommen. Wir suchen überall danach – in der Liebe, in Büchern, in der Religion –«
»Sie sind der Ansicht, daß der Glaube an Gott das gleiche ist, wie der Glaube an Feen?« fragte ich.
»Möglicherweise.«
»Seltsame Worte aus dem Mund einer Pfarrersfrau.«
»Niemand schert sich darum, was ich über Religion denke.«
»Da sind Sie glücklich dran.«
»Meinen Sie wirklich?«
»Ja, die Leute könnten reden. Schauen Sie mich zum Beispiel an.«
»Was ist mit Ihnen?«
»Sie sind sehr freundlich zu mir gewesen. Sowohl Sie als auch Ihr Mann.«
»Ich bin sehr viel freundlicher gewesen als mein Mann.«

Ich zog meine Augenbrauen in die Höhe.
Linda fuhr fort: »Mein Mann ist sehr mißtrauisch Ihnen gegenüber.«
Ich schluckte.
»Er ist der Meinung, daß Sie sich wegen irgendeines geheimnisvollen Geschäfts hier aufhalten«, berichtete sie. »Landspekulation oder sonstwas. Er sagt, daß er Sie ›aufreizend vage‹ findet, was auch immer das heißen mag. Esmirelda, Sie hören mir doch nicht zu, oder?«
»Nicht meine Angelegenheit, M'am.«
»Und was glauben Sie, warum ich hier bin?« fragte ich Linda.
»Mir ist es egal, was der Grund für Ihre Anwesenheit hier ist«, antwortete Linda. Sie war auf einen Stuhl geklettert, um Esmirelda zu helfen. Nun stieg sie wieder hinunter. Wir standen uns Auge in Auge gegenüber. »Ich bin einfach froh, daß wir uns begegnet sind«, setzte sie hinzu. »Ich bin froh, daß Sie hier sind.«
Ich wich ein wenig zurück. Ich weiß nicht, warum. Es geschah nicht bewußt. Ich konnte Linda ansehen, daß sie beleidigt war. Es tat mir leid. Ich hustete. »Ich bin auch froh«, sagte ich. »Burkinwell ist eine wunderschöne, kleine Stadt.«
Das stimmte überhaupt nicht.
Linda trat einen Schritt näher. »Ich hoffe, daß Sie noch eine Weile hierbleiben werden«, sagte sie.
Ich ertappte mich dabei, daß ich wieder zurückwich. »Das hoffe ich auch«, erwiderte ich. »Es gibt hier so viel zu photographieren. Oh, da fällt mir ein, daß ich um halb wieder bei den Templetons sein soll. Ich werde heute ihren wundervollen Garten aufnehmen.«
Linda verschränkte ihre Arme. Sie wandte sich ab. »Es ist schon später als halb«, sagte sie. »Da bin ich sicher.«

»Mein Gott, ich muß gehen«, rief ich und griff nach meinem Hut und dem Kasten mit dem Photoapparat.
Ich zögerte noch einen Augenblick, bevor ich mich auf den Weg machte. War Linda gekränkt? Wenn ja, wie sehr? Und wenn ja, warum? Es war alles so verwirrend.
Als sie mein Zögern bemerkte, wandte sie sich um. Sie strahlte freundlich über das ganze Gesicht. »Dann machen Sie sich mal auf den Weg«, sagte sie. »Viel Erfolg beim Photographieren.«
»Danke.«
Ich studierte einen Moment lang ihr Gesicht. Der Ausdruck entsprach diesem blanken, fröhlichen Blick, den sich die Engländer patentieren lassen sollten. Ich wandte mich um und kletterte die Leiter hinauf.
Ich trottete den Mittelgang entlang, durchquerte den düsteren Kirchenvorraum und trat ins strahlende Sonnenlicht hinaus.
Warum beten Menschen in der Kirche? fragte ich mich. Gott ist hier draußen, in diesem luftigen, blau-überwölbten Tempel. Während ich die Stadt durchquerte und die Straße zu Templetons Cottage entlanglief, drängten sich in meinem Kopf die Gedanken über Gott, Mensch und Natur. Dann vergingen diese Gedanken. Bald schon schwitzte ich und wurde müde. Mein Arm schmerzte vom Gewicht meines schweren Photokastens (der meinen Hapling ›Omnic‹ Feldphotoapparat enthielt sowie Reservehefte Zelluloidfilm, zwei verschiedene Stative, Lichtmesser und eine zusätzliche zusammenklappbare Spiegelreflexkamera). Ich war erleichtert, als ich die kleine Anhöhe nur ein Stück entfernt von meinem Bestimmungsort erreicht hatte. Ich pausierte dort einen Augenblick, bevor ich weiterging.
Unter mir lag Templetons Cottage. Geduckt und breit mit

seinem mächtigen Schornstein, ein Ort, den ich einfach lieben mußte. Es hatte etwas außergewöhnlich Angenehmes an sich. Vielleicht lag es an den winzigen, quadratischen Fenstern, den robusten Steinmauern oder auch an der Art, wie sich die winzige Eingangstür hinter den mächtigen, niedrig wuchernden Hecken versteckte. Es war fast wie ein Cottage aus einem Märchen. Wie dankbar ich doch war, daß ich die Tage meiner Genesung hier hatte verbringen dürfen! Wie wunderbar, daß ich die Gastfreundschaft von Brian Templeton und Reverend Drain und Linda genossen hatte – und die Gesellschaft von Anna und Clara. Wie wenig ich all dessen doch würdig war! Ich beschloß ein für allemal, daß ich, was auch immer in bezug auf die Elfen im Garten unternommen werden müßte, dies mit Vorsicht, Mut und Redlichkeit zu geschehen habe. Ich würde uns allen Ruhm bringen.
Mit Freude im Herzen hob ich meinen Photokasten hoch und eilte die Anhöhe hinunter. Hinter dem Haus traf ich auf Templeton und Walsmear, die mich mit wütenden Blicken empfingen. Die beiden Männer saßen Seite an Seite. Walsmear hielt seine Uhr in der Hand.
»Sie sind doch nicht etwa in Eile, Mr. Castle?« erkundigte er sich.
»Tut mir leid, daß ich zu spät komme«, sagte ich.
»Nicht besonders rücksichtsvoll«, erwiderte Templeton mürrisch.
»Als ob er noch etwas anderes zu tun hätte«, schob Walsmear nach. »Macht erst allen wer weiß wie viele Umstände, und was geschieht dann?«
»Wo waren Sie denn überhaupt?« fragte Templeton. »So, wie Sie heute morgen losgerannt sind –«
»Ich kann Ihnen versichern«, erwiderte ich, »daß das, was ich getan habe, ein wesentlicher Teil dieses Projektes ist.

Ich habe begonnen, meine Dunkelkammer in der Kirche einzurichten. Und Sie können mir glauben, wenn ich sage, daß es eine wirklich hübsche Dunkelkammer wird.«

»Jede Wette«, entgegnete Walsmear spöttisch. »Mit Ihnen und Mrs. Drain da unten.«

Ich ignorierte seine Bemerkung.

»Sie haben sich ganz gut in der Stadt eingelebt, nicht wahr?« fuhr er fort.

Bevor ich antworten konnte, drehte er sich um und begann, in die Hände zu klatschen.

»Kinder!« rief er. »Anna und Clara. Kommt jetzt her!«

Die beiden kleinen Mädchen bogen um die Ecke des Hauses. Die temperamentvolle Clara lief vorweg. Anna kam hinter ihr hergeschlichen.

»Wir haben Torten gemacht«, sagte Clara und hielt Walsmear einen Lehmkuchen hin. »Holst du mir einen Schilling hinter dem Ohr hervor?«

»Nicht jetzt, Kinder, nicht jetzt.« Trotz all seiner Ungehobeltheit verhielt sich Walsmear Anna und Clara gegenüber sanft und liebevoll. Für sie war er wie ein vertrauter alter Brummbär. Sie zögerten nicht, an ihm hochzuklettern, mit ihm zu spielen oder ihn zu ignorieren. »Wir werden uns jetzt auf die Jagd nach Elfen machen. Genau so, wie wir es besprochen haben. Hier draußen im Garten. Kommt mit.«

Mit Walsmears Händen auf den Schultern machten sich die Mädchen zum Garten auf.

»Vergeßt nicht, Kinder«, ermahnte ich sie, »es ist wichtig, daß Ihr ganz natürlich seid. Achtet nicht auf mich oder auf das, was ich mit dem Photoapparat mache. Tut so, als wäre ich gar nicht da, abgemacht?«

Walsmear wandte sich zu mir um. »Sie sind nicht dumm, wissen Sie.«

»Ich wollte damit ja nur sagen –« Ich verstummte und folgte ihnen die drei Stufen zum Garten hinunter, der entlang der Straße verlief und sich zwischen zwei niedrigen Steinmauern ausbreitete. Er begann an der Hintertür des Cottages und endete hinter *Old Splendour*, dem ehrwürdigen alten Walnußbaum.

Old Splendour war ein bemerkenswerter Baum mit einem riesigen, zerschrammten und zerfurchten Stamm, der sich wie ein von Michelangelo gezeichneter Torso in die Höhe reckte und mit hundert dramatischen Gesten seine dicken, muskulösen Zweige himmelwärts sandte. Tiefer unten breiteten sich weite, wohltuende Baldachine aus Blättern aus, in deren Schatten nichts wuchs. Wurzeln, die an große, knotige Fingerknöchel erinnerten, klammerten sich an die Erde, in einem Umfang, der fast so weit war wie die Zweige.

Aus dem Schatten von *Old Splendour* führte ein Weg aus mit Moos überwachsenen, grünen Steinfliesen zur Hintertür des Cottages. Zu beiden Seiten des Weges befand sich ein schmaler Grasstreifen mit Blumen (offenbar erst kürzlich gemäht – vielleicht kümmerte sich Brian Templeton doch mehr um seinen Garten, als die Leute annahmen). Dichte Blütenreihen, wogende Sträucher und stachelige Stengel ergossen sich ebenfalls auf beiden Seiten des Weges.

Ein Bild der Verschwendung bot sich hier. Es stieg einem zu Kopf. Ich hatte während meiner Genesung viele Stunden hier verbracht, und jedesmal, wenn ich den Weg entlangschritt, entdeckte ich eine neue Blume – entweder Unkraut oder eine Kulturpflanze –, neue Blätterkonfigurationen oder ein weiteres Gewirr von Kletterpflanzen. Ob es im Himmel wohl so aussehen wird? Ich schätze, daß ich es bald herausfinden werde.

Hinter *Old Splendour* und dem kultivierten Teil des Anwesens erstreckte sich ein Hain mit strahlend grünen Farnen, die einem Mann wohl bis zur Taille hoch reichen mußten. Dieser Hain hatte etwas Ursprüngliches, fast schon Prähistorisches an sich. Die Erde dort war schwärzer als im Garten, die Bäume, die ihn umgaben, jünger, glatter und schlanker. Und wenn man noch weiter über den Farnenhain hinwegblickte, konnte man in der Ferne Wände aus roten Ziegelsteinen erkennen. Dies waren die Außengebäude der zerstörten Fabrik.

Ich befestigte meine Feldkamera in der Mitte des Weges auf dem Stativ.

Walsmear stand auf der einen, Templeton auf der anderen Seite neben mir. Wir starrten die Mädchen an. Die Mädchen starrten uns an.

»Nun?« fragte ich.

Templeton klatschte einmal kurz in die Hände. »Los, los, los, Kinder«, ermunterte er sie. »Nun geht schon, und macht das, was auch immer Ihr mit den Feen macht.«

Anna und Clara drängten sich auf dem Weg aneinander.

»Aber nicht zugucken«, sagte Anna.

»Wir werden nicht hinschauen«, erwiderte Templeton.

»Seid einfach ganz natürlich«, ermahnte ich sie noch einmal.

»Kommt«, forderte Templeton Walsmear und mich auf, »wir werden nicht hinsehen. Paßt auf, Kinder, wir schauen nicht hin. Also, wir werden uns jetzt unterhalten.«

Templeton legte seinen Arm um Walsmear, und die beiden wandten sich von den Mädchen ab. Ich tat so, als würde ich etwas an meiner Kamera einstellen und Staub von der Linse blasen. Anna und Clara gingen langsam auf *Old Splendour* zu. Dann rannten sie plötzlich los. Einige

Minuten später spielten sie hinter dem mächtigen Stamm des Baumes Verstecken.
Walsmear und Templeton schauten immer noch nicht auf und unterhielten sich über die Ernten und den Zustand der Straßen. Ich drehte die Kamera und machte einige Aufnahmen vom Haus und den kleinen Wolken, die darüber hinwegsegelten. Walsmear löste sich von seinem Freund und stellte sich hinter mich.
»Oh, übrigens Ihre Reisetasche ist wieder aufgetaucht, Castle«, sagte er.
»Die, die gestohlen wurde?«
»Es scheint so.«
»Mein Gott, haben Sie sie?«
»Nein, nein, nein. Ich habe sie nicht.«
»Befindet sie sich auf der Polizeistation?«
»Nein.«
»Wer hat sie dann?«
»Eine alte Zigeunerin. Sie hat sie gekauft. Natürlich, ohne etwas zu wissen. Das alte Mädchen hatte keine Ahnung, daß sie gestohlen war.«
So seltsam es auch scheinen mag, aber bis zu diesem Augenblick hatte ich meine Begegnung mit Paolo und Shorty in dieser verwirrenden Nacht im Zigeunerlager vollkommen vergessen. Vielleicht hatte der Schlag auf meinen Kopf die Erinnerung daran vertrieben. Nun erzählte ich Walsmear davon. Der Constable bestätigte, daß die Polizei darüber informiert war, daß sich die beiden in dieser Nacht in der Gegend aufgehalten hatten. (Und war die Polizei wohl auch darüber informiert, daß *er* – Walsmear – sich in dieser Nacht in der Gegend aufgehalten hatte?)
»Warum schnappen Sie sie nicht?« erkundigte ich mich.

»Das darf ich nicht. Es sei denn, sie gelangten in meinen Zuständigkeitsbereich. Dann würde ich tun, was meine Pflicht ist.« Er informierte mich weiter, daß die Zigeunerin die Reisetasche am nächsten Tag vorbeibringen werde. »Ich hoffe, daß Sie ihr etwas geben können«, sagte er.

»Geld?« fragte ich. »Ich soll meine eigene Reisetasche zurückkaufen?«

Walsmear zuckte die Schultern. »Sie wußte ja nicht, daß sie gestohlen war, als sie sie kaufte.«

Ich hatte so meine Zweifel, daß es sich um eine offizielle polizeiliche Vorgehensweise handelte, mich dazu zu bringen, für den Wiedererhalt meiner Tasche zu bezahlen, aber ich beschloß, mitzumachen. Ich wollte das Verhältnis zu Walsmear nicht aufs Spiel setzen. Und ich wollte mein Eigentum zurück.

Die Mädchen beschäftigten sich inzwischen mit irgendwelchen Blumen. Ich sah, daß sie sich am Ende des Weges hingehockt hatten. Sie betrachteten versunken einen bestimmten Blütenstengel.

»Was ist los, Kinder?« rief Templeton mit seiner dünnen, irritierenden Stimme. »Gibt es da etwas? Seht Ihr etwas?«

Clara wandte sich um und formte lautlos mit den Lippen das Wort *Elfen*.

Wir erwachsenen Männer sprangen auf und hetzten mit klapperndem Stativ und ohne Rücksicht auf umknickende Blumen den Weg entlang. Eilig baute ich die Kamera auf, und Templeton bedrängte die Mädchen: »Wo? Wo? Wo sind sie?«

»Direkt hier«, erwiderte Clara und deutete feierlich auf eine einzelne, rosafarbene Blume.

»Bleib so stehen«, befahl ich und machte eine Aufnahme von ihr, wie sie auf die Blume deutete.

»Dort drüben ist auch eine«, sagte Anna, die ein Stück in das Blumenbeet hineingegangen war. Ich schleppte meine Kamera an die Stelle hinüber. »Im Hibiskus«, fügte sie hinzu.
Ich machte einige Bilder von den Stellen, wo die Blumen wuchsen und vorsichtshalber einige weitere Photos von der unmittelbaren Umgebung.
Hinter uns hörten wir, wie Clara rief: »Hier sind noch mehr!« Und wir rannten den halben Weg zurück auf das Haus zu. Das kleinere Mädchen deutete auf einen blühenden Busch. »Sie tanzen. Auf jeder Blüte tanzt eine Elfe.«
»Ich sehe überhaupt nichts«, preßte Templeton gereizt hervor.
Clara sah verängstigt aus.
»Zeig mir, welche Blumen du meinst«, verlangte ihr Vater.
Walsmear trat zwischen die beiden. »Geh aus dem Weg«, befahl er. »Lass' den Mann seine Bilder machen, du würdest die Elfen sowieso nicht sehen. Nur die Mädchen können sie sehen. Das ist doch der Punkt. Verstehst du? Wenn du oder ich sie erkennen könnten, dann würden wir sie doch jeden Tag zu Gesicht bekommen.«
»Ich will aber etwas sehen«, erwiderte Templeton und zog einen Schmollmund. Ich ging um den Busch herum und schoß Photos aus zwei verschiedenen Winkeln.
Die Mädchen waren inzwischen ans hinterste Ende des Gartens gelaufen, wo sie vor einer dicken, roten Tulpe verschwörerisch miteinander flüsterten.
»Was gibt es da?« fragte Templeton und ging auf sie zu.
»Einen kleinen Mann«, erwiderte Anna.
»Er ist in der Tulpe gefangen«, fügte Clara hinzu.
»Was soll das heißen, er ist gefangen?« erkundigte sich Templeton.

»Er kann nicht raus.«
»Wie sieht er aus? Was hat er an?«
Die Mädchen tauschten einen Blick.
»Er trägt eine Jacke«, sagte Clara und starrte zu uns hinauf, um unsere Reaktion abzuschätzen. Sie blickte erneut zur Tulpe hinüber, als beschriebe sie tatsächlich etwas, das sich in der Pflanze befand. »Oh, und er hat Schuhe an. Mit kleinen Schnallen. Und einen Gürtel. Und Strümpfe. Und er trägt einen spitzen Bart.«
»Und er hat gelbe Haare«, rief Anna.
»Nein, hat er nicht«, verneinte Clara verächtlich den Beitrag ihrer Schwester.
»Hat er wohl.«
»Hat er nicht. Du kannst sein Haar gar nicht erkennen. Er trägt eine kleine Mütze.«
»Tut er nicht«, sagte Anna.
»Tut er wohl.«
»Du weißt doch gar nichts«, sagte das ältere Mädchen.
Templeton fragte ungeduldig dazwischen: »Was tut er dort? Ihr habt gesagt, daß er dort gefangen sei.«
»Er holt Honig«, antwortete Clara. »Aber es ist zu schlüpfrig dort drin, und jetzt kann er nicht mehr heraus.«
»Er will ja gar nicht raus«, mischte sich Anna trotzig ein. »Er versteckt sich.« Dann drehte sie sich um und rannte um die Sträucher herum. Einen Moment später hörten wir sie rufen: »Oh, schaut! Noch mehr Elfen. Elfendamen. In wunderschönen Kleidern. Und sie tragen Kronen und funkelnagelneue Schuhe.«
Walsmear und ich blickten uns mit skeptischen Blicken an.
Templeton beschäftigte immer noch das Problem mit der Tulpe. »Wir sollten uns diesen kleinen Mann mit der Jak-

ke einmal anschauen«, schlug er vor. Er beugte sich vor und brachte seine Nase bis auf einen Zentimeter an die Blume heran. Plötzlich stieß er einen durchdringenden Schrei aus. Er taumelte zurück, stolperte über ein Bein des Stativs und fiel zu Boden. Eine Biene, kurz vor dem Todeskampf, entfernte sich mit spiralenförmigen Bewegungen von seinem Gesicht.

»Ich bin gestochen worden«, erklärte er und kam stolpernd wieder auf die Beine. »Oh, oh, oh.« Während er seine Nase befühlte, nahmen seine Augen den wäßrigen Ausdruck von Selbstmitleid an. »Sie ist einfach herausgekrochen und hat mich gestochen.«

»Oh, hör' schon auf zu jammern. Wir werden etwas Lehm darauftun«, fuhr Walsmear ihn an, nahm Templeton beim Arm und zog ihn mit sich zum Haus.

Während sie davongingen, trug ich meine Kamera pflichtbewußt an die Stelle, wo Anna gerade eine weitere Elfe gesehen hatte. Die beiden Mädchen schauten angesichts dessen, was ihrem Vater zugestoßen war, ein wenig ängstlich drein.

»Wo suchen wir jetzt weiter?« fragte ich ruhig.

»Nirgendwo mehr«, erwiderte Anna sanft.

»Wo ist die Elfe?« fragte ich. »Die Elfe mit der Krone?«

»Sie ist fort.«

»Wohin denn?«

Ohne ein weiteres Wort zu sagen, rannten die beiden Mädchen los und schlossen sich Walsmear und ihrem verletzten Vater auf dem Weg zum Haus an.

Ich blieb allein neben einem hohen, blühenden Strauch zurück. Flinke, hin- und hersausende Wespen segelten vorbei. Hummeln flogen von Blume zu Blume. Der Duft von tausend Blüten vermischte sich in meiner Nase. Wohin waren Templeton, Walsmear und die Mädchen verschwunden? Es war mir egal. Während ich so unter diesem strahlend blauen Himmel stand, umgeben von dem sanft anschwellenden Blumengefüge, von den hohen, kühlen Blütenstrahlen, dort, wo immer noch weitere Blütenzweige rosa und lila, blau und gelb zwischen Blütenblättern explodierten, die eine Beschaffenheit wie Samt, Krepp, Fruchtfleisch und Lack hatten, überkam mich das sichere Gefühl, daß ich eine Art Ziel erreicht hatte oder am Ende einer Suche angelangt war, von der mir bisher nur vage bewußt gewesen war, daß ich sie überhaupt betrieb. Aber was genau war es? Die Erfahrung, einen außergewöhnlichen Moment inmitten eines englischen Gartens zu erleben? Sollte dies etwa meine Entschädigung für die drohenden Jahre der Armut, der Einsamkeit und der Schande sein?

Ich beließ meine Gedanken in der Frageform und betrachtete nachdenklich eine Biene. Hier haben wir es wahrlich mit einer magischen Kreatur zu tun, dachte ich. Wie mager fällt jede Phantasie über eine Elfe im Vergleich zu einer in der Realität vorhandenen Biene aus.

Templetons Stich war eine Zurückweisung der Natur. Während wir den Garten nach winzigen Phantasiegebilden, die unserer eigenen Art nachempfunden sind, absuchten, übersahen wir dabei vollkommen die großartigen Kreaturen, die es dort im Überfluß gab, die rätselhafter und undurchdringlicher sind als jedes mögliche Universum dahinschwebender Elfen.

Und so stand ich unbeweglich, mit verschränkten Armen da und erlaubte meinen Augen, sich an der Vollkommenheit der Bienenflüge zu erfreuen, welche so sehr an sich kringelnde Silberstreifen am Himmel erinnern. Weiße Schmetterlinge, zart wie Puder auf einem Spiegel und dennoch durchdrungen von der geheimnisvollen Lebenskraft, verweilten kurz und huschten weiter, zur einen Hälfte getragen von ihren eigenen Anstrengungen und zur anderen von der aufkommenden Brise. Daß all diese Kreaturen und all diese Pflanzen und die Erde und die Blüten, die Regenwürmer, die Mistkäfer, die Rhododendronbüsche, die Katzenminze, der Rittersporn, die Clematis, die Lupinen, die Glockenblumen und die bärtigen Iris an dieser Stelle zusammengekommen waren und diesen wunderbaren Ort erschaffen hatten, schien mir ein Umstand zu sein, der über alle Möglichkeiten bloßer Zufälligkeit hinausging und der mit der Empfindsamkeit eines Künstlers und der mechanischen Beharrlichkeit eines Erfinders auf eine Art wunderbare Vorhersehung hindeutete.

Die Mädchen schienen uns zum Narren gehalten zu haben.

Kapitel 19

Wie ich mich selbst in Angst versetzte

Es war am späten Nachmittag desselben Tages. Ich betrat den Dorfplatz. Er war fast wie ausgestorben. Ich sah nur einen Ladenbesitzer, der sein Geschäft abschloß und davoneilte. Einige schmale Wolken, die vom Westen her heranzogen, brachten eine leichte Brise mit sich. Ein Stück Papier flog über den Platz und zum Friedhof hinüber.

Während ich auf die Kirche zuging, unterzog ich sie einer genaueren Betrachtung. Mir fiel erneut die Schlichtheit ihrer Bauweise auf. Sie erinnerte an ein großes Steingemäuer, das man mit gotischen Ornamenten geschmückt hatte – ganz so, als wenn man einen Hochzeitskuchen mit Dekorationen verziert. Aber es gab keinen Zweifel, daß sie alt war. Man erkannte es am Mauerwerk. Jeder einzelne Stein war mit einfachen Werkzeugen bearbeitet worden. Die rauhe Beschaffenheit der Oberfläche spiegelte die Zahl der Jahre wider.

Wie stand es wohl um den Raum unterhalb des Altars, fragte ich mich. Meine neue Dunkelkammer. Wie alt war wohl dieser Teil? Manchmal hörte man von englischen Kirchen, die über heidnischen Opferstätten erbaut wurden. Was wäre, wenn meine Dunkelkammer auf einem tausend Jahre alten Ort errichtet worden war, an dem man Menschenopfer dargebracht hatte? Welche schrecklichen Geister würden wohl, während ich dort unten meine Bilder entwickelte, in dem Dunkel umherstreifen? Ich versetzte mich selbst in Angst. Und das half mir dabei, mich von meinen Problemen abzulenken.

Als ich seitlich an der Kirche entlangschritt, dort, wo der Friedhof angrenzte, sah ich, wie eine hochgewachsene Gestalt aus der Seitentür heraustrat. Es war Dennis, das Gemeinde-Faktotum. Linda hatte mich Dennis vorgestellt, als er dabei geholfen hatte, die Dunkelkammer aufzubauen. In seinem kräftigen, vierzigjährigen Körper lebte die unverdorbene Seele eines Neunjährigen. Er war ein lieber Kerl, der sogar recht gut aussah, und er genoß jede Begegnung und jede Begrüßung mit der unschuldigen Freude eines Hundes, der seinen Herrn empfängt.

»Halle, hallo, hallo«, sagte er, und sein Kopf baumelte hin und her – tatsächlich wankte sein ganzer Körper bei jedem einzelnen Hallo hin und her.

Ich versetzte ihm einen kräftigen, kameradschaftlichen Klaps auf den Rücken. »Sie haben also gearbeitet, was, Dennis?«

»Ja, ja, ja. Ich habe gearbeitet. Dort oben. Ich habe das Fenster wieder ganz gemacht.«

»So weit da oben?« sagte ich mit einem kindlich-verblüfften Tonfall in der Stimme, den ich nicht einmal benutzte, wenn ich mit Anna oder Clara sprach. »Meine Güte, das ist aber sehr hoch.«

»Oh, ich hatte eine Leiter.«

»Sie müssen trotzdem sehr mutig sein, wenn Sie so hoch klettern können.«

»Oh, ho, ho. Ich muß mutig sein.«

»Ich würde mich nicht trauen, so hoch zu klettern.«

Dennis zuckte mit den Schultern. »Hah, hah, hah«, lachte er.
»Ich wette, Sie haben vor nichts Angst«, fügte ich hinzu.
Dennis' Gesicht nahm einen ernsten Ausdruck an. »Manchmal«, sagte er, »habe ich Angst vor der Dunkelheit.«
»Angst vor der Dunkelheit?« echote ich mit übertriebenem Erstaunen. »Aber es gibt doch nichts, vor dem man sich im Dunkeln fürchten müßte.«
»Doch, das gibt es.«
»Im Ernst? Nennen Sie mir eine Sache, vor der man sich im Dunkeln fürchten muß.«
»Geister.«
»Geister? Bah, Dennis, ich kann nicht glauben, daß Sie so etwas sagen. Ein großer Kerl, wie Sie es sind.«
»Ich weiß.« Er zog einen Schmollmund und stocherte beschämt mit dem Schuh in der Erde.
»Mache ich etwa auf Sie den Eindruck, als hätte ich Angst im Dunkeln?« fragte ich. »Schauen Sie mich an, ich werde jetzt dort hineingehen und diesen dunklen Keller unter dem Altar betreten. Ich werde Stunden in diesem stockdunklen Raum verbringen.«
Dennis blickte zu mir hoch. Seine klaren, blauen Augen leuchteten vor Bewunderung. Mir blieb keine andere Wahl, als fortzufahren: »Sie haben richtig gehört, stockdunkel wird es sein. Und schließlich, wer weiß, was das für ein Raum dort unten ist? Vielleicht ist es eine alte Grabkammer. Oder ein alter Kerker. Oder eine Folterkammer. Stellen Sie sich nur einmal vor, wieviel verlorene Seelen innerhalb dieser Wände vielleicht einen qualvollen Tod gefunden haben! Diese Steine hallen womöglich bis in alle Ewigkeit von den geisterhaften Schreien der Menschen

wider, die man dort an Ketten aufgehängt, auf der Streckbank zerrissen oder mit Peitschen zerfetzt hat.«
Dennis' Mund blieb offen stehen.
»Geister?« lachte ich. »Schauen Sie doch nur einmal dort hinüber, Dennis. Der Friedhof reicht direkt bis an diese Seite der Kirche heran. Das heißt, wenn ich dort unten in meiner Dunkelkammer bin, trennen mich lediglich ein paar Zentimeter Stein und Erde von Hunderten von begrabenen Leichen. Stellen Sie sich nur einmal vor, wieviele Geister hereinbrechen könnten, während ich in dieser totalen Finsternis dort unten arbeite. Skelette könnten durch die Mauern getanzt kommen, lichtumkränzte Reiter auf ihren Pferden könnten mir erscheinen ... bleiche Jungfrauen in fließenden Gewändern ... kauderwelschende Zenturien mit langen, sich blähenden Umhängen ...«
»Und Sie haben keine Angst?«
»Kein bißchen.«
Dieser einfältige Kamerad blickte mich ehrfurchtsvoll an, und einen Moment lang fühlte ich, was es heißt, ein Held zu sein.
»Also, wenn ich mich nicht vor der Dunkelheit fürchte, warum sollten Sie es tun?«
»Ich weiß es nicht«, erwiderte er.
»Dann werden Sie sich also von jetzt an nicht mehr fürchten?«
»Nein«, er schüttelte den Kopf. »Ganz bestimmt nicht.«
»Na, also. Sie sind kuriert.«
»Ich habe keine Angst!« rief er, und sein Kopf begann wieder hin und her zu baumeln. »Habe keine Angst!«
Nun war Dennis an der Reihe, mir einen Klaps auf den Rücken zu versetzen.

»Habe keine Angst!« rief er noch lauter.
Dann wandte er sich abrupt ab und marschierte lächelnd und vor sich hinsummend quer über den Platz davon.
Es tat mir leid, ihn davonziehen zu sehen. Sehr leid. Denn obwohl ich Dennis von seiner Furcht geheilt hatte, war es mir gelungen, mir selbst eine Heidenangst einzujagen. Mit einem letzten, sehnsüchtigen Blick auf die Welt draußen stieß ich die Tür zur Kirche auf. Ein Schwall kühler Luft begrüßte mich auf der anderen Seite. Lautlose Bankreihen erstreckten sich in der Dunkelheit. Ein Geruch von Staub und Sandelholz lag über dem Gemäuer und dem Holz. Fahles Licht fiel durch die hohen Fenster und ließ die Messingumrandung des Altars in einem trüben Glanz erstrahlen.
Ich begann, nervös vor mich hinzupfeifen, während ich auf den Altar zuschritt. Der Klang echote wie der Atem einer Geisterorgel durch den riesigen, leeren Raum. Ich hörte auf zu pfeifen. Hinter dem Altar öffnete ich die Holzluke, zündete die Laterne an und stieg die Leiter hinunter. Ein trockener Wind schien um meine Fußknöchel zu spielen. Während ich kaum hörbar ›Dixie‹ vor mich hinsummte, sprang ich auf den Boden und begab mich in Richtung Dunkelkammer.
Ich schaltete das elektrische Licht ein. Es strahlte die Dekke an, die Linda und Esmirelda inzwischen ganz mit dem gummierten Tuch abgedeckt hatten. Auf einem Tisch waren die Handwerkszeuge meiner Zunft ausgebreitet: Wannen, Chemikalien, Handtücher, Zangen, Klammern. Es war ganz so, als würde man einer Reihe von guten Freunden in einer fremden Nachbarschaft begegnen. Meine Angst verflüchtigte sich. Freudige Erwartung erfüllte meine Brust. Ich war bereit, an die Arbeit zu gehen. Bereit, meine Hände naß zu machen und mich an

die vertrauten Aufgaben zu begeben. Kein Nonsens mehr. Es war an der Zeit, die Photos zu entwickeln.
Natürlich erwartete ich nicht, auf den Bildern Elfen zu sehen. Zumindest nicht an den Stellen, auf die Anna und Clara gezeigt hatten. Aber konnte ich wirklich so sicher sein? Die Linse hatte vielleicht irgendwo anders einige Elfenkleckse erwischt. Am wichtigsten war es jetzt allerdings, an die Arbeit zu gehen, sich zu beschäftigen, voranzukommen. Die undurchdringliche Dunkelheit schüchterte mich nicht ein. Die Geister und die optischen Täuschungen, die ich dort unten sah, waren mir aus anderen Dunkelkammern wohlvertraut. Der Geruch, der in meine Nasenlöcher stieg, war nicht der Geruch des Todes, sondern der lebendige, beißende Gestank von Chemikalien, die damit beschäftigt waren, stumpfes Zelluloid mit Bildern voller Licht, Leben und Vitalität zu überziehen.
Während ich in der Dunkelheit arbeitete, spürte ich meine eigene Energie und eine gute Portion Überschwenglichkeit. Aber als ich das rote Sicherheitslicht anmachte, stellte sich das unbehagliche Gefühl wieder ein. Ich fragte mich, warum. Weil ich in dem Licht den fremden Raum und den kleinen Türrahmen zu meiner Linken erkennen konnte. Und aus dem Augenwinkel sah ich dort immer wieder irgend etwas Geheimnisvolles. Flimmernde Schatten. Ich wandte mich mehrmals schnell dorthin um. Aber da war nichts. Alles spielte sich wohl nur in meiner Phantasie ab. Oder doch nicht?
Ein Geräusch war zu hören. Es kam oben aus der Kirche. Zuerst dachte ich, ich hätte mich verhört. Dann war ich sicher – es war jemand dort oben. Ich konnte Fußtritte ausmachen und vernahm, wie etwas über die Steinfliesen geschleift wurde.

Ich überprüfte, ob die Negative in Sicherheit waren. Dann zündete ich die Laterne an und stieg die Leiter hinauf.

»Hallo?« rief ich über die leeren Reihen hinweg.

Keine Antwort.

Ich ging am Altar vorbei und lief eine Reihe hinauf und eine andere wieder hinunter. Dabei warf ich vorsichtige Blicke in alle Richtungen, um sicher zu gehen, daß sich niemand irgendwo versteckt hielt.

Es war niemand da.

War die Vordertür verschlossen? Ich ging hin und drückte gegen die Tür. Offen. Ich schloß sie ab und drückte erneut dagegen. In Sicherheit.

Meine Phantasie mußte mir wohl einen Streich gespielt haben. Ich schüttelte den Gedanken daran ab und ging durch den Hauptgang zum Altar. Auf halbem Wege blieb ich stehen. Jemand stand vor dem Altar. Eine schmale Gestalt, ganz in Schwarz gekleidet. Als ich mit offenem Mund zu ihr hinstarrte, hob sie einen knochigen Finger in meine Richtung. Ich hatte das Gefühl, als hätte man mir eine Schaufel voll Eis hinten ins Hemd geschüttet.

Eine rauhe Stimme sagte: »Sie ...«

Möglicherweise habe auch ich versucht, etwas zu sagen, aber aus meiner Kehle ertönte nicht mehr als ein Krächzen.

Die Stimme sprach erneut: »Sie ... verloren ...« war alles, was ich verstehen konnte.

»W-was wollen Sie?« stammelte ich.

Die Stimme klang nun verständlicher. »Sind Sie der Bursche, der die Reisetasche verloren hat?« fragte sie.

Mit einem Mal wurde mir alles klar. Dies hier war die Zigeunerin, von der mir Walsmear erzählt hatte. Die

Frau, die meine Reisetasche wiedergefunden hatte. Sie verlangte nun vier Pfund von mir für die Rückgabe.
»Aber soviel hat sie ja nicht einmal gekostet«, protestierte ich.
Die alte Frau zuckte mit den Schultern. »Wenn Sie sie nicht wollen«, sagte sie gleichgültig.
»Eigentlich könnte ich sie mir jetzt einfach nehmen«, erwiderte ich. »Schließlich hat man sie mir ja gestohlen.«
Sie schüttelte den Kopf. »Das würden Sie nicht tun. Das sehe ich Ihnen an. Sie sind kein Mensch, der mit einer alten Frau kämpfen würde. Oder doch?«
»Nein. Außerdem würden Sie dann wahrscheinlich ein paar Zigeuner losschicken, die mich aufstöbern und zusammenschlagen sollen.«
»Wir Zigeuner sind nicht so«, entgegnete sie. »Wir tun niemandem weh. Essen, Gesang und Wein. Mehr wollen wir nicht. Schauen Sie her. Ich habe nur noch zwei Zähne. Aber ich kann immer noch Salami kauen.«
»Wie beeindruckend. Aber bevor ich Sie bezahle: Wie kann ich sicher sein, daß sich überhaupt noch etwas in der Tasche befindet? Sind meine Kleidungsstücke noch da?«
»Nein.«
Ich seufzte. »Mein Schuhputzzeug?«
»Nein.«
»Was ist mit den Papieren? Ich hatte eine Mappe mit einigen Papieren in der Reisetasche.«
»Noch da.«
Ich reichte ihr die vier Pfund. Sie reichte mir die Tasche. Ich öffnete sie. Da waren die Papiere.
»Übrigens«, wandte ich mich an sie, während sie die Geldscheine zählte, »wäre es unhöflich zu fragen, wie sie an mein Eigentum geraten sind?«

»Unhöflich. Sehr unhöflich. Aber ich werde es Ihnen trotzdem sagen. Ich bekam die Tasche von zwei Burschen, die ich Elfenmänner getauft habe.«
»Warum Elfenmänner?«
»Weil sie mich fragten: ›Omi, was kriegen wir wohl, wenn wir uns eine Elfe fangen?‹ Erwachsene Männer waren das! Also antwortete ich Ihnen: ›Wenn Sie eine Elfe fangen und sie kann nicht mehr entwischen, dann muß sie Ihnen einen Wunsch erfüllen.‹ Und sie entgegneten: ›Egal, was wir verlangen, Omi?‹ Und ich sagte: ›Egal, was Sie verlangen.‹ Und sie waren so glücklich, wie ein Mensch nur sein kann, als sie das hörten, das können Sie mir glauben.«
»Ist das wirklich wahr?«
»Man kann es sich kaum vorstellen, nicht wahr? Zwei erwachsene Männer –«
»Nein, nein! Ich meine die Sache mit dem Wunsch. Ist das wirklich so?«
»Was, Sie auch? Sie sind mir ja ein echter Prinz! Ich hab' mir das bloß ausgedacht.«
»Aber wie kamen die beiden denn auf die Idee, daß sie eine Elfe fangen könnten?«
»Keine Ahnung. Sie dachten, es gebe hier Elfen. In Burkinwell. Ahh, wenn ich doch nur jünger wäre. Dann würde ich Sie die Elfen vergessen lassen. Man findet solche Prinzen, wie Sie einer sind, nicht alle Tage.« Sie blinzelte mir mit ihren glitzernden, schwarzen Augen zu.
»War einer der Männer groß und der andere klein?«
»Hmmm. Könnte sein. Aber fragen Sie mich nicht weiter. Dann werde ich Ihnen auch keine Lügen erzählen.«
Die Zigeunerin watschelte die Stufen der Kirche hinunter. Ich schloß die Vordertür hinter ihr. Ihre Worte hatten mir neue Qualen verursacht. Ich fürchtete nicht mehr die

Kräfte des Übersinnlichen. Ich fürchtete jetzt zwei nur allzu reale Kriminelle: Paolo und Shorty. Die beiden mußten die Dokumente gelesen haben, die sich in der gestohlenen Reisetasche befanden. Auf dem Rückweg zur Dunkelkammer studierte ich die Papiere. Sie waren mit dreckigen Fingerabdrücken und Glasrändern übersät. Ich las die Dokumente noch einmal durch. Sie steckten voller Anspielungen auf Photographien, »die darauf schließen ließen, daß es in Burkinwell Elfen gibt« und »daß sich Elfen im Garten von Brian Templeton befinden«. Die beiden Verbrecher würden zwar anhand der Dokumente nicht genau verstehen, was da vor sich ging, aber ihnen würde klar sein, *daß* etwas vor sich ging – und daß es etwas mit Elfen in Templetons Garten zu tun hatte.

Verfolgten Paolo und Shorty mich? War das der Grund, warum sie an jenem Abend im Zigeunerlager gewesen waren? Vielleicht lauerten sie ja in diesem Moment irgendwo draußen vor der Kirche. Oder suchten Templetons Garten heim. Möglicherweise waren die Mädchen in Gefahr.

Die Mädchen – ich kehrte in meine Dunkelkammer zurück und beendete das Entwickeln der Photographien, die ich an diesem Nachmittag aufgenommen hatte. Ich erwartete nicht, auf diesen Bildern Elfen zu entdecken, und ich fand auch keine. Auf keinem der Abzüge waren Elfen zu sehen. Keine hübsch gekleideten und modisch frisierten Elfen, wie sie Sir Arthur bevorzugte. Keine undeutlichen, fleckigen, verschwommenen Elfen, wie ich sie auf Annas und Claras Photos gesehen hatte. Keine Elfen. Punkt.

Was war das Ergebnis meiner morgendlichen Arbeit? Ich hatte ein paar nette, künstlerisch wenig bedeutsame Aufnahmen von Templetons Garten und viele gestellt wirkende Bilder von zwei kleinen Mädchen, die schuldbewußt und verwirrt dreinschauten – was auch durchaus berechtigt war, denn sie hatten ihren eigenen Vater, einen Vertreter des Gesetztes und einen hervorragenden Photographen, der zu Besuch weilte, auf peinliche Art und Weise an der Nase herumgeführt.

Kapitel 20

Wie ich hinter das seltsame Geheimnis des Pfarrers kam

Als ich mich an jenem Abend in der Dunkelheit unter der Kirche selbst in Angst und Schrecken versetzte, geschah dies nicht zum ersten Mal in meinem Leben. Seitdem ich ein kleiner Junge war, tat ich es immer wieder. Am häufigsten um Mitternacht – dem Höhepunkt des Abends. Mitternacht war für mich immer schon ein Symbol des Bösen gewesen. Die zwölf Glockenschläge verkündeten das Ende der Dinge, die volle Stunde eine Vielzahl von Geistern.

Bedeuteten Tod.

Ich erinnere mich noch, wie ich als Kind gewöhnlich die Zeit bis Mitternacht verbrachte. Ich lag in meinem Bett, in einem kleinen Zimmer über dem Geschäft meines Vaters im Norden der Stadt, und zitterte unter einer Steppdecke, die ein paar großmütterliche Hände liebevoll für mich genäht hatten. Und dann, wenn die Glocken der Old-North-Kirche die Viertelstunden nach elf Uhr schlugen, begann ich, während die Zeiger des dunklen Ziffernblattes unaufhörlich auf die »Geisterstunde« zukrochen (ein Ausdruck, den ich einmal gehört und nie wieder vergessen hatte), stocksteif wie ein Brett zu werden.

Auf welche Weise sollte ich mich nur dem Schrecken, der für mich mit Mitternacht und allem, was damit verbunden war, entziehen? Ich lauschte verzweifelt zur Straße hinaus, hoffte, mich mit irgendeinem profanen Geräusch aus dem Alltagsleben beruhigen zu können: der Hufschlag eines vorbeifahrenden Pferdekarrens, das Lachen vereinzelter Nachtschwärmer, das entfernte Pfeifen eines Zuges, die Räder des Abfallkarrens, die auf dem Kopfsteinpflaster rieben. Während ich so vor mich hinlauschte, vernahm ich unglücklicherweise auch andere Laute: Ich erinnere mich an den trauervollen Wind, der von der Bucht herüberblies. Ein Windstoß des unsichtbaren Atlantiks, der hinter Cape Cod verborgen lag und sich wie ein Chor stöhnender Stimmen anhörte. Und der wer weiß für welche Schrecken vom Copp's-Hill-Friedhof, welcher sich nur einige Straßen weit entfernt von unserem Haus befand, mit sich brachte und diese direkt in mein kleines Zimmer trug, um mich in meinem Bett zu terrorisieren.

Meine Ängste hielten meist eine volle Stunde an: von Mitternacht bis ein Uhr. Während ich so dalag, starrte ich gewöhnlich auf die Tür und erwartete jede Minute, daß sie sich mit einem Quietschen langsam öffnen und eine in ein Leichentuch gehüllte Gestalt mit einer Sense in der Hand, wie ich sie in Zeitschriftenillustrationen mit dem Titel »Tod« gesehen hatte, hereintreten würde. Meine geistige Gesundheit verdanke ich dem Umstand, daß dieser Angstzustand auf einen so eng begrenzten Zeitraum beschränkt blieb. Um ein Uhr war die Geisterstunde beendet. In diesem Augenblick ließ meine Furcht nach. In den verbleibenden Nachtstunden erklang das nun für meine Ohren süße, kurze Geläut der Old-North-Kirche, wobei jede verstreichende Stunde einen ord-

nungsgemäßen Verlauf der Wandlung vom Dunkel zum Licht markierte.
Manche kindlichen Vorstellungen werden wir ein Leben lang nicht mehr los. Zumindest ist dies bei mir der Fall. Aus diesem Grunde registrierte ich, als ich aus dem Keller von St. Anastansias auftauchte, die Uhrzeit mit Erleichterung. Es war genau ein Uhr. Die Geisterstunde war vorüber. Ich konnte mich, ohne irgendwelche übernatürlichen Kräfte fürchten zu müssen, auf den Rückweg zu Templetons Cottage machen. Von diesem Zeitpunkt an gehört die Nacht den fröhlicheren Geistern. In eben diesem Augenblick, in dem ich den Deckel meiner Taschenuhr wieder schloß, flohen die letzten Geister der Verstorbenen zurück in ihre Gräber (ich würdigte den Friedhof keines Blickes), und Puck und seine Gefährten begannen ihr vergnügtes Treiben entlang der Flüsse und Wälder.
Als ich den Dorfplatz von Burkinwell überquerte, vergaß ich meine Enttäuschung. Die Stille der Nacht wirkte wie ein Zauber. Wie sehr sich dies alles doch von meinem Leben in London unterschied, wo ich ähnliche Enttäuschungen erlebt hatte, aber niemals unter einem Himmel, der so voller glänzender, strahlender Sterne hing. Eine Zurschaustellung von Sternenbildern, die ich seit langer Zeit vergessen hatte, die aber all die Jahre meines »Exils« hindurch kühl und standhaft geglüht hatten und dies auch noch für eine lange, lange Zeit nach meinem Tod morgen tun werden.
Unter dem hellen Strahl der Konstellationen am Nachthimmel über mir (und dem Sternenstaub dazwischen) erschien mir meine Situation in seltener Klarheit. Ich erkannte die atemberaubende Unvernunft, nach Burkinwell gekommen zu sein, die komisch anmutende Torheit

meiner Überzeugung, daß es hier »Elfen« geben würde, die ich photographieren könnte. Daß ich willens gewesen bin, dies zu tun, sagt etwas über meinen Charakter, seine guten und seine schlechten Seiten, aus. Für die gute Seite spricht, daß ich offen gegenüber Neuem bin und eine große Vorstellungskraft besitze, für die schlechte dagegen, daß ich mich außerstande sehe, der Realität ins Auge zu blicken und es statt dessen vorziehe, den unglaublichsten Wahnvorstellungen nachzujagen. Ich sah die Unvermeidlichkeit und Unumgänglichkeit meines finanziellen Ruins voraus. Und ich sah auch den Schmerz voraus, den er verursachen würde. Aber genauso sah ich voraus, daß ich irgendwie überleben und die Welt sich weiterhin drehen würde.

Die Abzüge, die ich gerade entwickelt hatte, lagen gut verpackt in der Reisetasche, die eben erst wieder in meine Hände gelangt war. Während ich vor mich hin spazierte, schwenkte ich die Tasche in der sorglosen Art und Weise eines Vagabunden. Bald schon verließ ich den »städtischen« Teil von Burkinwell. Die Zäune wurden länger. Gärten wurden zu Feldern, Hinterhöfe zu Rasenflächen und Rasenflächen gingen in Weideland über. Ich bewegte mich in einer Traumblase durch die Landschaft. Und plötzlich zerplatzte diese Blase.

Seitdem ich die Kirche verlassen hatte, war ich allein mit mir und der Landschaft gewesen. Kurz hinter der Stadt vernahm ich plötzlich Fußtritte hinter mir. Mein Herz begann schneller zu klopfen. Ich drehte mich um und blickte zurück.

Nichts.

Aber etwas kam um die Biegung der Straße. Ich konnte hören, wie es sich näherte: tapp-tapp-tapp.

Ich habe meine Reisetasche bei mir, dachte ich. Die konn-

te ich wie eine Waffe schwingen. Aber würde ich damit gegen Paolo und Shorty – oder irgendwelche anderen Kriminellen, die mich möglicherweise dort in der Nacht erwarteten – überhaupt etwas ausrichten können?
Besonnenheit siegte über Tapferkeit, und ich beschloß, mir ein Versteck in den Büschen zu suchen.
Das Tapp-Tapp-Tapp wurde immer lauter. Ich verhielt mich ruhig und spähte zwischen den Blättern hindurch. Ich erblickte einen Mann in der Trainingskleidung eines Athleten, der langsam um die Kurve getrabt kam.
Es war Reverend Drain, der sich auf einem seiner Läufe befand.
Englands lange Tradition exzentrischer Kirchenmänner wurde mit ihm in der Tat nachhaltig aufrechterhalten. Wer konnte es dem Reverend andererseits vorwerfen, in einer so wunderschönen Nacht unterwegs zu sein? Ich ganz bestimmt nicht. Ich selbst genoß ja diese Nacht. Einen Moment lang dachte ich daran, aus den Büschen hervorzuspringen und den Pfarrer zu begrüßen. Dann überlegte ich es mir anders. Der Mann würde vor Angst sicherlich aus seinen knappen Laufhosen kippen. Sein Gesicht trug den Ausdruck schmerzlicher Selbstversunkenheit, und es war kein Ausdruck, der zu einem kameradschaftlichen Gedankenaustausch einlud. Also blieb ich in meinem Versteck, und er lief eingehüllt in einer Wolke aus Schweiß und Körperwärme an mir vorüber. Als er sich ein ganzes Stück entfernt hatte, trat ich aus den Büschen hervor.
Vor mir, die Straße hinunter, konnte ich in weiter Ferne seine weißen Shorts und sein weißes Unterhemd auf- und abhüpfen sehen. Während ich ihn mit den Augen verfolgte, bog er plötzlich von der Straße ab. Er sprang über einen Zaun und lief quer über ein Feld. Dort wurde er von der Dunkelheit verschluckt.

Im selben Moment, als ich diesem Bild mit meinen Augen folgte, schob sich ein anderes Bild in mein Bewußtsein. Ich stellte mir Linda vor, wie sie im Bett lag – allein. Ich sah, wie sie zwischen den kühlen Laken ihre Glieder ausstreckte und den zusätzlichen Platz im Bett genoß, während ihr Mann sich auf seinem mitternächtlichen Lauf befand. Ich fragte mich, wie oft das wohl geschah. Wieviele Nächte gab es wohl, in denen sie sich auf diese Weise ausstreckte, sich hin- und herwälzte und nachdachte? Vielleicht erwachte sie gar nicht, wenn er das Zimmer verließ. Vielleicht teilten sie kein Bett oder hatten kein gemeinsames Schlafzimmer.

Mir wurde klar, wie wenig ich eigentlich über ihre Beziehung wußte. Oder über die Beziehungen anderer Leute. Oder über irgend etwas, das andere Menschen betraf. Was können wir schon über unsere Mitmenschen wissen? Nur, daß sie uns sehr ähnlich, dabei aber vollkommen anders sind.

Ich setzte meinen Gang fort. In der Ferne bellten Hunde. Wahrscheinlich lief Drain gerade an den Höfen dort vorbei. Er schien das Laufen wirklich zu genießen. Ich fragte mich, ob es mir auch Spaß machen würde. Ich beschloß, es auszuprobieren. Mit einem Hopser, einem Hüpfer und einem anschließenden Sprung machte ich mich auf den Weg. Die Reisetasche war schwer, und nach nur wenigen Metern kam ich stolpernd, atemlos und beschwingt zum Stehen.

Es tat gut, sich erschöpft zu fühlen. Während ich erneut vor mich hin spazierte, freute ich mich auf eine lange Nachtruhe in meinem bequemen Bett. Ich stellte mir vor, wie ich nach einem langen, traumlosen Schlaf auf einem dicken Kissen erwachen und sich das Sonnenlicht durch das Efeu draußen vor dem Fenster einen Weg ins Zimmer suchen

würde. Die Straße machte eine Biegung, und dahinter, direkt vor mir, lag Templetons Cottage, wo besagtes Bett und Kissen auf mich warteten. Ich konnte den Umriß des Daches erkennen, das von den hohen, spitzen Zypressen flankiert wurde, die wiederum schwarze Risse in den Sternenhimmel schnitten.
Ich hatte vor, das Grundstück durch das Gartentor zu betreten, aber bevor ich von der Straße abbog, hörte ich rechts von mir das Rascheln von Zweigen und das Knakken von Ästen. Ich blieb stehen und schaute über das Feld hinweg, welches neben der Straße verlief. Ich erblickte einen Läufer, der sich abermals als Reverend Drain entpuppte. Er lief auf mich zu, aber er sah mich nicht. Ich beobachtete, daß er sein Tempo verlangsamte, bis er in einen Trott gefallen war. Ungefähr zehn Meter von der Stelle entfernt, wo ich stand, überquerte er die Straße. Dann verschwand er zwischen den Bäumen am hinteren Ende des Gartens. Ich konnte seine weiße Kleidung wie einen Funken zwischen den Stämmen hin- und herspringen sehen. Warum er wohl in diese Richtung lief, fragte ich mich. Die zerstörte Fabrik war doch ganz sicher kein Gelände, das sich zum Laufen eignete.
Nun bedauerte ich, daß ich ihn nicht angesprochen hatte, denn jetzt würde es etwas unangenehm sein. Es kam mir in den Sinn, daß Reverend Drain es womöglich sogar begrüßen würde, zu erfahren, daß noch eine andere sterbliche Seele um diese Zeit unterwegs war. Ich kicherte angesichts des Gedankens an das, was wir wohl zueinander sagen würden, in mich hinein – wahrscheinlich irgendwelche banalen, abgedroschenen Phrasen wie die höchst lästigen Höflichkeiten von Stanley und Livingstone.
Ich beschloß, nach ihm zu suchen. So schnell es also der

Koffer in meiner Hand erlaubte, folgte ich ihm durch die Bäume.

Angesichts dessen, was ich als nächstes sah, muß ich wiederholen, was ich bereits vor Gericht ausgesagt habe: Es handelt sich nicht um eine Sache, auf deren Wiedergabe ich stolz bin oder die ich gerne erzähle. Es bereitet mir kein Vergnügen, über das zu sprechen, wobei ich Reverend Drain in jener Nacht beobachtet habe. Daß ich überhaupt darüber berichtet habe, ist dem Versuch zuzuschreiben, mein eigenes Leben zu retten. Und wenn ich es nun erneut tue, dann nur als Teil dieser mehr persönlichen Entschuldigung, die ich am Vorabend des Tages mache, an dem ich mich für meine Sünden werde verantworten müssen – nicht etwa vor einem menschlichen Gericht, sondern vor dem Gericht des Herrn, der alles wisset und alles siehet, auf dessen Vergebung meine winzige Hoffnung auf ewiges Leben ruht und durch dessen Vergebung ich mir auch die Verzeihung der zivilisierten Menschheit ersehne.

Dennoch muß ich einen Augenblick verweilen. Ich muß gegen meine Abneigung ankämpfen, eine Situation zu enthüllen, dic von cinem Mitmenschen in der dunklen Abgeschiedenheit der nächtlichen Wälder genossen wurde. Niemals, niemals hätte sich Reverend Drain träumen lassen, daß seine Vergnügungen von auch nur einem anderen lebenden Wesen beobachtet worden sind, ganz zu schweigen von den Millionen von Londoner Zeitungslesern, die während der Verhandlung darüber mit den Lippen schmatzten.

Es ist in der Tat... Lassen Sie mir einen Augenblick, um mich zu sammeln und fortzufahren.

Ich werde erst einmal die zerstörte Fabrik beschreiben. Es war ein langes Gebäude aus Backsteinen. Der größte Teil war eingestürzt. Verkohlte Holzbalken ragten ins Innere. Junge Bäume sprossen zwischen ihnen in die Höhe. Zerbrochenes Glas hing aus den hohen, leeren Fensterrahmen. Berge von Backsteinen und Mörtel lagen in von Unkraut durchsetzten Haufen neben den Ruinen eingestürzter Schornsteine. Es schien mir ein Paradies für Ratten zu sein.

Ich sah Drain in einiger Entfernung vor mir. Er war vor einer leeren Türöffnung stehengeblieben, die in das Hauptgebäude der Fabrik führte. Ich sah, daß er sich suchend umblickte. Er schien sicher gehen zu wollen, daß er unbeobachtet war. Ich erstarrte im Schatten der Bäume. Er hatte mich nicht gesehen. Zufrieden, daß ihm niemand zuschaute, verschwand er in dem dunklen Fabrikgebäude.

Mir wurde klar, daß Reverend Drain wahrscheinlich nicht besonders begeistert sein würde, mich in diesem Augenblick zu sehen, aber ich verzehrte mich vor Neugierde. Also wagte ich mich ein paar Schritte weiter vor. Wiederum erstarrte ich. Drain war erneut aufgetaucht. Ich erblickte ihn im Türrahmen. Er war splitternackt.

Ich wagte nicht zu atmen, als er barfuß an mir vorbeischlich (es war eine warme Nacht). Jeder einzelne Muskel seines Körpers zeichnete sich in deutlicher Anspannung ab. Seine Augen glühten wie die eines Jägers auf der Pirsch.

Es ist für mich an der Zeit, zu verschwinden, dachte ich. Was auch immer Drain vorhatte, ich wollte es nicht sehen. Die Angelegenheit eines Mannes ist seine eigene Angelegenheit. Wer von uns möchte schon danach beurteilt werden, was er unter keinem anderen Blick als dem Blick des Herrn getan hat?

Unglücklicherweise hatte ich keine Ahnung, wie ich von

dort verschwinden sollte. Ich mußte wieder zu den Templetons zurück. Aber der Garten lag zwischen der Fabrik und dem Cottage, und Drain ging auf den Garten zu. Es gab keine Möglichkeit, an ihm vorbeizuschlüpfen. Sämtliche Wege bargen das Risiko, entdeckt zu werden – entweder, weil sie die geräuschvolle Durchquerung des Unterholzes erforderten oder das Überqueren offener Flächen. Ich beschloß, daß es das Beste sein würde, ihm in einem angemessenen Abstand zu folgen. Er suchte sich seinen Weg sehr sorgfältig, und ich würde warten, bis wir nahe am Haus waren, um endgültig zu verschwinden.

Leise schlich ich also von Baum zu Baum. Ich konnte Drains bleiche Schultern in einiger Entfernung vor mir erkennen. Ich hielt an, als er *Old Splendours* mächtige Wurzeln erreicht hatte. Er verschränkte seine Arme und blickte sich im Garten um. Dann trat er unter dem Baum hervor und hockte sich hin. Seine Haltung strahlte Konzentration aus. Er schien auf etwas zu warten – auf den richtigen Moment. Nachdem einige Minuten verstrichen waren, ließ er sich auf alle viere hinunter. War der richtige Moment gekommen? Er begann, den Grasstreifen entlangzukrabbeln, der neben dem Gartenweg verlief. Dann ließ er sich auf seine Ellenbogen hinab und begann, auf dem Bauch zu robben, wie ein Indianer. Seine Finger krallten sich in den Boden, und seine Zehen stießen sich im Gras ab. Endlich kam er an die Stelle, die er offensichtlich erreichen wollte. Sie lag unterhalb eines Busches, der unter dem Namen Blutendes Herz bekannt ist und dessen Zweige mit der Last von Hängeblüten, die wie winzige, karmesinrote Glocken aussahen, tief herunterhingen. Drain streckte die Arme über den Kopf und rollte sich auf den Rücken. Sternenlicht funkelte in seinen Augen.

Mit langsamen, leisen Schritten hatte ich mich *Old Splen-*

dour genähert. Nun versteckte ich mich hinter seinen Wurzeln. Als ich Drains seltsames Verhalten beobachtete, wäre ich am liebsten davongelaufen. Statt dessen blieb ich wie versteinert wo ich war.

Der Mann spielt. Das war alles, was mir einfiel. Genau wie ein kleiner Junge lebt er in seinem Spiel irgendeine detaillierte Phantasie aus.

Fast beneidete ich ihn um diese Fähigkeit. Welcher andere Mann seines Alters und in seiner Funktion ... Dann kam mir ein anderer Gedanke: Vielleicht hat er einen epileptischen Anfall oder befindet sich zumindest kurz davor. Denn obwohl sein Gesicht einen ruhigen Ausdruck trug und sein Kiefer entspannt war, ging ein leichtes Zittern durch seine Fingerspitzen. Und während ich ihn betrachtete, lief ganz deutlich erkennbar ein Krampf sein Bein entlang in den Oberkörper hinauf, wo er die Arme und Schultern zum Zittern brachte. Auf der anderen Seite zuckte sein Knie. Ein Brustmuskel vibrierte. Plötzlich stieß er ein lautes Keuchen aus. Sein Rücken wölbte sich, und er stützte sich auf seine Ellenbogen. Ein Schauer lief durch seinen Körper wie ein leichter, elektrischer Schock.

Ich verließ mein Versteck. Vielleicht sollte ich ihn festhalten oder ihm etwas zwischen die Zähne stecken, damit er sich nicht die Zunge abbiß. Dann blieb ich stehen. Drains »Anfall« kam mir irgendwie verdächtig vor. Seine Zukkungen schienen mir zu ... schwach. Sein Körper wandt und bog sich, aber er schien die Sache offensichtlich als angenehm zu empfinden.

Ich trat wieder hinter die Wurzel zurück. Während ich über sie hinwegspähte, sah ich, daß Drain in der Tat die Kontrolle über seine Bewegungen hatte. Seine Hände strichen über seinen Oberkörper und glitten dann zu seiner Leistengegend hinunter, wo sie über dem Körper schwebten und eine unsichtbare Substanz in der Luft einzusammeln schienen. Er berührte sein Glied nicht, aber während er seine sammelnden Bewegungen darum herum vollführte, erreichte es einen Zustand zunehmender Fülle. Krank vor Abscheu wandte ich mich ab.

So sah also die wahre Natur von Drains »Spiel« aus. Ich versuchte, das Bild, das sich mir gerade dargeboten hatte, aus meinem Gedächtnis zu streichen, aber ich konnte den Atem des Kirchenmannes hören: Er folgte einem Muster, stieg zu röchelnden Höhen hinauf, machte eine entzückte Pause und kollabierte dann in kurzem Keuchen.

Ich kroch tiefer in den Schatten hinein. Eine tiefe Melancholie überkam mich. Warum war ich so traurig? Ich versuchte, mir meine Gefühle zu erklären, wie es vielleicht ein Psychoanalytiker getan hätte.

Möglicherweise war ich zu prüde – was sicherlich meiner Erziehung in New England zuzuschreiben war. Meine Familie stammte von eingefleischten Puritanern ab. Die verklemmte, tadelsüchtige Art meiner Vorfahren hatte den Namen Boston zum Inbegriff der Prüderie unter fortschrittlichen Leuten gemacht. Es war genau diese Art von sexueller Engstirnigkeit, sinnierte ich, die den sensiblen jungen Kleriker in Hawthornes *Der Scharlachrote Buchstabe* zerstört hatte. Ebenso wie zahllose andere Neuengländer, die sich im wirklichen Leben keiner größeren Sünde schuldig gemacht haben, als ihre eigenen natürlichen Instinkte und Bedürfnisse auszuleben. Und, Himmel noch mal, ich hatte lang genug in London gelebt, um mich in solchen Fragen eines weltmännischen Gebarens zu befleißigen. Ich wußte Bescheid über den Strom von Unrat, der unter der Oberfläche respektablen Lebens fließt. Drains Verhalten bedurfte nichts weiter als eines

weltmännischen Kicherns meinerseits und nicht etwa mißbilligend geschürzter Lippen.
Nun war ich dabei, mich selbst zu verdammen. Aber im selben Augenblick, als meine Selbstverdammung ihren Höhepunkt erreicht hatte, schob sich ein anderes Bild in mein Bewußtsein: Anna und Clara.
Drain lag an derselben Stelle, wo Anna und Clara nur wenige Stunden später spielen würden. Es war der Platz, an dem die beiden Mädchen ihre reichen Kindheitsphantasien im Spiel auslebten, wo sie, umgeben von einem Blumenmeer, Nachlaufen spielten und herumtollten, wo sie mit ihren Engelsstimmen sangen und sich Dinge zuriefen.
Mein Blick wanderte zu Drain zurück. Er schien gerade genußvolle Qualen zu durchleiden. Seine Augen öffneten und schlossen sich. Sein Körper krümmte sich. Aber seine Hände waren seltsam untätig. Ich konnte mich des Eindrucks nicht erwehren, daß Drain nicht wirklich selbst etwas mit sich anstellte, sondern daß statt dessen etwas mit ihm angestellt wurde. Es war eigenartig. Das gefiel mir nicht. Das gefiel mir ganz und gar nicht.
Ich griff nach einem Stein.
Drains Atem kam nun rhythmisch wie ein Pulsschlag. Sein ganzer Körper strebte dem offensichtlichen Höhepunkt zu.
Du Bastard, dachte ich. Und als er an seinem Ziel angekommen war, warf ich den Stein, wobei ich seinen Kopf anpeilte. Ich wartete nicht ab, ob ich ihn getroffen hatte, sondern duckte mich und schlüpfte auf die andere Seite des Baumes.
Drain schnappte nach Luft und sprang auf die Füße. Wie ein huschender Schatten flog er an mir vorbei, als er zur Fabrik zurückeilte. Ich für meinen Teil griff mir meine

Reisetasche und lief durch den Garten in Richtung Haus.

Es war ein Augenblick vollkommener Verwirrung. Aber wenn ich heute an meinen Lauf durch den Garten zurückdenke, erinnere ich mich an eine seltsame Empfindung, der ich zu jener Zeit vielleicht nicht genug Aufmerksamkeit geschenkt hatte. Es war folgendermaßen: Als ich über die Stelle hinwegstürmte, wo Drain gelegen hatte, fühlte ich eine Art sanftes Streicheln auf meinem Gesicht. So mußte es sich anfühlen, wenn man durch einen Schwarm federleichter Vögel hindurchlief. Da ich nichts sehen konnte, nahm ich an, daß es sich um eine Wolke aus Mücken oder Eintagsfliegen handelte. In einem Reflex schloß ich den Mund, um sie nicht einzuatmen.

Das Gefühl ging schnell vorbei. Und bevor ich noch länger darüber nachdenken konnte, erschrak ich ein weiteres Mal. Als ich die Stufen zum Cottage hinaufeilte, rannte ich schnurstracks in Brian Templeton.

Er schrie auf und griff sich an die Brust.

Auch ich schrie und stolperte rückwärts. »Was tun Sie hier draußen?« fragte ich ihn schließlich, als ich erkannte, um wen es sich handelte.

»Was tun *Sie* hier draußen?« fragte er zurück. In dem fahlen Sternenlicht sah er sogar noch blasser und kränklicher aus als sonst.

»Nun, ich bin... gelaufen«, erwiderte ich, wobei ich ohne Frage schuldig und verwirrt aussah.

»Wovor laufen Sie denn weg?«

»Ich bin bis hierher gelaufen, um... um Ihnen das hier zu zeigen.« Ich hielt meine Reisetasche in die Höhe.

»Was ist das?«

»Hier drin befinden sich die Abzüge der Photographien, die ich heute morgen aufgenommen habe«, erklärte ich.

»Ich habe den ganzen Abend damit verbracht, sie zu entwickeln, und ich wollte, daß Sie sie sehen.«

Templetons Augen leuchteten auf. »Sie haben also etwas gefunden? Die Photographien – sie zeigen ...?«

Ich versuchte ein Lächeln, das etwas Wundervolles verheißen sollte. Im selben Moment schaute ich zur Fabrik zurück. Was war mit Drain geschehen? Hatte er verschwinden können? Verbarg er sich irgendwo und belauschte mein Gespräch mit Templeton? Oder hatte er sich in die entgegengesetzte Richtung davongemacht, ohne zu versuchen, herauszubekommen, wer ihn beobachtet hatte?

»Werden Sie verfolgt?« erkundigte sich Templeton noch einmal. »Haben Sie jemanden mitgebracht?«

»Oh, nein, nein, nein«, beruhigte ich ihn. »Ich bin bloß – nun ja, wir können uns die Photos ja drinnen ansehen, nicht wahr? Lassen Sie uns hineingehen.«

Templeton führte mich in die Bibliothek. Ich war bisher noch nie in diesem Zimmer gewesen. Nicht, daß es mir jemand verboten hätte, aber es war ein schmuddeliger, unordentlicher Raum, der einen nicht gerade zu einem Besuch ermunterte. Ich mußte mich an kleinen Tischen vorbeischieben, auf denen sich vergilbte Zeitungen, mit Schimmel überzogene Teetassen und alte Pfeifen, aus denen haufenweise graue Asche herausgefallen war, befanden. In einer Ecke stand ein Schreibtisch, auf dem alles mögliche Zeug abgeladen worden war. Templeton knipste eine kleine Lampe an und räumte einen schmalen Platz auf der Schreibunterlage frei.

»Also«, sagte er herausfordernd. »Lassen Sie mal sehen, was Sie da haben.«

»In Ordnung.« Ich balancierte die Tasche auf meinen Knien und zog den Stapel Photographien hervor. »Ich werde sie Ihnen nacheinander hinüberreichen, und Sie können –«

»Geben Sie mir einfach alle«, fiel er mir ins Wort. »Wenn es etwas zu sehen geben sollte ...«

Ich reichte ihm den Stapel. Er legte ihn auf dem Schreibtisch ab und begann, die Aufnahmen durchzusehen.

Ich hustete nervös.

»Es sind hübsche Studien von Anna und Clara«, log ich. Tatsächlich sahen die Mädchen traurig und unbehaglich aus.

»Aber keine Elfen«, sagte Templeton, während er ein Photo betrachtete.

»Sie sind viel besser, als es Studioaufnahmen von den Mädchen wären. Studioaufnahmen können so gezwungen und unnatürlich wirken.«

»Aber keine Elfen«, wiederholte Templeton.

»Ich finde, daß das natürliche Licht den klaren Teint der Mädchen besonders gut zum Ausdruck bringt – und auch die hellen Strähnen in ihrem Haar.«

»Aber keine Elfen«, sagte Templeton ein letztes Mal.

»Nein«, erwiderte ich. »Keine Elfen. Ich habe auch nicht wirklich damit gerechnet, daß –«

»Was ist das hier für ein Fleck?« fragte er und deutete auf eine der Aufnahmen.

»Ein Stäubchen«, antwortete ich, denn das war es ganz eindeutig.

»Und dieser Fleck hier und dieser dort?«

»Auch Stäubchen.«

»Sind Sie sich da sicher?«

»Absolut«, sagte ich. »Diese Flecken sehen überhaupt nicht wie die Sprenkel aus, welche sich auf den Photographien befanden, die Walsmear mir gebracht hat. Die, die Anna und Clara aufgenommen hatten. Diejenigen, die

Sie, wie ich glaube, in Ihrem Schreibtisch aufbewahren.«

»Ich habe sie in der Tat in meinem Schreibtisch«, gab Templeton zu, öffnete eine Schublade und holte einen Umschlag hervor. Aus diesem Umschlag zog er die Photographien, die mir Walsmear vor zwei Wochen (eine ganze Ewigkeit, wie mir scheinen wollte) in London gezeigt hatte.

Wir verglichen die Bilder vom Morgen mit den früheren Aufnahmen. Die Staubflecken auf den neueren Photos waren überhaupt nicht mit den strahlenden Klecksen der Originale zu vergleichen.

Templeton gab ein Geräusch von sich, das seinen Unmut ausdrückte und so ähnlich klang wie »Bah!«

»Hmmm«, erwiderte ich. »Ich schätze, es ist an der Zeit, ein Resümee zu ziehen. Wir sollten uns überlegen, was wir bisher erreicht haben und planen, was wir als nächstes unternehmen werden.«

Templeton verschränkte seine Arme vor der Brust und schüttelte den Kopf. »Es wird keine weiteren Unternehmungen geben«, sagte er. »Dieser Zirkus ist beendet.«

»Was wollen Sie damit sagen?«

»Das Ganze ist mir einfach zu albern. Ich habe anfangs nur meinem alten Freund zuliebe mitgemacht – nicht etwa, daß er solche Rücksichtnahme verdient hätte, aber so ist es mit der Freundschaft nun einmal. Auf jeden Fall reicht es mir jetzt. Ich steige aus diesem Spiel aus. Genau wie Sie.«

»Warten Sie eine Sekunde.« Ich hob die Hand. »Aus welchem Spiel steigen Sie aus?«

»Aus Walsmears Spiel. Diese Sache mit den ... Elfen.«

»Könnten Sie wohl bitte etwas deutlicher werden?«

»Warum sollte ich? Die ganze Angelegenheit ist wirklich

äußerst lächerlich. Mein lieber Mr. Castle, so etwas wie Feen gibt es nicht. Weder in meinem Garten noch sonstwo.«

»Hat Walsmear Ihnen die Vergrößerung gezeigt? Die mit der Gestalt?«

»Ja. Und ich habe nichts gesehen.«

»Dann müssen Sie uns ja für verrückt halten.«

»Ich glaube eigentlich nicht, daß Michael verrückt ist. Sein Gewissen plagt ihn. Er hat meine Frau getötet, wissen Sie. Es war ein Unfall. Es ist mir gelungen, darüber hinwegzukommen. Bei ihm ist das anders. Jetzt sieht er geheimnisvolle Dinge. Und er benutzt Sie.«

»Ich lasse mich nicht so ohne weiteres benutzen«, erwiderte ich und versuchte – ich weiß auch nicht genau warum –, wie ein harter Bursche zu klingen.

»Ja«, fuhr Templeton verträumt fort. »Sie starb in demselben Zimmer, in dem Sie schlafen. Walsmear trug sie hinein. Ihr Körper war zerstört. Zerstört und voller Blut. So zertrümmert, daß er nicht mehr zusammengeflickt werden konnte.«

Also, hier hatte ich es mit einem wirklich harten Burschen zu tun. Templeton sprach über den Unfall seiner Frau ohne irgendein Anzeichen von Gefühl. Ich fragte mich, ob er tatsächlich über den Tod seiner Frau »hinweggekommen war« oder sich dieser Tatsache schlichtweg nie gestellt hatte. Diese tiefschürfende Beobachtung verschaffte mir ein Gefühl der Überlegenheit gegenüber meinem Gastgeber. Ich konnte es gut gebrauchen. Ich war vollkommen verwirrt. Ein Pfarrer, der nackt in einem vom Mondlicht beleuchteten Garten umhersprang. Ein Constable, zerfressen von Schuldgefühlen. Der syphilitische Templeton. Der verrückte Castle. Anna und Clara. Die einsame Linda. Mein Kopf begann zu schmerzen.

»Was für jämmerliche Gestalten wir doch sind«, sagte Templeton und zeichnete ein Muster in den Staub auf dem Kaminsims.

»Einige von uns sind jämmerlicher als andere«, bemerkte ich. »Aber Sie haben zumindest Anna und Clara.«

»Sie werden sich nicht an unsere Sorgen erinnern. Und die Welt wird auch sie zermalmen. So, wie sie uns alle zermalmt.«

Templeton blickte zu mir auf. Seine Augen glänzten milchig. Die Haut darunter hing schlaff herab. Ich bedauerte den Mann. Ich wäre nie auf die Idee gekommen, daß er mich seinerseits bedauerte.

»Und Sie sind der Jämmerlichste von uns allen, Castle«, sagte er. »Ein Opportunist ohne günstige Gelegenheit. Ich schlage vor, daß Sie morgen ausziehen. Gehen Sie dahin zurück, wo sie hergekommen sind. Diese Angelegenheit mit den Feen ist«, Templeton vollführte eine Geste mit seiner langen, knochigen Hand, »beendet.«

Kapitel 21

Wie ich das seltsame Geheimnis des Polizisten entdeckte

Michael Walsmear mochte wohl ein unkonventioneller Polizist sein, aber er hatte sich dennoch einer der großen Traditionen seines Berufsstandes verschrieben: Er war nie da, wenn man ihn brauchte.

Am nächsten Tag verabschiedete ich mich von Anna und Clara und brachte meine Reisetaschen hinter die Bar des *Starry Night*. Der Gastwirt schien über meinen Verbleib und über das, was ich getan hatte, genau informiert zu sein. Es handelte sich bei meinen Abenteuern jedoch offensichtlich um ein Thema, das er schon längst leid war. Aber dennoch war er, nachdem er sich die Hände an seiner Schürze abgetrocknet hatte, bereit, mich nach draußen zu begleiten und mir den Weg zur Polizeistation von Burkinwell zu beschreiben. Vielleicht erwartete er eine neue Wendung in meiner Geschichte.

Die Polizeistation war ein düsteres, kleines Gebäude, das nicht annähernd die Größe und Würde des Gesetzes widerspiegelte. Die Tür quietschte, als ich sie aufstieß. Drinnen fand ich zwei uniformierte Beamte vor. Einer von ihnen war ein älterer Officer. Er erteilte dem anderen Mann, der auf einer Schreibmaschine herumhackte, Anweisungen.

»Passen Sie auf, daß Sie das richtig schreiben«, sagte er zu dem Jüngeren und beugte sich über dessen Schulter. »Es muß ›Walsmear‹ heißen. W-a-l-s-m-e-a-r.«
»Walsmear?« Ich trat an das Geländer, ohne mich vorzustellen. »Ich bin auf der Suche nach Constable Walsmear. Wissen Sie, wo ich ihn finden könnte?«
Die beiden Männer blickten zu mir auf.
»Nein«, sagte der Ältere.
Dann machten sich die beiden wieder an die Arbeit.
»Nur *ein* ›L‹«, warnte der ältere Officer.
»Das weiß ich sehr wohl«, entgegnete der andere Beamte.
»Sind Sie sicher, daß Sie das richtige Formular haben?« erkundigte sich der ältere Mann.
»Ich denke schon, Sir. Hier steht es ja: ›Disziplinarverfahren – Formblatt 117 Strich K‹.«
»Mußte noch nie so ein Ding ausfüllen«, sagte der andere. »Aber wahrscheinlich gibt es für alles ein erstes Mal.«
»Entschuldigen Sie«, unterbrach ich ihn. »Es ist nicht zu überhören, daß Sie über Constable Walsmear sprechen. Und ich bin auf der Suche nach ihm.«
»Genau wie wir«, erwiderte der Dienstältere. Er warf mir einen verschmitzten Blick zu. »Sie sind Amerikaner, nicht wahr?«
»Ja«, antwortete ich.
»Sie wohnen doch in Templetons Haus, nicht wahr? Hatten Ärger drüben im Zigeunerlager, wie? Waren mit der Pfarrersfrau im Keller der Kirche, stimmt's?«
»Werfen Sie mir irgend etwas vor?«
»Ich doch nicht. Nein, Sir. Ich doch nicht. Einige Dinge sind nicht Sache der Polizei. Es sei denn, sie erschrecken die Pferde, halten die Hühner davon ab, Eier zu legen

oder stören in irgendeiner anderen Weise den Frieden.« Er lachte. »Aber sagen Sie mir doch«, fügte er hinzu und lehnte sich lässig gegen das Geländer. »Wo ist Michael Walsmear?«

»Ich habe Ihnen doch gerade die gleiche Frage gestellt«, antwortete ich. »Ich habe schon überall nach ihm gesucht.«

»Haben Sie es auch bei ihm zu Hause versucht?« fragte der ältere Mann.

Das hatte ich.

Walsmear lebte in einem heruntergekommenen kleinen Haus mit einem griesgrämigen Hund im Vorgarten. Die hilfsbereite alte Dame nebenan hatte mich darüber informiert, daß seine Mutter – die bereits seit einem Jahrzehnt tot war – den »kleinen Mikey« in diesem Haus großgezogen hatte. Mikey war in der letzten Zeit nicht oft zu Hause gewesen. Und so fütterte sie, wie sie es immer tat, wenn er fort war, den Hund. Nein, er sagte ihr nie, wann er fortging. Der Hund begann gewöhnlich nach einigen Tagen zu jaulen, und sie wußte dann Bescheid, daß sie ihn füttern mußte. Ob sie wohl wisse, wohin er gegangen sei? Nein – aber er hatte sich schon immer gerne bei den Zigeunern herumgetrieben. Vielleicht war er ja bei denen draußen. Natürlich waren sie allesamt ein schlechter Haufen. Ein oder zwei, die sie kennengelernt hatte, waren in Ordnung, aber man mußte sich seine Freunde in dieser Welt schließlich dort suchen, wo man sie fand, und man konnte Mikey nicht verurteilen, daß er mit seinen Freunden zusammensein wollte ...

»Tja, nun.« Der ältere Officer griff nach einigen Papieren und raschelte, während er sprach, damit herum. »Diese Fälle, wo es um das Verhalten im Dienst geht, können verzwickt sein. Wenn ein Mann erst einmal so viele Jahre bei der Polizei gedient hat ... tja, dann schuldet man ihm etwas Rücksicht. Aber wieviel? Hm? Wieviel? Es gibt einige Dinge, die kann man einfach nicht durchgehen lassen. Ein Beamter darf einfach nicht mitten im Dienst am hellichten Tag davonspazieren. Nein, Sir. Kann nicht toleriert werden. Und er darf auch nicht in einer unvollständigen Uniform herumwandern. Oder sogar in gar keiner. Und Ohrringe? Nein, Sir. Kommt überhaupt nicht in Frage. Keinem Beamten kann es erlaubt werden, mit einem Zigeunerohrring herumzulaufen. Das gehört sich nicht.«

»Können Sie mir nun helfen oder nicht?« fragte ich.

»Tut mir leid.«

»Und Sie können ihn auch nicht finden?«

»Wenn Sie etwas erfahren sollten, lassen Sie es uns wissen. Er ist ein guter Kerl.«

Zurück im *Starry Night*, teilte mir Cole mit, daß mein altes Zimmer auf mich warte. »Zuerst einmal müssen wir es aber saubermachen«, fügte er hinzu. »Habe es an einen Herrn vermietet, solange sie fort waren. Handelsvertreter, denke ich. Hat Plätzchen im Bett gegessen. Die Krümel sind jetzt überall.«

Ich ging nach oben und traf dort auf Esmirelda, die das Krümel-Problem mit einem Besen anging. Ich ließ mich auf den Stuhl fallen und schaute ihr zu. Sie kehrte mit langsamen, verträumten Strichen, wie ein Ruderer. Ihre Hüften und die Schultern rollten hin und her. Ihr billiges, schlecht sitzendes Kleid spannte sich an den falschen Stellen.

»Ich werde diesen Boden noch wochenlang fegen müssen«, sagte sie in ihrem langsamen, tiefen Singsang. »Ein anderer Mann wird auf diesem Stuhl sitzen. Dann ein weiterer. Ich werde die Krümel auffegen, die sich jetzt noch vor mir versteckt halten.«

»Man kriegt sie einfach nicht alle, was?« scherzte ich.

»Sie verstecken sich, wissen Sie. Sie rutschen in die Ritzen und unter die Tischbeine. Sie krabbeln in die Wolle des Teppichs. Leute laufen darüber hinweg, und sie wühlen sich weiter an die Oberfläche. Sie werden jetzt Monate brauchen, um sich wieder an die Oberfläche zu wühlen, diese Krümel.«

»Schwer zu erwischen, wie?«

»Wer?«

»Wie bitte?«

»Wer ist schwer zu erwischen?«

»Ich meinte keine Person, sondern die Krümel.«

»Sie suchen, stimmt's?«

»Wonach soll ich suchen?«

»Nach ihm.«

»Wem?«

»Die Zigeuner.«

»Was? Was ist mit ihnen?«

»Sie sind nicht wie Sie.«

»Was wollen Sie damit sagen?«

»Sie verurteilen ihn nicht.« Sie fuhr fort, mit ihren weiten, beständigen Strichen zu kehren. »Deshalb geht er zu ihnen.«

»Sprechen Sie von Walsmear?«

»Wer auch immer.«

»Wissen Sie, wo er ist? Ist er draußen im Zigeunerlager?«

»Ich würde ihn da draußen nicht verfolgen. Erinnern Sie sich nur daran, was Ihnen beim letzten Mal passiert ist.«

»Ich werde ihn nirgendwohin verfolgen.«

»Bah. Sie und Ihresgleichen. Sie und dieser Brian Templeton. Sie wollen ihn quälen, das wollen Sie. Weil er einmal einen Fehler begangen hat.«

»Ich glaube nicht, daß ich Ihnen –«

»Nun, Sie brauchen sich gar keine so große Mühe zu geben. Er quält sich schon seit langer Zeit selbst. Ausgiebig. Seit zehn Jahren.«

»In welcher Weise quäle ich denn Michael Walsmear?«

»Seine kleinen Träume über Elfen. Sie würden sie zerstören, nicht wahr? Die könnten die Lösung für all seine Probleme sein, und Sie würden sie einfach zerstören. Sie sind genau wie alle anderen.«

Das ging zu weit. Ich erhob mich, ging zu ihr hinüber und nahm ihr den Besen aus der Hand. Sie weigerte sich, mir in die Augen zu schauen. Ich ergriff ihre Hände. »Esmirelda«, sagte ich und versuchte, ihren Blick zu erzwingen. »Bitte, bitte erklären Sie mir, wovon Sie sprechen.«

Ihre tiefen, feuchtbraunen Augen hoben sich und sahen mir suchend ins Gesicht. »Das wissen Sie doch«, antwortete sie, obwohl ihr Tonfall überhaupt nicht überzeugt klang.

»Ich habe keine Ahnung. Was bedeutet Walsmears kleiner Traum mit den Elfen?«

»Mrs. Templeton.«

»Er hat sie getötet. Das heißt, er hat sie ohne Absicht überfahren.«

»Sie ist vor sein Auto gelaufen.«

»Ja und?«

»Gebrauchen Sie Ihren Kopf. Eine erwachsene Frau? Die keine Ahnung hat, wie man eine Straße überquert? Manche sagen, Sie hat es mit Absicht getan.«

»Selbstmord?«

»Manche glauben, ja.«
»Gewissensbisse?«
»Weswegen?«
»Weil sie eine Sünde begangen hat.«
»Welche Sünde?«
»Welche Sünde wohl? Eine Frau. Verheiratet. Dort draußen in dem kleinen Cottage. Da gibt es nicht viele Sünden, die sie begehen kann. Außer Mord und –«
»Ehebruch.«
Ein Schauer lief von Esmireldas Fingern zu meinen. In diesem Moment hätte ich unseren physischen Kontakt unterbrechen sollen. Aber ich wollte ihren Strom der Enthüllungen nicht unterbrechen.
»Ich habe sie nie gekannt«, flüsterte sie. »Aber man erzählt sich, daß sie eine gute Frau gewesen ist. Schauen Sie nur einmal in die Gesichter ihrer Kinder, wenn Sie es nicht glauben.«
»Ich glaube es.«
»Wenn etwas zwischen ihr und einem anderen Mann gewesen sein sollte, zum Beispiel einem der Freunde ihres Mannes – zum Beispiel dem einzigen Freund ihres Mannes ...« Sie schwieg einen Moment. Dann fuhr sie fort: »Möglicherweise wäre sie nicht in der Lage gewesen, damit zu leben.«
»Walsmear? Walsmear und Templetons Frau?«
»Manchmal geschehen einfach Dinge zwischen Menschen.«
Esmireldas etwas klebrige Hände krochen von meinen Fingern über meine Unterarme bis zu meinen Ellbogen hoch, wo sie verblieben. Sie war ein großes Mädchen, und ihre Augen waren fast auf einer Höhe mit meinen. Ein Bild des kleinen, vierfach unterteilten Fensters schwamm in ihren dunklen Pupillen.

»Was«, fragte ich und versuchte, ihr nicht meinen Atem ins Gesicht zu blasen, »hat das mit Elfen zu tun?«
»Was wäre, wenn sie damals nicht einfach vor den Wagen gelaufen ist? Was wäre, wenn sie von etwas gejagt wurde?«
»Etwa von Elfen? Die sie aus dem Garten gejagt haben?«
»Michael hat es mir nie gesagt. Aber er hat es dieser... dieser Kommission erzählt, diesen Männern, die um den großen Tisch herumsaßen...«
»Der Untersuchungskommission.«
»Er hat ihnen gesagt, daß sie sich seltsam benommen habe, als sie herausgerannt kam. Sie griff nach etwas in der Luft. Als würde sie von einem Schwarm Bienen verfolgt.«
»Vielleicht ist sie über einen Bienenstock gestolpert.«
»Es wurde nie ein Bienenstock gefunden.«
Esmireldas Verträumtheit schien ansteckend zu sein. Ich hatte das Gefühl, als würden wir uns über Personen unterhalten, die nie existiert hatten, die Charakteren in einem Buch glichen, über deren menschliche Nöte man zum eigenen Amüsement nachdenken und mit deren Schicksalen man herumspielen konnte, ohne Konsequenzen für die eigene Person fürchten zu müssen.
»Ich habe eine andere Erklärung«, sagte ich mit gedankenloser Gelassenheit. »Vielleicht hat er sie umgebracht. Vielleicht haben sie sich gestritten. Er sprang in den Wagen. Sie versuchte, ihn aufzuhalten. Und er hat sie umgefahren.«
Esmirelda schüttelte den Kopf. »Sie kennen ihn nicht«, sagte sie.
Ihre Arme schoben sich unter meine. Sie sprach gegen mein Schlüsselbein, denn wenn sie mir beim Sprechen in

die Augen geschaut hätte, wären ihre Lippen meinem Gesicht nahe, ganz nahe gekommen. In diesem Augenblick, das ist mir heute klar, hätte ich mich zurückziehen sollen. Da ich es nicht tat, verband ich mich mit ihr in einer stillschweigenden Übereinkunft. Zusammen hatten wir, ohne es uns eingestehen zu wollen, einen Gipfel erklommen. Wir führten die Schwerkraft in Versuchung. Nun würde sie uns hinunterziehen. Zusammen. Wir purzelten nicht nach unten, um mit blauen Flecken und kaputten Knochen auf einem Schutthaufen zu landen. Vielleicht wäre es besser gewesen, wenn es so gekommen wäre. Statt dessen schwebten wir auf einer Wolke hinunter. Ganz leicht. Wir schlossen unsere Augen und warfen uns in die Luft. Und als wir sie wieder öffneten, erblickten wir eine andere Welt. Der Gipfel lag weit hinter uns und konnte nie wieder erklommen werden.
»Aber die Elfen«, sagte ich.
»Selbstmord oder Unfall. Michael muß immer noch mit sich selbst leben. Lassen wir ihn in dem Glauben, daß die Elfen sie aus dem Garten gejagt haben. Lassen wir ihm seinen Frieden.«
Ich murmelte zustimmend, während ihre Lippen auf den meinen auf und ab glitten und wir auf das Bett sanken. Meine Sinne waren von Esmireldas heller, olivfarbener Haut und den verschiedenen Küchendüften und Gerüchen aus dem Schrank mit den Reinigungsmitteln erfüllt, die sich in ihrem Haar und dem süßen Schweiß auf ihren Schläfen vermischten. Das Bett unter uns stöhnte, und ab und zu gab es ein Kratzen und Schlurfen vor der Tür, als ob jemand lauschte oder durchs Schlüsselloch schaute. Von oben ertönte ein Knarren, als würde dort jemand gereizt auf und ab laufen. Und ein Schwall rauhen Gelächters tönte unten von der Bar.

Kapitel 22

Wie ich von dem seltsamen Geheimnis der Mädchen erfuhr

Ich hätte Linda Drain all das anvertrauen können. Aber ich erzählte ihr nichts und bedachte nicht, daß die Menschen in Ermangelung genauer Information dazu neigen, ihre eigenen, wilden Vermutungen anzustellen. Ich hätte ihr am folgenden Nachmittag, als ich auf der Kante des unbequemen Sofas in ihrem Wohnzimmer saß, Tee aus einer zarten Tasse trank und in ihr außergewöhnlich mitfühlendes, lächelndes Gesicht blickte, die ganze Geschichte anvertrauen sollen.

»Mrs. Drain«, hätte ich sagen sollen. »Linda – darf ich Sie Linda nennen? Vielen Dank. Ich kann Ihnen gar nicht sagen, wie sehr ich ihre Freundlichkeit und Hilfsbereitschaft zu schätzen weiß. Sie haben mir dabei geholfen, eine Dunkelkammer einzurichten. Sie haben keine bohrenden Fragen gestellt. Sie haben mich akzeptiert und mich in Burkinwell meiner Wege ziehen lassen. Dabei bin ich ziemlich sicher, daß Sie mir die Geschichte, die ich Ihnen als Grund meiner Anwesenheit hier erzählte, nicht abgenommen haben. Und ich kann Ihnen das nicht zum Vorwurf machen. Ich kann mich selbst schon kaum mehr an den wahren Grund erinnern.

Lassen Sie mich folgendes zu Ihrer Beruhigung sagen:

Geben Sie mir die Möglichkeit, alles zu erklären. Ich bin nach Burkinwell gekommen, um mein Geschäft zu retten. Ich benötige Geld, und ich benötige es sehr bald. Ich habe nicht die Absicht, mir das Geld, das ich benötige, zu leihen. Aber ich habe auch nicht unbedingt die Absicht, es mir zu verdienen. Mein Plan sieht vor, zu schnellem Reichtum zu gelangen. Und dies soll durch solch ein verrücktes Vorhaben geschehen, das nur ein Idiot als durchführbar in Betracht ziehen würde.«
(Linda würde an dieser Stelle wahrscheinlich mit immer größer werdenden Augen versuchen, mir Mut zu machen. Der Kern ihrer Bemerkungen würde sicherlich der sein, daß ich ganz bestimmt kein Idiot sei – eine wahrlich beleidigende Form der Beruhigung, die ich mir selbst zu verdanken hätte.)
»Warten Sie«, würde ich sie jedoch unterbrechen, » bis ich Ihnen mein Vorhaben erläutert habe. Sehen Sie, Ihr Constable, Mr. Walsmear, zeigte mir einige Photographien, auf denen zu sehen war, wie die beiden Templeton-Mädchen mit Elfen herumtollen, mit anderen Sphärenwesen spielen, sich mit Wichteln sonnen – mit anderen Worten, wic sie sich mit lebendigen, echten, wirklich existierenden Elfen abgeben. Albern, sagen Sie? Möglicherweise. Aber Sir Arthur Conan Doyle denkt nicht so. Ja, der bekannte Autor und Spiritist. Er besitzt selbst einen Satz allerdings völlig anderer Elfenphotographien. Und er möchte unsere vom Markt haben. Verstehen Sie?«
Hier würde sie vielleicht nicken, aber ihr Mitgefühl wäre sicherlich bereits ein wenig abgekühlt.
»Vielen Dank, Linda, daß Sie mir bis hierhin zugehört haben. Es folgt nun eine knappe Zusammenfassung dessen, was mich nach Burkinwell gebracht hat. Doyle

möchte unsere Bilder vernichten, da sie in Konkurrenz zu seinen eigenen stehen. Er hat mir die Aufgabe übertragen, die Aufnahmen von den Templetons zu erwerben und verschwinden zu lassen. Und er ist willens, mich für meine Dienste zu entlohnen. Ich habe also vor, genau dies zu tun und das Geld einzustecken.
Aber jetzt kommt der positive Teil. Ich habe noch ein As im Ärmel. Ich werde die Bilder, wie von Doyle gewünscht, zerstören – und dann meine eigenen Elfenphotographien aufnehmen. Diese Photos werden dann die wahren, authentischen Elfenbilder sein. Und sie werden mir gehören. Ich werde entscheiden, was mit ihnen passiert. Die ganze Sache wird ein Vermögen wert sein. Und das nicht nur für mich, sondern auch für Walsmear, Templeton, Anna und Clara – und selbst für Sie, wenn Sie möchten. Wir werden reich sein. Reich, reich, reich!«
In Wahrheit sagte ich nichts dergleichen. Linda und ich verbrachten einen angenehmen Nachmittag, unterhielten uns über Amerika, Religion, Bücher und Photographie. Gelegentlich ertönte von oben ein Rascheln, das von Reverend Drain stammte, der an seiner Predigt zu arbeiten schien oder sonst etwas an seinem Schreibtisch erledigte. Zweimal rief er hinunter und verlangte nach Tee und Plätzchen, um sich zu stärken. Ansonsten überließ er uns beide uns selbst.
Es war stimulierend, sich mit Linda zu unterhalten, und es barg auch einige Überraschungen. Ich konnte mir gut vorstellen, daß sie auch woanders als in diesem hübsch, aber karg eingerichteten Wohnzimmer einen nachhaltigen Eindruck hinterlassen würde. Sie konnte (und tut es vielleicht inzwischen) sogar London oder New York mit ihrer Anwesenheit erhellen. Ich gebe zu, daß ich bereits vor diesem Nachmittag – und erst recht danach – mit

dem Gedanken gespielt hatte, mein Studio und die Einrichtung zu verkaufen, meine Schulden zu begleichen und sie zu überreden, mit mir zu einem wundervollen Abenteuer nach Paris, New York oder San Francisco aufzubrechen. Über die kurze Entfernung des geknüpften Teppichs zwischen uns hinweg, waren wir wie die beiden Zinken einer Stimmgabel – unsere Schwingungen (so dachte ich) in vollendeter Harmonie. Keiner von uns , so wollte es scheinen, konnte etwas sagen, ohne beim anderen damit eine äußerst bemerkenswerte, unvorhersehbare und dennoch vollkommen übereinstimmende Antwort zu provozieren. Während wir mühelos von einem Thema zum nächsten wechselten, fühlte ich, wie unsere Seelen miteinander verschmolzen, sich aus dem kleinen Wohnzimmer erhoben und auf einer anderen Ebene – nicht unbedingt in Verzückung, aber sicherlich auf eine liebliche Art und Weise – zusammenkamen.
Solch einen reizvollen Besuch weiter auszudehnen hätte das Risiko in sich getragen, die schwerelose Perfektion seines Tons zu verderben, und daher zwang ich mich, aufzustehen und mich bereits ein wenig eher, als es eigentlich meine Absicht gewesen war, auf den Weg zu machen. Während ich am Fuß der Treppe stand und mich von Linda verabschiedete, öffnete sich oben eine Tür und Reverend Drain ließ sich endlich blicken. Er trug Hausschuhe, und der oberste Knopf seines Hemdes war geöffnet.
»Na, na, na.« Er stieg ein wenig steif, wie es mir vorkam, die Treppe hinunter. »Sie müssen mich ja für sehr unhöflich halten, Mr. Castle. Aber ich habe mit den Jahren gelernt, daß es fatal ist, den Zauber zu durchbrechen, wenn mich das Feuer der Schöpfung überkommt.«
Ich muß ihn wohl etwas amüsiert angesehen haben, denn er fuhr erklärend fort: »Ich arbeite an einer Predigt. Einer

neuen. Könnte gut werden. Könnte auch eine Katastrophe werden. Das wird sich herausstellen, sobald das Feuer verlöscht.«

»Ich bin sicher, daß sie wundervoll wird, mein Lieber«, sagte Linda und ergriff seine Hand.

Als ich die beiden dort am Fuß der Treppe stehen sah, die Blicke ineinander versenkt und allem Anschein nach in echter, ehelicher, gegenseitiger Bewunderung vertieft, erinnerte ich mich an die Szene letzte Nacht in Templetons Garten, genoß gleichzeitig das immer noch nachschwingende Vergnügen der gerade beendeten Unterhaltung und wurde fast schwindlig angesichts des berauschenden Vorteils, den ich gegenüber diesen beiden Sterblichen, die hier vor mir standen, hatte. Obwohl weder Linda Drain noch ihr Mann irgend etwas mit dem zu tun hatten, was mich nach Burkinwell geführt hatte, so waren sie doch vom Schicksal meiner Macht unterstellt worden – die auszuüben oder nicht auszuüben ganz allein meine Entscheidung war.

Aber welchen Nutzen konnte mir diese »Macht« bringen? Ich fühlte mich zu Linda hingezogen, aber trotz meiner Phantasien hatte ich nicht das Bedürfnis, sie aus diesem luftigen Pfarrhaus zu entführen und an mein unsicheres Schicksal zu ketten. Und obwohl ich mich von Reverend Drains einsamer nächtlicher Orgie abgestoßen fühlte, konnte ich (aus Gründen, die in gewisser Weise auf der Hand lagen, die aber einem forschenden Blick nicht standgehalten hätten) in keiner Weise davon profitieren, seine Karriere zu zerstören, indem ich ihn in aller Öffentlichkeit bloßstellte.

Im Besitz einer solchen Macht zu sein und sie doch nicht auszuüben, kann einen gewissen, vergnüglichen Rausch herbeiführen, den ich ausgiebig genoß, während ich

zustimmend mit dem Kopf nickte und mich zurückzog. Ich trat aus der Tür von Drains Pfarrhaus und hüpfte zum Tor hinaus, auf die Straße.
Vielleicht lag es an einem Übermaß an Tee oder einer Euphorie aufgrund meiner Unterhaltung mit Linda, jedenfalls fühlte ich eine Woge von Energie und guter Laune, während ich durch Burkinwell zurück zum *Starry Night* spazierte. Es war ein später Samstagnachmittag: die Hosentasche des Wochenendes. Häuserfronten, Wege und Gärten, ja selbst die Luft schien durchdrungen zu sein von einem Gefühl der Entspannung und der Freiheit. Ich kam an Nachbarn vorbei, die sich von Türschwelle zu Türschwelle miteinander unterhielten, an Kindern, die faul auf Toreingängen schaukelten und an Mädchen, die Arm in Arm mit duftend warmen Körben, in denen sich frisches Brot befand, daherspazierten. Ich vernahm ein Poltern auf dem Pflaster hinter mir und trat zur Seite, um eine Gruppe von Zigeunern vorbeizulassen, deren Pferdewagen mit Vorräten aus der Stadt beladen war.
Ich überlegte, ob ich um eine Mitfahrgelegenheit bitten sollte. Falls sich Walsmear wirklich in ihrem Lager aufhielt, dann war der jetzige Zeitpunkt genausogut wie jeder andere auch, um ihn aufzusuchen. Aber ich lehnte diese Aktivität als viel zu belastend für meine gegenwärtige Laune ab, die eher für das Gedeihen fröhlicher Pläne und sorgenfreier Phantastereien geschaffen war.
Also, was sollte ich nun als nächstes tun? fragte ich mich. Vielleicht meine Ausrüstung aus der Kirche holen, meine Rechnung im *Starry Night* bezahlen und morgen nach London zurückkehren, diese bizarre kleine Episode einfach vergessen und Burkinwell unbehelligt wieder ins Verborgene zurückgleiten lassen? Ich könnte mich mei-

nem ökonomischen Dilemma mutig und gutgelaunt stellen und den nächsten Tag im Überlebenskampf bestehen, wohl wissend, daß noch viele Jahre vitaler Manneskraft vor mir lagen. Mein ursprüngliches Vorhaben weiter zu verfolgen war ein anderer, völlig gegensätzlicher Plan. Warum, so fragte ich mich, sollte ich Burkinwell überhaupt jemals wieder verlassen? War diese kleine Stadt auf ihre eigene, bescheidene Weise nicht ein Paradies? Ganz sicher würde ich hier niemals reich werden, und die Gesellschaft (abgesehen von Linda) wäre wohl kaum schillernd zu nennen, aber ich könnte überleben, indem ich den ansässigen Photographen mit seiner alten Kamera, den mottenzerfressenen Balgen, der durchgescheuerten, staubigen Kulisse und seiner übergroßen Vorliebe für einen guten Tropfen aus dem Geschäft drängte.
So viele Möglichkeiten! Um meine Stimmung noch ein wenig auszukosten, ging ich nicht auf direktem Weg zum Gasthaus zurück, sondern schlug einen weiten Kreis um die Stadt herum und spazierte so viele mir bisher unbekannt gebliebene Wege wie nur möglich entlang. Irgendwann bemerkte ich, daß ich mich ein wenig zu weit hatte abtreiben lassen und begann, quer über ein Feld zurückzumarschieren, das ich zuerst nicht erkannte. Als ich mich jedoch in seiner Mitte befand, wurde mir klar, daß es sich um das Feld neben Templetons Cottage handelte. Statt direkt am Cottage vorbeizulaufen, machte ich einen kleinen Bogen und sprang an jener Stelle über den Zaun auf die Straße, wo sie hinter der Fabrik eine Kurve beschreibt.
Wieder einmal befand ich mich an genau der Biegung, um die Michael Walsmear an diesem – wie es in Groschenheften wohl geheißen hätte – »schicksalhaften Nachmittag« seinen Wagen gesteuert hatte, als er Mrs. Templeton

überfuhr. Während ich um die Kurve spazierte, stellte ich mir vor, wie er sich wohl gefühlt hatte, hoch oben auf dem Fahrersitz, während der Motor vor ihm oder hinter ihm tuckerte, die Blätter unter den Rädern knirschten und der Wind gegen seine Brille und durch das Haar blies. Vielleicht bewunderte er von seinem hüpfenden Thron aus die grauen Steinmauern, die ordentlichen Felder und die vollen Baumwipfel, die wie Hügel über den verstreut liegenden Dächern anwuchsen. Möglicherweise hatte auch ein Funkeln von einem Stück zerbrochenen Glases drüben in den Ruinen der alten Fabrik seinen Blick für einen Moment abgelenkt oder auch die Reflexionen des kleinen Wasserlaufs, der an dieser Stelle neben der Straße daherfließt.

Welchen angenehmen Gedanken er auch nachgehangen haben mag, als er sich dem äußersten Ende von Templetons Garten – dort, wo ich gerade entlangspazierte – genähert hatte, sie müssen ganz plötzlich von der schrecklichen, entsetzlichen Hilflosigkeit verdrängt worden sein, die all jene erfahren, die Zeugen davon werden, wenn das Schicksal auf seinem Wege einen Schritt einschlägt, der zu schnell und unerbittlich für jegliches Eingreifen ist. Und so muß er gesehen haben, wie sie unter der vorderen Kante der Motorhaube verschwand, muß durch das Ba-bamm, Ba-bamm geschüttelt worden sein, als die Räder über ihren Körper hinwegfuhren ...

So hätte es gewesen sein können, dachte ich, während ich an der Stelle vorbeischritt – vorausgesetzt, die Geschichte die der Polizist erzählte, entsprach der Wahrheit. Wenn Walsmear sie andererseits – was möglich sein konnte – in einem Moment der Leidenschaft und der Wut absichtlich überfahren hatte, was mußten dann jedesmal für schreckliche, dunkle und böswillige Strömungen durch seine Seele ziehen, wenn er hier vorbeikam?!

Dieser Gedanke brachte mir eine Gänsehaut ein, die nichts mit der Temperatur zu tun hatte. Ich umarmte mich sogar kurz und blieb neben dem Garten stehen, um dieses unangenehme Gefühl abzuschütteln. Im Westen näherte sich die Sonne den Baumwipfeln. Feldlerchen, dunkel wie Kommata, segelten über die höchsten Äste hinweg, und aus dichtem Blätterwald kündigte ein leichtes, unstetes Gezwitscher die bald heraufziehende Dämmerung an. Ich blickte in den Garten und bewunderte den Effekt, den die untergehende Sonne auf seine Farben hatte. Dann stellte ich überrascht fest, daß Anna und Clara dort inmitten des Blütenzaubers waren und spielten.

Ich hatte sie vorher nicht bemerkt. Und sie hatten mich auch nicht gesehen. Der Grund für das Letztere mochte ihre tiefe Verstrickung in eine Aktivität gewesen sein, die mir wie ein Phantasiespiel vorkam. In tiefer Schweigsamkeit und mit Gesichtern, die völlig von dem in Anspruch genommen waren, was dort vor sich ging, schienen sie irgend etwas auf dem Weg und auf den Pfaden, die zwischen den Blumenbeeten entlangliefen, nachzujagen. Ich erinnerte mich, daß ich in ihrem Alter Eichhörnchen über den Boston Common gejagt hatte oder vor dem Haus meiner Tante in Quincy hinter Schmetterlingen hergewesen war. Was verfolgten diese Mädchen dort wohl? Mükken? Leuchtkäfer? Elfen?

Mein Pulsschlag hämmerte plötzlich in meinem Kopf. Oh, warum hatte ich nur meinen Photoapparat nicht dabei!

Sie mußten auf der Jagd nach Elfen sein! Es paßte einfach alles zusammen. Welcher Zauber auch immer die Elfen hervorbrachte, er wirkte niemals, wenn Erwachsene, wie ich selbst, Walsmear oder Templeton in der Nähe waren. Sonst hätte einer von uns sie schon früher sehen müssen. Erst, wenn die Mädchen allein waren und – wie ich mir ausmalte – die Luft angefüllt war mit der ganzen Magie ihrer Unschuld, kamen die Elfen hervor, um zu spielen.

Aus Angst, daß sie mich sehen könnten, wagte ich kaum, mich zu bewegen. Aber um sie noch besser beobachten zu können, mußte ich langsam ein paar Schritte auf den Zaun zugehen. Währenddessen wurde mir schnell klar, daß es sich nicht um ein Phantasiespiel handelte. Ihre kleinen Augen fixierten etwas Reales. Manchmal richteten sich die Pupillen beider Augenpaare auf ein und dieselbe Stelle. Dann wieder wichen sie voneinander ab und ließen sich ganz offenbar von Dingen leiten, die vor ihnen herflogen. Es mußte sich um bewegliche Punkte im Raum handeln, die nur sie allein sehen konnten.

Was würden sie wohl tun, wenn sie eine Elfe fingen? fragte ich mich – das heißt, wenn sie wirklich gerade versuchten, Elfen zu fangen. Eine nicht unbedingt zufriedenstellende Antwort wurde mir kurze Zeit später geboten: Ich beobachtete, wie das jüngere Mädchen, Clara, plötzlich stehenblieb und ihre Hände zusammenlegte, als hielte sie etwas zwischen den Handflächen fest.

Mir stockte der Atem, und ich sah, wie sie das unsichtbare Ding in ihre zur Faust geballte linke Hand schob, während sie mit der rechten oberhalb davon eine kräftige Drehbewegung vollführte. Am Ende dieses schnellen Vorgangs öffnete sie ihre Hände, schüttelte sie ein wenig und machte sich daran, einen weiteren unsichtbaren Punkt zu verfolgen. Anna, die ein Stück abseits stand, blieb jetzt ebenfalls stehen und wiederholte fast die gleiche Prozedur: Sie hielt irgend etwas in ihrer linken Hand fest und vollführte mit ihrer Rechten eine Drehbewe-

gung – fast so, als schraube sie den Deckel eines Glases ab.
Als sie mir beide einen Moment lang ihre Rücken zukehrten, nutzte ich die Gelegenheit und ging völlig verblüfft in die Hocke. Ganz leise und unter großen Mühen watschelte ich im Entengang auf einen Teil der Gartenmauer zu, über den eine große Hecke rankte, wo ich mich bequemer verstecken und gleichzeitig alles gut beobachten konnte. Innerhalb der nächsten zehn Minuten beobachtete ich, wie die Mädchen jedes Mal, nachdem sie die Verfolgung aufgenommen hatten, erfolgreich ihre Beute machten. Und jedes Mal vollführten sie diese kleine Drehbewegung mit dem Handgelenk, bevor sie ihre Hände wieder öffneten und sich erneut auf die Jagd machten.
Ich hatte noch niemals zuvor beobachtet, daß sich Kinder auf diese Weise bei einem Spiel verausgabten. Dennoch schienen sie keine Freude an der ganzen Sache zu haben. Während sie umherrannten, abbremsten, sich hinkauerten und durch die Blumen sprangen, fielen ihnen feuchte Haarsträhnen in die Gesichter. Einmal blieb Clara stehen, blinzelte und rieb ihre rotumränderten Augen, unter denen schwarze Schatten lagen, mit ihren Fäusten. Nachdem sie sich gestreckt hatte, schaute sie blinzelnd in den Himmel hinauf, als sei sie gerade aus einem tiefen Schlaf erwacht und spazierte dann langsam auf die Mauer zu, hinter der ich mich versteckt hielt. Sie suchte den Boden unter einem niedrigen Busch ab, bückte sich plötzlich und stand dann wieder auf. Sie hielt eine kleine Blume in den Händen, die sie scheinbar dort abgepflückt hatte. Gleichgültig, als erledige sie eine lästige Pflicht, stopfte sie die Blume mit Stengel und Blättern in den Mund. Im selben Augenblick bemerkte sie, daß ich sie über die Mauer hinweg anblickte.

»Hallo, Clara«, sagte ich mit einem heiteren Lächeln.
Sie antwortete nicht, sondern spuckte die Blume teilnahmslos wieder aus.
»Gehört sich denn so etwas?« fragte ich.
»Mr. Castle!«
Der Ausruf ertönte von ihrer älteren Schwester, die herübergelaufen kam und sich offenbar freute, mich zu sehen. Das jüngere Mädchen trat einen Schritt zurück.
»Na, was tut ihr denn hier?« erkundigte ich mich. »Eßt ihr etwa Blumen?«
»Wir retten sie«, erwiderte Anna.
»Ihr rettet Blumen?«
»Nein«, sagte Anna, einen Moment lang verwirrt, bevor sie ein müdes Kichern ausstieß. »Nicht die Blumen.«
»Was hat er gesagt?« fragte Clara.
»Nicht die Blumen.« Anna verwirrte das Mädchen noch mehr. Und an mich gewandt sagte sie: »Die Elfen.«
»Ihr rettet die Elfen?«
»Vor den ... vor den ...«, das jüngere Mädchen versuchte etwas zu benennen, für das es scheinbar keinen Namen gab.
»Vor den kleinen Männern«, zwitscherte Anna. Sie drehte sich zu Clara um. »Den kleinen Männern.«
»Was tun die kleinen Männer denn?« fragte ich.
»Sie ... sie ...«, begann Clara wieder.
»Sie tun ihnen weh«, kam Anna ihr zu Hilfe. »Sie tun den –«
»Hallo!«
Ein Ruf ertönte vom Cottage her. Es war Brian Templeton, der die Mädchen zum Abendessen rief (es schien so, als hätte ihr geregelter Tagesablauf meine Abwesenheit überlebt). Als er mich erblickte, kam er herüber, während die Mädchen gehorsam ins Haus liefen.

»Sie werfen hoffentlich nur noch einen letzten Blick auf mein Anwesen«, sagte er und verschränkte seine Arme vor der Brust.
Ich nickte. »Ich ziehe in Erwägung, morgen zurückzufahren.«
»Eine sehr gute Idee. Das wird für alle das beste sein, denke ich.«
»Das denke ich auch«, stimmte ich, ein bißchen irritiert durch sein Verhalten, zu. Ich war in der Stimmung, ihn ein wenig anzustacheln. »Andererseits gibt es nichts, für das es sich wirklich zurückzugehen lohnt. Möglicherweise werde ich mich auch in Burkinwell niederlassen. Ich könnte hier ein Studio eröffnen und es vielleicht sogar mit einem Photogeschäft und einer Galerie verbinden. Ich denke, das Leben hier würde mir sehr gut bekommen.«
»Das wäre keine sehr weise Entscheidung, Mr. Castle.« Er blickte mich stirnrunzelnd an. »Hier ist nicht der amerikanische Westen. Sie können sich nicht einfach, wenn es Ihnen gerade in den Sinn kommt, irgendwo niederlassen und ein neues Leben beginnen. Die Namen der Familien dieser Stadt lassen sich einige Jahrhunderte zurückverfolgen. Die Leute hier müssen einen kennen, damit man von ihnen akzeptiert wird. Sie müssen Sie kennen oder mögen. Wenn die Leute gegen Sie sind, haben Sie keine Chance.«
»Nun, vielen Dank für Ihren Rat. Ich werde ihn mir zu Herzen nehmen.«
Ich winkte ihm zu und machte mich auf den Weg, die Straße entlang. Als ich noch einmal einen Blick zurückwarf, sah ich, daß er meinen Weggang beobachtete – ganz so, als wolle er sichergehen, ob ich auch tatsächlich verschwände. Ich schien mich von einem Fremden, über

einen Hausgast, zu dem Mann, der ihn mit Elfenphotographien aus seinem Garten reich machen wollte und schließlich zu einer Art Feind entwickelt zu haben. Zumindest verursachte ich ihm Unbehagen und war eine Persona non grata. Soweit ich es beurteilen konnte, hatte ich keinen Grund, mir deshalb Vorwürfe zu machen. Mein Verhältnis zu Templeton hatte sich von Anfang an meiner Kontrolle entzogen, und seine Gefühle waren ganz offensichtlich von Winden bestimmt, die aus Stürmen vergangener Zeiten stammten.

Die Sonne, die Luft und die Freiheit des Tages hatte ich bei meiner Ankunft im *Starry Night* ausreichend genossen. Die Bar war voller Fremder, die sich aus geschäftlichen Gründen in der Stadt aufhielten. Ich setzte mich einige Zeit zu dieser Gruppe, hörte mir ihre Unterhaltungen und Geschichten an, ohne mich wirklich zu beteiligen. Mein Verstand hatte nichts für Automobile, Pferde, Ernten oder das Wetter übrig. Aber seltsamerweise beschäftigte mich auch nicht der Gedanke an Elfen oder die rätselhaften Aktivitäten von Anna und Clara mit den »kleinen Männern«.

Zu meiner Überraschung stellte ich fest, daß ein einziges Bild meinen Verstand vollständig in Anspruch nahm. Es war ein Bild, das mich mit einem fürchterlichen Verlangen erfüllte und mir meine Einsamkeit vor Augen führte. Es waren die Augen, das Gesicht, das Haar, die Hände, die Taille und die geschwungenen Lippen von Linda Drain, wie ich sie zwischen dem Plüsch und den Teesachen am heutigen Nachmittag gesehen hatte.

Es wurde mir klar, daß ich mich fast von dem Moment an, als wir uns zum ersten Mal im Zugabteil begegnet waren, stark zu ihr hingezogen gefühlt hatte. Und es war keineswegs eine eitle Phantasie meiner Einbildungskraft, wenn ich annahm, daß auch ich ihr nicht gleichgültig war. Aber bisher hatte ich mich noch bemüht, meine Gefühle zu bezwingen. Ich hatte eine Grenze gezogen, über die hinweg ich mir nicht erlaubte, von Linda Drain zu träumen. Schließlich war sie verheiratet. Verheiratet mit einem ganz anständigen Kerl, soweit ich das beurteilen konnte.

Allerdings hatte meine Entdeckung von Reverend Drains nächtlichem Streifzug meine Meinung drastisch geändert. Ich war nicht sicher, was ich eigentlich beobachtet hatte, aber ich war der Überzeugung, daß es sich Linda gegenüber auf irgendeine schwerwiegende Weise um einen »Treuebruch« handelte. Der Mann hatte ihr, wie die Jazzsänger sagen würden, »Schlechtes angetan«. Sich allein in einem dunklen Garten in einer sinnlichen Raserei auf dem Boden zu winden, während eine Frau wie Linda, reif, willig und mit schmaler Taille allein zwischen den kalten Laken lag, war meiner Ansicht nach eine Art sinnloser, krimineller Akt.

Daher fühlte ich mich frei, meine Gefühle zu äußern. Und diese Gefühle waren simpel. Ich liebte Linda Drain. Ich begehrte sie.

Natürlich war es Wahnsinn. Pubertäres Verhalten. Aber als ich mir diese Gefühle eingestand, wurde mir klar, daß ich morgen nicht aufbrechen würde, um nach London zurückzukehren. Und auch nicht am übernächsten Tag. Der Gedanke, Linda Drain in der Nähe zu wissen, würde ausreichen, um mich in dieser kleinen Stadt zu halten. Würde ausreichen, um mich mit Sehnsucht zu erfüllen, meine Pläne durcheinanderzubringen und mich womöglich zur Verzweiflung treiben.

Eine unglaubliche Melancholie erfaßte mich, und ich schleppte mich die Treppe zu meinem Zimmer hinauf.

Natürlich war ich seelisch darauf vorbereitet, Linda im stillen bis in alle Ewigkeit zu lieben, die versteckten Seelenqualen zu ertragen und ihren Namen, eingebrannt in mein erschöpftes Herz, mit ins Grab zu nehmen. Was ich in diesem Moment allerdings nicht ertragen konnte, war die Unmöglichkeit jedweder physischen Vereinigung mit der Frau, die ich liebte.
Mein physisches Verlangen wurde ausgesprochen heftig, als ich mein Zimmer betrat und sich dort, wie Esmirelda es vorausgesagt hatte, die Krümel immer noch aus dem Teppich herausarbeiteten. Während ich neben dem Bett stand und darüber nachdachte, wie sich Esmireldas üppige Formen unter der dünnen Steppdecke angefühlt hatten, waren meine Sinne mit ihren Reizen erfüllt. Wo mochte sie sich wohl im Moment aufhalten? fragte ich mich und entdeckte im selben Augenblick ein Stück Papier, das unter meinem Kopfkissen hervorlugte. Es war eine Nachricht. Das grobe Gekritzel besagte folgendes: »Wir könen uns hir nicht trefen. Tref mich im Ziehgeunerlager. Heut abend – Esmirelda.«
Ja, dachte ich, ich werde mich mit ihr treffen. Ich werde meine Sehnsucht dort stillen, selbst wenn ich daran verzweifeln sollte, weil dieses große, ungebildete Mädchen kein anderes ist. Wenn schon das Herz keine Befreiung erfahren kann, so soll diese wenigstens dem Körper gegönnt sein.
Es war dunkel, als ich das *Starry Night* verließ und loszog, um das Zigeunerlager zu suchen. Es würde nicht das Erlebnis sein, das ich mir am meisten wünschte, dachte ich, aber es würde dennoch gut werden. Sehr gut sogar, auf eine eigene, besondere Weise.
Das Zigeunerlager war allerdings unauffindbar. Es lag nicht mehr an der Stelle im Wald, wo es bei meinem ersten

Besuch gewesen war. Indem ich also das Lager überall suchte, verbrachte ich den Abend damit, in der düsteren Landschaft hinter Lichtern, Schatten, flatternden Fledermäusen und schwerfälligen Kühen herzujagen.
Um Mitternacht gab ich schließlich verzweifelt auf. Ich wünschte, ich hätte mir zumindest irgendwo ein Fahrrad geliehen. Müde machte ich mich zu Fuß auf den Rückweg zur Stadt und fragte mich, wie ich wohl ins Gasthaus gelangen sollte, ohne die unangenehme Notwendigkeit, Cole aufwecken zu müssen.
Von der Stelle aus, wo ich mich zur Umkehr entschlossen hatte, führte mich der schnellste Weg erneut an der Straße mit Templetons Cottage vorbei. Zum zweiten Mal innerhalb von vierundzwanzig Stunden bog ich um die Kurve, die auf das Haus zuführte, und beim Anblick der dunklen Umrisse, die hinter dem Wald auftauchten, überkam mich ein eigenartiges Gefühl.
Das Cottage kam mir vor wie ein schlafender Mann. Die Fenster im oberen Stockwerk (die nun mit Läden geschlossen waren) stellten die Augen dar. Die beiden großen Fenster im unteren Stockwerk bildeten die Flekken zweier großer, rosiger Wangen. Und die Tür machte den Eindruck einer Art eckigen Mundes. Unter dem, was man als Kinn des Hauses bezeichnen konnte, begann der Garten und breitete sich als großer, rechteckiger Platz wie eine riesige Bettdecke über einem mächtigen, ruhenden Schläfer aus.
Diese Vorstellung, daß das Cottage ein schlafendes Gesicht und der Garten eine Decke darstellte, war, wie ich bereits sagte, lediglich eine Einbildung oder Phantasterei. Aber diese Idee war so zutreffend, daß ich einen Moment lang stehenblieb und sie genoß. Das abgerundete Dach mochte tatsächlich eine altertümliche Nacht-

mütze vorstellen und der Schornstein eine – ja, was eigentlich? – lange Feder oder eine Pfeife, die er sich hinter das Ohr gesteckt hatte. Während ich mich an dieser Aussicht erfreute, bemerkte ich eine Bewegung in einer der Wangen des Hauses.

Ich sah blinzelnd in die Dunkelheit und beobachtete, wie die Fensterläden des rechten unteren Fensters langsam von innen aufgestoßen wurden. Wie bereits am Nachmittag, hastete ich auch nun zur Gartenmauer, um mich dahinter zu verstecken.

Über die Mauer hinweg erblickte ich eine kleine Gestalt ganz in Weiß, die aus dem Fenster kletterte und sich auf den Boden hinunterließ. Ihr folgte einen Augenblick später eine zweite Gestalt, die, ähnlich gekleidet, es der ersten gleichtat und dann in den Garten hineinlief.

Bei den beiden handelte es sich natürlich um Anna und Clara. Mit wehenden Nachthemden stürmten sie den Weg entlang auf eine Stelle zu, die nicht weit von dem Platz entfernt war, wo ich mich versteckt hielt. Ich schaute zu, wie sie sich hinunterbeugten und jede von ihnen eine winzige Blüte an eben jener Stelle abpflückte, wo Clara bereits zuvor eine Blume gepflückt hatte. Und auch jetzt steckten die beiden jede eine Blume in den Mund.

Da ich mich nicht erwischen lassen wollte, duckte ich mich schnell, als Clara sich in meine Richtung umwandte und mit einem etwas schmerzlichen Ausdruck auf dem Gesicht vor sich hin kaute. Ich vernahm, wie die Mädchen zwischen den Blumen raschelten und sich etwas zuflüsterten, was ich nicht verstehen konnte. Als ich wieder über die Mauer blickte, sah ich, daß sie abermals mit dem beschäftigt waren, wobei ich sie schon nachmittags überrascht hatte. Sie jagten hinter irgendwelchen unsichtbaren Dingen her, und ab und zu gelang es ihnen auch,

etwas zu fangen. Und sobald sie es gefangen hatten, vollführten sie diese ruckartige Drehbewegung mit der Hand und machten sich sofort wieder auf die Jagd.
Ich hatte keine Ahnung, was die Mädchen dort trieben, und Annas Erklärung, daß sie »die Elfen vor den kleinen Männern retteten«, war nicht besonders hilfreich, da ich weder Elfen, noch kleine Männer, noch sonst etwas in dieser mondverhangenen Nacht erkennen konnte.
Ich hatte das Gefühl, in mehrfacher Hinsicht hinter einer Mauer versteckt zu sein und fragte mich, ob die Mädchen möglicherweise unter dem Einfluß irgendeines Zaubers standen. In der Elfenkunde gab es, soweit ich mich erinnern konnte, etwas, das sich »Beschwörung« nannte und eine Art von Trance darstellte, in die Elfen uns Sterbliche manchmal versetzen, um uns ihrem Willen gefügig zu machen.
Während ich noch darüber nachgrübelte, erwischte ich mich dabei, wie ich an der Mauer entlang auf die Stelle zukroch, wo die Mädchen ihre kleinen Blumen abgepflückt hatten. Ein Teil meines Verstandes glaubte wohl, von den Blumen eine Antwort zu erhalten, und der Rest meines allzu nachdenklichen Selbst war überrascht, dorthin mitgeschleift zu werden. Bald schon arbeitete mein ganzes Selbst allerdings in völliger Harmonie. Es stand außer Frage, daß die Mädchen die Blumen aus gutem Grund aßen, und ich beabsichtigte herauszufinden, welcher Grund es war.
Ich paßte einen Moment ab, in dem sie mir den Rücken zukehrten, stieg dann schnell über die Mauer und tastete mich durch das Pflanzenleben um den Busch, bis sich meine Finger um eine winzige Blume schlossen. Nachdem ich etwas losen Dreck abgeschüttelt hatte, steckte ich sie in den Mund und begann zu kauen.

Ich setzte mich mit dem Rücken zur Mauer, den Blick auf die verlassene Straße gerichtet hin und kaute langsam auf den rauhen Pflanzenfasern herum. Die Blume hatte anfangs einen säuerlichen, unkrautähnlichen Geschmack, dem eine ausgesprochen süße Note folgte. Während ich die letzten Überbleibsel von meinen Zähnen leckte, bemerkte ich, wie sich aus dem Feld direkt gegenüber von dem Platz, wo ich saß, eine Art von Nebel erhob. Er erinnerte ein wenig an den Nebel, der frühmorgens auf dem Land aufsteigt. Aber der Morgen war, wie ich wußte, noch weit entfernt. Was mir an diesem Nebel auffiel war die Tatsache, daß er nicht wie gewöhnlich über dem Boden lag wie ein Tuch, sondern sich mit gewundenen, wellenförmigen Bewegungen zu regen schien – wie ein Band, das langsam in einer leichten Brise vor sich hinflattert.
Ich starrte hinüber und bemerkte, daß sich der Nebel um die Baumstämme zu sammeln schien, wo er sich um die Wurzeln kräuselte und – ich getraute es fast nicht, mir dies einzugestehen – zu glühen begann. Ja, er glühte! Oder wie sollte ich sonst imstande sein, ihn auf dicse Entfernung in einer so dunklen Nacht zu erkennen? Als ich mich auf ein Knie hockte, um diese Erscheinung genauer zu betrachten, passierte eine weitere seltsame Sache. Der Nebel verschwand! Und als ich aufhörte, mich zu bewegen, tauchte er wieder auf. Hier war irgendein optisches Phänomen am Werk, das dem Nebel erlaubte, sichtbar zu werden, sobald ich den Kopf ruhig hielt, und das ihn unsichtbar machte, wenn sich meine Augen bewegten.
Es war alles ausgesprochen seltsam. Ich konnte mir nicht erklären, was ich dort vor mir hatte. Handelte es sich wirklich um glühenden Nebel? Oder war es eine Art Illusion, ein Sumpflicht oder ein Phantom? Ich erhob mich,

entschlossen, das Feld zu überqueren und der Sache auf den Grund zu gehen. Wie zuvor verschwand der Nebel, sobald ich meine Augen bewegte, wurde aber wieder deutlich erkennbar, sobald ich zu starren begann. Tatsächlich hatte ich stehend eine noch bessere Sicht. Der Nebel schien mir noch mehr einem Band zu gleichen als vorher. Er besaß sogar ziemlich gekräuselte Kanten.

Ich fragte mich, ob mich die Mädchen wohl schon entdeckt hatten. Ich wollte sie nicht erschrecken, und daher drehte ich mich um, um ihre Namen zu rufen und mich anzukündigen. Aber als ich mich umgewandt hatte, erstarben mir bei dem, was ich entdeckte, die Worte auf den Lippen.

Kapitel 23

Wie ich den Elfen begegnete

Die im Nebel verborgenen Ranken schienen lebendig geworden zu sein. Glühende Lichtbänder kräuselten sich und flossen durch die Blumen und über den Weg. An einer Stelle legten sie sich in lange, verschlungene Falten, an einer anderen verwandelten sie sich in bizarre Schnörkel. Sie ergossen sich vom Stamm des mächtigen, alten Baumes wie Bänder von einem Maibaum.

Mein erster Gedanke war, daß all die dahinfließenden Bänder aus der kräftigen, rissigen Rinde des alten Baumes selbst hervorströmten. Aber ein Blick dahinter offenbarte weitere Ströme, die in gazeartigen Rollen und Lokken aus der Umgebung der Fabrik und dem Farnenhain herüberflossen.

Für mich waren dies nur sekundenlange Impressionen. Der Nebel wurde undeutlich, sobald ich mich bewegte oder meinen Kopf auch nur ein wenig drehte. Daher kam es, daß das meiste verschwand, als ich begann, den Garten nach Anna und Clara abzusuchen, um zu sehen, was sie mit diesen ganzen Vorgängen zu tun hatten.

Die Mädchen hatten mich allerdings bereits entdeckt. Sie standen ganz in der Nähe des riesigen Baumstammes, starrten mich an und verschränkten ängstlich ihre Hände

vor dem Bauch. Als ich sie meinerseits anstarrte, erblickte ich erneut den Nebel, der um sie herum kräuselte und wogte.
»Anna, Clara«, sagte ich in einem lauten Flüstern. »Habt keine Angst. Ich bin es. Mr. Castle. Sagt mir, könnt Ihr es sehen? Könnt Ihr dies alles auch sehen?«
Clara trat einige Schritte auf mich zu. »Wir machen es nicht mit Absicht«, sagte sie rätselhafterweise. »Aber sie tun ihnen weh, Mr. Castle. Sie tun ihnen weh.«
»Tun wem weh? Wer tut denn wem weh?«
»Die Elfen, sie –«
»Elfen? Wo? Sag es mir! Wo sind die Elfen?«
Clara blickte mit einem etwas verwirrten Gesichtsausdruck nach links und rechts, als sei sie nicht ganz sicher, was eigentlich von ihr erwartet wurde. Dann trat sie einen Schritt zurück, als versuche sie, etwas auszuweichen, und eine Nebelranke teilte sich hinter ihrem Rükken und vereinigte sich wieder vor ihrem Bauch. Dieses Band wogte bis auf einen Meter an mich heran, und als ich es anstarrte, begann es zu flackern und zu schwanken. Für den Bruchteil einer Sekunde verschwand der Nebel oder formierte sich irgendwie neu zu einem sich allem Anschein nach kräuselnden Fries, das mit menschlichen Gestalten bedeckt war. In der nächsten Sekunde wurden die Gestalten dreidimensional. Wo vorher ein nebeliges, flaches Band gewesen war, tanzte nun eine Gruppe wohlgestalteter, kleiner, weiblicher Homunkuli – jede Gestalt nicht größer als fünfundzwanzig Zentimeter. Sie schmunzelten, lachten sogar. Splitterfasernackt waren sie und bewegten entzückend ihre kleinen Finger.
Natürlich blinzelte ich. Und zuckte erstaunt mit dem Kopf.

Plötzlich verspürte ich eine körperliche Reaktion, die ich noch nie zuvor verspürt hatte. Ein Angstgefühl durchfuhr mich, das ich bisher nur aus Träumen kannte, in denen ich in die Tiefe stürzte. Dieses Gefühl machte mich einen Moment lang fast völlig orientierungslos. Mein Verstand hatte erfaßt, daß es sich bei dem, was ich dort sah, wirklich um kleine Leute handelte, die sich in der Luft tummelten, die real waren und keine Illusion. Aber er wußte gleichzeitig, daß dies unmöglich war. Und daß, falls diese scheinbar unmögliche Sache wirklich war, all die Dinge, die ich in der Vergangenheit als wirklich angesehen hatte, möglicherweise unwirklich waren. Meine rational begründete Sichtweise des Universums stürzte in einem einzigen Augenblick in sich zusammen, die ältesten Ängste der menschlichen Seele wurden freigelegt. Das Herz rutschte mir in die Hose. Und wie ein verschrecktes Tier rannte ich los.

Ich erinnere mich nicht mehr, wie weit ich die Straße hinunterrannte. Es muß mindestens eine Meile gewesen sein. Und als sich meine angsterfüllten Nerven schließlich vor Anstrengung erhitzten, kühlte mein Verstand langsam ab und begann, sich zu sammeln. Die Angst verschwand. Ich verringerte die Geschwindigkeit, bis ich nur noch ging und mich ein neues Gefühl überkam. Diese Empfindung hätte mich eigentlich bereits im ersten Moment, als ich die Homunkuli gesehen hatte, überkommen müssen: eine überwältigende Ekstase, das Bewußtsein, ein neues Universum entdeckt zu haben. So schnell wie ich aus dem Garten geflüchtet war, rannte ich nun wieder dorthin zurück.

Dieses Mal sprang ich über die Mauer und lief den Hauptweg entlang.

»Anna, Clara«, sagte ich, als ich bei den Kindern ange-

kommen war und mich zwischen sie gekniet hatte. »Seht ihr sie? Seht ihr die Elfen?«
»Können Sie sie auch sehen?« fragte Clara.
»Ja, ihr lieben Kinder. Ich habe die Blume gegessen.«
Clara streckte ihre Hand aus und berührte meine Wange. Tränen strömten mir aus den Augen. Ich griff nach ihrer kleinen Hand und hielt sie fest.
»Wo sind sie jetzt? Wo –?«
Ich erfuhr, daß es einiger seltsamer, optischer Gymnastikübungen und andauernder Konzentration bei der Beobachtung bedurfte, um die Elfen wahrnehmen zu können. Ich mußte sowohl hinschauen als auch *nicht* hinschauen: Einem Starren aus den Augenwinkeln heraus folgte eine schnelle Seitwärtsbewegung mit der ganzen Pupille, dann ein Wegschauen und erneut eine Seitwärtsbewegung im letzten möglichen Moment. Mit der Zeit wurde diese paradoxe Art des Sehens einfacher, und bald schon gelang es mir, die Elfen eine nach der anderen mit meinem Blick zu fixieren. In diesem Augenblick erspähte ich zehn bis fünfzehn Elfen in meiner unmittelbaren Umgebung. Die nächtliche Stunde und die Dunkelheit verhinderten nicht, daß ich sie in voller Klarheit erkennen konnte – immer vorausgesetzt, daß man die optischen Übungen, die ich soeben beschrieben habe, ausführte. Die Elfen »glühten« (in Ermangelung eines passenderen Begriffs muß ich mich mit dieser Beschreibung begnügen) mit einem inneren Licht. Es war kein gewöhnliches, durch Elektrizität hervorgebrachtes Licht, und es besaß auch nicht die Schärfe des kühlen Feuers eines Leuchtkäfers. Die Elfen besaßen ein feines Leuchten, für das ich in der Natur nichts Vergleichbares nennen kann, das aber ein wenig an die Bilder erinnerte, die von einer trüben Laterna magica geworfen werden.

Da ich gerade das Licht der Elfen beschreibe, möchte ich an dieser Stelle auch etwas über ihre Fortbewegung erzählen. Ich hatte nicht den Eindruck, daß sie so liefen, wie wir es tun – plattfüßig und mit schwerfälligen Hüftschwüngen. Sie schritten allerdings auch nicht auf Zehenspitzen wie eine Balletttruppe. Statt dessen bewegten sie sich mit einem schwerelosen Hüpfen, als befänden sie sich unter Wasser. Und sie waren keineswegs an den Boden gebunden, sondern schienen Zugang zu einer Art unsichtbarer, luftiger Gehwege zu haben, auf denen sie hinauf- und hinabkletterten und sich so über und um Büsche, Gartenwege und Blumenbeete hinweg- und herumbewegten. Ich kann es nicht mit Sicherheit sagen, aber die Topographie dieser Wege schien ungefähr mit den sich kräuselnden Nebelbändern zu korrespondieren.

Als ich zwischen den Mädchen kniete, beobachtete ich, wie eine Elfe auf uns zukam. Sie glitt auf den mit Steinfliesen gepflasterten Weg hinab und schien uns mit den gleichen Bewegungen aus den Augenwinkeln heraus zu betrachten, mit denen wir sie anblickten.

Als wir uns auf dem Weg gegenüberstanden, bewunderte ich ihren perfekten, winzigen Körper. Wie die anderen war auch sie ungefähr fünfundzwanzig Zentimeter groß, hatte schmale Hüften, war barfuß und splitterfasernackt. Ob sie alt oder jung war konnte ich nicht beurteilen. An ihrem ganzen Körper befand sich, außer dem blonden, langen Haarschopf auf ihrem Kopf, kein einziges Haar. Von dort oben floß er auf ihre Schultern und ihren Rükken hinunter und gehorchte der sehr trägen Feierlichkeit, mit der sie sich fortbewegte. Ihre Haut war weder braun noch weiß und ließ sich nicht mit einer einzelnen Farbe beschreiben. Wie ein Sonnenstrahl trug sie alle Farben in sich und besaß doch selbst keine.

Es verursachte mir ein ungeheures Vergnügen, in der Lage zu sein, diese Kreatur und ihresgleichen beobachten zu können. Sie war in jeder Hinsicht reizend geformt. Wie eine beseelte Puppe. Und als sie eine kleine spöttische Bewegung mit dem Kopf ausführte, als würde sie sich fragen, was für Kreaturen WIR denn wohl sein mochten, entrang sich ein kleiner, vergnügter Schluchzer meiner Kehle.

Ich hatte den unbändigen Wunsch, daß diese kleine Elfe näherkommen sollte, und ich verhielt mich vollkommen ruhig, ganz so, als würde ich versuchen, ein Eichhörnchen dazu zu bekommen, mir eine Erdnuß aus der Hand zu klauben. Aber Elfen sind keine Eichhörnchen, und die beiden Mädchen liefen einfach zu ihr hin und streckten der Elfe ihre Arme entgegen. Diese belohnte sie mit einem Lächeln und einem kleinen, springenden Tanz. Die Elfe schlüpfte zwischen Annas Beinen hindurch und zog sich am Nachthemd des kleinen Mädchens in die Höhe, bis sie deren Schulter erreicht hatte. Dort stützte sie sich dann mit einem Fuß auf Annas Schlüsselbein ab, griff nach einer blonden Haarsträhne des Mädchens und schwang sich daran herum, bis sie direkt vor dem Gesicht des Kindes angekommen war. Dann beugte sie sich nach vorne, plazierte einen Kuß auf Annas Lippen und kletterte anschließend an deren Arm wieder hinab und auf den Zweig eines Strauches. Von dort aus flog sie zu einem Beet mit gelber Schafgarbe und verschwand.

(Lassen Sie mich an dieser Stelle den unendlichen und sich häufig widersprechenden Regeln der Elfensichtbarkeit noch eine weitere hinzufügen. Nämlich: Wenn eine Elfe aufhört, sich zu bewegen, verschwindet sie.)

Während ich diese einzelne Elfe beobachtete, bemerkte ich zugleich die Anwesenheit anderer Elfen ganz in mei-

ner Nähe. Die Bewegungen einer einzelnen schienen alle anderen zu beeinflussen. Und da die Elfe, mit der ich in Kontakt war, die größte Intentionalität in ihren Bewegungen aufwies, schien sie es zu sein, die für eine kurze Zeit die anderen beherrschte. Es lag nichts Vorsätzliches in diesem kunstvollen Menuett. Ich kann nur sagen, daß ich spürte, wie die anderen Elfen in der näheren Umgebung ihre Bewegungen gemeinschaftlich anpaßten, als diese eine Elfe auf Annas Arm sprang. Dieser Anblick erinnerte mich an einen Vogelschwarm, in dem sich alle Mitglieder, aufgrund irgendeiner unbekannten Form der Nachrichtenübermittlung, im Einklang bewegen.
Nun hüpften, segelten und sprangen auch andere Elfen auf uns zu und an uns vorbei. Wohin wollten sie? fragte ich mich. Wegen der flüchtigen Blicke, mit denen ich sie nur beobachten konnte, war dies schwer zu sagen. Sie schienen aus der Richtung des großen Baumes zu kommen und sich auf das Haus zuzubewegen oder auf das Ende des Gartens, wo sie dann nicht mehr zu erkennen waren.
Anna und Clara hatten beide zwei oder drei Elfen um sich, die sich in ihrem Haar festhielten, auf ihren ausgestreckten Armen entlangliefen und auf ihren Fingerspitzen herumbalancierten. Würden die Elfen wohl das gleiche auch bei mir tun? Ich ging auf dem Rasenstück zwischen dem Weg und den Blumenbeeten in die Knie, stützte mich auf einen Arm und wartete ab. Eine Sekunde später kam eine Elfe herangehüpft, segelte auf mich zu und landete direkt auf dem Boden vor mir.
Sie blickte mich an, schaute mir tief in die Augen und versuchte wohl ebenso, mich zu verstehen, wie ich mich bemühte, sie zu verstehen. Wiederum verspürte ich Angst und fühlte mich desorientiert. Hier war diese Kreatur aus

einer anderen Welt, einer der Wissenschaft unbekannten Dimension des Universums und versuchte festzustellen, ob ich real oder eine Illusion war – während ich ihr gegenüberstand und genau das gleiche tat. Eine Sekunde später jedoch ließ ich bereits davon ab, unser beider Realität in Frage zu stellen, denn die kleine Kreatur tanzte auf meinem Fußgelenk und rollte sich lachend in meiner Kniekehle zusammen. Ich spürte jede kleinste Bewegung ihres winzigen Körpers durch den Stoff meiner Hose und die Strümpfe hindurch. Mit einer akrobatischen kleinen Drehung sprang sie dann in die Höhe und auf meine flach ausgestreckte Hand, mit der ich mich auf dem Boden abstützte. Ich traute mich nicht, eine Bewegung zu machen, obwohl ihre Berührung mich innerlich erschauern ließ, so fremdartig war sie und so vollkommen überwältigend.

Nun fühlte ich den Druck ihrer Zehen auf der Rückseite meiner Finger, eins, zwei, drei, als sie darüberhüpfte. Obwohl sie nicht mehr wog als ein Blatt, prickelte jeder einzelne Nerv in meinem Körper, ein Schauer kroch mir den Rücken entlang und breitete sich um meine Schultern aus, und die beiden Stellen, wo ihre Zehen gerade waren, begannen zu kribbeln.

Würde sie wohl davonsegeln, wenn ich meine Hand drehte? Ich riskierte es und freute mich, daß sie bei mir blieb. Als ich meine Hand weiterdrehte, begann sie es sogar als ein Spiel anzusehen, als liefe sie auf einem rollenden Baumstamm. Dabei lachte sie die ganze Zeit still vor sich hin. Nun schlüpfte sie auf meine Handfläche. Mit einer reflexartigen Bewegung schloß ich meine Finger vorsichtig um ihre Hüften. Sie schlüpfte hervor und ein paar Zentimeter in die Höhe und balancierte mit einem Fuß auf der Spitze meines Zeigefingers. Ich vollführte eine weitere winzige Bewegung, als wolle ich nach ihr greifen, und wiederum schlüpfte sie davon und landete auf einem anderen Finger. Bald schon waren wir in ein neckendes Spiel vertieft, bei dem ich ganz vorsichtig versuchte, sie zu fangen und sie mir mit offensichtlich großem Vergnügen auswich, indem sie über meine Hand hinwegtanzte.

Während wir derart beschäftigt waren, spürte ich, wie ihre Arme, Finger und Handgelenke an meiner Handfläche und den Fingerspitzen entlangstrichen. Dies verursachte mir ein schier unglaubliches Vergnügen, und ich hätte beinahe laut herausgelacht. Als ich es schließlich tat, bemerkte ich, daß ich fast vollkommen mit Elfen bedeckt war. Sie tanzten auf meiner Nase, den Wangen, hüpften über meine Brust und liefen auf meinen Beinen auf und ab. Mit einem albernen Lachen streckte ich mich auf dem Boden aus und fühlte, wie ihre trappelnden Fußtritte über meinen Körper hinwegliefen.

Von den Elfen berührt zu werden war eine Erfahrung, der nichts gleichkam, was ich bisher in meinem Leben gefühlt hatte, und meine Verstandeskräfte hatten Schwierigkeiten, ihre gewohnten Kanäle zu finden. Als die Elfen über mich hinwegtrappelten, hatte ich das Gefühl, von einer frischen Brise weggetragen zu werden. Dieser herrliche Zephir schien die gesammelten Erfahrungen meines Erwachsenendaseins wie Staub wegzuwirbeln und freizulegen, was sich darunter verbarg: ein vergnüglicher, kindlicher Zustand, wo eine Faszination der anderen folgt, wo Neugierde unerträglich ist, befriedigt wird und mit jedem Blick wieder neu entsteht.

Während ich dieses sprichwörtliche Wunder erlebte, erfreute ich mich an den verschiedenen Formen und Größen der Elfen, an ihrer reichhaltigen Mimik und Gestik, die sich mir offenbarte. Es gab keinen bestimmten

»Elfentyp«. Jede war anders. Einige hatten schmale Hüften und schmale Schultern. Andere besaßen üppigere Glieder und Hüften, hatten einen kräftigeren Busen. Obwohl es schwierig war, ihre Gesichter mit diesem blinzelnden Blick genauer zu betrachten, konnte ich doch erkennen, daß es auch hier große Unterschiede gab. Einige der Elfen besaßen Nasen, die länger, flacher oder breiter waren als andere. Ebenso war es bei Wangen, Kinn und Stirn. Und ihre Gesichtszüge blieben nicht einen Moment lang passiv. In jedem Augenblick drückten sie Gefühle aus, deren Ursprung, wie ich leider eingestehen muß, mir ein Rätsel blieben. Eine Sekunde lang mochte eine Elfe lächeln (man konnte ihre kleinen Zähne erkennen) und in der nächsten schon blickte sie dann spöttisch, fragend oder verlegen drein. Vielleicht waren ihre Empfindungen irgendwie festgelegt, aber an ihrem Verhalten war nichts Falsches oder Schauspielerhaftes zu entdekken.

Ihr Alter ließ sich, wie gesagt, weder an ihrer Haut noch an ihren Zügen ablesen, aber einige der Elfen offenbarten eine solch zügellose Energie, die ich nur mit Jugend in Verbindung bringen konnte, während andere sich wieder mit einer gemesseneren Anmut bewegten, die ich auf die größere Zahl ihrer Jahre und eine gewisse Reife zurückführte.

Während ich das Beobachten der Elfen genoß und das Gefühl auskostete, wie sie über mich hinwegtanzten, begannen meine anfänglichen Empfindungen von Erstaunen und Neugierde einer gewissen geistigen Erschöpfung zu weichen. Diese ging schließlich in eine Art Betäubung über. Die dauernden Übungen, die ich mit meinen Augen vollführen mußte, um die Elfen beobachten zu können, hinterließen eine gewisse Verwirrung in bezug auf das, was wohl der Elfendimension angehörte und was nicht. Einen Moment lang schien es so, als seien allein die Elfen das einzig Reale, und das Haus, der Garten und die Bäume nichts weiter als ein flaches Wandgemälde, das um mich herum gemalt worden war. Im nächsten Moment schon verschwanden die Elfen, und die anderen Dinge nahmen wieder ihre normalen Dimensionen an.

Ich wurde schläfrig, meine Glieder schlaff, und ich spürte, wie sich ein Arm von der Hüfte, wo er gelegen hatte, in die Höhe hob. Ich blickte hinunter und sah, daß er in der Tat von zwei Elfen hochgehoben wurde. Was stellten sie wohl an? Ich war neugierig, besaß aber nicht die Energie, darüber nachzudenken oder mich zur Wehr zu setzen. Währenddessen kamen andere Elfen hinzu und begannen, meinen Ellenbogen hochzuheben. Mein Bewußtsein war von etwas überwältigt, das ich heute nur noch als eine Art Zauberschlaf beschreiben kann. Inzwischen hatte sich eine ganze Schar von Elfen um mich versammelt. Und zur selben Zeit, als mein Körper in eine Art Trance verfiel, hatte ich den Eindruck, daß ich vom Boden hochgehoben wurde und fortglitt. Ein goldener Dunst legte sich um meinen Verstand, und die Geschwindigkeit, in der meine Fortbewegung erfolgte, schien zuzunehmen. Ich wurde in einem erschreckenden Tempo befördert. Als ich schneller und schneller dahinflog, begann mein Herz zu rasen, mein Magen rebellierte, und all meine Muskeln verweigerten mir in ihrer Furcht den Gehorsam. Dann, als ich scheinbar ein wirklich ungeheures Tempo erreicht hatte, gab es einen Zusammenstoß. Es war so, als wäre ich gegen eine Mauer geknallt. Es gab einen schrecklichen, grauenhaften Moment der Bewußtlosigkeit. Dann erwachte ich.

Kapitel 24

Wie ich die kleinen Männer traf

Ich hatte mich keinen Zentimeter von der Stelle bewegt. Es war immer noch sehr dunkel, und es waren keine Elfen zu sehen. Als ich mich aufsetzte, entdeckte ich die Mädchen drüben neben dem großen Baum. Obwohl ich die Elfen nicht mehr sehen konnte, waren die beiden dazu offensichtlich immer noch in der Lage. Ich vermutete, daß die Wirkung der winzigen Blume nur eine gewisse Zeitlang anhielt. Ich stolperte also zu dem Busch hinüber, wo die Mädchen und ich unsere Blumen herbekommen hatten. Ich blickte mich suchend um und fand eine weitere Blume, die ich abpflückte und aufaß.

Um mich von der körperlichen und der geistigen Erschöpfung zu erholen, die mich befallen hatte, setzte ich mich mit dem Rücken gegen die Wand und rieb meine Augen. Ich erinnerte mich, daß mir vorher, als ich die erste Blume gegessen hatte und mich auf der anderen Seite gegen dieselbe Wand gesetzt hatte, der Elfennebel zuerst drüben, auf dem angrenzenden Feld aufgefallen war. Ich stand auf und blickte hinüber, und da war er auch tatsächlich, ein langer Streifen Elfennebel, der über das Feld nahe dem Waldrand hinwegzog.

Wo könnte ich in dieser Nacht, wenn ich mich mit einer

Hosentasche voller kleiner Blumen auf die Suche machte, wohl außerdem noch Elfen entdecken? Ob es in ganz Burkinwell Stellen gab, wo Elfen anzutreffen waren? Ob sie vielleicht sogar über ganz England verteilt waren? Woher kamen die Elfen? Und wohin gingen sie? Ich hatte plötzlich den Entwurf zu einem großartigen Wissensgebiet vor Augen, das es erst noch vollständig zu entdecken galt: eine Naturgeschichte der Elfen, die noch Generationen von Gelehrten beschäftigen würde. Irgendwo dort draußen spazierte der Mensch herum, der einmal unser Darwin oder Humboldt der Elfen sein würde. Es gab vieles, worüber ich nachdenken mußte. Vieles, das es zu erledigen galt.

Als ich mich wieder dem Garten zuwandte, sah ich, wie die Ranken des Elfennebels durch die purpurrote Akelei und die hohen, weißen Pfingstrosen drangen. Alle Gedanken, die sich damit beschäftigten, was die Elfen für die Welt an sich bedeuteten, verflogen, und ich fühlte einen überwältigenden Hunger, ein freudiges Verlangen, sie noch einmal zu Gesicht zu bekommen, noch einmal von einer Elfe mit einem Lächeln bedacht zu werden.

Ohne mich zu erheben wandte ich mich einer Ranke des Elfennebels zu, die oben auf der Mauer, ungefähr dreißig Zentimeter von der Stelle, wo ich saß, endete. Ich vollführte die notwendigen Pendelbewegungen mit meinem Kopf, konzentrierte mich auf die Peripherie meines Gesichtsfeldes und versuchte, die Elfe oder die Elfen sichtbar werden zu lassen. Und wie erwartet zeigte sich eine Gestalt. Aber es war ganz und gar nicht die Gestalt, die ich erwartet hatte. Statt der kleinen weiblichen Kreaturen, mit denen ich gespielt hatte, sah ich mich nun einem grotesken kleinen Mann gegenüber. Wie die Elfen war auch er nicht größer als fünfundzwanzig Zentimeter.

Aber sein Hals war kaum auszumachen und sein Kopf fast so breit wie seine Schultern. Ein kräftiger Bart verdeckte beinahe sein ganzes Gesicht unterhalb der Augen und schien sich mit den kurzen, lockigen Haaren zu verbinden, die seine Brust und den Rest des Körpers bedeckten. Die einzigen Stellen an seinem Körper, wo sich keine Haare befanden, waren die außergewöhnlich riesigen Hände und Füße und, seltsamerweise, seine großen, knotigen Genitalien.

Ich starrte ihn an, und er starrte zurück. Dann entblößte er ganz unerwartet seine kleinen Zähne unter dem Bart. Überrascht machte ich unwillkürlich eine Bewegung mit dem Kopf und verlor ihn für einen Augenblick aus den Augen. Als ich ihn wieder sehen konnte, hatte er zu laufen begonnen. Oder besser gesagt, er schien zu laufen, denn obwohl er mit seinen Armen und Beinen ausholende Bewegungen vollführte, war sein tatsächliches Tempo langsam, und er glitt – so hatte ich zumindest den Eindruck – durch denselben Äther wie die weiblichen Elfen. Während ich ihm zuschaute, gelang es ihm, von der Mauer wegzukommen und in einen Bestand von purpurrotem Wildindigo hinunterzutauchen.

Ich selbst rannte zu den beiden Mädchen hinüber, die sich erwartungsvoll neben den großen Baum gehockt hatten. Sie rechneten offensichtlich damit, daß etwas geschehen würde. Wie zwei Jäger, die sich in Deckung begeben hatten, lauerten sie dort. Anna machte »Pst!«, als ich näherkam.

»Worauf wartet Ihr?« flüsterte ich.

Plötzlich wand sich eine dichte Wolke des Elfennebels um den großen Baum, und Bänder und Schnörkel breiteten sich im Überfluß aus. Ranken wölbten sich unter den Zweigen in die Höhe und stürzten in die Tiefe, wobei sie in einer Art nervöser Unruhe erzitterten und pulsierten. Es war schwierig, in diesem Nebel einzelne Elfen auszumachen, da der pulsierende Äther einen Effekt produzierte, der dem Blick auf eine Landschaft glich, den man hat, wenn man mit einem Automobil sehr schnell an einem Zaun vorüberfährt, dem in unregelmäßigen Abständen einige Bretter fehlen.

Das einzige, was ich mit meinen flüchtigen Blicken erhaschen konnte, waren Elfen, die durch das laubgangartige Flechtwerk des Nebels mit anmutigen Lauf- und Schwimmbewegungen hindurchsegelten. Das Haar floß ihnen um die Schultern, und während sie in Zweier- und Dreiergruppen mit aufgerissenen Augen und ängstlich verzogenen Mündern daherkamen, schauten sie sich immer wieder um.

Ganz offensichtlich wurden sie gejagt. Aber von wem? Dies fand ich einen Moment später heraus, als den weiblichen Elfen die männlichen – die ich Kobolde nennen werde – auf den Fersen folgten. Die Kobolde bewegten sich fester durch den Äther. Mit den Armen vollführten sie greifende Bewegungen, mit denen sie nach den Elfen schnappten. Diese schafften es, auf Armeslänge von den Kobolden entfernt zu bleiben. Aber obwohl sie sich ernsthaft bemühten davonzulaufen, taten sie dies nicht mit Hilfe von Ausweichmanövern, und sie nutzten auch nicht die Deckung, die ihnen die Blätter oder das Strauchwerk geboten hätten.

Ich muß noch einmal wiederholen, daß ich all dies aus flackernden, pulsierenden Bildern schloß, die inmitten des unruhigen Nebels sichtbar wurden. Und daher sah ich das, was folgte, auch nur in kleinen Stückchen und Teilchen: das Aufblitzen eines Bildes hier und da, ein kurzer Blick auf eine aufschlußreiche Handlung

und ausgiebigere Blicke auf Szenen, die unwichtiger waren.
Mit ihren greifenden und schnappenden Bewegungen gelang es den Kobolden schließlich, zu den Elfen aufzuschließen. Wenn ein Kobold nahe genug herangekommen war, griff er nach dem langen, fließenden Haar einer Elfe und wand es sich um die Hand. Dies schien eine Art Signal für die Elfe zu sein, ihre Flucht aufzugeben und zuzulassen, zu dem Kobold hinübergezogen zu werden. Dann nahm er sie sanft von hinten, und eng umschlungen purzelte das Paar zu Boden. Was dann geschah, ließ sich nicht sagen, da sie verschwanden, bevor sie auf dem Boden auftrafen – wie Wassertropfen, die sich über geschmolzener Lava in Dampf verwandeln.
Nachdem ich einmal begriffen hatte, was vor sich ging, blickte ich mich um und entdeckte, daß die Luft voller Elfenpaare war. Sie rollten, trudelten und glitten um mich herum wie schwerelose Saathüllen oder Schneeflocken, die langsam in einem Souvenirbriefbeschwerer kreisen.
Nachdem erst einmal der Augenblick, wo mir vor Erstaunen der Atem stockte, vorübergegangen war, machte ich mir plötzlich Gedanken um die Mädchen. Dieser Anblick, so natürlich er auch für die Elfen sein mochte, war nicht für die Augen eines Menschenkindes bestimmt. Schließlich handelte es sich hier nicht um paarende Libellen, sondern um Kreaturen, die aus einer ähnlichen Form gegossen worden waren wie die Menschen um sie herum. Ich schlang also meine Arme um die Schultern der Mädchen und schlug vor, daß wir die Elfen am besten alleinlassen sollten, daß das, was wir hier sahen, wahrscheinlich eine sehr private Angelegenheit der Elfen sei und daß die Mädchen dies eines Tages verstehen würden,

auch wenn es ihnen im Moment sehr verwirrend und beunruhigend vorkam.
Die Mädchen hörten mir allerdings nicht zu. Sie wanden sich aus meinem Griff, rannten los, und jede von ihnen griff sich ein Elfenpaar. Ich konnte sie nicht beide gleichzeitig aufhalten, und während ich Anna das Elfenpaar aus den Händen nahm, machte sich Clara auf geübte Weise daran, den männlichen Partner des Paares, das sie ergriffen hatte, von dem weiblichen zu trennen, um dann die Elfe freizulassen. Der Kobold hatte nicht soviel Glück. Obwohl er mit Armen und Beinen ruderte, gelang es ihm nicht, sich aus Claras Hand zu befreien, mit der sie seine Taille fest umklammert hielt. Ohne auf die windenden und zappelnden Bewegungen ihres Gefangenen zu achten, griff Clara mit der anderen, freien Hand zu und nahm seinen großen Kopf zwischen Daumen und drei Finger. Dann vollführte sie eine kräftige, kleine Drehung und brach dem Kobold schnell und geschickt das Genick. Anschließend öffnete sie ihre Hand, ließ den leblosen Körper zu Boden fallen und griff sofort nach einem neuen Paar.
Ich begann laut zu protestieren, vollführte eine hechtende Bewegung in Claras Richtung und ließ dabei versehentlich Anna frei, die sogleich den Kobold des nächsten Elfenpaares der gleichen fatalen Prozedur unterzog.
»Was tust du denn da?« Ich griff nach Claras Handgelenken und schüttelte sie. »Du bringst diese kleinen Männer um!«
Clara blickte mich verwirrt an. »Sie tun den Elfen weh«, platzte sie schließlich heraus. »Die kleinen Männer tun den Elfen weh.«
»Nein«, erwiderte ich. »Es ist nicht ... nicht so, wie du denkst.«

»Sie tun ihnen weh«, flüsterte sie und schaute sich nach ihrer Schwester um.
Wie sollte ich es ihnen nur erkären. In der Natur und im Übernatürlichen wurde der Fortbestand scheinbar auf die gleiche Art und Weise gesichert.
»Ich gebe dir mein Wort darauf, daß es nicht so ist«, versicherte ich ihr und schüttelte leicht ihr Handgelenk. »Geh' bitte ins Haus. Geh' wieder zu Bett.«
Nachdem ich Anna dazugeholt hatte, kniete ich mich vor die beiden hin und erklärte ihnen, daß es spät sei und sich ihr Vater große Sorgen machen würde, wenn er wüßte, daß sie beide hier draußen in der kalten Nachtluft herumliefen. Nachdem ich gesehen hatte, was die Mädchen den Kobolden antaten, hatte ich tatsächlich ein bißchen Angst vor ihnen. Aber sie konnten sich der Autorität einer Erwachsenenstimme nicht entziehen. Lammfromm erlaubten sie mir, sie zu dem Fenster zurückzuführen, durch das sie gekommen waren. Dort ließ ich sie los und sah zu, wie sie ins Haus zurückkletterten. Danach hatte ich vor, in den Garten zurückzukehren und mehr über die Elfen in Erfahrung zu bringen. Ich wollte versuchen, mit ihnen zu kommunizieren, um herauszufinden, wo sie lebten, wohin sie verschwanden, wovon sie sich ernährten. Ich wußte, daß sie sich paarten. Aber wo waren die Kinder?
Studien dieser Art anzustellen, entpuppte sich jedoch plötzlich als unmöglich. Ich wurde auf einmal von einer überwältigenden Müdigkeit erfaßt. Es war ein Gefühl der Erschöpfung, wie ich es noch niemals zuvor erlebt hatte. War es der Wirkung der Blume zuzuschreiben? fragte ich mich. Ich weiß es bis heute noch nicht. Was auch immer der Grund gewesen sein mag, jedenfalls verlor ich für den Abend jegliches Interesse an weiteren

Elfenverfolgungen. Ich befürchtete, daß ich einfach vor Templetons Cottage einschlafen könnte. Da ich nicht wollte, daß man mich am Morgen auf diese Weise entdeckte, schleppte ich mich zum *Starry Night* zurück. Dort schlief ich sogleich tief und fest wie ein Trunkenbold.

Kapitel 25

Wie ich zum Garten zurückkehrte

Als ich am nächsten Morgen erwachte, blies ein kalter, feuchter Wind durchs Fenster. Esmirelda hörte, daß ich auf war. Sie betrat das Zimmer und schloß die Tür hinter sich. Ihr enttäuschter Gesichtsausdruck vertiefte sich noch, als sie sah, daß ich mich bereits angezogen hatte.

»Ich muß ausgehen«, teilte ich ihr mit und erkundigte mich, ob sie einen Mantel habe, den ich ausleihen könne. Sie ging in den Keller hinunter und kam mit einem riesigen, raglanärmeligen Tweedungeheuer wieder, das irgendwann von einem Gast zurückgelassen worden war. Der Saum dieses Kleidungsstückes schlackerte mir um die Fußgelenke, als ich zur Tür hinauseilte. Fast wäre ich über ihn gestolpert, als ich Brian Templeton auf seinem gepflasterten Gartenweg nachjagte.

»Brian«, rief ich. »Warten Sie. Verschwenden Sie nicht –« Ich erwischte ihn beim Kragen.

Wir waren zu dritt dort. Ich selbst, Templeton und Walsmear, der einen Streit mit seinen Vorgesetzten gehabt hatte. Er war jetzt ein Ex-Constable. Wir schrien alle drei aufeinander ein. Anna und Clara standen in der Tür des Cottages. Sie schienen sich zu ducken. Inmitten der

feuchtkalten Nebelschleier stapften wir erwachsenen Männer durch ihre Blumen. Wir stritten uns. Wir rutschten aus. Wir verwandelten die Erde unter unseren Füßen in Matsch.
»Es muß noch mehr davon geben«, kläffte Walsmear. Er trat nach einem Busch. Ein Schwall rosefarbener Blütenblätter flog in die Luft. Einige blieben an seinen verdreckten Schuhen kleben.
»Halt, halt«, mahnte ich. »Wir können nicht einfach so herumwüten.«
Templeton war schlecht gelaunt. »Ich kann in meinem Garten tun und lassen was ich will«, fauchte er.
Er stand vor mir und starrte mich wütend an. Mit seiner Hand, die er zur Faust geballt hatte, umklammerte er eine einzelne, kleine Blume. Es war eine von denen, die die Mädchen aßen, um die Elfen zu sehen. Es war uns nicht gelungen, bei Tageslicht noch weitere zu finden.
»Wieviele von den Blumen waren letzte Nacht noch da?« fragte Walsmear ärgerlich. »Wieviele haben Sie gesehen?«
»Ich habe sie nicht gezählt«, erwiderte ich. »Es ist nur eine Wildpflanze, es muß noch mehr davon geben.«
»Es gibt aber nicht mehr davon«, entgegnete Walsmear. »Woher sollen wir wissen, daß Sie nicht alle gepflückt haben? Woher sollen wir wissen, daß Sie sich keinen Vorrat angelegt haben?«
»Warum sollte ich Ihnen beiden von den Blumen erzählen, wenn ich vorhätte, sie zu horten? Mein Geisteszustand war jedenfalls in keinster Weise dazu geeignet –«
»Wie genau sah denn Ihr Geisteszustand aus?«
Ich dachte darüber nach. »Waren Sie jemals ganz fürchterlich betrunken?« erkundigte ich mich.
»Stellen Sie keine dummen Fragen.«

»Ich meine«, fuhr ich fort, »so betrunken, daß Sie sich nüchtern fühlten?«

»Wollen Sie damit sagen, daß Sie letzte Nacht betrunken gewesen sind?« schäumte Templeton außer sich vor Wut und schüttelte seine Faust, in der er die Blume hielt.

»Nein, nein, nein«, beruhigte ich ihn. »Ich will damit sagen – ach, was soll's, schon gut.« Ich war aufgebracht. »Hören Sie zu«, sagte ich, »wir müssen zusammenarbeiten. Das hier kann unmöglich die einzige Blume dieser Art in ganz England sein. Wir werden noch weitere finden. Aber wir müssen die Sache methodisch angehen. Im Augenblick ruinieren wir bloß den Garten. Vermutlich trampeln wir gerade unentwegt auf Elfen und Kobolden herum.«

Walsmear fuhr beunruhigt zusammen.

Templeton drückte die Hand mit der Blume enger an seine Brust. »Was auch immer wir unternehmen werden«, sagte er. »Was auch immer Sie auf meinem Grundstück finden, es gehört mir. Und das gilt sowohl für diese Blume wie auch für alle anderen, die sie möglicherweise noch entdecken. Haben Sie verstanden?«

»Natürlich habe ich verstanden«, antwortete ich.

»Ich will nichts von dem, was dir gehört«, sagte Walsmear.

Templeton warf seinem alten Freund einen hochmütigen Blick zu. »Ach wirklich?« sagte er gedehnt.

»Fang damit gar nicht erst an, Brian.« Walsmear drohte ihm mit dem Zeigefinger. »Fang damit gar nicht erst an.«

»Womit?« erkundigte sich Templeton. »Ich fange an, was immer ich will. Dies ist im Grunde eine gute Gelegenheit, mit etwas anzufangen. Wenn man schon versucht, mit irgend etwas anzufangen.«

»Halt, halt, halt«, warf ich ein. Ich stellte mich zwischen die beiden und streckte meine Arme nach rechts und links aus. »Hören Sie mir zu, Gentlemen. Wir müssen uns unseren nächsten Schritt überlegen. Es liegt viel Arbeit vor uns. Bitte. Beruhigen Sie sich. Verderben Sie nicht alles durch irgendwelche Streitereien.«

»Ich habe nicht vor, etwas zu verderben«, brummte Walsmear.

»Ich habe die Blume.« Templeton blies seine Nasenflügel auf. »Und ich kann sie genausogut jetzt essen. Jemand muß ja herausfinden, ob dies alles wahr ist.«

»Nein, nein, nein, warten Sie«, beschwor ich ihn. »Bevor irgend jemand sie ißt, müssen wir sie dokumentieren. Wir müssen sie zeichnen. Oder photographieren.«

»Wo ist Ihr Photoapparat?« fragte Templeton. »Haben Sie ihn nicht mitgebracht? Wie praktisch für Sie.«

Ich ignorierte seine spitze Bemerkung. »Wir werden sie zunächst einmal identifizieren. Einer von uns sollte in die Bibliothek gehen und ein Buch über Wildpflanzen holen. Wir werden herausfinden, was für eine Sorte es ist und wo sie wächst. Wenn wir erst einmal wissen, wo wir suchen müssen, können wir uns auf den Weg machen und so viele wie möglich sammeln, solange sie noch blühen. Auf die Weise haben wir einen Vorrat. Oder wir geben sie einem Apotheker, damit er uns daraus eine Essenz destilliert. Aber wir müssen sie geheimhalten. Genauso, wie es die Mädchen getan haben.«

»Aber wenn es eine Wildpflanze ist, dann kann sie doch jeder pflücken«, wandte Templeton ein.

»Deshalb müssen wir diese Information unter Verschluß halten. Sonst haben wir keine Möglichkeit zu verhindern, daß die Elfen zu einem Allgemeingut werden.«

»Warum gründen wir nicht eine Handelsgesellschaft oder

eine Gesellschaft mit beschränkter Haftung?« spöttelte Templeton.
Genau darüber hatte ich bereits nachgedacht. »Das ist vielleicht die einzige Möglichkeit, wie wir von der Sache profitieren können.«
»Was für eine absurde Vorstellung. Elfen GmbH. Das Ganze ist meiner Ansicht nach eine Farce.«
»Du hältst jetzt die Klappe.« Walsmear baute sich vor Templeton auf. »Ich habe keinen Job mehr, Brian, und könnte etwas Geld ganz gut gebrauchen. Wir müssen unser Eigentum schützen.«
»Unser Eigentum? Du befindest dich hier auf meinem Eigentum. All dies gehört mir. Die Elfen und alles andere. Macht hier bloß nicht auf gemeinschaftlich. Es gehört mir allein.«
Walsmear schien zu spüren, daß Templeton ein wenig außer sich geriet. Und zum ersten Mal, seitdem ich seine Bekanntschaft gemacht hatte, erlebte ich, wie Walsmear sich um ein taktvolles Verhalten bemühte.
»Na, na, na«, sagte er und versuchte, beruhigend zu klingen. »Brian, du weißt, daß wir schon seit langer Zeit Freunde sind.«
»Freunde?« Templeton beugte sich verärgert nach vorne. »Jetzt, wo es darum geht, Profit zu machen, kommst du mir plötzlich mit Freundschaft? Nach allem, was du mir angetan hast?«
Der Nebel war verschwunden, aber der Regen hatte sich in einen beständigen Guß verwandelt. Ich kuschelte mich in meinen riesigen Mantel und schaute zu, wie Walsmear vortrat und seine Nase direkt in Templetons Gesicht hielt. Wasser strömte über ihre Gesichter. Sie starrten sich, nur Zentimeter weit voneinander entfernt, an.
Als Templeton sprach, klang seine Stimme ruhig und

rauh. »Sie starb genau hier«, sagte er und deutete auf das Haus. »Ich habe dir das verziehen. Vor langer Zeit schon. Aber was damals geschah, wird nicht nochmal geschehen. Was mir gehört, Michael, gehört mir. Nicht dir. Nicht noch einmal.«

Walsmear quetschte zwischen zusammengepreßten Zähnen hervor: »Verdammt, Brian. Du hast ja keine Ahnung. Du verstehst nichts. Stell dich hier nicht hin und ... mach dich nicht zum ... mach dich nicht zum Narren.«

Templeton lachte. »Du hast mich erst zum Hahnrei gemacht und dann zum Witwer. Aber wenn mir danach ist, werde ich mich selbst zum Narren machen. Ja, verdammt noch mal. Ich werde mich selbst zum Narren machen.«

Es konnte für Walsmear bis zu dem Punkt nicht einfach gewesen sein, sich seinem alten Freund gegenüber taktvoll und beschwichtigend zu verhalten. Nun hörte er auf, sich zu verstellen. Sein Gesicht rötete sich, und seine Faust schoß nach vorne, als käme sie aus einem Kasten hervorgesprungen. Sie prallte an Templetons Schulter ab und traf ihn am Kinn. Templeton stolperte eher verblüfft als verletzt nach hinten. Er erholte sich schnell, öffnete seine Hände und sprang auf Walsmear zu, um ihn bei der Gurgel zu packen. Als er Walsmears Kehle umschlang, zog dieser ihn mit sich zu Boden. Sie rangen im Blumenbeet miteinander. Jeder langte nach dem Gesicht des anderen. Sie zerrissen sich gegenseitig die Kleidung. Sie versuchten, Treffer zu landen, die nie ankamen. Und sie wühlten sich derartig durch den Garten, daß sie große Teile in einen Morast aus Schlamm, hellgrünen, gebrochenen Stengeln und verstümmelten Blüten verwandelten.

Es war Templeton, der schließlich die Feindseligkeiten beendete. Nachdem er in einen Busch geschubst worden

war, beschloß er, Walsmear nicht mehr zurückzuschubsen. Statt dessen erhob er sich (wobei Zweige unter ihm knackten und krachten) und ging einfach zum Haus zurück. Er drehte sich nicht ein einziges Mal mehr um.
Walsmear folgte ihm in der Entfernung von einigen Metern und rief: »Sie hat sich nicht umgebracht, Brian. Ich halte das nicht länger aus. Sie hat sich wirklich nicht umgebracht. Sie hat uns beide geliebt. Uns beide. Es war ein Unfall, Brian. Warum willst du das denn nicht einsehen, Brian? Sie hatte eine dieser kleinen Blumen gegessen. Sie hat die Elfen gesehen. Sie hatte Angst. Sie lief auf die Straße hinaus ...«
Er redete weiter, bis Templeton die Mädchen (bleiche Zeuginnen) eingesammelt und Walsmear die Tür vor der Nase zugeschlagen hatte.
Esmirelda hatte mir erzählt, daß Walsmear glaubte, Mrs. Templeton sei aus Furcht vor den Elfen aus dem Garten gelaufen. Diese Überzeugung hatte ihn und die Photos nach London gebracht. Aber ich hatte an die Möglichkeit, daß diese Theorie wahr sein könnte, noch nicht sehr viele Gedanken verschwendet. Bisher war ich immer davon ausgegangen, daß der wahre Grund, warum Mrs. Templeton aus dem Garten und vor das Automobil gelaufen war, ein Rätsel bleiben würde. Nun ließ ich mir die ganze Theorie noch einmal durch den Kopf gehen.
Der Schlüssel war für mich meine eigene Reaktion, als ich die Elfen zum ersten Mal gesehen hatte. Meine Erinnerung daran versetzte mir einen Schock. Nachdem ich zum ersten Mal einen Blick auf die kleinen Homunkuli geworfen hatte, hatte ich es mit der Angst zu tun bekommen. Meine Angst war so groß gewesen, daß ich losgerannt war. Blindlings. Wenn in diesem Moment ein Automobil

die Straße entlanggekommen wäre, hätte es mich auch erfaßt und ich wäre nun tot.
Walsmear blieb einen Moment wie angewurzelt stehen und starrte auf die Tür des Cottages. Dann wandte er sich verärgert um und begann, die Straße entlangzuwandern. Dies tat er ohne ein Wort oder einen Blick in meine Richtung.
Ich rannte ihm nach. Er sah mich immer noch nicht an. Er gab nicht einmal zu verstehen, daß er meine Anwesenheit registriert hatte. Während ich neben ihm hertrottete, erzählte ich ihm, was mir gerade über meine eigene, erste Reaktion auf die Elfen durch den Kopf gegangen war. Ich berichtete, wie mich eine instinktive Angst dazu gebracht hatte, loszulaufen.
»Es geschah ohne meinen Willen«, sagte ich. »Meine Beine haben von selbst reagiert. Ich habe gehört, daß es im Krieg auch so gewesen sein muß. Während der Bombardierungen. Man will nur weg. War es bei Ihnen auch so? Es ließ sich nicht verhindern. Man will einfach aufstehen und wegrennen.«
Mir war immer noch nicht klar, ob er mich überhaupt gehört hatte. Er ging weiter, schweigend und mit ausdruckslosem Gesicht. Ich wollte gerade aufgeben und ihn seines Weges ziehen lassen, als er sagte: »Natürlich hatte sie Angst. Ich war im Krieg. Und genauso war es.«
»Ja«, fuhr ich fort. »Ich hatte Angst, weil sie so anders waren. So verschieden von allem, was ich aus dem täglichen Leben kenne. Der Verstand rebelliert. Der Körper folgt. Das gleiche muß Mrs. Templeton passiert sein. Stellen Sie sich nur einmal vor, daß sie aus Versehen eine dieser Blumen in den Mund gesteckt hat. Oder daß sie auf der Rückseite ihrer Hand geklebt hat, und sie hat sich mit dieser Hand über den Mund gewischt.«

»Reden Sie nicht mehr davon«, sagte Walsmear und blickte mich immer noch nicht an. »Sie kennen ja nicht die ganze Geschichte.«

»Ich kenne einen Teil.«

»Esmirelda?«

»Was ist mit ihr?«

»Esmirelda?«

»Sie redet«, sagte ich. Ich war verlegen, aber ich wußte nicht warum.

»Das ist nicht das einzige, was sie tut.«

»Wie bitte?«

»Ich weiß, wie sie ist.«

»Wie ist sie denn?«

»Sie haben mit ihr geschlafen.«

Ich schwieg.

Walsmear fragte: »Lieben Sie sie?«

»Sie lieben? Ich, nun ja, nein, ich kann unmöglich –«

Walsmear schwang sich wie eine große Tür, die an Angeln befestigt ist, zu mir herum. »*Ich* liebe sie aber«, sagte er.

Ich blickte an mir hinunter. Sein dicker Finger drückte gegen meine Brust.

»Und Sie werden der Letzte sein. Ich werde Sie nicht umbringen. Aber Sie können jedem, den Sie im ›Starry Night‹ sehen, von mir bestellen, daß Sie der Letzte gewesen sind. Den nächsten Mann, der mit ihr ins Bett geht, werde ich umbringen. Die Lage hat sich geändert. Ich habe meinen Frieden gefunden. Ich weiß nun, was geschehen ist, und ich habe meinen Frieden gefunden.«

Ich vermutete, daß er folgendes meinte und äußerte es auch laut: Er hatte seinen Frieden in bezug auf den Tod von Mrs. Templeton gefunden.

»Ich bin froh, daß ich Ihnen helfen konnte«, fügte ich hinzu.

Er nickte. »Ich werde sie heiraten«, sagte er. »Ich werde mein Leben in den Griff bekommen. Ich werde nach Kanada gehen. Oder Australien. Woher stammen Sie noch mal?«

»Boston.«

»Dahin könnte ich auch gehen.«

»Nun, dann wünsche ich Ihnen viel Giück.«

»Glück? Und was ist mit unserer Vereinbarung? Den Photographien? Arthur Conan Doyle?«

»Die gilt immer noch. Aber es gibt da ein Problem.«

»Welches?«

»Templeton hat die Bilder. Und die Negative.«

»Dieser Bastard.«

»Wir könnten versuchen, ihn zu überzeugen.«

Walsmear spuckte. »Ich werde bestimmt nicht versuchen, diesen Bastard zu überzeugen.«

»Was sollen wir denn tun?«

»Sie halten sich da raus.«

»Ich soll mich heraushalten?«

»Ich habe einen Plan.«

»Und wie soll der aussehen?«

»Je weniger Sie wissen, desto besser.«

»Wie bitte? Ist es etwas Illegales?«

»Ich nehme an, Einbrechen und unbefugtes Betreten sind illegal.«

»Das können Sie doch nicht machen! Sie sind Polizist.«

»Nicht mehr. Und ich habe nicht vor, es selbst zu tun.«

»Wollen Sie etwa jemanden anheuern?«

»Ich kenne ein paar Leute. Experten für solche Sachen.«

Das war verrücktes Gerede. Aber ich ließ mich auf keine

Diskussion mit ihm ein. Ich hatte große Zweifel, daß er die Sache wirklich durchziehen wollte. Walsmear besaß doch endlich, worauf er so lange gewartet hatte: seinen Seelenfrieden. Ich war sicher, daß er nun die ganze Episode mit den Elfen bald vergessen würde.
Auch ich war bereit, dieses Zwischenspiel zu vergessen. Ich war sogar bereit, die ganze Angelegenheit mit Doyle zu vergessen. Ich wußte vielmehr schon, wie mein nächster Schritt aussehen würde. Er hatte nichts mit Diebstahl, Ausbeutung oder über Nacht erworbenem Reichtum zu tun. Während ich in dem Nieselregen die Straße entlangwanderte, hatte ich das plötzliche Bedürfnis, moralisch zu handeln. Zu tun, was rechtens war und nicht bloß zweckdienlich. Es war ein Gefühl, das sich vielleicht mit spiritueller Wiedergeburt umschreiben läßt. Warum, weiß ich nicht so recht. Möglicherweise hatte es mit dem Anblick von Templeton und Walsmear zu tun, als sich die beiden im Schlamm gewälzt hatten. Er weckte in mir das Verlangen, mich reinzuwaschen.

Kapitel 26

Wie ich beinahe verhaftet wurde

Walsmear sprach den ganzen Weg zurück zum Dorf kein Wort mehr. Auf dem Marktplatz angekommen, winkte er mir nur noch einmal kurz mit der Hand zu und verschwand. Ich konnte nicht erkennen, wohin er ging. Ich bin nicht einmal mehr sicher, welche Richtung er damals einschlug. Meine Gedanken waren mit anderen Dingen beschäftigt. Ich dachte an die Blume. An eben die Blume, die man essen mußte, um die Elfen zu sehen. Diese winzige Wildpflanze war der Schlüssel zu allem.

Ich trug das Bild dieser kleinen Blume in meiner Erinnerung. Ein makelloses, scharfes Bild, wie man es in einem Botanikbuch finden kann. Und ich prägte mir dieses Bild tief ins Gedächtnis ein.

Templeton besaß das einzige, letzte Exemplar. Während ich neben Walsmear herlief, hatte ich am Straßenrand nach weiteren Vertretern derselben Gattung Ausschau gehalten, aber offenbar handelte es sich nicht um eine Pflanze, die an Wegen wuchs. Dennoch ließ ich mich dadurch nicht entmutigen. Da draußen gibt es eine ganze Welt, dachte ich, und sie ist voller Wildpflanzen. Irgendwann würde ich schon ein weiteres Exemplar entdecken. Viele sogar. Ich würde sie pflücken, sie kultivieren. Ich würde mir aus der Essenz dieser Pflanzen einen ganzen Vorrat anlegen. Dann würde ich sie äußerst sparsam an Doktoren, Naturwissenschaftler und Anthropologen verteilen, die sich schon bald darum reißen würden, die Elfen zu studieren. Außerdem würde ich dafür sorgen, daß diese Studien mit entsprechender Rücksichtnahme auf die Elfen und ihre Gefühle erfolgten. Ich wäre nicht nur der Entdecker der Elfen, sondern auch ihr Beschützer.

So vieles, was es zu studieren gab! Mein Herz begann schon bei dem bloßen Gedanken daran schneller zu klopfen.

In ganz England mußte es Elfen geben. Und was war mit dem Rest der Welt? Was mit dem Südpazifik? Amerika? Afrika? China? Existierten verschiedene Elfenrassen? Besaß Afrika schwarze Elfen? Hatte Alaska Eskimoelfen? Konnten die Elfen sprechen? Konnten sie schreiben? Gab es Elfenbücher, Gedichte, Epen? Oder waren die Elfen nichts weiter als Tiere mit menschlichen Formen? Vielleicht huschten sie lediglich über Blumen, paarten sich und starben dann, wie so viele Eintagsfliegen. Was ich von ihnen gesehen hatte, ließ mich vermuten, daß es so war. Aber möglicherweise gab es verschiedene Arten von Elfen. Was wäre, wenn es sich bei den Elfen, die ich gesehen hatte, lediglich um einen besonders primitiven Stamm handelte? Vielleicht waren es wilde Elfen. Andere Elfen, in anderen Teilen der Welt, blickten womöglich auf die Elfen in England herab. Die verrücktesten Dinge schossen mir durch den Kopf. Waren die Elfen der zivilisierten, menschlichen Nationen womöglich die primitivsten und die Elfen der unterentwickelsten, menschlichen Nationen die am weitesten entwickelten?

Mit den Elfen zu kommunizieren würde eine Herausforderung darstellen. Wir mußten uns darauf vorbereiten,

geduldig zu sein. Es brachte nichts, Dinge zu übereilen. Es würde schon schwer genug sein, sie nur anzusehen. Und waren sie überhaupt in der Lage, uns zu hören, wenn wir sprachen? Klang wird von der Luft getragen. Aber lebten die Elfen überhaupt in einer Welt mit Luft? Lebten sie in unserer Welt oder in einer anderen? Woraus bestand der Äther, in dem sie sich bewegten?
Ich vermutete, daß die Elfen und wir verschiedene Sphären der physischen Welt bewohnten. Ich fragte mich, ob sie imstande waren, in unsere Sphäre einzudringen. Und konnten wir die ihre betreten? Ich wußte, daß es möglich war, von Elfen berührt zu werden. Ich hatte sie gespürt. Unsere Haut war in der Lage, ihr Gewicht zu registrieren. Aber nicht vollkommen. Man fühlte keinen Druck, wenn eine Elfe irgendwo auf dem Körper landete. Es war eine Empfindung, die tiefer zu gehen schien. Man hatte das Gefühl, von etwas durchdrungen zu werden. Und wenn wir Menschen unsere Kraft einsetzten, waren wir in der Lage, die Elfen zu verletzen – und manchmal sogar tödlich, wie die Mädchen gezeigt hatten.
In meinem Zimmer zeichnete ich die Blume aus dem Gedächtnis auf. Wenn ich sie doch nur photographiert hätte! Aber ich hoffte, daß das, was ich aus der Erinnerung in bezug auf ihre Blütenblätter (kurz, ein purpurfarbenes Rot, spitz zulaufend), die einzelne gelbe Quaste, die aus ihnen herausragte und die scharf gezackten Kanten der Blätter behalten hatte, ausreichen würde, um die Zeichnung zu Vergleichszwecken zur Bibliothek in Kew Gardens mitzunehmen. Ich war bereit, am nächsten Morgen nach London abzureisen, um genau dies zu tun.
Aber ein weiteres Verlangen bewegte mich auf ähnlich starke Weise: Ich wollte noch einmal zu Templetons Gar-

ten zurückkehren, um zu versuchen, einige Photos von den Elfen zu machen. Schließlich wußte ich jetzt mit Sicherheit, daß sie dort waren.
Es war der Tag nach Templetons und Walsmears Kampf im Regen. Fette kleine Wolken zogen über einen blauen Himmel hinweg. Während einige Teile des Gartens noch in friedlicher und unversehrter, schwelgerischer Pracht dalagen, waren andere Teile der Schlammschlacht zum Opfer gefallen. Es gelang mir, einige Photos zu machen, bevor Templeton mich entdeckte. Ich hörte, wie sich im oberen Stockwerk quietschend ein Fenster öffnete. Dann vernahm ich sein asthmatisches Keuchen.
»Scheren Sie sich weg, Mr. Castle. Augenblicklich.«
Ich wandte mich um und erblickte Templetons struppigen Haarschopf. Ein Stockwerk tiefer tauchten die Köpfe der beiden Mädchen in einem anderen Fenster auf.
»Hallo, Mr. Castle«, riefen sie.
»Hallo, Anna. Hallo, Clara.«
»Castle, ich warne Sie. Verschwinden Sie von meinem Grundstück.«
»Sch!« zischte ich und drückte erneut auf den Auslöser.
»Das hier ist nicht Ihr Grundstück.«
»Zum Teufel noch mal, und ob es das ist!«
»Nicht die Stelle, an der ich mich gerade befinde. Ich habe die Grundbucheintragungen der Stadt überprüft. Solange ich neben der Straße stehe, befinde ich mich nicht auf Ihrem Grundstück. Also kann ich hier bleiben und den lieben langen Tag Ihren Garten photographieren. Das ist mein gesetzmäßiges Recht.«
Ich hatte die Absicht, den Garten per Photo kartographisch zu erfassen. Ich machte also Bilder von der Stelle, wo der große Baum stand, bis hinüber zur Tür des Cotta-

ges. Ich machte Nahaufnahmen von den Blumenbeeten und von allen blühenden Büschen. Selbst wenn es mir nicht gelingen sollte, ein einziges Elfenbild zu bekommen, so besaß ich zumindest ein umfassendes Verzeichnis des Gartens. Irgendwie hatte ich das Gefühl, dies sei eine gute, wissenschaftliche Art, an die Sache heranzugehen.

Aber ich war eigentlich sicher, daß es mir dieses Mal gelingen würde, die Elfen im Bild einzufangen. Ich war überzeugt, daß es nur eine Frage von Beharrlichkeit sein konnte.

Den Polizisten, der mir auf die Schulter klopfte, hatte ich noch nie zuvor gesehen. Es mußte sich um Walsmears Nachfolger handeln. Ein höflicher junger Mann.

»Gehen Sie bitte weiter, Sir«, sagte er und machte sich erst gar nicht die Mühe, von seinem Rad abzusteigen.

Ich machte eine weitere Aufnahme, bevor ich antwortete.

»Es tut mir leid, Officer, aber das hier ist eine öffentliche Straße. Ich habe mich dahingehend informiert. Es ist mein gutes Recht, von dieser Stelle aus zu photographieren.«

»Das mag sein, Sir, aber dem Mann in diesem Haus gefällt das nicht.«

»Tja, das ist Pech, nicht wahr?«

»Sie sollten ein wenig Rücksicht nehmen, Sir.«

»Es wird nur noch ein paar Minuten dauern. Ich bin ohnehin fast fertig.«

»Sie sind schon fertig.«

Durch die Linse sah ich, wie die Handfläche des Polizisten auftauchte. Dann wurde es schwarz.

»Wie bitte?« fragte ich. »Wissen Sie, was Sie da tun, Officer? Wie ist Ihr Name? Ich fürchte, ich muß Ihr Verhalten melden. Wie ist Ihr Name?«

Der Polizist grinste und nannte mir seinen Namen, den ich vergessen habe. »Melden Sie es ruhig«, sagte er. »Aber für den Augenblick fürchte ich, daß Sie weitergehen müssen.«

»Oh ja. Ich werde weitergehen. Ich gehe ja schon. Aber wenn Sie glauben, daß Sie mich herumschubsen können, dann haben Sie sich getäuscht, Officer. Sehr getäuscht. Diese Angelegenheit ist noch nicht abgeschlossen, Mr. (wie auch immer sein Name gewesen sein mag). Diese Angelegenheit ist noch lange nicht abgeschlossen.«

Ich hörte mich reden und wollte meinen Ohren nicht trauen. Ich klang wie irgendein dahergelaufenes Rauhbein, das man von einer Straßenecke verjagte. Andererseits fühlte ich mich genauso selbstgerecht, wie ich klang. Ich dachte, ich sei etwas Besonderes. Vielleicht lag es daran, daß ich von den Elfen wußte, ihr Geheimnis kannte. Aus diesem Grunde war mir ein besonderes Schicksal zuteil geworden. Die gewöhnlichen Regeln der Menschheit trafen auf mich nicht mehr zu.

Nachdem ich dem Polizisten gehörig meine Meinung gesagt hatte, begann ich, mit verächtlichem Gesichtsausdruck Richtung Stadt davonzuschlendern. Hinter mir hörte ich Templetons Stimme. Er stand nun draußen auf der Straße.

»Ja, Officer«, sagte er. »Ich kenne ihn. Sein Name ist Charles P. Castle. Irgendein Amerikaner. Ich habe mich ihm gegenüber einmal wohltätig gezeigt. Ich habe ihn bei mir wohnen lassen, als er sich nach einer Trinkorgie verletzt hatte. Nun will er einfach nicht mehr verschwinden. Ich fürchte um die Sicherheit meiner Töchter, wenn Sie es genau wissen wollen.«

Das war zuviel.

»Wo wohnt er?« erkundigte sich der Polizist.

»Er hat ein Zimmer im *Starry Night*, soweit ich weiß«, erwiderte Templeton.
»Nicht mehr lange, denke ich.«
»Das will ich hoffen.«
»Sagen Sie mir Bescheid, wenn er sich wieder einmal hier herumtreiben sollte.«
»Das werde ich ganz gewiß.«
»Ha!« rief ich über meine Schulter zurück. Es war mir egal, was sie von mir hielten. Ich hatte die Feen gesehen. Meinetwegen konnten sie sich zum Teufel scheren.
Im Laufe der nächsten Tage hatte ich ähnlich stachelige Begegnungen mit fast allen Leuten, die ich traf. In solch einer gefühlsbeladenen Stimmung mußte ich einfach einige schreckliche Fehler begehen. Und genau das tat ich auch.
Nachdem ich ins *Starry Night* zurückgekehrt war, fühlte ich eine seltsame, rastlose Energie. Wahrscheinlich hätte ich begonnen, den Boden zu wischen, wenn nur ein Schrubber in der Nähe gewesen wäre. Ich war in der Stimmung, die Beete zu harken, den Garten von Unkraut zu befreien oder den Stall auszumisten. Das alles hätte ich tun können. Aber wonach ich mich wirklich sehnte, was der eigentliche Grund dieses plötzlichen Energieschubs war ... wie es der Zufall so wollte, betrat ich das Eßzimmer genau in dem Augenblick, als Esmirelda gerade mit schweren Schritten aus dem Keller heraufgestapft kam. Sie zog einen Schrubber hinter sich her.
»Ah, Esmirelda«, sagte ich mit behaglicher Herzlichkeit und tanzenden Augenbrauen. »Ich gehe jetzt auf mein Zimmer. Wenn Sie möchten, können Sie nachkommen, um aufzuräumen. Das heißt, Sie wären nicht im Weg, wenn Sie verstehen, was ich meine.«
Ich grinste und rieb mir die Hände. Esmirelda lehnte

ihren Schrubber gegen die Wand. Dann trat sie einen Schritt vor, ballte ihre Hand zur Faust und schwang sie mitten in mein Gesicht.

Ich sprang zurück und erwartete den Aufprall. Aber Esmireldas Faust stoppte kurz vor meiner Nase, blieb dort schwebend in der Luft. Ich nahm an, daß ich sie mir aus irgendeinem Grund ansehen sollte. Dann bemerkte ich den riesigen Diamantring an ihrem schmutzigen Ringfinger.

»Ich und Michael«, sagte sie.

»Walsmear?«

Sie nickte. »Wir denken an eine Hochzeit zu Weihnachten.«

»Puh. Das ist... nun ja... Glückw – die besten Wünsche – was ich eigentlich sagen will ist...« Ich stieß noch einige weitere wirre Phrasen aus, während sich das kräftige Mädchen an mir vorbeischob. Sie ließ eine Wolke ihres erdigen Geruchs hinter sich.

Niemand benötigt jemals wirklich ein alkoholisches Getränk, aber »Ich brauche einen Drink« war der erste Gedanke, der mir durch den Kopf schoß. Glücklicherweise waren die Hilfsmittel dazu nicht weit. Ich trat an die Bar hinüber. Dort hielt sich eine größere Zahl von Gästen auf als gewöhnlich. Cole, der hin- und herhüpfte, um sie zu bedienen, schien ausgesprochen guter Laune zu sein.

»Hier kommt noch einer, der Grund zum Mitfeiern hat«, kommentierte er mein Eintreten.

»Feiern?« fragte ich.

Er füllte ein Glas, bis es schäumte und schob es mir unter die Nase. Ich griff danach und hob es dankbar an die Lippen. Ich nahm einen langen Schluck und betrachtete die Menge über den Glasrand hinweg.

Neben mir stand ein Mann mit einer Stirnglatze, der eine Schürze trug. Sein Haar und die Schultern waren mit Sägemehl bedeckt. Ich nahm an, daß es sich um einen Zimmermann handelte.
»Auf ihre gutmütige Natur«, sagte er und hob sein Glas.
An meiner anderen Seite war ein alter Mann. Er lächelte und zeigte seinen einzigen noch verbliebenen Zahn. »Ihre Natur«, warf er ein, »war wie Mutter Natur.«
»Sie war wie ein Wald«, steuerte ein dritter Mann aus der Menge bei. »Oder wie ein Berg. Sie war wie das Matterhorn.«
»Aber ein gewaltiges Stück einfacher zu besteigen«, lachte der Zimmermann. »Was ist mit Ihnen?« Er nickte mir zu.
Ich senkte mein Glas und leckte mir die Lippen. »Was soll mit mir sein?«
Cole füllte ein weiteres Glas. Er ist auch ein Mitglied der Bruderschaft«, antwortete er. Aus der Menge ertönte Beifall. »Er gehört zum amerikanischen Zweig.«
Gelächter war zu hören. Irgend jemand klopfte mir auf den Rücken.
»Sie war international, was ihren Wirkungskreis betraf«, sagte ein junger Mann mit einem Filzhut.
»Wirst du das etwa in deiner Zeitung veröffentlichen?« erkundigte sich eine andere Stimme.
»Mit Sicherheit«, erwiderte der Mann mit dem Filzhut.
Ich blickte in die Gesichter der Männer an der Bar. Es waren ungefähr zwölf. Ihre Wangen hatten sich durch den Alkohol und die Lachanfälle gerötet. Natürlich kannte ich den Gegenstand ihrer kleinen »fête galante«. Es war Esmirelda.

Die Männer schienen aus allen sozialen Schichten zu kommen. Mein Gott, dachte ich. Wer weiß, welche Krankheit ich mir da möglicherweise eingefangen habe!
»Wir werden sie vermissen«, seufzte der Mann mit dem Filzhut.
Dieser Mann schien etwas jünger als ich zu sein. Wie sich herausstellte, war er ein Reporter der örtlichen Zeitung. Wir begannen zu plaudern. In meinem Hinterkopf meldete sich der Gedanke, wie erstaunt dieser junge Kerl wohl sein würde, wenn er wüßte, was ich wußte. In bezug auf die Elfen, meine ich.
Ich schätze, daß ich mich ein wenig betrank. Mir entschlüpfte die Andeutung, daß ich eines Tages vielleicht eine Riesenstory für ihn haben würde.
»Wie riesig?« fragte er, selbst ein wenig angetrunken.
»Möglicherweise zu riesig. Zu riesig für Ihre Zeitung jedenfalls. Sie kennen nicht zufällig jemanden bei einer großen Londoner Zeitung, oder?«
»Wenn ich Kontakte in London hätte«, erwiderte er, »glauben Sie, ich würde dann hier in Burkinwell arbeiten?«
Er wandte sich mit einem bitteren Lächeln ab.
Mir wurde klar, daß ich diese Angelegenheit mit ihm schlecht gehandhabt hatte. Wenn ich das meiste aus dem Geschäft mit den Elfen herausholen wollte, dann wäre es vonnöten, bessere Kontakte zur Presse zu pflegen. Aber das, so dachte ich, würde mit der richtigen Übung schon kommen.
Ich wäre gerne noch länger bei dieser Gruppe geblieben, um ihnen dabei zu helfen, Esmireldas unmittelbar bevorstehende Entfernung von der Liste der örtlichen Annehmlichkeiten zu feiern. Aber ich hatte andere Aufgaben zu erledigen.

Ich stürmte aus der Tür des *Starry Night* und eilte zum Apotheker hinüber. Er räumte gerade seinen Laden auf, bevor er ihn für diesen Tag schloß.

»Könnten Sie mir eine Flasche Mineralöl verkaufen?« bat ich ihn, als ich an der Theke angekommen war.

Der Apotheker bejahte. Im selben Augenblick vernahm ich noch eine andere Stimme.

»Charles.«

Es war die Stimme von Linda Drain, und bald schon folgten Gesicht und Gestalt. Sie kam hinter einem Ständer mit Kämmen hervor.

»Oh, hallo.«

»Fühlen Sie sich nicht gut?« fragte sie.

Der Apotheker stellte eine Flasche mit Mineralöl vor mich hin.

»Ich fühle mich ganz ausgezeichnet, Danke der Nachfrage«, entgegnete ich lachend.

»Sie wissen ja, daß wir einen sehr guten Arzt haben«, fügte sie hinzu. »Derjenige, der sie nach ihrem ... ihrem Sturz behandelt hat. Er ist sehr gut, wenn es um Erkältungen geht. Mein Mann, wissen Sie. Er bekommt sie sehr häufig.«

Das kann ich mir gut vorstellen, dachte ich.

»Vielen Dank«, sagte ich. »Aber glauben Sie mir, das Mineralöl ist für die Dunkelkammer.«

Linda kaufte einen Kamm. Wir gingen zusammen nach draußen.

»Seit Sie hier sind, habe ich viel über Photographie gelesen«, sagte sie.

»Wirklich?«

»Nur, was die technische Seite betrifft. Bisher ist es mir nicht gelungen, etwas über die künstlerische Seite zu finden. Sie wissen schon: die Schönheit der Photographie und so weiter. Das ist aber der Teil, der mich wirklich interessiert.«

»Das kann man nicht lehren«, antwortete ich. »Die technische Seite allerdings schon. Und das ist eine gute Sache.«

»Warum?«

»Weil erst die Beherrschung des technischen Teils es erlaubt, die Schönheit zu schaffen. Ohne das sichere Beherrschen der technischen Fertigkeiten sind die ästhetischen nutzlos. Wenn Sie nicht in der Lage sind, ihr Medium zu kontrollieren, dann werden Sie Schönheit nur aus Versehen produzieren. Genau wie es bei diesen abstrakten Malern geschieht.«

»Oh, ich mag abstrakte Malerei. Aber ich bin mir darüber im klaren, wie schwierig all das ist.« Sie seufzte. »Ich wünschte, Klavierspielen wäre einfacher. Aber es ist so mühsam. Manchmal bin ich völlig entmutigt.«

»Sie dürfen sich nicht entmutigen lassen.«

»Was die Photographie anbelangt, so bin ich nicht entmutigt. Ich denke, das ist etwas, was ich begreifen könnte. Was hat es denn nun mit diesem Mineralöl auf sich? Wozu benutzen Sie es?«

»Das Mineralöl bindet den Staub.«

»Den Staub?«

»Ja, Staub, kleine Hautschüppchen und ähnliches. Wenn man sehr feine Arbeiten erledigt, so wie ich es gleich tun werde, muß man vermeiden, daß Schmutz auf die Negative gelangt.«

»Sie geben Mineralöl auf die Negative?«

»Nein, nein, nein! Man benutzt es für sich selbst. Streicht es auf die Haut. Es ist ein alter Photographentrick. Ich muß allerdings zugeben, daß ich ihn heute zum ersten Mal anwende.«

Linda lachte. »Ich habe genug Zimmer gekehrt und kann Ihnen versichern, daß man nie den ganzen Staub unten halten kann«, sagte sie. »Etwas wird immer von oben herabsinken. Kleine Fussel werden sich von ihrer Kleidung lösen.«

»Oh, man zieht seine Sachen aus«, erwiderte ich, und erst, als die Worte schon heraus waren, wurde mir klar, wie seltsam sie klingen mußten.

»Alles?«

»Nun ja –«

»Wird Ihnen dabei nicht kalt?«

»Wie ich schon sagte, ich habe es noch nie versucht.«

»Klingt griechisch.«

»Wie bitte?«

»Ganz eingeölt und nackt. Klingt nach den alten griechischen Athleten, nicht wahr?«

»Jetzt, wo Sie es sagen, klingt es in der Tat ziemlich griechisch. Ein bißchen so, als befände man sich bei einer Art ästhetischer Olympiade.«

»Was für ein treffender Gedanke«, äußerte Linda.

Sie grübelte immer noch darüber nach, als ich mich vor der Kirche von ihr trennte.

Drinnen ging ich direkt auf den Altar zu. Wieder einmal traf ich auf den einfältigen Dennis, den Burschen für alles.

Es war ein Vergnügen, dieser unschuldigen Seele zu begegnen. Jedesmal strahlte er eine solch unkomplizierte Freude aus. Er erkundigte sich nach nichts, erwartete nie Anerkennung in irgendeiner Form, sondern lachte einfach und stieß irgendeinen Laut aus, bevor er weiter seines Weges zog. Als wir Elektrizität und Wasser in den Keller gelegt hatten, konnte ich sein handwerkliches Geschick und die clevere Art und Weise, wie er kleine Pro-

bleme löste, bewundern. Ich fand es tragisch, daß diese Geschicklichkeit nicht mit herkömmlich erkennbaren, verbalen und sozialen Fertigkeiten Hand in Hand ging.
Die untergehende Sonne schien golden durch die Kirchenfenster. Prachtvolle Lichtbögen senkten sich auf die Stuhlreihen hinunter. Ich blieb einen Moment stehen, um dieses Bild zu bewundern, bevor ich die Luke öffnete und über die Leiter in den Keller hinabstieg. Unten angekommen, stieß ich mir den Zeh an etwas Hartem und Hölzernem mit scharfen Kanten. Als ich die Laterne hochhielt, sah ich, daß es Dennis' Werkzeugkasten war. Der Bursche war scheinbar nicht nur einfältig, sondern auch vergeßlich. Ich nahm mir vor, ihm am nächsten Tag wegen des Werkzeugs Bescheid zu sagen, setzte die Laterne ab und begann, mich auszuziehen.
Als ich nackt im flackernden Laternenlicht stand, war mir zwar kalt, aber ich fühlte mich wie befreit. Ich rieb mich am ganzen Körper mit Mineralöl ein und beobachtete dabei meinen Schatten an der Wand. Ich stellte mir vor, ich sei ein Indianerkrieger, der sich auf den Kampf vorbereitet. In der Lampe brannte Büffelöl, und die Wände bestanden aus Rentierfell. Draußen war die mit Bären, Pumas und anderen, unbekannten Feinden erfüllte wilde Dunkelheit. Nachdem ich die Laterne gelöscht hatte, machte ich mich freudig an die Arbeit und vertrieb mir dabei mit Gedanken an Phantasieabenteuer in der Wildnis die Zeit.
Nachdem ich ungefähr eine halbe Stunde gearbeitet hatte, hörte ich oben in der Kirche ein Geräusch. Ich fluchte wütend vor mich hin. Wahrscheinlich ist es Dennis, dachte ich. Er kommt zurück, um sein Werkzeug zu holen.
Wie immer, wenn Unterbrechungen auftraten, befand ich mich gerade in einer empfindlichen Phase des Entwick-

lungsprozesses. Ich mußte das chemische Bad über dem Film ständig in Bewegung halten und konnte mich nicht von der Wanne entfernen. Obwohl ich also dort festsaß, hoffte ich, ihn aufhalten zu können, bevor er eine Laterne anzündete und alles ruinierte. Als ich hörte, wie die Luke geöffnet wurde, rief ich: »Dennis!«

Keine Antwort. Das Knarren der Leiter war zu vernehmen.

»Hallo? Dennis?«

Ich hörte, wie die Luke langsam wieder geschlossen wurde.

»Hören Sie«, rief ich. »Hier ist Charles Castle. Ich entwickle gerade Bilder hier unten. Also entzünden Sie um Gottes willen jetzt kein Licht, haben Sie verstanden?«

Ich hörte, wie jemand von der Leiter auf den Boden sprang.

Zuerst hatte ich Angst gehabt, daß, wer immer dort war, ein Licht mitbringen und meine Bilder ruinieren würde. Nun fürchtete ich für meine eigene Sicherheit.

»Wer ist da?« schrie ich und wurde von einem Angstanfall geschüttelt.

Schließlich war ich nackt, wehrlos und allein in der Dunkelheit. Ich konnte weder ein Licht entzünden noch aufhören, die Chemikalien zu bewegen, ohne daß meine Arbeit ruiniert wäre. Und schließlich ging ich davon aus, daß es sich bei dieser Arbeit um die unbezahlbaren Elfenphotos handelte, um die ich mich so lange bemüht hatte!

Mein Kopf füllte sich mit Bildern von Paolo und Shorty. Sie mußten es sein! Sie waren gekommen, um mich zu holen!

»Jetzt reicht es«, kreischte ich. »Wer sind Sie? Was wollen Sie?«

»Oje«, erklang eine Stimme aus der Dunkelheit. »Habe ich Sie erschreckt?«

»Linda«, sagte ich mit fragender Stimme. »Linda Drain? Sind Sie es?«

»Ja. Ja. Ich fürchte, ich bin es. Es tut mir so leid. Ich würde lieber wieder die Leiter hinaufkriechen. Ich schäme mich so.«

»Sie schämen sich? Warum denn?«

»Weil ich Sie erschreckt ... ich wollte sagen ... weil ich Sie überrascht habe.«

»Sie haben mich nicht erschreckt. Ich dachte nur gerade an diese beiden, die uns im Zug angegriffen haben – Paolo und Shorty. Und dann kamen Sie die Leiter herunter.«

»Oh, es tut mir so leid. Ich bin eigentlich nur gekommen, um zu fragen, ob ich Ihnen helfen kann.«

»Helfen?«

»Ich habe Ihnen doch erzählt, daß ich einiges über Photographie gelesen habe.«

»Ich fürchte nur, es gibt nicht viel, was Sie – Sie haben doch nicht etwa vor, eine Laterne anzuzünden, oder?«

»Nein. Ich habe gar keine mitgebracht.«

»Das ist gut.«

»Würde es die Bilder ruinieren?«

»Ja. Das auch. Und ich – nun ja – erinnern Sie sich an die Vorsichtsmaßnahme, von der ich Ihnen erzählt habe? Die Sache, für die ich das Mineralöl benötigte? Als Schutz gegen den Staub? Tja, ich habe diese Vorsichtsmaßnahme bereits getroffen.«

»Sind Sie darüber besorgt, daß ich vielleicht Staub mit in den Raum gebracht habe?«

»Es ist nicht Ihre Schuld. Aber wahrscheinlich haben Sie das. Es sei denn –«

»Ja?«
»Es sei denn, Sie haben sich ausgezogen und mit Mineralöl eingerieben. Ha, ha.«
»Das habe ich.«
»Das haben Sie?«
»Ja. Oben. Bevor ich hinunterkam.«
Mir begann in der Dunkelheit der Kopf zu schwimmen. Entweder schossen mir große Mengen von Blut in den Kopf oder sie strömten nach unten.
»Wissen Sie Linda, ich bin Ihnen dankbar, daß Sie ... Was ich sagen will ist ... dies könnte eventuell keinen guten Eindruck machen, falls jemand –«
»Es wird niemand erfahren. Und außerdem ist es rein wissenschaftlicher oder künstlerischer Art, was immer Ihnen lieber ist. Ich will damit sagen, es ist wie bei einem Arzt und seiner Patientin, wie bei einem Künstler und seinem Modell. Und wir müssen uns noch nicht einmal ansehen, solange wir nur kein Licht machen.«
»Das stimmt.«
»Also, gibt es etwas, wobei ich Ihnen helfen kann?«
»Ja ... ja, ich denke, es gibt etwas.«
Ich beschloß, ihr das Rühren des chemischen Bades zu überlassen, während ich ein Wasserbad in einer anderen Wanne vorbereitete. Es erwies sich als schwierig, ihr die Schale hinüberzureichen. In absoluter Finsternis Entfernungen abzuschätzen, ohne die Sache zu berühren, die man zu erreichen versucht, ist fast unmöglich. Und ich war eifrig bemüht, nicht mit Fleisch in Berührung zu kommen.
Aber nach einer Weile fand ich heraus, daß ich anhand des Ölgeruchs auf ihrem Körper, der Wärme ihres Atems und dem Klang ihrer Stimme eine Vorstellung davon bekam, wo sie sich aufhielt. Es wurde einfacher, Dinge

hin- und herzureichen. Aber Lindas »Hilfe« erschwerte die Arbeit um einiges. Dennoch genoß ich die Unterhaltung mit ihr, und es dauerte nicht lange, bis wir uns daranmachen konnten, das letzte Bad vorzubereiten.
»Beinahe fertig«, sagte ich.
»Und dann?«
»Dann können wir das Licht anmachen.«
»Oh, je.«
»Vielleicht sollten Sie schon einmal nach oben gehen und sich anziehen.«
»Ich kann nicht gerade sagen, daß ich mich darauf freue.«
»Warum nicht?«
»Ich bin mit diesem Öl beschmiert. Können Sie sich vorstellen, darüber ein Kleid zu ziehen?«
»Nun ... dann ..., hier ist irgendwo ein Handtuch. Reiben Sie sich ab.«
»Das ist sehr nett von Ihnen.«
»Keine Ursache – wo habe ich es denn bloß hingelegt? Ich glaube, es ist mir runtergefallen.«
»Lassen Sie mich Ihnen helfen.«
»Nein, ich –«
Als wir beide im Dunkeln über den Boden tasteten, streifte meine Hand über irgendeinen Teil ihres Körpers. Es war glatt, warm und ölig.
»Oh«, sagte ich. »Entschuldigen Sie.«
»Nein, ich muß mich entschuldigen.«
»Nein, es war meine –«
Dem Klang ihrer Stimme nach hatte sie mir nun ihren Rücken zugewandt. Das nächste, was meine Hand berührte, war weich und nachgiebig.
»Du liebes bißchen«, murmelte sie.
»Ja«, stimmte ich ihr zu.

Mein Herz klopfte. Eine wunderbare Spannung erfüllte jeden Teil meines Körpers. Ich wußte nur zu genau, wohin mein Blut in diesem Augenblick strömte. Während ein Teil meines Verstandes mir die hundertundeins korrekten, respektablen und anständigen Dinge nannte, die ich als nächstes tun sollte, flüsterte mir ein anderer Teil zu: »Oh, was soll's.« Und ich streckte in der Dunkelheit meine Hand aus.

Das erste, was ich zu fassen bekam, war Lindas Ellenbogen. Sie reagierte sofort und schlang ihren Arm um meinen. Dann folgte der Rest ihres Körpers. Eine Sekunde standen wir uns Bauch an Bauch, nur zentimeterweit voneinander entfernt, in der Dunkelheit gegenüber.

Der Boden war hart und sandig, aber Linda hatte das Handtuch, und wir trennten uns lange genug, damit sie es auf dem Boden ausbreiten konnte, bevor sich unsere Körper umschlangen. Ich erinnere mich an Wogen vollendeter Empfindungen (im Dunkeln zu arbeiten schärft auf hervorragende Weise die Sinne). Die Küsse waren unergründlicher als alle, die ich jemals gefühlt hatte – die Substanz aller Küsse. Wir verloren uns ineinander. Solche dahingleitende, wirbelnde, vollendete, von der körperlichen Hülle befreite Lust hatte ich noch niemals zuvor erfahren. Denn das Leben ist hart. Es ist grausam, und es gibt keine Gerechtigkeit. Wir werden geboren, wir leiden und wir sterben. Aber all das mag der Mühe wert sein, wenn es Augenblicke wie diesen gibt, den ich mit Linda Drain unten im Keller der Kirche genießen durfte.

Was Linda angeht, so drückte sie ihre Begeisterung lautstark aus. Dies ist eine Art der Vokalisation, die ich normalerweise genieße (und auch diese Gelegenheit bildete keine Ausnahme), aber unglücklicherweise übertönte sie die Geräusche von jemandem, der oben hin- und herwan-

derte. Wir hörten nicht, wie die Luke geöffnet wurde. Und wir vernahmen auch nicht die Fußtritte auf der Leiter. Tatsache ist, daß wir überhaupt nicht wußten, daß wir Gesellschaft hatten, bis der Eindringling bereits neben uns stand und uns mit einer Laterne blendete.
»Dennis!« rief ich, als sich meine Augen an das Licht gewöhnt hatten.
Der Bursche für alles stand mit dem Werkzeugkasten in der Hand vor uns. Auf seinem Gesicht spiegelte sich Erstaunen und Verwirrung. Er schaute mit offener Neugierde zu, wie Linda die Leiter hinaufhastete und dabei versuchte, sich mit dem Handtuch zu bedecken. Dann starrte er mich an, während ich unbeholfen in meine Hosen schlüpfte.
»Suchen Sie etwas?« fragte ich ihn erbittert.
Er hielt den Werkzeugkasten in die Höhe.
»Schon gefunden.« Ein großes, idiotisches Grinsen breitete sich auf seinem Gesicht aus.

Kapitel 27

Wie ich ein nützliches Experiment durchführte

Es ist eine ausgesprochen unangenehme Erfahrung, Kleidung auf öliger Haut zu tragen. Ich hatte gerade erst angefangen, meine Sachen anzuziehen, als ich es mir bereits anders überlegte. So kam es, daß ich meine Hosen wieder auszog, mich abrubbelte und Dennis dabei einen Schnellkurs im Entwickeln von Photos gab.

»Und daher«, schloß ich, »hat der Photograph einen großen Feind, den er um jeden Preis unterdrücken muß. Erinnern Sie sich noch, um welchen Feind es sich handelt?«

»Hm –« Dennis arbeitete daran, die Antwort herauszubringen.

»Staub!« sagte ich. »Erinnern Sie sich nicht mehr? Staub.

»Deshalb entwickeln wir Bilder grundsätzlich unbekleidet. Alle Photographen tun das.«

»Sie und Mrs. Drain«, Dennis kicherte in seinem tiefen, unpassenden Bariton. »Sie waren nackt.«

»Aber natürlich. Da gibt es gar nichts zu lachen. Es ist eine ernste, wissenschaftliche Sache. Nur ein Kind würde über so etwas lachen. Und Sie sind doch ein erwachsener Mann, nicht wahr?«

»Ich bin erwachsen«, antwortete Dennis ernst. »Ich bin zwanzig.« (Tatsächlich war er vierzig.)

»Zwanzig. Na, na, na! Dann verstehen Sie ja sicher, worum es geht, nicht wahr? Ich hoffe, daß Sie über das, was Sie hier heute abend gesehen haben, keine Witze reißen werden. Ich hoffe, Sie werden nicht irgend etwas Kindisches tun.«

»Hm?«

»Sie wollen doch nicht, daß die Leute über Sie lachen, oder etwa doch?«

»Nein!«

»Dann sollten Sie niemandem davon erzählen, was Sie hier unten gesehen haben. Wenn Sie es doch tun, werden die Leute Sie auslachen. Sie werden sagen, daß Sie kindisch sind. Denn das, was wir hier unten getan haben, war eine ganz normale Sache. Es ist so, als wenn Sie beim Arzt Ihre Sachen ausziehen. Verstehen Sie mich?«

Dennis nickte.

»Gut. Da wir beide erwachsen sind, werden wir nie wieder über diese Angelegenheit reden. Mit niemandem. Besonders nicht mit Reverend Drain. Er weiß sowieso schon darüber Bescheid. Er würde Sie für sehr kindisch halten, wenn Sie es erwähnen würden.«

»Oh.«

»Also, haben Sie verstanden?« erkundigte ich mich noch einmal, während ich mir die Füße abrubbelte und wieder in meine Hosen schlüpfte.

Dennis nickte.

»Sie sind ein guter Gehilfe, Dennis.«

»Ich weiß. Ich bin ein Guter.«

»Also, auf Wiedersehen.«

»Auf Wiedersehen.«

»Ich bleibe noch.«

»Hm?«

»Ich bleibe hier unten in der Dunkelkammer. Sie werden gehen.«

»Ich werde gehen? Ja. Oh, ja. Ich werde gehen.«

Hatte sich Dennis – so einfältig er auch sein mochte – von dem, was ich ihm erzählt hatte, überzeugen lassen? Ich dachte schon. Es war ja nicht so, als hätte ich mich mit einem gewöhnlichen Menschen unterhalten, der das gewöhnliche Potential an Verstellungen – wie Pokerface, zustimmendes Nicken, verständisvolles Lächeln, traurige Augen oder zusammengezogene Brauen – bei einer Konversation beherrschte, um die Aufmerksamkeit von dem abzulenken, was er wirklich dachte, hörte oder verstand. Dennis hatte so etwas nie gelernt. Seine Emotionen spiegelten sich auf seinem Gesicht wider. Daher wußte ich, daß er von den Dingen, die ich gesagt hatte, beeindruckt gewesen war. Besonders von der Drohung, daß man ihn auslachen würde. Sein Gesichtsausdruck machte mir deutlich, daß ich einen Volltreffer gelandet hatte.

Ich wartete, bis er die Leiter hinaufgeklettert war. Dann sank ich auf meinen Überseekoffer, da es sonst keine Sitzmöglichkeit gab.

Dies war die ungewöhnlichste und sinnlichste Situation gewesen, in der ich mich je befunden hatte. Aber welche Konsequenz würde dies alles für meine zukünftigen Beziehungen zu Linda haben? Unsere Affäre entwickelte sich nicht annähernd in geordneter Art und Weise, nicht etwa Schritt für Schritt. Wir hatten uns statt dessen kopfüber in eine heiße, schlüpfrige Leidenschaft gestürzt. Es war nicht meinc Absicht, hinter Reverend Drains Rücken damit fortzufahren. Es würde viel zu bereden geben, wenn Linda und ich uns das nächste Mal trafen. Vielleicht, so dachte ich, war es an der Zeit, Linda von den Elfen zu erzählen. Es wäre allerdings sehr viel einfacher,

die ganze Angelegenheit zu erklären, wenn ich ihr ein paar Elfenphotographien zeigen könnte.
In der Hoffnung, daß dies auch so war, stand ich auf und eilte zu dem Tisch, wo ich die Bilder entwickelt hatte. Ich zog die Negative aus dem Bad, hielt sie gegen das Licht und wagte kaum zu atmen. Dann sah ich Flecken.
Volltreffer! Die Flecken befanden sich natürlich auf den Negativen. Es waren die gleichen wie auf den Photos, die Walsmear in mein Studio in London gebracht hatte. Ich hatte zugegebenermaßen gehofft, daß ich mit einer besseren Kamera etwas Eindeutigeres bekommen hätte, aber dies war zumindest etwas, mit dem sich arbeiten ließe. Und was würde ich wohl entdecken, wenn ich die Sprenkel vergrößerte? Ganz bestimmt hätte ich dann etwas, was ich Linda zeigen könnte.
Als ich die Negative unter das Vergrößerungsgerät schob, sah ich, daß sie sich nicht wesentlich von den Walsmear-Photos unterschieden. Die Flecken waren immer noch verschwommen. Um herauszufinden, welcher Sprenkel den Schatten einer Elfengestalt zeigte, blieb mir keine andere Wahl, als jeden einzelnen Sprenkel zu vergrößern und genau zu studieren. Wenn ich doch nur ein klares Bild erhalten könnte! Wenn sie doch nur nicht durch das Licht so verwaschen wären!
Natürlich! Plötzlich wurde mir alles klar. Wann hatte ich selbst die Elfen gesehen? Selbstverständlich in der Nacht. Warum also hatte ich die Photos tagsüber gemacht? Wer benötigte denn das Tageslicht? Die Elfen erzeugten ihr eigenes Licht. Natürlich muß man im Dunkeln dort photographieren. Und genau das wollte ich tun.
Oder doch nicht? Es gab da einige technische Probleme. Ja, die Elfen produzierten ihre eigenen Lichtquellen, aber diese starke Helligkeit in Verbindung mit der Geschwin-

digkeit ihrer Bewegungen bedeutete, daß ich nur eine sehr kurze Belichtungszeit benötigte. Ich fürchtete, daß das Resultat der Aufnahme einer Kerze in einem dunklen Raum gleichen würde: Die Flamme wäre zu sehen, aber der Rest des Raumes nicht. Wenn ich also eine Elfe im dunklen Garten photographierte, wäre die Elfe vielleicht zu sehen, aber die Gestalt würde vor einem schwarzen Hintergrund erscheinen. Es gäbe keine Möglichkeit, ihre Größe gegenüber anderen Dingen abzuschätzen. Es könnte sich folglich um eine nackte Gestalt jeder Größe handeln, die irgendwo aufgenommen worden war. Alle Indikatoren für ihre »Elfenhaftigkeit« blieben unsichtbar.

Statt weitere Versuche mit den Negativen anzustellen, die ich zur Hand hatte, eilte ich zum *Starry Night* zurück, um einige Versuche durchzuführen. Es war spät. Ich mußte mich auf Zehenspitzen an den Überbleibseln von Esmireldas Verlobungsfeier vorbeischleichen, die im Barzimmer schnarchten. Ich hielt Cole an, der sich, schon fertig fürs Bett, in einem altmodischen Nachthemd auf dem Rückweg von der Toilette befand. Murrend lieh er mir, was ich benötigte: eine Kerze, eine Laterne, eine Taschenlampe und eine Glühbirne. Ich nahm alles mit auf mein Zimmer. Dort angekommen, baute ich meine Feldkamera auf und photographierte diese verschiedenen Lichtquellen mit jeder nur erdenklichen Kameraeinstellung. Ich vergrub sie in Laken, Decken und Esmireldas abgelegter Schürze, um unterschiedliche Lichtintensitäten zu simulieren und notierte alles ausführlich in einem Notizbuch. Mein Ziel war es, die Einstellungen zu finden, die mir ein deutliches Bild sowohl von der Lichtquelle als auch von der geblümten Tapete im Hintergrund geben würden. Das wären dann die Einstellungen, die ich auch benutzen könnte, um die Kobolde und Elfen in der Dunkelheit zu photographieren, und zwar nicht nur ihre nackten Hinterteile, sondern auch den Garten.

Als ich endlich alle möglichen Kombinationen von Licht und Einstellung durchprobiert hatte, brach beinahe die Morgendämmerung an. Ich schlief nur kurze Zeit, stand früh wieder auf und hatte den Kopf voller Pläne. Meine erste Aufgabe des Tages würde darin bestehen, meine Testbilder zu entwickeln. Zwischen den verschiedenen Entwicklungsphasen beabsichtigte ich, mich nach Wildpflanzen umzusehen – insbesondere nach der kleinen Blume, die es einem erlaubte, die Elfen zu sehen. Ich würde die Gegend um Burkinwell in verschiedene Abschnitte aufteilen und diese einen nach dem anderen durchkämmen, bis ich die magischen Blüten entdeckt hatte. Und falls nötig, würde ich das gleiche mit der ganzen britischen Insel tun.

Nachdem ich eine Tasche mit Filmen vollgepackt hatte, eilte ich zur Kirche hinüber. Dort stieß ich auf Reverend Drain, der zwischen der Eingangstür und dem Altar auf- und ablief. Er war in Schwarz gekleidet, trug seinen Pastorenkragen und hatte die Arme fest vor der Brust gekreuzt. Er bemerkte nicht, daß ich die Kirche betreten hatte.

Mir war klar, daß ich Drain nach dem Ehebruch, den ich mit seiner Frau begangen hatte, irgendwann gegenübertreten mußte.

Ich kann nicht behaupten, daß ich mit einem schlechten Gewissen zu kämpfen hatte. Es mochte einen Zeitpunkt gegeben haben, an dem es mich gequält hatte. Aber nicht in diesem Augenblick. Zum einen war ich über Reverend Drains eigene, spezielle Art von sexueller Aktivität außerhalb des Ehebettes informiert. Und – wichtiger noch – ich war mir bewußt, daß ich »der Mann war, der die Elfen gesehen hatte«. Mir stand plötzlich die Welt offen. Alles war möglich. Vielleicht war sogar alles erlaubt. Eine Sache ließ sich jedenfalls mit Bestimmtheit sagen: Alles, was wir über Wissenschaft, Religion und Philosophie wußten, mußte über den Haufen geworfen werden, wenn die Welt erst einmal die Existenz der Elfen anerkannt hatte. Welche Rolle spielte in einer solchen Situation schon eine moralische Bagatelle wie Ehebruch? Wie konnte irgend jemand von mir erwarten, daß ich in einer Zeit Ehebande respektierte, in der ich begann, die Bande der physischen Welt insgesamt in Frage zu stellen? Waren nicht plötzlich alle Dinge durchlässig?

Andererseits hatte ich hier den Ehemann vor mir, dem ich Unrecht zugefügt hatte. Ihm mußte ich in dieser Kirche von Angesicht zu Angesicht gegenüberstehen. Und als ich mich ihm näherte, konnte ich aus seinem Gesichtsausdruck schließen, daß er über irgend etwas erregt war. Hatten Linda Gewissensbisse geplagt? Hatte sie sich am Morgen auf den zerwühlten Laken zu ihm hinübergebeugt und alles gebeichtet? Oder war er immer noch ahnungslos und ich somit in der Lage, mich nach einem kurzen Austausch von Höflichkeiten an ihm vorbeidrücken?

Ich hustete einmal, als ich auf ihn zuging. Er blickte auf.

»Castle«, sagte er und nahm sein Kinn nachdenklieh zwischen Daumen und Zeigefinger. »Sie sind doch ein zivilisierter Mensch.«

»Wie bitte?«

»Ich meine, wir sind doch beide zivilisierte Menschen, oder nicht?«

»Das hoffe ich sehr!«

Wollte er etwa Genugtuung verlangen? Würden seine Sekundanten am nächsten Morgen vor meiner Tür stehen?

»Würden Sie die Kirche lossein wollen?«

»Die Kirche?«

»Ja.«

»Tja, nun... ich denke... nein. Nein, ich glaube nicht. Immerhin erfüllt sie ja einen Zweck, nicht wahr? Sie gibt Menschen Hoffnung. Gewöhnliche Leute benötigen wohl etwas in der Art, schätze ich... König James... Sprache... wunderschön... Moral und Werte... die zehn Gebote...«

»Nein, nein, nein«, Drain winkte abwehrend mit der Hand. »Nicht die Kirche an sich. *Die* Kirche. Dieses Gebäude. In dem wir gerade stehen. Es ist nichts Besonderes, nicht wahr? Es ist nicht gerade eines der architektonischen Prachtstücke Englands. Im Grunde ist es sogar ziemlich erbärmlich, oder nicht?«

»Es ist nicht gerade Chartres«, stimmte ich ihm zu. »Aber diese alten Gemäuer haben etwas Beruhigendes an sich.«

»Das ist schon richtig. Aber Sie sind Amerikaner. Sie würden das nicht verstehen. Für Sie verkörpert das den ganzen Wert Englands. Sie wollen lediglich, daß wir etwas Altes aus unserer gemeinsamen Kultur bewahren. Aber man kann den Fortschritt nicht aufhalten, Castle. Ich möchte dieses Gebäude abreißen und eine moderne Kirche errichten lassen.«

»Ich glaube nicht, daß Ihre Gemeindeglieder da einer Meinung mit Ihnen sein werden.«

»Wahrscheinlich nicht«, seufzte er. »Manchmal frage ich mich, wo die Kirche ohne diese Anziehungskraft, die diese alten Gebäude haben, wohl sein würde.«

Ich unternahm einen Versuch, ihn ein wenig aufzuheitern, lachte und sagte dann: »Ich für meinen Teil kann sie nur gutheißen. Das heißt, ich weiß nicht, wie sie sich zum Beten eignen, aber zum Entwickeln von Photos sind sie wie geschaffen. Sie erinnern sich doch noch an die Dunkelkammer?«

»Oh, ja. Die Photos.« Drain nickte geistesabwesend. »Wie läuft es denn damit? Haben Sie ein paar nette Bilder machen können?«

»Einige wunderschöne Landschaftsaufnahmen und einige von Gärten.«

»Das freut mich, Castle. Aber ich denke mehr und mehr, daß da draußen nichts Besonderes ist. In der Welt, meine ich. Ich glaube, hier ist es in Ordnung. Im Körper. Diese Burschen aus dem Osten haben in der Hinsicht vielleicht doch eine größere Weitsicht als wir. Diese Hindus. Sie betonen die Disziplinierung des Fleisches. Körperübungen. Konzentration. Ich bin aus dem gleichen Holz.«

Er blickte zu mir auf.

»Sie können sich nicht vorstellen, was ich bereits gefühlt habe, Castle. Was für Empfindungen ich hatte.« Seine Augen konzentrierten sich auf einen Punkt in weiter Ferne. »Diese Empfindungen«, flüsterte er und spazierte an mir vorbei. Ich hörte, wie er durch die Seitentür hinausging.

Ich stieg in den Keller hinunter und konnte mir nur allzu gut vorstellen, wovon er sprach. Wenn es sich um seine Nächte im Garten handelte, dann fand sich dort in der Tat einige Nahrung für geistreiche Überlegungen.

Ohne mich zu entkleiden, entwickelte ich die Testabzüge. Nachdem ich sie mit meinen Notizen verglichen hatte, bekam ich eine ziemlich genaue Vorstellung, wie ich die besten Bilder von den Elfen erhalten würde. Als ich wieder nach oben stieg, hörte ich Stimmen von der Empore. Ich schaute hinauf und erblickte Dennis' goldenen Haarschopf. Neben ihm stand Linda. Sie deutete auf die Holzverkleidung und gestikulierte gebieterisch. Einen Moment später stopfte sich Dennis ein paar Nägel zwischen die Lippen und stieg die Leiter hinauf.

Während er zu hämmern begann, drehte sich Linda um. Sie winkte. Ich winkte zurück. Sie deutete verstohlen auf Dennis und zwinkerte mir zu.

»Okay?« flüsterte ich lautlos.

Sie nickte und verschwand.

Ich traf sie im Vorraum der Kirche. Wir küßten uns.

»Es tut mir leid, daß ich gestern einfach so verschwunden bin«, sagte sie. »Aber kannst du dir vorstellen –?« Bei dem Gedanken an gestern brach sie in schallendes Gelächter aus.

»Natürlich«, erwiderte ich und verdrehte meine Augen in Richtung Chor. Dennis hämmerte immer noch.

»Ich würde mir über ihn keine Sorgen machen«, sagte sie. »Er ist so naiv. Nichts kann ihn beeindrucken. Aber sag mir doch, wie die Photos geworden sind!«

»Oh, sie sind gut. Prima. Ich bin sehr zufrieden.«

»Also, was hast du jetzt vor?«

»Jetzt?«

Ich blickte in ihr klares, freundliches Gesicht. Um ihre feinen Brauen oder die anmutig geformte Nase war keine Spur von Puder oder Make-up zu sehen. Und das war auch gar nicht nötig. Ich fragte mich, wieviel ich ihr anvertrauen konnte. Inwieweit ich sie in die Elfengeschichte miteinbeziehen sollte. War jetzt etwa der Zeitpunkt, alles zu enthüllen oder war es besser, noch zu warten?

Ich beschloß zu warten. Ich träumte davon, ihr die gestochen scharfe, wunderbar detaillierte Photographie einer Elfe überreichen zu können. Ihr würde der Atem stocken. Es gäbe keinen Zweifel mehr. Sie würde mir ihre Liebe gestehen und in meine Arme sinken. Ihr irgend etwas Geringeres als die gelungene Photographie einer Elfe zu präsentieren würde lediglich zur Folge haben, daß sie mich mit einem zweifelnden Blick bedachte. Mit der ganzen schmutzigen Geschichte über Doyle, Walsmear und den anderen Photos aufzuwarten würde nur ihre Verachtung oder, schlimmer noch, ihr Mitleid wecken.

»Ich werde mich der Botanik widmen«, antwortete ich deshalb und entfaltete meine Zeichnung von der magischen Wildpflanze. »Ich möchte gerne eine von denen hier photographieren. Sie sind sehr selten. Eine anständige Aufnahme könnte recht wertvoll sein.«

»Wirklich?«

»Ja. Hast du schon einmal so eine Blume wie diese gesehen? Sie ist sehr klein. Nicht größer als dein kleiner Finger.«

Sie sagte, sie hätte sie schon gesehen, könne sich aber nicht mehr erinnern, wo das gewesen war. Ich teilte ihr mit, daß ich beabsichtigte, so lange in Burkinwell zu suchen, bis ich eine gefunden hatte. Sie fragte mich, ob sie mich begleiten könne. Aber bevor ich antworten konnte, stapfte ihr Mann die Stufen zur Kirche hinauf und betrat den Vorraum. Da ich sehr nahe bei Linda stand, sprang ich einen Schritt zurück. Einem anderen Mann wäre das wahrscheinlich verdächtig vorgekommen, aber Drain bemerkte es kaum. Eigentlich nahm er uns im Vorübereilen kaum wahr.

»Oh, Liebling«, rief Linda ihm nach. »Macht es dir etwas aus, wenn ich mit Charles spazierengehe? Wir wollen uns nach einer bestimmten Wildpflanze umsehen. ›Sich der Botanik widmen‹ haben Sie es genannt, nicht wahr, Charles?«

»Tue, wozu du Lust hast, meine Liebe«, erwiderte Drain. »Ich habe eine Menge Arbeit zu erledigen.«

Linda lächelte mich an und zuckte die Schultern. »Dann sollten wir uns auf den Weg machen.«

Wir traten hinaus ins Sonnenlicht.

Trotz all der Dinge, die geschehen sind, ist mir die Süße dieses Nachmittags im Gedächtnis geblieben. Wenn ich heute darauf zurückblicke, kann ich mich nur über die naive Zuversicht, die mich damals erfüllt hat, wundern. Wie ich in meiner Brust das größte Geheimnis meines Zeitalters trug: das Bewußtsein, daß ich die Macht hatte, mit einer einzigen Enthüllung den Fortgang des historischen, künstlerischen, wissenschaftlichen und religiösen Denkens zu verändern. Ich war im Glauben, die letzten ruhigen Momente zu genießen, bevor ich von einem weltweiten Ruhm überrollt wurde. Es war ein köstliches Gefühl, sich dieser bevorstehenden Herrlichkeit bewußt zu sein und dennoch ein simples Vergnügen genießen zu können: an einem freundlichen Sommernachmittag an der Seite einer reizenden Frau durch ein kleines englisches Städtchen zu spazieren, kleine Gärten zu betrachten, mit Hausbewohnern zu plaudern, über offene Felder zu schreiten und unter schattigen Bäumen zu rasten. Der Himmel war wunderbar klar. Und wenn uns niemand sehen konnte, nahm Linda meinen Arm, und wir spazierten Seite an Seite, wie ein echtes Paar, das sich in einem Londoner Park die Beine vertritt – eine Unternehmung, von der ich übrigens hoffte, daß wir sie eines Tages einmal tun würden.

Wir sprachen über alles mögliche, auch über Templeton und seine Töchter.

»Er ist außerstande, für sie zu sorgen«, sagte Linda ärgerlich. »Es ist eine Schande. Als du da warst, hast du es ja selbst gesehen. Sie werden überhaupt nicht beaufsichtigt. Ich habe schon die zuständigen Leute von der Sozialhilfe verständigt. Ich werde versuchen, daß man uns die Vormundschaft für Anna und Clara überträgt.«
»Uns?«
»Da mein Mann Pfarrer ist, rechne ich nicht damit, daß es irgendwelche Probleme geben wird. Und du weißt ja, was sie für reizende Mädchen sind. Sie haben etwas Besseres verdient. Und ich ... ich kann keine eigenen Kinder bekommen ...«
Es war eine große Enttäuschung für mich, sie über eine gemeinsame Zukunft mit Reverend Drain reden zu hören. Ich hatte mir Hoffnungen gemacht – aber andererseits, was hatte ich erwartet?
»Hast du Templeton jemals darauf angesprochen?« erkundigte ich mich.
»Ja. Indirekt schon. Aber wenn man das Thema auch nur anschneiden will, reagiert er vollkommen hysterisch. Manchmal benimmt er sich wirklich wie eine alte Frau.«
Eine degenerierte, syphilitische alte Frau, dachte ich. Der Zufall wollte es, daß wir in diesem Augenblick gerade aus dem kleinen Wäldchen am hinteren Ende jenes Feldes heraustraten, das sich direkt gegenüber von Templetons Cottage befindet. Ich konnte in der Entfernung das Dach des Hauses, den Schornstein und die Spitzen der beiden Bäume links und rechts davon erkennen. Der Platz, über den wir gerade spazierten, war derselbe, an dem ich zwei Nächte zuvor, gegen den Zaun gelehnt, den Elfennebel entdeckt hatte.
Wieder einmal fragte ich mich, wie weit die Elfen wohl

über Burkinwell und England hinaus in die Welt verstreut sein mochten. Aber wie weit auch immer – die magische Blume, die einen in die Lage versetzte, die Elfen zu sehen, war nicht so einfach zu finden, weder entlang des Straßengrabens, noch unter den Bäumen oder irgendwo anders ringsum. Andere Wildpflanzen in purpurfarben, gold und orange gab es dagegen im Überfluß.

Trotz meiner Enttäuschung war ich in keiner Weise unglücklich. Das Zusammensein mit Linda erfüllte mich mit tausenderlei Hoffnungen. Die Blumen würden auftauchen, da war ich sicher. Vielleicht war die Zeit, in der sie blühten, vorüber. Na und? Sie würden nächstes Jahr wiederkommen. In der Zwischenzeit... Ich begleitete Linda zurück zum Pfarrhaus.

Und dort stellte ich die unvermeidliche Frage: »Wann werde ich dich wiedersehen?«

»Bald«, flüsterte sie.

Kapitel 28

Wie ich die Templetons vor Einbrechern rettete

Die Nacht war feucht. Wolkenfetzen zogen am Mond vorbei, der zu einer Sichel geschrumpft war. Die Wolken nahmen Formen ausschlagender Pferde, bizarrer Wassergeister und finster dreinblickender Propheten an. Ich hatte mir meine Kameraausrüstung über die Schulter geschwungen und kickte einen Stein die Straße entlang. Aus den Häusern in der Nähe kam trübes Licht. Ich nahm die Gelegenheit wahr, den Straßenrand nach der »magischen« Wildpflanze abzusuchen. Leider war nicht eine der kleinen Blumen zu entdecken. Ich war enttäuscht, daß ich mich nachts auf den Weg machte, um die Elfen zu photographieren, ohne die Möglichkeit zu haben, sie zu sehen. Aber ich hatte zumindest eine ungefähre Vorstellung, wo sich die Elfen gerne versammelten – wenn sie in dieser Nacht überhaupt da waren. Ich mußte meinen Photoapparat lediglich auf den großen Baum im Garten richten. Wenn der Apparat geneigt wäre, das auf dem Film einzufangen, was für das menschliche Auge unsichtbar blieb, dann hatte ich meine Elfen.
In Templetons Cottage brannte kein Licht. Ich hätte den Garten einfach durch das vordere Tor betreten können, aber dann machte ich mich des unbefugten Betretens

schuldig, und dieser Polizist war bereits auf mich aufmerksam geworden. Also nahm ich den weiteren Weg, überquerte die Straße zum Feld auf der anderen Seite und lief dort ein Stück entlang, ehe ich erneut über die Straße ging und im Wäldchen hinter der Fabrik, die dunkel und unheimlich im blassen Mondlicht dalag, verschwand. Glas knirschte unter meinen Schuhen, als ich dort entlanglief, verkohlte Balken zur Seite schob und über zerbröckelnde Mauern hinwegstieg. Bevor ich vom *Starry Night* aufgebrochen war, hatte ich dort noch einige Gläser Bier getrunken. Daher war es nicht unnatürlich, daß ich nun den Drang verspürte, mich zu erleichtern.

Obwohl es nicht sehr wahrscheinlich schien, daß mir jemand zuschaute, verhinderte mein Schamgefühl, mich im Freien zu erleichtern. Also betrat ich das Innere des ehemaligen Gebäudes, um mein Geschäft zu erledigen. Ich war gerade dabei, als mich der Klang von Fußtritten aufschrecken ließ. Es war ein höchst ungünstiger Moment, denn ich konnte den Strahl nicht stoppen, ohne mich selbst zu beschmutzen. Andererseits hatte ich Angst, daß das beständige Plätschern mich verraten würde. Und als die Schritte immer näher kamen und der Schwall nicht abnehmen wollte, verfluchte ich sämtliche Biere, Brauer und Barbesitzer auf der ganzen Welt. Ich versprach dem Herrn, nie wieder ein Glas anzurühren, wenn er mich nur retten würde.

Endlich hörte es auf. Als der letzte Tropfen gefallen war, blickte ich hoch und sah, daß zwei Männer an einem leeren Türrahmen vorbeiliefen, ohne mich zu bemerken. Ich sah sie nur für einen kurzen Augenblick, und in der Dunkelheit reichte dies nicht aus, um sie zu identifizieren, aber es war klar, daß sie genau wie ich in Richtung Garten unterwegs waren.

Nachdem ich mir die Hose zugeknöpft hatte, folgte ich ihnen mit langsamen Schritten. Da sich die Fabrikwand zwischen uns befand, kamen die beiden nicht auf die Idee, daß sie verfolgt wurden. Während sie durch das Unkraut raschelten und Zweige und Hölzer zur Seite kickten, folgte ich ihnen auf Zehenspitzen und sprang wie Nijinski über die Eisenstäbe, die umgestürzten Balken und die zerstörten Maschinen im Inneren der Fabrik hinweg. Irgendwann muß mein Fuß allerdings an eine Nuß oder eine Schraube gestoßen sein, die wiederum gegen ein Metallregal schoß. Das Rascheln draußen verstummte. Das einzige, was ich noch hören konnte, war mein eigener Atem.

»Hast du das gehört?« fragte einer der Männer.

Einen Moment lang herrschte Ruhe.

»Da sind bestimmt Ratten drin«, sagte der andere.

Mein Hemd wurde urplötzlich schweißnaß. Ich fröstelte. Die Stimmen – ich hatte sie erkannt. Die wenigen Worte hatten ausgereicht. Die beiden Männer dort draußen waren niemand anders als Paolo und Shorty. Ich ließ mich gegen die Mauer sinken, damit ich ihre weitere Unterhaltung belauschen konnte.

»Hast du den Grundriß?« Das war Shorty.

»Hab' ich«, erwiderte Paolo.

»Lass' uns einen Blick draufwerfen.«

»Was willst du denn groß nachschauen? Das Zeug ist in der Bibliothek.«

»Und wo ist die Bibliothek?«

»Im Haus.«

»Wo im Haus? In welchem Zimmer?«

»In dem Zimmer mit den ganzen Büchern. Mach dir keine Sorgen, wir werden sie schon finden.«

»Was tun wir, wenn wir jemanden aufwecken?«

»Ihn loswerden.«

»Ach ja?«
»Was ist denn schon dabei?«
»Wenn wir jemanden aufwecken, werden wir nicht bezahlt.«
»Wer sagt das?«
»Pokus.«
»Pokus. Für das hier werden sie ihn eh rankriegen. Er hat gar keine Chance.«
»Willst du ihn etwa hintergehen?«
»Paolo lachte. »Natürlich. Was zum Teufel auch Besonderes an diesen Bildern sein mag, sie sind diesem Arthur Conan Doyle in London eine Menge wert. Du hast ja die Papiere in der Reisetasche von diesem Bastard gelesen. Dem Kerl aus dem Zug.«
»Aber was willst du damit sagen? Ich versteh's nicht.«
»Ich will damit sagen, daß es mir egal ist, ob ich die ganze Familie da drin loswerden muß. Verstehst du? Sie werden es Walsmear in die Schuhe schieben, dafür werde ich schon sorgen.«
Shorty atmete einmal kräftig ein. »Ich verstehe nicht, warum –«
»Oh, halt die Klappe.«
Ich hörte, daß sie sich wieder auf den Weg machten. Sie waren jetzt darauf bedacht, sich leiser zu bewegen. Aber ich folgte ihnen nicht mehr. Ich blieb mucksmäuschenstill stehen, wie betäubt und zugleich zu Tode erschreckt. Wie hatte Walsmear nur so dumm sein können? Er hatte ausgerechnet Paolo und Shorty angeheuert, um in Templetons Haus einzubrechen und die Photos zu stehlen!
Diese beiden wahnsinnigen, brutalen Männer würden sich im selben Haus aufhalten wie Anna und Clara! Das durfte einfach nicht geschehen. Ich würde es nicht zulassen. Ich mußte sie warnen. Hilfe! Hilfe! Aber wen sollte

ich rufen? Es würde nichts nützen. Die nächsten Nachbarn waren viel zu weit entfernt, um etwas zu hören. Mein Geschrei hätte nur zur Folge, daß Paolo und Shorty mich entdeckten. Und mich wahrscheinlich im Gegenzug umbrachten.

Gab es irgendeine Möglichkeit, sie aufzuhalten?

Das einzige, was ich im Augenblick tun konnte, war, mich davonzuschleichen, ohne entdeckt zu werden. Dann könnte ich auf die Straße gelangen, zum Cottage laufen und Templeton und die Mädchen wecken, bevor Paolo und Shorty dort eintrafen. Die Schurken wären gewiß zu feige, ein Haus anzugreifen, das hell erleuchtet war und wo man sie erwartete. Aber selbst wenn sie verrückt genug sein sollten, es trotzdem zu tun, dann hätten wir immer noch die Chance, durch Türen oder Fenster zu entkommen. Das ließ zumindest hoffen.

Während ich mich auf den Weg durch die Fabrik zur Straße zurückmachte, ging ich diesen Plan in Gedanken noch einmal durch. Unglücklicherweise war ich so vertieft, daß ich aus Versehen auf eine Planke trat, die unter einem Haufen Ruß verborgen lag. Auf dieser Planke waren ungefähr ein Dutzend Glasscheiben gestapelt sowie ein leerer Eimer. Dies alles flog in die Luft, landete krachend auf dem Boden und verlieh der Nacht die klangvolle Farbe eines Strawinsky-Balletts.

Ich versuchte, mich aus der Schnur zu befreien, an der meine Kamera hing und die sich um meine Füße gewickelt hatte. Dann huschte ich durch ein Loch in der Mauer und lief los. Ich flog durch den Wald und hielt mich in Richtung Straße. Aber ich hörte Schritte hinter mir. Ich wandte mich um und entdeckte Paolo und Shorty, die die Verfolgung aufgenommen hatten.

Ich versuchte sie abzuhängen, lief im Zickzack, täuschte

Bewegungen an und bog plötzlich ab. Aber diese cleveren Täuschungsmanöver – wie es nun einmal mit allen Dingen ist, die wir selbst als besonders clever ansehen – bewirkten nichts Gutes: Sie machten mich langsamer, und schließlich wurde ich von hinten zu Fall gebracht.

Nach einer unangenehmen Bruchlandung in Dreck und Blättern gab es eine kurze Rauferei. Ich grabschte nach Kleidung und Haaren und rollte in einem Miasma von Paolos und Shortys schrecklichem Atem hin und her. Dann tat ich etwas Unerklärliches.

Paolos langer Arm war um den unteren Teil meines Gesichts geschlungen, damit quetschte und würgte er mich. Als es mir für einen Moment gelang, meinen Kiefer zu befreien, schnappte ich nach Luft und flüsterte dann allen Ernstes: »Ruhig, ihr Idioten, ruhig! Wollt ihr denn, daß sie uns erwischen?«

Diese Bemerkung machte keinen Eindruck auf sie. Zumindest nicht in diesem Augenblick. Paolos Arm schloß sich erneut um meine Kehle. Aber es gelang mir noch einmal, mich zu befreien.

»Ihr werdet alles verderben«, zischte ich. »Seid ruhig!«

»Paolo«, Shorty machte eine Bewegung, um den mörderischen Griff seines Partners zu lockern. »Was sagt er da?«

»Keine Ahnung.«

»Find heraus, wer er ist.«

»Wer sind Sie?« knurrte Paolo mit seinem faulen Mundgeruch in mein Ohr.

»Wollt ihr, daß man uns verhaftet?« antwortete ich grob. »Könnt ihr denn nicht endlich still sein?«

Ich spürte schmerzhaft, wie mein Arm hinter meinen Rücken gedreht wurde. Paolo zerrte ihn fast heraus, als er mich dazu brachte, aufzustehen.

»Wer sind Sie?« fragte er und beugte sich vor, um in mein Gesicht zu schauen.
Ich stand weit vornübergebeugt und keuchte vor Schmerzen. »Ich bin es! Erinnern Sie sich nicht mehr an mich?«
»Nein.«
»Der Zug. Aus London. Das Abteil. Sie haben mein Gepäck getragen. Autsch – halt, halt, halt!«
Nun beugte sich Shorty vor, um in mein Gesicht zu sehen. »Er ist es«, sagte er. »Er ist es wirklich.«
»Verdammt.« Paolo ließ meinen Arm los und stieß mich zu Boden. »Der ist es also, was? Wir sollten ihn loswerden.«
»Nein, nein, nein, ihr Idioten«, fuhr ich dazwischen. »Ich kann euch helfen.«
Ich erzählte ihnen irgend etwas aus dem Stegreif und versuchte sie zu überzeugen, daß ich in dieser Nacht aus demselben Grund wie sie hier wäre. Daß mich Walsmear ebenfalls gebeten hätte, ins Cottage einzubrechen, um die Bilder zu stehlen.
»Ich wünschte nur, er hätte mir erzählt, daß er Experten angeheuert hat«, sagte ich mit gespielter Bitterkeit. »Dann hätte ich mich heute nacht nicht auf den Weg machen müssen. Dieser Bastard. Das wird er mir büßen.«
Paolo und Shorty blickten sich fragend an. Mir wurde klar, daß sie mir beinahe glaubten.
»Wir können niemandem vertrauen«, sagte Paolo schließlich.
»Mir können Sie vertrauen«, entgegnete ich. »Und ich will es Ihnen gerne beweisen. Ich bin schon in diesem Cottage gewesen. Ich habe dort gewohnt. Ich weiß genau, wo sich die Photos befinden. Ich kann Sie dorthin führen.«

»Und was springt dabei für Sie heraus?«
»Oh, nichts. Das heißt, kein Geld. Ich mache aus demselben Grund wie Walsmear bei der Sache mit. Wir stehen auf derselben Seite. Fragen Sie ihn. Er wird es Ihnen bestätigen.«
Da hatte ich wohl etwas Falsches gesagt. Paolo war schnell. Er warf mich nach vorne in den Dreck und begann, meine Handgelenke mit seinem Gürtel zusammenzubinden. Shorty hielt mir eine glitzernde Klinge an die Kehle.
Ich protestierte. Aber Paolo setzte sich grob auf meinen Rücken und zündete sich eine Zigarette an.
»Was ist los?« erkundigte ich mich. »Glauben Sie etwa, ich könnte Ihnen nicht helfen?«
Paolo ignorierte meine Frage. »Woher wissen Sie, was wir hier tun?« fragt er.
»Nun ja, ich ... ich habe mitbekommen, wie Sie ...«
»Wenn Sie uns belauscht haben, dann haben Sie alles gehört.«
»Alles?«
»Ja«, fiel Shorty ein. »Sie haben gehört, wie er sagte, daß wir Pocus hintergehen würden.«
»Das stimmt«, sagte Paolo. »Und wenn Sie auf seiner Seite sind –«.
»Oh, ich werde nichts verraten«, sagte ich mit flehender Stimme. »Ich verspreche es. Ich werde Ihnen helfen, die Photos zu bekommen. Aber ich werde nichts verraten.«
»Klappe«, sagte Paolo. Er brachte die glühende Zigarettenspitze ganz nahe an mein Auge. Dann drückte er sie langsam und ungefähr einen Zentimeter weit von meinem Gesicht entfernt auf dem Boden aus. »Sie werden uns schon helfen. Sie werden uns zeigen, wo die Bilder sind. Oder wir bringen Sie um.«

Sie zerrten mich auf die Füße. Ich sah immer noch die glühende Zigarette, die sich wie ein orangefarbener Sonnenuntergang in meine Netzhaut eingebrannt zu haben schien.

»Kommen Sie schon«, sagte Paolo. »Sehen wir zu, daß wir ins Haus kommen.«

Ich wurde mit gefesselten Händen durch das Gehölz geführt, während Paolo mein Hemd am Rücken festhielt. Aber sein Griff war nicht besonders stark. Ich dachte daran, mich loszureißen. Ich könnte einen verzweifelten Versuch unternehmen, zur Straße zu kommen und mir dabei unterwegs die Lungen aus dem Hals schreien. Es schien meine einzige Chance zu sein. Aber in dem Moment, wo ich mich dazu entschloß, es zu tun, spannte ich, ohne es zu wollen, meine Muskeln an. Paolo spürte dies, und sein Griff wurde fester. Mit der anderen Hand zog er ein Messer hervor und preßte es mir in den Rücken.

»Versuch' ja nichts Schlaues«, warnte er mich. »Schlauheit führt nur dazu, daß ich dir eine Niere rausschneide.«

»Keine Sorge«, beruhigte ich ihn. »Ich versuche nur, zu helfen. Wollen Sie das denn nicht begreifen? Könnten Sie meine Hände nicht losbinden?«

»Alles zu seiner Zeit«, lautete seine Antwort.

Wir erreichten die Lichtung, auf der die Farne wuchsen. Nacheinander huschten wir drei Rücken an Brust hindurch. Bei jedem Schritt erwog ich, wie groß meine Chancen wohl waren, mich losreißen zu können. Es sah gar nicht gut aus. Wenn ich zu fliehen versuchte, so hieße das lediglich, daß man mich sehr schnell wieder einfangen würde. Anschließend würden sie mich erstechen. Vielleicht könnte ich, bevor ich starb, noch rufen und schreien, aber ich hatte keine Garantie, daß mich jemand hörte.

Wie es aussah, bestand meine einzige Hoffnung darin, Paolo und Shorty ins Haus zu begleiten. Wenn wir erst einmal dort waren, würde ich sie geradewegs zu den Photos bringen, um sie dann so schnell wie möglich wieder aus dem Cottage zu bekommen. Wir könnten die Angelegenheit ruhig und unverzüglich erledigen, ohne irgend jemanden aufzuwecken. Natürlich würden sie mich hinterher vermutlich umbringen. Aber zumindest würden Anna und Clara verschont bleiben.

Als wir aus den Farnen heraustraten, befanden wir uns direkt hinter *Old Splendour*. Dort blieben wir stehen, und ich wurde auf die Knie geschubst. Paolo und Shorty hockten sich links und rechts von mir hin. Vor uns erstreckte sich der Garten. Am Ende des gepflasterten Weges erblickte ich das friedlich daliegende, schlafende Gesicht des Cottages.

Paolo rüttelte mich an der Schulter. »Welche Tür?«

Ich sah ihn an.

»Welche Tür ist die leichteste?« fragte er.

»Die hier direkt vor uns«, erwiderte ich wahrheitsgemäß. »Sie müssen ihr nur einen kleinen Schubser verpassen. Dann läßt sie sich direkt öffnen. Sie wird nie abgeschlossen. Also treten Sie sie um Gottes willen nicht ein oder veranstalten sonst etwas Aufwendiges mit ihr.«

„Sagen Sie mir nicht, was ich zu tun oder zu lassen habe.« Paolo preßte mir sein Knie in den Rücken. »Und wenn wir drin sind, wo ist dann die Bibliothek?«

»Halten Sie sich hinter der Haustür rechts. Gehen Sie durch das Wohnzimmer. Die Bibliothek schließt sich daran an. Die Bilder sind im Schreibtisch. Er ist nicht abgeschlossen.«

»Sonst noch was?«

»Was denn?«

»Na, haben Sie etwas vergessen – wie einen Hund zum Beispiel?«

»Tja, nein, ich –«

Ich warf einen Blick auf Shorty. Er schien etwas hinter seinem Rücken zu verstecken. Er zuckte ein wenig. Ich sah, daß es sich um ein Stück Rohr handelte, das so lang war wie der Unterarm eines Mannes. Dieses Rohr war für meinen Kopf bestimmt, davon war ich überzeugt. In dem Moment, wenn die beiden sich sicher waren, daß sie alle hilfreichen Informationen aus mir herausgeholt hatten, würden sie mir eins über den Schädel ziehen. Ob ich das wohl noch irgendwie verhindern konnte?

»Lassen Sie mich nachdenken...«, sagte ich und versuchte, aus Shortys Reichweite zu kommen.

»Oh, nein, so haben wir nicht gewettet.« Paolo dachte, ich würde versuchen, mich aus dem Staub zu machen und griff nach dem erstbesten Teil meines Körpers, der ihm in die Finger kam. Es handelte sich dabei um mein Gesicht. Er nahm es zwischen seine Hände und quetschte es wie eine Pampelmuse. Ich versuchte, ihm in den Bauch zu treten, aber er sprang zurück und nahm meinen Kopf in den Schwitzkasten. Ich konnte mich nicht bewegen und rechnete jeden Moment damit, daß sich das Messer in meinen Körper bohren würde.

Aber irgend etwas war geschehen. Ich spürte, wie sich Paolos Körper spannte und dann regungslos wurde. Obwohl mein Kopf immer noch in seine stinkende Achselhöhle gepreßt war, konnte ich hören, daß er Shorty etwas zuflüsterte. Ich versuchte, nach oben zu schielen, aber alles, was ich sah, war Paolos Hemd. Plötzlich wurde ich losgelassen. Den Bruchteil einer Sekunde später traf mich ein Schuh im Gesicht. Ich spürte den Sand und schmeckte beinahe das Schuhleder. Der Schock fuhr wie eine häßliche schwarze Welle durch mein Gehirn. Als es vorüber war, lag ich auf dem Bauch. Paolo hatte sein Knie in meinen Rücken gepreßt und seinen Unterarm gegen meinen Mund gedrückt. Als ich die Augen öffnete, sah ich ein Stück seines Hemdes und eine bucklige Erhöhung, bei der es sich nur um eine der hohen Wurzeln des Baumes handeln konnte. Paolo atmete kaum, und auch Shorty gab keinen Laut von sich.

Da ich eh nicht wußte, was pasiert war, brauchte ich mir auch keine Gedanken zu machen. Statt dessen lag ich da und bedauerte mich fürchterlich. Fast hätte ich laut aufgeschluchzt, als ich mich an die andere Nacht erinnerte, die ich im Garten verbracht hatte. Welch eine Ironie, dachte ich. Während ich von zwei gemeinen Verbrechern brutal gefangengehalten wurde, war die Luft um uns herum sicherlich voller unsichtbarer Elfen. Vielleicht paarten sie sich gerade. Ich stellte mir vor, wie die Kobolde sie verfolgten, den Augenblick des Einfangens und den Wirbel der sich drehenden Körper. Ich dachte an die entzückenden Elfen, mit denen ich herumgetollt hatte und die nun mit einer ebensolchen Leichtigkeit über Shortys Rücken und Paolos Kopf hinweg in den Garten tanzten.

Was wäre, wenn die beiden Gauner davon erführen! Wenn sie sich ganz ruhig verhielten, könnten sie die Elfen tatsächlich spüren. Wenn sie sich nur ganz ruhig verhalten und ihre ganze Aufmerksamkeit auf die winzigen Empfindungen auf ihrer Haut konzentrieren würden.

Paolo war es, der endlich die Stille durchbrach. »Wer ist das?« flüsterte er.

»Keinen Schimmer«, entgegnete Shorty.

»Was macht er da?«

»Kann ich nicht erkennen.«

Ich fühlte, wie Paolos Finger über meinen Schädel hin-

wegtasteten. Er schnappte sich einen Büschel meiner Haare und riß meinen Kopf nach oben.
»Bleiben Sie schön ruhig«, mahnte er. »Und sehen Sie geradeaus. Können Sie's erkennen? Wer ist das?«
Unter Schmerzen hob ich meine Augen.
Oh Gott, betete ich, nicht heute nacht. Bitte nicht heute nacht.
Es war Reverend Drain. Er war splitternackt und trippelte vorsichtig über den gepflasterten Weg.
»Kennen Sie ihn?«
»Ja«, erwiderte ich und bemühte mich, meine Angst und meine Verzweiflung unter Kontrolle zu bekommen.
»Wer ist das?«
»Der Pfarrer.«
»Der verdammte Pfarrer? Nackt im Garten? Was macht er denn da?«
»Er kommt öfter nachts hierher.«
»Warum?«
Ich hätte ihnen antworten sollen, daß er hierherkam, um zu beten, aber die Angst hatte mich konfus gemacht, und ich befürchtete, daß die Erwähnung eines Gebetes die beiden Bösewichte in unkontrollierbare Raserei versetzen würde.
»Er macht etwas Seltsames hier. Es ist eine komische, hm, sexuelle Geschichte. Er macht sie ganz allein. Ich flehe Sie an, ihn nicht zu behelligen.«
»Allein? Oder mit Ihnen?«
»Was?«
»Das ist es«, flüsterte Paolo nur Zentimeter von meinem Gesicht entfernt. »Ich wußte doch, daß es komisch war, Sie hier draußen zu finden. Sie sind ein verdammter Saukerl. Das war es, was Sie vorhatten. Sie und er. Das ist ekelhaft. Sie machen mich krank.«

»Nein, nein –«
»Oh, Scheiße«, fluchte Shorty. »Er kommt auf uns zu.«
Mir war klar, was Drain tat. Er war schon überall im Garten gewesen. Wahrscheinlich suchte er das, was den Effekt hervorrufen würde, nach dem ihn verlangte. So kam er dem mächtigen Baum immer näher, und ich ging davon aus, daß er hier besonders gründlich suchen würde. Nach meiner Beobachtung war der Baum eine Art *Charing Cross* für das hiesige Elfenreich.
Ich fragte mich, wie oft Drain wohl zu dieser Stelle kam. Und wie – wie in Gottes Namen war es ihm bloß gelungen, die unbeschreiblich feinen Berührungen zu empfinden, wenn die Elfen über seine Haut tanzten? Natürlich hatte auch ich die Elfen gespürt. Aber ich war auf der Suche nach ihnen gewesen. Und ich war in der Lage gewesen, sie zu sehen. Drain allerdings konnte sie nicht sehen, das wurde mir klar, als ich ihn beobachtete. Er bahnte sich vorsichtig seinen Weg durch den Garten und verließ sich dabei einzig und allein auf seinen Tastsinn. Er war sich keinesfalls darüber im klaren, was er da eigentlich spürte. Wahrscheinlich wußte er lediglich, daß es existierte und sich gut anfühlte.
Ein bemerkenswerter Mann.
Heute, da ich Zeit genug gehabt habe, um über all dies nachzudenken, kann ich mir vorstellen, daß er diese *Sache* durch Zufall auf einem seiner langen, mitternächtlichen Läufe entdeckt hatte. Und ich bin in der Lage, mir auszumalen, wie seine erste Begegnung mit diesem Gefühl, das nicht von dieser Welt ist, gewesen sein muß. Es ist eine helle, vom Mondlicht erleuchtete Nacht – eine Woche, einen Monat, ein Jahr zuvor? Wahrscheinlich läuft er querfeldein, an der Fabrik vorbei und dann

über die Farnenlichtung. Es wird ein wilder, kräftezehrender Lauf gewesen sein, und nun befindet er sich kurz vor dem Zusammenbruch. Er ist am Ende seiner körperlichen Kräfte. Heiß, verschwitzt und schwer atmend stolpert er an dem großen Baum vorbei und in Templetons Garten hinein. Als er dort das weiche Gras unter seinen Füßen spürt, läßt er sich auf den Rücken fallen.

In einem Erschöpfungsrausch versunken liegt er dort und starrt zum Sternenhimmel hinauf. Vielleicht ragt eine Osterglocke in sein Gesicht oder eine Wolkenspitze aus Schleierkraut. Möglicherweise verdeckt auch ein mit rosefarbenen Blüten übersäter Ast den Mond. Alles ist so wunderbar! Die Luft hängt voller berauschender Frühlingsdüfte. Er schließt seine Augen. Er fühlt, wie der Schweiß auf seiner Haut verdunstet. Seine Poren ziehen sich in der köstlichen Kühle zusammen. Plötzlich fühlt er etwas auf – oder in – seinem Arm, seinem Bein oder seinem Bauch.

Was ist es nur? Versucht er, es fortzuwischen? Verflixte Insekten! Oder spürt er, daß es sich um etwas anderes handelt? Die Berührung durch eine Elfe ist mit nichts anderem in der Natur zu vergleichen. Und in keiner Weise unangenehm.

Drain liegt also da, seine Sinne in höchster Alarmbereitschaft, und spürt dieses unerklärliche Gefühl, das über ihn, um ihn herum und durch ihn durch trappelt. Was mag er wohl gedacht haben? Wahrscheinlich: »Ich muß mich von diesem Gefühl leiten lassen. Ich muß hier liegenbleiben und ihm folgen, wohin immer es mich auch führen mag.« Und wohin es ihn letztendlich führte, war –

Nun, im Augenblick jedenfalls brachte es ihn näher und näher an jene Stelle hinter dem großen Baum, wo Paolo, Shorty und ich uns selbst versteckt hielten. Mit Sicherheit begann er sich nun in hohem Maße auf das Gefühl zu konzentrieren, nach dem er auf der Suche war. Elfen mußten von den Wurzeln des Baumes ausströmen wie Hindus über die Ufer des Ganges. Drains Ziel war es, den günstigsten Platz zu finden, und er verfolgte dieses Ziel mit der Beharrlichkeit eines Fetischisten.

Während ich zu beten begann, daß er aufgeben und zurückgehen möge, spürte ich den Druck der Messerklinge in meinem Rücken.

Paolos feuchter Mund drückte sich gegen mein Ohr.

»Sagen Sie etwas zu ihm«, befahl er.

»Was denn?«

»Denken Sie sich etwas aus.«

Ich brachte es nicht fertig. Was auch immer ich sagen würde, es hätte zur Folge, daß Drains einsames Vergnügen damit beendet wäre. Meine Worte würden ihn aus seiner wunderschönen, eigenen Welt voller selbstvergnügter Empfindsamkeit herausreißen und ihn in jene Welt zerren, die ich gegenwärtig bewohnte: eine Welt voller Schmerz, Verwirrung, Schrecken und Bösem.

Paolo preßte das Messer heftiger gegen meinen Rücken. Es durchschnitt den Mantel und drang in meine Haut.

Ich schrie auf.

Drain hörte es. Er sprang in die Hocke. Jeder Muskel seines Körpers befand sich in angespannter Bereitschaft. Außer einem leichten Zucken unter einem Auge bewegte er sich nicht.

»Was – wer –«, stammelte er. »Wer ist da?«

Immer noch in der Hocke kroch er ein wenig vorwärts, bis er mich entdeckt hatte.

»Castle? Sind Sie das? Wer ist da bei Ihnen? Oh, du meine Güte. Hm, hm, hm.« Ein verzweifeltes Lächeln breitete sich auf seinem Gesicht aus. »Ich schätze«, sagte er, »Sie fragen sich ... Ich weiß, wie es aussehen muß ... Ich will damit sagen, daß es im Grunde eigentlich alles ganz simpel ist ...«

Er erhob sich ohne große Umstände und schwieg einen Moment. Zweifellos zermarterte er sich den Kopf auf der Suche nach einer passablen Erklärung oder Entschuldigung.

Ich wollte vermeiden, daß er noch näher herankam.

»Drain«, sagte ich und fühlte das Messer direkt unter meiner Haut. »Laufen Sie!«

Kaum war das Wort »Laufen« aus meinem Mund, da wurde mein Arm auch schon brutal verdreht. Es fühlte sich so an, als würde mein Schulterblatt wie ein Truthahnflügel herausgerissen. Und es war alles umsonst. Drain verstand nicht, was vor sich ging. Seine Scham beschäftigte ihn zu sehr.

Der arme Mann. Ich kann mir vorstellen, was ihm durch den Kopf gegangen sein muß. Wer auch immer da bei mir war, er dachte wahrscheinlich, daß er vernichtet sei. Man war hinter sein Geheimnis gekommen. Wie sollte er alles erklären? Die Anstrengung, zu lügen und eine Lüge aufrechtzuerhalten, wäre zu viel für ihn gewesen. Was würde ihn erwarten? Schande und Spott. Er trat mit niedergeschlagenen Augen auf uns zu, seine muskulöse Brust bebte. Für mich liegt eine unaussprechliche Tragik darin, daß Drains Seele bereits kurz vor dem Augenblick zerbrach, als Shorty mit dem Bleirohr auftauchte und seinem Schädel das gleiche Schicksal zuteil werden ließ.

»Laufen Sie!« schrie ich.

Aber Drain sank tödlich getroffen nach vorn. Er fiel gegen mich, und seine Schulter fing einen weiteren Schlag ab – ein Schlag, der für meinen Kopf bestimmt war.

Ich griff nach der Waffe, als sie herabsauste, ich dachte,

daß ich eine Chance hätte. Aber schon einen Moment später fand ich mich in einem Wirrwarr aus Armen und Beinen wieder. Während Drain zwischen uns zu Boden sackte, fühlte ich, wie man nach mir grabschte, mich schlug, schubste und zerrte. Im selben Augenblick, in dem ich mich freiringen konnte, flog die Klinge des Messers auf meinen Kopf zu. Ich duckte mich und war sofort halbblind, als sie den Knochenkamm über meinem Auge aufschlitzte.

Dennoch war ich frei. Ich rannte los. Ich schrie aus vollem Hals. Ich rief um Hilfe, nach meiner Mutter, der Polizei und Jesus Christus. Ich rannte durch den Garten, sprang über die Mauer, überquerte die Straße und rannte weiter, über das Feld, das auf der anderen Seite der Straße lag. Ich dachte, ich würde Fußtritte hinter mir hören. Ich war sogar froh, daß ich dies dachte. Wenn die Verbrecher mich jagen, lautete meine Überlegung, dann sind sie nicht im Cottage, um den Templetons etwas anzutun. Und wenn ich genug Tohuwabohu anstellen und sie weit genug von dort weglocken konnte, vergrößerte sich die Chance, daß sie nicht mehr dorthin zurückkehren würden.

Gleichzeitig war ich jedoch sicher, daß ich mich nur einen Schritt entfernt vom Tode befand. Und ich bedauerte es, auf diese Weise gehen zu müssen. Außerdem tat es mir leid, daß nun niemand erfahren würde, wie ich mich aufgeopfert hatte, um die Templetons zu retten. Ich käme niemals in den Genuß ihrer Dankbarkeit – oder Lindas Bewunderung – für diese Heldentat.

Wieviel Zeit mir wohl noch bliebe? Als ich das Feld überquert und in dem kleinen Wäldchen angekommen war, drehte ich mich um. Ich verringerte mein Tempo. Es war niemand zu sehen. Wer auch immer mir gefolgt war, hatte aufgegeben. Oder lauerte in einem Versteck.

Ich warf mich auf den Bauch und kroch in einen kleinen Graben. Ich spähte über den Rand, ließ meinen Blick über die Felder und Wälder wandern. Alles war dunkel und friedlich. Der Schornstein des Cottages verschmolz mit der Silhouette der Baumwipfel am Horizont. Über mir zogen Wolken vor den Sternen hinweg.

Ich ließ mich tiefer in den Graben gleiten. Furcht, Schrekken und Anspannung rasten wie ein Hochgebirgswasserfall durch mich hindurch. In meinem Kopf hämmerte es. Schweiß lief mir übers Gesicht. Aber es war gar kein Schweiß: Es war Blut aus der klaffenden Wunde über meinem Auge. Matt und ängstlich blickte ich den Graben entlang. Dort drüben gab es eine Art Tunnel. Ein mannsgroßes Rohr aus Ziegeln. Es war dunkel darin. Ich kroch hinein und verlor das Bewußtsein. Am nächsten Morgen zog man mich dort heraus und nahm mich wegen Mordes an Reverend Drain fest.

Kapitel 29

Wie ich die letzte Nacht meines Lebens verbringe

In Wahrheit schreibe ich dies alles gar nicht auf. Wer ist schon so töricht zu glauben, daß ein verurteilter Mann am Vorabend seiner Exekution die Ausdauer und die Geduld hat, solch eine Flut von Worten zu Papier zu bringen? Woher sollte er überhaupt das ganze Papier bekommen? Gibt es wirklich Leute, die glauben, daß Gefängniswärter darauf erpicht sind, verurteilte Gefangene mit riesigen Papiermengen und unbegrenzter Tinte zu versorgen – von den endlosen Tassen Kaffee und anderen Stimulanzien, die notwendig sind, um den Kopf während des Schreibprozesses frisch zu halten, gar nicht zu reden? Das hier schreiben? Nein, wirklich nicht. Ich denke es. Und ich denke es, während ich gerade mit einem Stück Kohle eine Elfe auf das einzige Blatt Papier zeichne, das man mir an meinem letzten Abend zugestanden hat. Natürlich zeichne ich aus der Erinnerung und nicht nach einer lebendigen Vorlage. Und während ich versuche, das Aussehen einer Elfe, so wie ich es in Erinnerung habe, einzufangen, muß ich oft wischen und vieles grob wegradieren, so daß das Papier nach und nach genauso grau und schattenhaft wird, wie die erste Vergrößerung der Photos, die Walsmear und mich auf meinem Londoner Dach an jenem herrlichen Frühlingsmorgen so begeistert hatte. So kommt es, daß mein Bild, je genauer es wird, immer schwerer zu erkennen ist. Und wenn es erst einmal fertig sein wird, ist es durchaus möglich, daß die Gestalt lediglich für diejenigen, die zwischen all den Schatten und Schmierereien nach ihr Ausschau halten, sichtbar ist – vielleicht aber nicht einmal für diese.

Meine kleine Elfe ist weiblichen Geschlechts, denn es ist das Weibliche, was ich begehre. Aber um wieviel interessanter waren – wenn ich nun zurückblicke – doch die Männer mit ihren unverhältnismäßig großen Köpfen und ihren dichten Haarkränzen. Wo mögen sich meine koboldhaften Geschlechtsgenossen jetzt wohl aufhalten? Sie, die schließlich auch nur das wollten, was Reverend Drain von seinen Elfengeliebten bekommen hat oder wonach ich und die Pfarrersfrau uns sehnten. So viele der Kobolde sind tot, ihre Hälse von Anna und Clara gebrochen. Gerade als ihre Koboldseelen von Begierde erfüllt waren, wurden sie von den schrecklichen Kräften der Unschuld zerquetscht. Aber die Frage, die ich mir stelle, lautet: Besaßen die Kobolde überhaupt Seelen?

Ich habe keinen Zweifel, daß ich morgen um die gleiche Zeit Reverend Drain in irgendeinem himmlischen Stuhl gegenübersitzen und mit ihm über die unglaubliche Verkettung von Umständen reden werde, die unser beider Leben zu einem fatalen Ende gebracht hat. Ich habe keinerlei Zweifel, daß es so sein wird – oder daß es nicht so sein wird. Eins von den beiden.

Wenn es so sein sollte, dann hoffe ich, daß wir von vergnügten Kobolden umgeben sein werden, die an Sonnenstrahlen hinunterrutschen und sich zwischen den Wolken gemeinsam mit munteren Elfenpartnerinnen drehen. Vielleicht aber besitzen die Kobolde und die Elfen gar keine Seelen. Vielleicht sind sie eher wie Katzen, die einige unserer Gefühle und Empfindungen zu teilen scheinen, aber eine Art endgültigen Tod sterben, aus dem kein Geist emporsteigt und der auf eine Weise das Ende eines Lebens markiert, wie es der Tod eines Menschen niemals wirklich tut.

Der Mond ist hinter einem der Wachtürme untergegangen. Es ist sehr dunkel hier drin geworden. Ich kann kaum noch erkennen, was ich zeichne. Wie ärgerlich. Dies wird für eine lange, lange Zeit das einzige Dokument sein, das zeigt, wie eine Elfe aussieht. Brian Templeton hat die Elfenphotographien, die sich in seinem Besitz befanden, vernichtet. Und meine Abzüge und die Vergrößerungen verschwanden zwischen all den Sachen, die versteigert wurden, um meine Schulden und die Anwaltskosten zu begleichen.

Unglücklicherweise rieten mir meine Anwälte dazu, die Elfen im Verlauf des Prozesses unerwähnt zu lassen. Zum Ende hin, als mir klar wurde, daß sich die Dinge zu meinen Ungunsten entwickelten, ignorierte ich diesen Rat und verlangte eine Anhörung. Ich stellte mich vor das Gericht und die Welt – die durch die Zeitungen vertreten war – und erzählte die ganze Geschichte in einer groben, spontanen Zusammenfassung. Währenddessen herrschte eine beeindruckende Stille im Saal. Ich interpretierte sie als atemloses Erstaunen. Später kam mir zu Ohren, daß man im Gerichtssaal über die verzweifelte Dreistigkeit schockiert gewesen war, mit der ich, wie sie dachten, einen letzten, verzweifelten Versuch unternahm, mich selbst als verrückt darzustellen. Diese Vorgehensweise führte außerdem dazu, daß meine Anwälte entsetzt waren und sie sich wie Frösche in einem Schuhkarton bei ihren Versuchen überschlugen, sich von meiner Verteidigung zu distanzieren.

Nicht, daß ich jemals die Chance gehabt hätte, der Anklage zu entgehen. Nachdem der arme, einfältige Dennis, das kirchliche Faktotum, als Zeuge der Anklage ausgesagt hatte, war der Rest des Prozesses nur noch eine Formalität. In seinem besten Anzug – der vielleicht aber nur geborgt war – saß er da und erzählte in groben, unschuldigen Worten, was er an jenem Tag im Keller der Kirche gesehen hatte: wie er Linda Drain und mich »nackt und – oh – glitschig« im Dunkeln überrascht hatte – womit er natürlich ein hinreichendes Motiv für meinen angeblichen Mord an Reverend Drain zur Verfügung stellte. Es war ein großartiger Schachzug der Anklage. Linda Drain und ich waren nicht etwa normale Ehebrecher, die sich ein Zimmer in einem fremden Hotel mieteten. Wir waren übersättigte Lüstlinge, denen die Freuden der körperlichen Vereinigung allein nicht mehr genügten. Um in der Lust Befriedigung erreichen zu können, mußten wir unsere Körper einölen und unsere nackten Ungeheuerlichkeiten unter dem Altar der Ortskirche begehen. Es war eine Szene, die Aleister Crowley wohl mit großem Behagen genossen hätte und was die Londoner Presse ganz sicher genoß.

Auf diese Weise wurden meine bona fides als Perverser also sicher begründet. Und daher wurde es auch möglich, glaubhaft zu machen, daß ich zu allem fähig war – eingeschlossen ein mitternächtlichen Rendezvous in einem abgeschieden gelegenen Garten mit Lindas Ehemann.

Oh, die Welt kennt mich und meine Geschichte mittlerweile nur zu genau: wie ich, ein finanziell sorglos lebender Ausländer, Mrs. Drain auf dem Weg nach Burkinwell getroffen hatte, wo wir von zwei Verbrechern angegriffen wurden, bei denen es sich wahrscheinlich um ehemalige Kumpane von mir handelte, die sich für ein mißlungenes krummes Geschäft bei mir rächen wollten. Warum befand ich mich auf dem Weg nach Burkinwell? Nun, es war bekannt, daß ich mich in London mit dem unehrenhaft entlassenen Polizisten Walsmear getroffen hatte, und wir hatten vermutlich einen Plan entworfen, wie wir an Templetons Eigentum gelangen konnten, um es an jenes Londoner Konsortium zu verkaufen, das eifrig bemüht war, das Grundstück aus irgendwelchen nur ihnen bekannten Gründen in die Finger zu bekommen – wahrscheinlich wegen des Kohleflözen, von der man glaubte, daß es unter dem Haus verlaufe. Unser Plan sah vor, den äußerst nervösen Templeton mit der absurden Geschichte, daß sein Garten auf irgendeine Weise verzaubert sei, zu verwirren und zu ängstigen. Aber unser kleines Vorhaben geriet durch meinen unersättlichen sexuellen Appetit in Gefahr. Ich hatte nämlich sowohl mit Reverend Drain als auch mit Linda ein Verhältnis angefangen. Es war eines der entsetzlichsten Verbrechen, das sich in diesem Teil Englands jemals zugetragen hatte. Aber warum hatte ich Reverend Drain getötet? Warum denn nicht? Ich hatte ja bereits demonstriert, daß ich zu jeder Abnormität fähig war. Aber ein kleiner, rätselhafter, mitternächtlicher Mord in dem »verzauberten« Garten wäre vielleicht der letzte Tropfen, der das Faß zum Überlaufen bringen und Templeton ermuntern würde, seinen Besitz schneller an uns zu verkaufen. Oder möglicherweise hatte Drain am Ende seine Teilnahme bei meinen schmutzigen Spielchen verweigert, und ich hatte ihn daraufhin in einem Wutanfall getötet.

Es erübrigte sich, ein Motiv nachzuweisen.

Was meinen Verbündeten Walsmear betrifft, so ist dieser verschwunden. Nach Amerika, wie allgemein angenommen wird. Gemeinsam mit Esmirelda, dem Mädchen mit

der lockeren Moral, die im Gasthaus gearbeitet hatte. Das Verschwinden des Mädchens war ein großer Verlust für ihren Vater, Cole, den Besitzer des *Starry Night*.
Es gelang mir nicht, das Gericht davon zu überzeugen, daß all dies nicht der Wahrheit entsprach. Und der letzte Beweis meiner Verdorbenheit war mein Wunsch, die beiden kleinen Templeton-Mädchen vor Gericht befragen zu lassen, damit sie meine absurde Geschichte bestätigten, derzufolge ich nach Burkinwell gekommen war, um in ihrem Garten Elfen zu photographieren.
Natürlich gab es ein paar Zeugen, die mich hätten retten können. Einer davon war Brian Templeton. Oh ja, teilte er dem Gericht mit, ich sei ein ausgesprochen anständiger und braver Gast gewesen, während ich mich als Patient in seinem Haus aufgehalten hatte, aber als ich gesund wurde und man mich schließlich fortschickte, entwickelte ich eine seltsame und besessene Zuneigung zu den Mädchen und dem Garten, die so weit ging, daß er mich eines Tages bei der Polizei anzeigen mußte (wie der Polizist mit dem Fahrrad, den man herbestellt hatte, bestätigte). Ja, ich hatte irgendeinen Nonsens über Elfen dahergebrabbelt, sagte Templeton aus. Und was die Mädchen anging, so würden sie sich natürlich zu solchem Geschwätz hingezogen fühlen und man könne ihnen alles mögliche weismachen.
»Jedoch gibt es keine Elfen«, fuhr er fort. »Nicht in meinem Garten. Und auch sonst nirgendwo.«
Was die Elfenspezialisten betrifft, so befand sich Sir Arthur Conan Doyle schon sehr bald nach dem Bekanntwerden des Verbrechens auf einer Reise in den Fernen Osten und sah sich außerstande, vor Gericht zu erscheinen. Während er in Australien weilte, wurden seine Elfenphotographien veröffentlicht, und die Presse reagierte

mit einem befriedigenden Ausbruch von Ungläubigkeit. Aber überraschenderweise fanden diese absurden Fälschungen in der Öffentlichkeit viele Anhänger, was die Zeitungen dazu veranlaßte, in höflicher Art und Weise von ihrer spöttischen Haltung abzulassen und eine Position entzückter Skepsis einzunehmen.

Mittlerweile habe ich nun meinen letzten Sonnenuntergang erlebt. Das war vor einigen Stunden. Er glühte durch die Gitterstäbe meines hoch gelegenen Fensters und warf einen rosafarbenen Fächer auf die Decke.

Weit im Westen, so stelle ich mir vor, färben sich Michael Walsmear und seine Braut Esmirelda in dem selben Sonnenlicht rosafarben. Ich wünsche ihnen viel Glück in meinem großen Heimatland. In meiner Phantasie sehe ich sie auf einer Bank auf dem Boston Common sitzen, zwischen den länger werdenden Schatten, die farbenfrohen Blätter des herbstlichen Neu-England unter den Füßen, Esmirelda mit einem dicken Bauch – in dem ein Kind heranwächst, von dem ich zu träumen wage, daß es einen Teil meiner selbst in das Land meiner Geburt zurücktragen wird. Walsmear wird meiner Ansicht nach in Boston einen guten Polizisten abgeben. Und was Zigeunerabenteuer angeht, so empfehle ich ihm, die Pensionen und schmalen Gassen hinter den Theatern im McLarty-Distrikt aufzusuchen. Vielleicht kann er dort sogar ein paar neue Zaubertricks lernen. Und möge er sich nie an die Nacht erinnern, in der er zwei Raufbolde losschickte, um das Haus seines Freundes auszuplündern. Zwei Monster, die eine Aufgabe übernommen hatten, die kein Mann akzeptieren würde. Zwei Monster, die, soweit es den Prozeß betraf, nie existiert haben.

Durch die Aussagen des Arztes von Mrs. Frosse, der älteren Frau, die gemeinsam mit uns im Zugabteil angegriffen worden war, und auch durch die Aussage des Schaffners erhielten Paolo und Shorty immerhin eine festere Struktur als die Elfen, deren Existenz ich behauptete. Mrs. Frosses Glaubwürdigkeit wurde durch eine Kampagne in der Presse besudelt, die einige Informationen über ihren Bruder ausgegraben hatte, der offenbar einmal einige Unterschriften gefälscht hatte, aufgrund dessen man ihn dann bei der Admiralität feuerte. Detective Cubb sagte aus, daß Linda Drain, Mrs. Frosse und ich tatsächlich bei ihm erschienen seien und behauptet hätten, von zwei Männern im Zug angegriffen worden zu sein. Abgesehen davon, so sagte er, habe es keine weitere Übereinstimmung zwischen uns gegeben. Unsere Beschreibungen der Angreifer seien widersprüchlich gewesen, und wo sie nicht widersprüchlich waren, da waren sie ungenau.

Was die Sache angeht, die mir in jener Nacht im Zigeunerlager widerfahren war – nun ja, jeder weiß ja, was in einem solchen Lager vor sich geht.

Es war ein Prozeß, wie er in Alices Wunderland hätte stattfinden können. Und im Zeugenstand, wo das Oberste zuunterst gekehrt wurde, war Linda die einzige, die irgend etwas eingestand.

Solange ich lebe (und auch danach noch, wie ich hoffe) werde ich niemals den Anblick vergessen, als sie dort im Gerichtssaal aussagte. Ein Lichtstrahl fiel auf ihren Stuhl, auf dem sie so tapfer aufrecht saß, mit einem dunklen Kostüm und einem dunklen, runden Hut bekleidet, von dem auf beiden Seiten steife Flügel über ihre Wangen herabhingen und der den oberen Teil ihres Gesichts in einem hufeisenförmigen Schatten versinken ließ. Dort fingen ihre Augen das Licht ein: zwei wilde und entschlossene kleine Funken, in denen die Wahrheit glitzerte.

Vor aller Welt gab sie nun zu, daß es in London tatsächlich einen jungen Mann gegeben hatte, von dessen Besuch sie gerade zurückkehrte, als ich in ihr Leben trat. Und daß die Idee mit der Dunkelkammer unter dem Altar ganz allein ihre gewesen sei, ebenso wie die Anregung zu dem, was vor den Augen des verblüfften Gehilfen geschehen war.

Die Wahrheit rettete mich nicht. Ganz besonders, als sie wahrheitsgemäß aussagte, daß ich ihr gegenüber nie etwas in bezug auf Elfen erwähnt hatte oder über meine Absicht, diese zu photographieren.

Lebewohl, liebste Linda. Ich bin völlig verzweifelt, wenn ich daran denke, was ich dir angetan habe. Aber nun weißt du alles, was ich dir bereits von Anfang an hätte erzählen sollen. Ich hätte sowohl dich als auch deinen Mann zu meinen Partnern auf einer fröhlichen Suche nach den Elfen gewinnen sollen – eine Suche, die uns vielleicht nicht die Entdeckung der Elfen gebracht hätte, aber statt dessen eine Freundschaft, die wir heute noch genießen könnten. Nun allerdings zwingt mich mein Schamgefühl, meine Augen abzuwenden, ein Gespräch zu vermeiden, den Gedanken an dich und an das, was aus deinem Leben nach all dem wird, beiseite zu schieben. Ich bin nicht imstande, dich zu sehen. Ich war auch heute nachmittag, als mir meine Wärter sagten, daß ich eine Besucherin – dich, Linda – hätte, die draußen warte, nicht imstande, dich zu sehen.

Nein, nein, nein, es war unmöglich, zuzulassen, daß du mich hier in meiner dunklen Zelle sehen würdest und sich dieses Bild, wie ich mit zusammengesunkenen Schultern auf meinem Eisenbett hocke, in deine Erinnerung eingräbt. Ich habe ihnen gesagt, daß sie dich wegschicken sollen – ohne ein Wort, ohne ein Zeichen, was mir vielleicht Trost gespendet hätte –, daß wir uns jemals wiedersehen werden, selbst wenn es erst in jener anderen Welt sein würde. (Übrigens schwöre ich, dort Stillschweigen zu bewahren. Ich werde mit niemandem durch ein Ouija-Brett, Klopfzeichen auf Tischen oder ein in Trance gefallenes Medium kommunizieren.)

An meinem letzten Tag habe ich dich verbannt. Aber dies geschah unter allergrößten Qualen, denn du allein bist diejenige, die mich vielleicht verstanden hätte, die mich vielleicht hätte trösten können. Und nun haben mich der Schmerz und die Qual, meinen letzten menschlichen Kontakt abgebrochen zu haben, mit voller Wucht erfaßt.

Du bist gegangen. Du hast das Gefängnis verlassen, bist aus London abgereist und wirst hoffentlich England, diesem Land, das deine Geheimnisse kennt, den Rücken zukehren. Bevor du gingst, hast du dem Wärter diesen Brief hier für mich gegeben. Diesen Brief, den ich noch nicht geöffnet habe. Ich halte ihn nun in den Händen und frage mich, was wohl darin stehen mag. Warum sollte ich ihn lesen? Warum zerreiße ich ihn nicht einfach und werfe die Schnipsel in das Loch in der Ecke? Was könntest du mir schon mitteilen, was meinen Weggang nicht noch härter machen würde – oder leichter und dennoch zugleich schwieriger, da es nicht Trost ist, wonach ich mich sehne. Ja. Ich werde diesen Brief vernichten. Aber ich werde ihn nicht zerreißen. Denn dann könnte ich einen Blick auf deine Handschrift erhaschen. Ich werde ihn zerknüllen und in das Loch werfen. Ich kann das Papier zwischen meinen Fingern fühlen. Ich tippe mit der Spitze meines Zeigefingers gegen die harte Ecke des Umschlages. Ich werde ihn wegwerfen. Jetzt. Sofort. Ihn wegwerfen. In diesem Augenblick.

Nein. Ich werde den leeren Umschlag behalten. Welch einen Trost ein leerer Umschlag für mich haben könnte? Er bietet keinen Trost, sondern dient mir zur Erinnerung. Ihn werde ich aufbewahren. Ich werde ihn in meine Hosentasche stecken und morgen damit zum Galgen schreiten. Ich werde den Umschlag öffnen, den Zettel darin ungelesen in das Loch werfen und den Umschlag aufbewahren. Ich könnte den Zettel sowieso nicht lesen. Es ist zu dunkel hier drin. Ich müßte meine Augen zusammenkneifen und sehr nah an das Blatt halten. Ich könnte niemals aus Versehen lesen, was darauf steht. Also werde ich den Zettel *jetzt* herausnehmen. Ich reiße den Umschlag auf. Ich greife hinein.
Es befindet sich kein Blatt Papier in dem Umschlag. Da ist etwas anderes. Ich ziehe es hervor und halte es nach oben gegen das Fenster.
Es ist eine winzige Wildpflanze. Genau diese Blume. Ich hatte Linda erzählt, daß ich nach ihr suchen würde. Die Blume, die Anna und Clara... Linda hatte sich daran erinnert. Und im Verlauf des Prozesses hatte sie alles darüber erfahren. Sie hatte gehört, wie ich sagte, daß diese Blume einen in die Lage versetzt, die Elfen zu sehen. Sie hatte zugehört, als alle anderen angesichts der Ungeheuerlichkeit meiner Behauptungen – meiner Versuche, wie sie dachten, Wahnsinn vorzutäuschen – beschämt ihre Köpfe abwandten.
Aber welchen Nutzen hat sie jetzt noch für mich? Wieviel besser wäre es doch, sie an Linda zurückzusenden, damit sie sie essen kann, sehen kann, was ich gesehen habe, die Elfen und ihre Welt, das unbeschreibliche Vergnügen ihrer Gegenwart und ihrer Berührungen genießen kann. Besser noch, sie könnte sie zu Wissenschaftlern bringen, zu einem berühmten Wissenschaftler und ihn überreden,

die Blume zu essen und die Elfen mit eigenen Augen zu sehen. Damit würde das neue Zeitalter der Elfenstudien, der Elfennaturgeschichte, der Elfenreligion und Elfengeisteswissenschaften beginnen. Ich mußte ihr die Blume unbedingt wieder zukommen lassen. Am besten in einen Umschlag legen. Eine Nachricht dazu schreiben. Ich brauche Papier. Papier und einen Umschlag. Ich klopfe an meine Zellentür. Wer hat gerade Dienst? Walter, glaube ich.

»Walter, Walter«, rufe ich. »Kommen Sie her. Ich brauche etwas.«

Walters energische Schritte stapfen über den Steinkorridor. Das Guckloch wird geöffnet, und ich sehe Walters mitfühlende, aber auch pflichtbewußte graue Augen.

»Was ist los?« fragt er.

Mir fällt plötzlich etwas ein. »Nichts«, erwidere ich.

»Sind Sie sicher?« erkundigt er sich.

»Ganz sicher.«

»Kriegen wohl langsam Bammel, was?«

»Nein, überhaupt nicht.«

»Sie können mit dem Pfarrer reden, wenn Sie möchten. Er schläft im Haus des Direktors. Wartet nur auf eine Nachricht von Ihnen.«

»Nein. Ich möchte nicht mit ihm reden.«

»Könnte helfen.«

»Nein, nein, nein.« Ich schleppe mich davon und wandere wieder zu meinem Bett zurück.

Walter blickt ein letztes Mal zu mir herüber und schiebt dann das Guckloch wieder zu.

Mir war folgendes eingefallen: Wenn Linda diese Blume gefunden hatte, dann mußte sie auch noch mehrere davon gesehen haben. Soweit ich das in Templetons Garten hatte erkennen können, blühten sie immer in dichten Büscheln. Das hieße, daß Linda vielleicht auch welche für sich selbst gepflückt hatte – oder auch für die wissenschaftlichen Autoritäten –, aber doch hoffentlich hauptsächlich für sich selbst. Genau in diesem Augenblick steht sie nun möglicherweise irgendwo in einem Garten und genießt die Berührungen der Elfen, ihr fröhliches Hüpfen ins Nichts, den Anblick ihrer Tänze und die in der Luft herumwirbelnden, sich vereinigenden Körper.

Linda! Hast du sie gesehen? Hast du die Elfen gesehen? Der Gedanke entzückt mich und erfüllt mich mit Begeisterung. Ich stelle mir vor, wie sie sich an das erinnert, was ich vor Gericht ausgesagt habe und wie sie die Blume zögernd zwischen Daumen und Zeigefinger nimmt – ganz so, wie ich es jetzt tue. Ich sehe vor mir, wie sie ihre Augen schließt und die Pflanze vorsichtig auf ihre Zunge legt – was ich nun auch tue. Und dann die ein wenig bittere Blüte kaut und hinunterschluckt, genau, wie es jetzt hier geschieht. Morgen werde ich also mit den Teilen dieser Pflanze im Magen sterben.

Ich lege mich auf meine Liege und blicke zur Decke hoch, wo die schwache Aureole aus Sternenlicht durch das vergitterte Fenster scheint. Danke, Linda. Meine Zelle bleibt im Dunkeln. Im Gefängnis gibt es keine Elfen. Aber wenn ich irgendwo anders wäre –

Moment. Was ist das? Oben im Fenster. Ein nebelhaftes Licht. Es wird stärker. Es ist wie das Ende eines spitz zulaufenden Bandes, das sich durch die Gitterstäbe hindurchwindet. Es ist eine Ranke des Elfennebels, die gerade soeben in meine Zelle hineinreicht.

Woher mochte sie kommen? Der Garten! Der Garten des Gefängnisses unten im Hof! Mein Herz schlägt schneller. Es sind keine Elfen zu erkennen, nur der Nebel ist da.

Aber wenn ich aus dem Zellenfenster hinaussehen könnte, würde ich vielleicht welche erblicken.
Das Fenster ist allerdings sehr hoch oben. So weit von mir entfernt. Mindestens fünf Meter hoch. Wenn ich doch nur dort hinaufklettern könnte! Ich begebe mich in die Ecke meiner Zelle. Die Wände sind aus Steinen, die eng aneinandergefügt wurden, sie sind fast glatt. Ich lasse meine Hände über die Wände gleiten. Es gibt einige Ritzen, aber sie sind sehr schmal. Vielleicht kann ich mich dort mit meinen Fingern festhalten. Nein. Es geht nicht. Aber mit meinen Nägeln müßte es gehen. Mit meinen Nägeln. Na also. Aua. Kann ich mich wohl an ihnen hochziehen? Ja. Der Schmerz ist – ah, aber ich schaffe es. Aber nicht vom Boden aus. Vom Bett aus. Ich werde auf dem Bett Anlauf nehmen, gegen die Wand springen und mich mit meinen Fingernägeln in einer der Zwischenräume festklammern. Also, los geht's. Spring.
Einen Moment lang kratze ich über die Mauer, bevor ich Halt finde. Meine Nägel graben sich in die Ritzen hinein. Sie beginnen, sich von dem Fleisch darunter zu lösen. Schnell ziehe ich mich zur nächsten Lücke hoch. Unter mir schrammen meine bloßen Füße an der Mauer entlang, können kaum mein Gewicht abfangen und gleiten langsam, während die Steine meine Haut zerfetzen, nach unten. Ich ziehe mich erneut hoch. Die Fingernägel lösen sich weiter ab. Ich muß schnell machen, bevor sie ganz abreißen. Meine Füße sind bereits nur noch ein blutiger Matsch. Aber das rohe Fleisch bietet bessere Haltepunkte. Hoch jetzt, mein Junge. Was bedeutet schon der Schmerz, wenn du gleich zum letzten Mal die Elfen sehen wirst? Ich hieve mich weiter in die Höhe. Wie soll ich mich halten? Wie kann ich mich noch einen Moment lang festklammern? Wenn ich atme, werde ich fallen. Wenn ich

doch nur einen der Gitterstäbe packen könnte! So nah, so verlockend nah. Der Elfennebel glüht über mir. Ich werde es noch einmal versuchen. Ich habe die Kante des Fensters. Meine Finger rutschen ab. Halte durch, Charles, halte durch. Mit den Fingerspitzen der einen Hand. Schwing dich mit den Fingerspitzen herum. Genau so. Jetzt bring die andere Hand nach oben. Na, siehst du. Du hängst an der Kante des Fensters. Sieh nicht nach unten. Greif nach oben. Greif nach einem Eisenstab. Da. Du hast es geschafft. Zieh dich hoch. Greif dir mit der anderen Hand einen weiteren Stab. Hoch, hoch, hoch. Zieh deinen Kopf hoch und schau nach draußen.

Sterne. Der Himmel ist voller Sterne. Dort drüben ist ein Wachturm. Und eine Mauer. Da hören die Sterne auf. Der Elfennebel ergießt sich von der Stelle hinab, wo ich mich unter den allergrößten Schmerzen festhalte. Ich blickte zum Gefängnisgarten hinunter. Ich sehe Gestalten. Winzige Gestalten. Und dahinter färbt sich der Nebel rot ... dort ist etwas ...

Großer Gott. Dort am Galgen. Da ist etwas Rotes, ein purpurfarbenes Rot. Ich spüre, daß dort ein Kampf vor sich geht, ein schrecklicher Kampf. Gliedmaßen klettern über Gliedmaßen hinweg. Etwas Fürchterliches, Rotes, Purpurfarbenes und Feuchtes. Ich werde nicht mehr dorthin schauen. Ich werde einfach nicht mehr hinschauen. Ich werde auf die Elfen hinunterblicken. Ja. Ich strecke eine Hand durch die Gitterstäbe. Können sie mich sehen? Werden sie die zehn Meter in die Höhe tänzeln? Ich erkenne winzige Gesichter, die zu mir aufschauen. Sie bewegen sich jetzt, beginnen zu klettern und tanzen mit ihren lustigen Zeitlupenbewegungen den Elfennebel hinauf, bis zu der Stelle, wo ich die Hand nach ihnen ausstrecke. Die Muskeln in dem Arm, mit dem ich mich festhalte, beginnen von der Anstrengung zu reißen, mein Brustkorb scheint über meinen Rippen entzweigerissen zu werden, und warmer Speichel schießt aus meinem Mund hervor. Nein, nicht Speichel. Blut.

Aber ich sehe die erste Elfe. Ich sehe ihr Gesicht mit den neugierigen, fröhlichen Augen, als sie zu meinen Fingern aufsteigt. Der Elfennebel scheint sich vor ihnen herzuschieben. Er ergießt sich durch die Gitterstäbe hindurch, über meine Schultern hinweg. Er muß die ganze Zelle ausfüllen. Ich drehe meine zitternde Handfläche nach oben. Die Elfe plaziert dort lächelnd einen Zeh. Ein Schauer geht durch meinen Arm hindurch. Ich blicke in ihre strahlenden, winzigen, entzückten Augen. Ich kann mich nicht länger festhalten.

Ich falle. Einen Moment lang genieße ich die Schwerelosigkeit. Dann schlägt mein Rücken auf der Kante des Bettes auf. Ich spüre ein scharfes Reißen, wie ich es noch nie zuvor gespürt habe. Etwas ist durchtrennt worden, etwas Entscheidendes.

Der Elfennebel ist in jede Ecke der Zelle gedrungen und wogt in zunehmender Fülle hin und her. Die Elfen tanzen in Scharen zu mir herunter und fallen auf mich wie ein Blütenregen. Ihr Haar, ihre Füße, ihre winzigen Gesichter. Sie klettern über mich hinweg. Ich würde sie so gerne umarmen, aber ich kann mich nicht bewegen. Sie sind auf meiner Brust, meinen Armen, meinem Gesicht...

Ich bin hingerissen.

Oh.